Andrew Bridgeman

Sein Wille geschehe

Andrew Bridgemans Leben besteht aus nahezu so vielen Plot-Twists wie sie auch in seinem Buch vorkommen. Als ehemaliger Rugbyspieler, Jazzsänger, Vertriebler und Unternehmer lässt er sich von den Figuren inspirieren, denen er auf seinem Weg begegnet ist. Andrew Bridgeman studierte Kreatives Schreiben am Dickinson College und erwarb seinen MBA an der Washington University in Saint Louis. Nach Jahrzehnten in der Gegend von St. Louis lebt er jetzt mit seiner Frau Kathy und seinem Australian Shepherd Duncan in New Hampshire. Er genießt es, in den Bergen in der Nähe seines Hauses zu wandern, Gitarre zu spielen und die USA in einem Airstream-Wohnmobil zu erkunden. ›Sein Wille geschehe‹ ist sein Debüt.

ANDREW BRIDGEMAN

SEIN WILLE GESCHEHE

TRAUE NIEMANDEM. OPFERE ALLES.

Thriller

Aus dem amerikanischen Englisch
von Irene Eisenhut

dtv

Deutsche Erstausgabe 2025

Titel der amerikanischen Originalausgabe:
›Fortunate Son‹
(Mission Point Press, 2024)

dtv Verlagsgesellschaft mbH & Co. KG
Tumblingerstraße 21, 80337 München
produktsicherheit@dtv.de
Umschlaggestaltung: DAS ILLUSTRAT, München
Umschlagmotive: Richard Nixon / Arcangel Images;
shutterstock.com / Den Rozhnovsky, f11photo, Little River
Satz: C.H.Beck.Media.Solutions, Nördlingen
Gesetzt aus der Minion
Druck und Bindung: Druckerei C.H.Beck, Nördlingen
Printed in Germany · ISBN 978-3-423-22111-5

Dieses Buch ist meiner Frau Kathy gewidmet.
Danke, dass du an mich glaubst.

PROLOG

Arnau Farre nahm einen langen Zug an seiner Zigarette und blies den Rauch durch die gesprungene Fensterscheibe seiner verbeulten braunen Chevette. Er schnippte die Kippe mit dem Zeigefinger weg und sah, wie sie Funken sprühte, als sie auf dem eisigen Asphalt landete.

Er hatte den Abend hauptsächlich damit verbracht, über das Leben nachzudenken. Und über den Tod. Vor allem aber über Verlust. Er öffnete das Handschuhfach, griff unter die Zulassungspapiere, Versicherungsunterlagen und Ölwechselquittungen nach der Beretta, überprüfte das Magazin und schraubte den schwarzen Schalldämpfer auf den Lauf.

Er ließ den Motor des Wagens laufen, der hinter einem Schneehaufen parkte und unter den trüben orangefarbenen Lichtern des Parkplatzes kaum zu erkennen war. Die braune Chevette fügte sich nahtlos in das Bild des dahinterliegenden Einkaufszentrums ein – einem zwei Hektar großen Hospiz des Einzelhandels, das auf rissigem Asphalt stand und aus dem letzten Loch pfiff. Es war sieben Uhr. Die Läden waren zu: Die Reparaturwerkstatt für Videorekorder, der Stoffladen und der Drogeriemarkt – alle waren auf lebenserhaltende Maßnahmen angewiesen und starben einen langsamen Tod, während auf der anderen Straßenseite ein nagelneuer Walmart aus den baulichen Resten eines örtlichen Baumarktes entstanden war. Leben. Tod. Und Verlust.

Arnau betrachtete die Chevette als sein Erbe. Der Besitzer, ein unsympathischer Mistkerl, hatte das Pech gehabt, durch ein Loch in einen eisigen See im Norden des Landes zu fallen – nachdem er zuvor von drei Kugeln getroffen worden war, zwei in die Brust und eine oberhalb des rechten Auges. Arnau interessierte es nicht, ob sein Erbe rechtmäßig war oder nicht. Denn das Gesetz war ihm ziemlich egal.

Er hatte eine gute Sicht auf den Walmart. Es wäre angenehmer gewesen, dort zu warten – er hätte auch hinübergehen und sich bei Dunkin' Donuts einen Kaffee holen können. Aber das kam nicht infrage. Das Gebäude war mit Überwachungskameras ausgestattet. Das schäbige Einkaufszentrum würde nicht mehr lange genug bestehen, um ein solches Upgrade zu erhalten.

Er hatte fast zwei Stunden lang beobachtet, wie Vorstadtbewohner mit hängenden Köpfen in den Walmart getappt waren, um billige gelbe Schaufeln zu kaufen, die entweder bis Februar in der Mitte zerbrochen waren oder deren Griffe bis dahin abgefallen sein würden. Der Wechsel der Jahreszeiten war nicht friedlich vonstattengegangen. Es war noch nicht einmal Thanksgiving, und der Winter war schon hereingebrochen – eine elf Zentimeter dicke Schicht lag auf den Straßen. Nass, schwer und demoralisierend.

Arnau wusste seit Jahren, dass der heutige Tag kommen würde. Aber er war nicht darauf vorbereitet, dass er so kalt sein würde. Er drehte sich langsam um und schaute auf den Rücksitz. Zwischen zwei leeren Kindersitzen lag ein Strauß roter Rosen in zerknittertem Zellophan. Ein grünes Gummiband schnürte den Stielen die Kehle zu.

Die Aufgabe, die vor ihm lag, war die wichtigste seines Lebens. Und auch die wichtigste in Idas Leben. Ihm war klar, dass er die Übergabe nicht erschweren sollte, indem er ihr Rosen überreichte. Aber sie musste wissen, was er für sie empfand. Er war kein Mann der großen Worte, und Liebe – wenn es das denn war –, na ja, die war verdammt kompliziert. Dieser Werbespot im Fernsehen hatte ihn dazu ermutigt, es einfach »mit Blumen zu sagen«, und das kam ihm sehr entgegen. Er kannte Ida schon sein ganzes Leben lang. Sie war ein paar Jahre älter als er und hatte sich immer wie eine Mutter oder eine große Schwester um ihn gekümmert. Aber in den letzten Monaten, auf ihren langen gemeinsamen Spaziergängen, war noch etwas hinzugekommen. Und er musste es einfach wissen. Denn sie würden sich heute Abend zum letzten Mal sehen. Danach nie wieder. Nie mehr wieder.

Er griff nach einem Stift und starrte auf die blaue Karte des Blumenladens. Blumen und eine Nachricht. Das war der Plan. Und das Problem. Wie drückte man das, was einem am Herzen lag, auf einem kleinen Grußkärtchen aus? Wie sagte man Lebewohl? Arnau fuhr sich mit der Hand über das stoppelige Gesicht und dann durch das dichte schwarze Haar.

Er stellte sich vor, wie er Ida die Rosen überreichte. Wie er sich zu ihr beugte. Wie er sie küsste. Wie ihr Atem schmeckte. Nur ein Kuss. Er würde ein Leben lang halten müssen. Er hustete vor Nervosität, aber das, was ihn innerlich aufwühlte, ließ sich nicht einfach so vertreiben. Er hielt den Stift über das blaue Grußkärtchen und wartete auf einen Geistesblitz. Zehn Minuten lang starrte er auf die Karte. Was, wenn sie nicht so empfand wie er? Was, wenn er die Zeichen falsch interpretierte?

Arnau schrieb langsam, vergewisserte sich, dass seine Worte gut lesbar waren, und fragte sich, ob die Blumen vielleicht doch übertrieben waren.

Er klopfte die Zigarettenschachtel gegen seinen Oberschenkel und zog eine weitere Zigarette heraus. Vielleicht verschaffte ihm ja das Nikotin einen klaren Kopf. Er schob die Beretta in die blaue Pizzaliefertasche auf dem Beifahrersitz. Dann schaute er auf seine Uhr. Es war schon ziemlich spät. Aber Arnau war sich sicher, dass die Kongressabgeordnete und ihr Mann bald das Haus verlassen würden. Der Beobachtungsposten vor Ort rief an, als die Babysitterin eintraf. Das Ehepaar schien es offenbar nicht eilig zu haben. Wahrscheinlich war es der Frau völlig egal, ob sie pünktlich zu einem Eishockeyspiel der Boston Bruins kam.

Der Abend würde sich letztlich als sehr schwierig für sie herausstellen. Und sie würden sich selbst die Schuld geben – weil sie ihre zwei vierjährigen Jungen in die Obhut eines grauen Kätzchens und einer Highschool-Schülerin gegeben hatten, deren Arm in einem blauen Gips steckte, auf dem ihre Freundinnen aus dem Cheerleader-Team ihre Namen gekritzelt hatten.

Er drückte die Zigarette aus, ehe er den Anruf annahm. Es war so weit. Die Jahre der Geduld und der Planung waren endlich vorbei. Es würde mit ihm beginnen. Er, Arnau Farre, war auserwählt worden. Vor allen anderen.

Der weiße Lexus tauchte innerhalb weniger Minuten an der Kreuzung auf und kam an der Ampel zum Stehen. Der Ehemann saß auf dem Beifahrersitz, die Kongressabgeordnete am Steuer. Arnau sah, wie sie die Sonnenblende herunterklappte und ihr Gesicht in das Licht des Kosmetikspiegels drehte. Die Kongressabgeordnete Kimberly Hancock war mit der heiligen Dreifaltigkeit des politischen Potenzials gesegnet: Reichtum, Intelligenz und politischem Mut. Als ob das nicht schon genug war, trug sie auch noch einen berühmten Namen – einen, der seit vielen Generationen für amerikanische Größe, Gier und Führungskraft stand. Auf ihren politischen Erfolg zu wetten, war leicht verdientes Geld. Sie zog die Hülle eines Lippenstifts ab, drehte ihn auf, formte ihre Lippen zu einem Oval und wischte sich mit dem Zeigefinger über den Mundwinkel. Die Ampel schaltete auf Grün, und der weiße Lexus verschwand in die Nacht.

Arnau Farre hielt sich nicht für ein Monster, weil er im Begriff war, ihr die Jungen zu entreißen oder die Babysitterin zu töten. Er tat es für eine gerechte Sache. Es war eine Anzahlung auf ein Versprechen. Heute Abend würde er den ersten Bauern vom Schachbrett nehmen. Es sollte noch zwei Jahrzehnte dauern, bis alle Figuren ihre Positionen eingenommen haben würden.

Aber so ist das nun einmal mit Prophezeiungen. Sie erfordern Geduld, Glauben und Verzicht.

Und wahre Gläubige.

Und die gab es zuhauf.

HEUTE –
ZWANZIG JAHRE SPÄTER

1

Briar Metcalf, Special Agent des FBI, brummte der Schädel. Es war ein vertrauter pochender Schmerz – einer, der normalerweise gegen Mittag nachließ. Er hatte wieder einmal vergessen, zwischen seinem aus einem Whiskey ohne Eis bestehenden Absacker einen Schluck Wasser zu trinken. Briar Metcalf fuhr langsam durch das schäbige Viertel von Staten Island. Der schiefergraue Himmel schien zu der tristen, verschmutzten Häuserfront zu passen – ein hartes Pflaster mit abweisenden Backsteinbauten, schmutzigen Stahlrollos und abgeplatztem Putz. Ein Viertel, das so müde aussah, wie Briar sich fühlte.

Nachdem er einen Parkplatz vor Sandra Dee's Diner gefunden hatte, warf er sich zwei kreidig schmeckende Kopfschmerztabletten ein, trank den letzten Schluck seines Kaffees und steckte den Styroporbecher in den Halter. Sein rotes Bowlinghemd flatterte im Wind, und er blickte in sein verschlossenes Auto, auf dessen Rücksitz seine Winterjacke zusammengeknüllt lag. Den Wagen noch einmal aufzuschließen, um die Jacke herauszuholen, war zu anstrengend. Außerdem bekämpfte man einen Kater am besten damit, sich vorwärtszubewegen – rückwärts war *no bueno*.

Er klemmte sich eine dünne Fallakte unter den Arm und vergewisserte sich mit seiner freien Hand, dass er alles Wichtige dabeihatte. Seine Brieftasche und sein Handy steckten in seiner Khakihose, seine Dienstmarke an seinem Gürtel und seine Glock in ihrem Holster auf seiner Hüfte unter seinem Bowlinghemd.

Sandra Dee's war ein Diner im Stil der 1950er-Jahre. Die Besitzer hatten sich mit der Inneneinrichtung ziemlich viel Mühe gegeben: weiß gekachelte Wände, rote Stühle, rostfreie Theken und kleine Metallaschenbecher mit der Aufschrift *»Rauchen verboten«*.

Das Schild an der Tür wies darauf hin, dass Ü50-Gäste einen fünfprozentigen Rabatt erhielten, aber Metcalf würde auf ihn verzichten. Er dachte nicht gern über sein Alter nach und wollte es ganz bestimmt nicht mit einem Fremden erörtern. Doch dass er in der zweiten Hälfte seines Lebens angekommen war, stand außer Frage. Sein schwarzes Haar hatte inzwischen eine leuchtend weiße Farbe angenommen – aber es war noch immer gewellt. Noch immer dicht. Noch immer da.

Briar musterte die Bedienung am Eingang. Entweder waren die Kenntnisse der Restaurantleitung im Hinblick auf die Mode des zwanzigsten Jahrhunderts sehr begrenzt, oder sie hatte die Kontrolle über die Kleiderordnung verloren. Die junge Frau, die ihn begrüßte, trug eine gebatikte Bluse und glitzernde grüne Disco-Shorts. Ihr Anblick bestätigte all seine Vorbehalte, die er gegenüber der Jugend hatte.

»Eine Person?«, fragte sie, ohne ihn anzuschauen.

»Ich bin hier verabredet.«

»Haben Sie denjenigen schon entdeckt?«

»Diejenige. Und nein, habe ich noch nicht.«

Briar hatte sich gestern Abend den Lebenslauf seiner neuen Partnerin durchlesen wollen. Die Akte mit den Unterlagen hatte auf der Ottomane gelegen. Er konnte sich zwar noch daran erinnern, dass er sich etwas Hochprozentiges eingegossen hatte, aber nicht mehr daran, ob er den Lebenslauf tatsächlich auch gelesen hatte. Aber das war letzten Endes egal. Denn seine einzige, gesicherte Information war die, dass sie frisch von der Akademie kam – ein Neuling. Eine FBI-Agentin an ihrem ersten Einsatztag. Er hoffte, dass sie nicht zu denjenigen gehörte, die glaubten, tatsächlich schon etwas zu wissen, nur weil sie ein paar Wochen in Quantico verbracht hatten. Die Sorte war eine echte Plage. Und sie konnten einem obendrein auch noch in Gefahr bringen.

Briar versuchte, sich an ihr Gesicht zu erinnern. Er konnte es nicht. Hatte er sich ihr Bild überhaupt angesehen? Er verfluchte seine mangelnde Neugier – ein weiteres Indiz für sein fortgeschrittenes Alter. Er stellte sich in den Raum und ließ den Blick über die frühstückende Gästeschar schweifen auf der Suche nach dem neuesten Paket, das vom FBI-Förderband gefallen war.

Eine Hand schoss aus einer der hinteren Nischen an der Fensterseite hoch. Sie winkte. Zweimal. Briar nickte und atmete aus, bemüht darum, ein freundliches Gesicht zu machen, was nicht leicht war, denn er hatte mehr als ein Jahrzehnt allein gearbeitet – ein Agent mit vielen Dienstjahren auf dem Buckel. Der Abteilungsleiter hatte ihm einen Neuling zugeteilt, warum auch immer. Und Briar hatte ihn auch nicht mehr mit seinem Gemecker umstimmen können. Die Anweisung war von weiter oben gekommen.

Seine schwarzen Schuhe klackten auf dem in einem Schachbrettmuster verlegten Fliesenboden. Er hob den Kopf und zwang sich, sie anzulächeln. *Wie hieß sie noch mal? Trisha?*

Sie lächelte zurück. Ein unschuldiges Zahnpastalächeln, das ihn völlig unvorbereitet traf. Er schaute sie einen Moment länger an als gewollt. Sie sah umwerfend aus. Vielleicht sogar noch hübscher als seine Ex-Frau, bis sich dieser mürrische Ausdruck auf ihrem Gesicht eingebrannt hatte, gegen den auch die zarten Cremes und all die anderen, in zierlichen Tuben steckenden Wundermittelchen nichts mehr ausrichten konnten, die bis hin auf seiner Seite des Waschtischs standen. Aber diese Frau da, seine neue Partnerin, war gefährlich hübsch. Sie war eine von diesen Mädels, die Männer mittleren Alters in Schwierigkeiten brachten. Und Schwierigkeiten brauchte er gar nicht.

Aber da war noch etwas, das seine Aufmerksamkeit erregte. Ein Schmetterlingspflaster über ihrer Augenbraue. Briar näherte sich der Nische. Sie sprang von ihrem Sitz auf, beugte sich über den Tisch und streckte ihm eine Hand entgegen. Ihr Handschlag war fester, als er erwartet hatte, und er benutzte beide Hände, um den Händedruck zu erwidern.

Dann deutete er mit einer kreisenden Bewegung seines Fingers auf ihr Gesicht. »Was ist da passiert?«

»Emma Noble. Freut mich, Sie kennenzulernen.«

Nee. Nicht Trisha.

»Briar.«

Sie nickte, als wäre alles, was er sagte, äußerst wichtig. Der Neuling wollte ihm zweifellos zu verstehen geben, dass sie kompetent war und dass sie nicht unterschätzt werden sollte. Er betrachtete ihre Augenbraue. »Wurden Sie angefahren?«

»Es ist nichts.«

»Nichts sieht anders aus.«

»Es ist nicht weiter schlimm. Also …«

»Ist es ein Geheimnis?«, fragte er.

»Ich will einfach nur nicht so beginnen.«

»Warum nicht?«

»Sie lassen nicht locker, oder?«

»Ich bin einfach nur neugierig. Was ist passiert?«

Sie fasste sich an die Augenbraue. »Ich habe mich auf dem Parkplatz eines Einkaufscenters auf die Nase gelegt, als ich schnell hineinlaufen wollte, um mir eine Tüte Bonbons zu kaufen, und …«

»Sie rennen in ein Einkaufscenter für eine Tüte Bonbons?«

Emma seufzte. »Ja. Und genau diesen umwerfenden ersten Eindruck wollte ich auf Sie machen.«

Briar rieb sich das Lächeln von den Lippen. »In Ihrer Akte steht, dass Sie unkoordiniert sind.«

»Gut möglich. Ich bin beeindruckt, dass Sie sie gelesen haben.«

»Ich bin sehr gründlich.«

Er strich mehrere Brotkrümel von dem roten Vinyl, ehe er sich in den Sitz zwängte. Der Tisch war nicht sauber gemacht worden. Eigelbklümpchen lagen noch herum. Briar griff in seine Hemdtasche, zog seine Brille heraus und beugte den Kopf über die Tischplatte. Der letzte Gast, allem Anschein nach ein Linkshänder, hatte unmittelbar in das Eigelb gestochen, um sich sein Spiegelei auf die Gabel zu laden. Briar beugte sich noch etwas tiefer, um das Eigelb zu begutachten – da war ein Fenchelsamen. Also ein Roggentoast. Die Krümel, die er vorhin von dem Sitz gestrichen hatte, waren Weizenkrümel gewesen. Er sah sich augenscheinlich mit den Essensresten von zwei verschiedenen Gästen konfrontiert, was bedeutete, dass sich das Personal an diesem Morgen so gut wie gar nicht um diesen Tisch gekümmert hatte. Was wiederum bedeutete, dass sich keiner hier in diesem Restaurant mit irgendetwas Mühe gab. Und das bedeutete, dass Briar Metcalf sich nur Kaffee bestellen würde.

Er hob den Kopf und sah, dass Emma lächelte.

»Was ist?«, fragte er.

»Ich habe einfach noch nie gesehen, wie man einen Eidotter untersucht. Besteht der Verdacht auf ein Verbrechen? Wurde das Ei womöglich auf brutale Weise geköpft?«

Briar zuckte zusammen. Sein Kater hasste es, am frühen Morgen verspottet zu werden. Er fuhr sich mit der Zunge über die Innenseite seiner Wange. Er wusste noch nicht, ob er seine neue Partnerin trotzdem mochte. »Welche Ausbildung haben Sie, Noble? Sie sind Anwältin, oder? Das FBI stellt heute nichts anderes mehr ein. Früher hatten wir noch Footballspieler im Kollegium.«

»Sie haben wohl *doch nicht* meinen Lebenslauf gelesen.«

Briar faltete die Hände auf dem Tisch und atmete tief ein. »Also keine Anwältin.«

»Ich habe während meines Studiums in einer Tierklinik gearbeitet.«

»Na, das wird uns bestimmt weiterhelfen«, murmelte Briar, zog sein Besteck aus einer Baumwollserviette und schob das getrocknete Eigelb mit dem Buttermesser vom Tisch.

Die Bedienung tauchte auf, als die kleinen gelben Kügelchen auf den Boden fielen. Sie war zu alt, um noch einen rosafarbenen Minirock mit Pudelmotiv zu tragen. Und sie kam ihm bekannt vor. Ihr wütender Wie-kannst-du-es-nur-wagen-hier-aufzutauchen-Blick legte nahe, dass sie eine gemeinsame Vergangenheit hatten. Offenbar eine, die nicht in seinem Gedächtnis haften geblieben war.

»Was darf es sein, meine Liebe?«, fragte sie Emma.

»Kaffee.«

»Und Sie?«, sagte sie tonlos zu Briar gerichtet.

Er machte ein Peace-Zeichen. »Schwarz.«

Nachdem sie gegangen war, faltete er seine Hände wieder auf dem Tisch zusammen.

»Was ist Ihre Geschichte, Noble? Warum zum Teufel hat der Abteilungsleiter mir eine Tierpflegerin als Partnerin zugewiesen? Gibt es jemanden, der für Sie die Fäden zieht?«

»Die Fäden zieht? Ich wusste gar nicht, dass Sie ein so guter Fang sind.«

Okay. Er fing an, sie zu mögen … ein bisschen. Briar legte die Fallakte auf den Tisch, befeuchtete seinen Zeigefinger und blätterte durch die Seiten.

»Woran arbeiten wir?«, fragte Emma.

»Worauf haben Sie gehofft?«

»Auf etwas, an das ich mich immer erinnern werde. Immerhin ist es mein erster Fall.«

»Nun, da muss ich Sie leider enttäuschen. Es ist nicht das Verbrechen des Jahrhunderts. Wir sind an diesem Typen interessiert …«

Emma griff nach ihrem Handy auf dem Tisch, strich mit dem Finger darüber, tippte zweimal auf das Display und legte es wieder hin.

Er starrte sie an.

»Entschuldigung. Ich habe eine Stecknadel gesetzt.«

»Eine Stecknadel?«

»Ja. Für meinen Vater – um ihm meinen Standort mitzuteilen –, mache ich ein paarmal am Tag.«

»Aha. Lebt er in New York? Hält er sich stets bereit, seine Tochter zu retten?«

»St. Louis.«

Briar kniff sich in den Nasenrücken. Er bedankte sich nicht bei der in die Jahre gekommenen Rock-'n'-Roll-Braut, als sie ihm seinen Kaffee über den Tisch schob. Emma schien etwas sagen zu wollen – Briar hob warnend einen Zeigefinger. Er führte sich den schweren Keramikbecher zum Mund und schloss die Augen. Sein Kater dankte ihm, dass er nach Ruhe verlangt hatte.

Ein Summton unterbrach den friedlichen Moment. Er öffnete die Augen. Sein Telefon vibrierte auf dem weißen Tisch. Als er die im Display angezeigte Rufnummer sah, stellten sich seine Härchen auf den Armen auf.

»Guten Morgen, Sir. Was kann ich für den stellvertretenden Direktor tun?«

Briar bemerkte, wie Emma die Augen aufriss. Das Gespräch war schnell beendet. Er ließ das Handy auf den Schoß sinken, atmete aus und schaute zur Decke, damit seine Gedanken nicht zu rasen begannen. *Konzentriere dich auf das, was vor dir liegt. Lass es sich auf natürliche Weise enträtseln. Mach keine Fehler.* Diese Worte richtete er oft an sich, wenn er am Anfang eines Falls stand.

»Was ist los?«

Briar nahm einen letzten Schluck seines Kaffees und warf einen 5-Dollar-Schein auf den Tisch. »Tja, ich habe mich wohl geirrt, Noble. Ihr erster Fall ist anscheinend *doch* das Verbrechen des Jahrhunderts.«

2

Das ländliche Vermont war schon immer ein guter Ort für Menschen, die ein ruhiges, zurückgezogenes Leben führen wollten, und Mrs Ida Danvers hatte in den letzten zwanzig Jahren keinen übermäßigen Hang zur Geselligkeit gezeigt. Ihr genügte die stille Gesellschaft ihres Mannes. Jetzt, im Ruhestand, lebten die beiden allein – stoisch und unabhängig, ganz in der Tradition Neuenglands.

Heute war ein wichtiger Tag. Sie hatte fast ihr ganzes Leben auf ihn gewartet. Bald würden Besucher den Hügel hinaufkommen, und sie durfte ihre Ankunft auf keinen Fall verpassen. Sie konnte durch das bleiverglaste Fenster über ihrem Spülbecken mit den vielen Rostflecken den Hügel hinabblicken, bis hinunter zum Highway Nummer 7, und sehen, wenn ein Fahrzeug von dort abbog und die lange Zufahrt hinauffuhr.

Die Ankunft der Besucher zu verfolgen war Mrs Danvers so wichtig, dass sie sich seit dem Morgengrauen nicht mehr von diesem Fenster wegbewegt hatte. Sie hatte Teller, Töpfe, Besteck, Tassen, Gläser und Backbleche gespült, abgetrocknet und erneut gespült. Ihr Augenmerk war dabei nie von den Fahrzeugen gewichen, die unten auf dem Highway Nummer 7 fuhren.

Ihr Mann Wendall wusste nichts von dem Besuch. Er mochte keine Überraschungen.

Die Danvers lebten seit fast zwanzig Jahren in ihrem alten, gelben Kolonialhaus. Wendall war sechzig, und seine Knie ließen ihn nicht mehr all die Arbeiten verrichten, die notwendig waren, um das Haus in Schuss zu halten. Ihr Sohn Ben konnte ihnen auch nicht helfen – er lebte mit seiner Freundin Kate in Boston. Das ältere Paar hatte die Pflege des Hauses vernachlässigt, sodass es immer mehr verfiel. Früher hatte es einmal ansehnlich ausgesehen. Inzwischen wucherten rundherum hohe Gräser. Zwischen ihnen lagen kleine Beete, eingefasst in Maschendraht, der an verwitterte Pfosten getackert war, die schief aus der Erde ragten. Im Sommer war das Unkraut in denen bis zum Highway reichenden Hängen voller Zecken. Bei schönem Wetter saß das Paar auf der Veranda, ignorierte den Verkehr auf dem Highway und blickte auf die andere Seite, die einen etwas eingeschränkten Blick auf den Harriton-Stausee freigab.

An diesem Morgen lagen die Beete, die Gräser und die Zecken unter einer Schneeschicht von zehn Zentimetern begraben.

Mrs Danvers beobachtete ihren Mann. Er stand auf der Granittreppe vor dem Haus am Lattenzaun und hielt eine rote Leine in der Hand, an der ihr schwarzer Terrier-Mix gebunden war. Seine braune Cordhose flatterte wie ein Segel im Wind. Wendall hatte ein Händchen dafür, das Wetter zu unterschätzen. Der Hund schnüffelte an einem Pfosten, dann senkte er sein Hinterteil – seine Hinterbeine zitterten, als er einen großen Haufen machte. Wendall lächelte hinüber zum Fenster und gab seiner Frau mit einem nach oben gestreckten Daumen zu verstehen, dass der Hund sein Geschäft erledigt hatte.

Wendall war ein guter Mann – zärtlich und großzügig. Er verdiente diese Überraschung nicht.

Das Warten und Stehen strengte Ida an. Sie beugte ihre alten Knie und dehnte die Gelenke. Auch ihre Füße taten ihr weh. Sie lehnte sich gegen das Spülbecken aus Porzellan, fuhr sich mit dem Zeigefinger in den Schuh und rieb sich die Ferse. Aber auch das verschaffte ihr nur wenig Linderung. Als sie den Kopf über das Spülbecken hob, sah sie, wie der Hund sich plötzlich dem Hügel zuwandte. Mrs Danvers folgte seinem Blick.

Der Besuch näherte sich. Schwarze SUVs bogen vom Highway Nummer 7 ab und fuhren den Hügel hinauf. Einer nach dem anderen – eine Parade von Sirenen und blinkendem Blaulicht. Sie bewegten sich im Eiltempo.

Ida ging nach draußen, trat von der Veranda und reichte ihrem Mann eine braune Jacke. Sie drückte seinen Oberarm und lehnte den Kopf an seine Schulter.

»Siehst du die Autos da?«, sagte er und deutete auf die herannahenden Fahrzeuge.

Wendall machte einen Schritt nach vorn, um die Besucher zu begrüßen, die die Auffahrt hinaufkamen.

Ida ließ ihm nicht mehr genügend Zeit, um zu erfassen, dass das eisige Gefühl in seinem Nacken eine Waffe war. Er lebte auch nicht mehr lange genug, um den Schuss zu hören. Sein Kopf spritzte über den Lattenzaun.

Ida hielt den Revolver umklammert.

Die Fahrzeuge erreichten das obere Ende der Auffahrt. Sie presste die Augen fest zusammen, dachte an früher und rief sich einen Eid ins Gedächtnis, den sie vor Jahrzehnten abgelegt hatte. »*Mia ĵuro, mia vivo.*«

Sie fand ihren Mut in der Erinnerung an einen Mann, den sie einmal kannte. Einen Mann, der Anweisungen hatte. Einen vertrauenswürdigen Mann, der wusste, was getan werden musste. Sie wollte, dass er ihr letzter Gedanke war. Ida hielt sich den Lauf der Waffe in den Mund.

Die SUVs schlitterten über den Kies und kamen knirschend zum Stehen, als der Schuss den verschneiten Hügel hinunter über den Highway in die Wälder jenseits des Harriton-Stausees hallte.

3

Ben Danvers vergrub seine eiskalte Hand in die Tasche seiner Daunenjacke und versuchte, den beißenden Wind zu ignorieren, der durch die Pyjamahose der Boston Celtics – seiner Lieblingsbasketballmannschaft – drang. Er zog an der Leine, in der Hoffnung, so seinen Australian-Shepherd-Welpen anzuspornen, schnell sein Häufchen zu machen. Der Hund schaute ihn an, wackelte mit seinem Stummelschwanz und ließ sich auf dem Schnee nieder. Ben seufzte und schloss die Augen. Toller Hund. Im Häufchenmachen aber eine Niete.

Ben trat schnell von einem Fuß auf den anderen. Sein Atem bildete kleine Wolken in der kalten Luft. Die Morgendämmerung begann über dem Bostoner Stadtteil North End hereinzubrechen. Schon bald würden die roten Backsteingebäude in der Sonne gelb erscheinen, und die italienischen Nonnas würden die gesteppten Hausmäntel enger um sich ziehen, um ihre Plätze an den Fenstern einzunehmen und auf die jungen Menschen hinabzuschauen.

Links von ihm fiel scheppernd eine Metalltür zu. Im frühen Morgenlicht hätte man den buckligen alten Mann, der zwei Müllsäcke hinter sich herzog, mit einem Troll oder einem Hobbit verwechseln können. Ben winkte Papa Giordano zu – einem Mann, der das North End verkörperte, alt und charmant.

Giordano deutete mit seinem knochigen Finger auf den Welpen. »Na, macht er sein Häufchen?«

Ben schüttelte den Kopf. »Nee.«

»Er lässt dich gern warten. Ist 'n seltsamer Hund.«

Ein Lachen stieg tief aus dem Bauch des alten Mannes auf und gluckste durch seine raue Kehle. Das morgendliche Treffen auf dem Bürgersteig war zu einer Art Ritual geworden – Ben tauschte die Leine gegen Papas schwere schwarze Mülltüten und warf sie in den Müllcontainer. Wenn er seine kleine Aufgabe erledigt hatte, stellte der alte Mann sich auf die Zehenspitzen, gab Ben ein Küsschen auf die Wange und klopfte ihm auf die Schulter.

»Komm heut Abend vorbei. Gibt 'n kostenloses Stück Pizza für die *bella donna. Doppio* für dich.« Ben lächelte und verabschiedete sich.

Er achtete darauf, dass er die Wohnung so geräuschlos wie möglich betrat. Das Apartment war klein – aber nicht kleiner als die meisten Mietwohnungen für Paare Mitte zwanzig. Er war bei Cambridge Hill Holdings angestellt, sein Posten war auf der untersten Hierarchieebene angesiedelt. Kate arbeitete als Grundschullehrerin an der St. Bartholomew School. Sie waren also keine Großverdiener. Er schaltete das Licht in der Küche ein. Drei Schranktüren standen offen. Eine Auflaufform und ein Eisbecher standen gefährlich nah am Rand der Theke. Kate ging sehr lässig mit zerbrechlichen Gegenständen um, weshalb Bens morgendliche Routine nicht nur daraus bestand, Hundehaufen zu beseitigen, sondern auch Geschirr zu retten.

Er betrachtete das Durcheinander auf dem Küchentisch: eine Flasche Klebstoff, Mundspatel, Wattebällchen und Bastelpapier. Der Mülleimer quoll über von misslungenen Kunstwerken. Kate hatte zwar kein Talent fürs Basteln, aber sie kam gut mit Kindern aus, und die Kinder liebten sie.

Er beugte sich über die Spüle und wusch das Geschirr mit der Hand ab. Die Nachrichten im Fernsehen leisteten ihm Gesellschaft. Er hatte sie stumm geschaltet. In letzter Zeit waren sie nur noch so zu ertragen. Wie in den meisten Städten Amerikas war auch die Stimmung in Boston gereizt und von Auseinandersetzungen gekennzeichnet. Er sah hinüber zu einer Wiederholung der Ausschreitungen von gestern Abend: Brände und Schlagstöcke, Martinshörner und Pferde. Die Demonstration hatte nicht weit von ihrer Wohnung stattgefunden. Im ganzen Land hatte eine wachsende Flut von Hass, Angst und Verschwörungstheorien die Dämme des gesunden Menschenverstandes überwunden – und ein Strom der Wut bahnte sich seinen Weg durch das Land und steuerte geradewegs auf Washington zu.

Ben schaute weg. Er wischte mit einem Schwamm über die Arbeitsplatte und räumte die Gläser ein.

In fünf Tagen würden Peter McGill und Kimberly Hancock vereidigt werden. Ein Neuling in der Politik und seine Vizepräsidentin, die Senatorin von Massachusetts – von ihren Gegnern »Dornenprinzessin« genannt. Manche glaubten, dass die neue Regierung eine reelle Chance besaß, das Land zu einen. Sie waren in der Minderheit.

Ben füllte Kaffee in Kates Becher und öffnete mit einem knarrenden Geräusch die Schlafzimmertür. Das Licht aus dem Flur schien auf die Gestalt im Bett. Unter einer weißen Bettdecke begraben – in einem Gewirr von Laken – lag seine Freundin. Nur ein einzelner Zeh lugte darunter hervor. Er überlegte, ob er den Kaffee auf den Nachttisch stellen und zu ihr ins Bett schlüpfen sollte, um sich an ihr zu wärmen. Er entschied sich dagegen. Das Aufeinandertreffen von kalter und warmer Haut würde nicht gut enden. Außerdem hatte der Hund sie schon in Beschlag genommen und tollte auf dem Bettzeug herum. Er zwickte ihr in den Zeh, der unter der Bettdecke hervorschaute. Ein dumpfes Stöhnen erklang. Ben schaltete die Nachttischlampe ein. Die übergroßen Pfoten des Welpen gruben sich in die Laken. Ein Büschel Haar tauchte aus den Tiefen auf – Kate Malone wurde sichtbar.

»Guten Morgen«, sagte er.

Sie stützte sich auf einen Ellbogen und blinzelte ihn mit einem Auge an, während ihre Hand nach dem Kaffee griff. »Wie viel Uhr ist es?«

»Viertel vor sieben.«

»Verdammt noch mal, Benjamin, was soll das? Ich hatte mich klar ausgedrückt.«

»O Mist.«

»Ich habe dir doch gesagt, dass ich heute frei habe. Miese Nummer.«

Er küsste sie auf die Stirn. Kate seufzte und setzte sich in ihrem lila Nachthemd der Louisiana State University in den Schneidersitz auf das Bett. Der Hund schmiegte sich an sie. Sie kraulte ihn hinter seinen weichen Ohren, während Ben darauf wartete, dass die frostige Stimmung durch das heiße Koffein schmolz.

»War mein Freund da?«, fragte sie.

»Er ist zu alt für dich.«

»Aber er ist *so* süß. Willst du wissen, was die älteren Damen über ihn sagen?«

»Nein, ganz bestimmt nicht.«

Kate presste die Hände zusammen und breitete sie aus. »So groß wie der eines Esels.«

Ben verzog das Gesicht, während sie in ihren Kaffee hineinlachte.

»Hast du schon eine Antwort von Rocky erhalten, was deine Idee angeht?«

Ben nickte. »Ja, sie hat mir eine E-Mail geschickt. Sie findet sie großartig.«

»Wirklich?«

»Sie wird sie heute Morgen präsentieren.«

»Und die ganzen Lorbeeren einheimsen. Ben, du musst dich behaupten. Du bist der Klügste im Raum.«

Ben zuckte mit den Achseln und ging aus dem Schlafzimmer. Er hatte noch nie in einer der Besprechungen zur Akquisitionsstrategie das Wort ergriffen. Genau genommen hatte er sich in seiner kurzen Karriere bei Cambridge Hill Holdings noch nie zu Wort gemeldet, auch in keinem anderen Meeting. Er fand einfach, dass er nicht derjenige war, der auf der Arbeit etwas zu sagen hatte. Außerdem war es klüger, sich zurückzuhalten, denn das Management fühlte den Jungspunden, die sich aus ihren Löchern hervorwagten, schon gern einmal auf den Zahn. Das traf natürlich nicht auf Rocky zu. Sie bildete die Ausnahme zur Regel. Ihr flog alles zu. Die Führungsetage liebte sie.

Ben betrat das Badezimmer, zog sich aus und stellte die Dusche an. Ihm war egal, ob Rocky seine Idee als ihre verkaufte. Sie war eine Freundin. Und er schuldete ihr etwas. Denn ohne sie hätte er Kate nie kennengelernt.

Er drehte sich um und steckte den Kopf zur Badezimmertür hinaus. »Was hast du gesagt?«

»Rocky findet, dass dein Talent im Risikomanagement verschwendet wird. Das habe ich gesagt.«

»Ah. Okay.«

Bevor er die Badezimmertür schließen konnte, stand Kate schon da und hielt sie mit der Hand auf. Sie trug seinen Bademantel. Er fiel locker an ihrer zarten Gestalt herab und verhüllte kaum ihren nackten Körper. Sie lächelte und hob das Kinn. »Schau in dich hinein, Simba. Du bist mehr als das, was du geworden bist.«

»Du bist so weise, Mustafa«, antwortete Ben, griff nach dem Frotteegürtel und zog daran, bis der Bademantel vollständig geöffnet war.

»*Mu-sta-fa*?«, rief sie und tat so, als sei sie verärgert. »Simbas Vater heißt *Mufasa*. Wie kann ich nur mit einem Mann zusammen sein, der nicht …?«

»Ist mir egal, wie er heißt«, raunte Ben, küsste sie hinter dem Ohr und weiter den Hals entlang.

4

»Verbrechen des Jahrhunderts?«, fragte Special Agent Emma Noble.

Briar zwängte sich aus der Nische. »Nicht hier.«

Emma stand auf. Sie war größer, als er erwartet hatte – ungewöhnlich groß, mindestens ein Meter achtzig, was er nicht einmal mit Schuhen schaffte. Der FBI-Agent straffte die Schultern, hob das Kinn und gab ihr mit einer Geste zu verstehen, voranzugehen.

Briar sammelte hastig die leeren Fastfood-Verpackungen vom Beifahrersitz seines Fahrzeugs ein und warf sie auf den Rücksitz, ehe er die Tür für seine neue Partnerin aufschloss. Der graue Chevy Suburban war sein Dienstwagen. Er überlegte, ob er sich für den Müll auf dem Rücksitz entschuldigen sollte, aber es gab keinen Grund, die Aufmerksamkeit darauf zu lenken.

»Also, was ist los?«, fragte Emma.

Sie war ungeduldig. Aber Briar war noch nicht bereit, mit der Sprache herauszurücken. Er wollte das Adrenalin noch einen Moment länger durch seinen Körper fließen lassen. Wie sehr hatte er dieses Gefühl vermisst. Den Rausch. Er blickte aus dem Seitenfenster und tat so, als interessiere er sich für einen Mann, der vor seiner mit Brettern zugenagelten Ladenfront Glas und Müll vom Bürgersteig wegfegte. Es war so weit. Endlich. Wie lange hatte er darauf gewartet.

»Briar?«

Er stützte den Ellbogen auf das Lenkrad, drehte sich zu ihr und legte seine Schlüssel in den Becherhalter. Noble war wie eine Sprungfeder, begierig darauf, sich auf verwertbare Informationen zu stürzen. Das machte ihm etwas Sorgen. Er musste die Leine straff halten.

»Ja?«

»Und? Erzählen Sie mir jetzt, was los ist?«

»Ja. Billy Monroe hat mich angerufen. Er ist der stellvertretende Direktor der Abteilung für strafrechtliche Ermittlungen.«

»Aha.«

»Ja, Billy.«

»Okay, Botschaft angekommen – Sie duzen sich. Was hat er gesagt?«

»Dieser Fall ist geheim, und alles dazu bleibt unter uns. Damit meine ich Sie, den stellvertretenden Direktor und mich. Sie werden gleich verstehen, warum. Wir werden Unterstützung bekommen, aber niemand weiß, woran wir arbeiten. Jedenfalls noch nicht.«

Briar ließ sich Zeit, den Gurt anzulegen.

»Herrgott noch mal, Briar. Und …?«

»Ein alter Entführungsfall – Zwillingsjungen, vor zwanzig Jahren in einem Vorort von Boston verschwunden. Sie wurden nie gefunden – ich habe sie nie gefunden.«

»Soll das ein Witz sein?«

»Klingelt es bei Ihnen?«

»Die Hancock-Entführung? Wirklich?«

Briar nickte und ließ den Motor an.

»Das war Ihr Fall? Verdammt. Also, was ist los? Was ist passiert?«

»Schnallen Sie sich an.«

Er schaltete das Blaulicht ein, riss das Lenkrad des SUV herum und fuhr auf die Straße.

»Kann sein, dass wir einen von ihnen gefunden haben – und vielleicht auch die Entführer. Das werden wir später erfahren.«

»O mein Gott. Moment. Jetzt? Das passiert alles gerade *jetzt*?«

Briar informierte sie über die zwei Agententeams. Das eine befand sich auf dem Weg zu einem kleinen Haus in Vermont, das andere war im Begriff, die Person abzuholen, bei der das System einen Merker gesetzt hatte.

»Was für einen ›Merker‹?«

»Es wurde ein DNA-Test gemacht. Mit einem dieser Online-Kits. Der genetische Code hat den Merker ausgelöst. Er wurde Monroe zugeschickt – nur ihm.«

»Das ist verrückt.«

»Wir fahren nach Boston – zur dortigen FBI-Zentrale. Sie liegt in Chelsea. Alle Personen, die mutmaßlich in den Fall verwickelt sind, werden dorthin gebracht. Wir werden die Befragungen durchführen, um zu sehen, was wir haben.«

Sie überquerten die Verrazano Bridge nach Brooklyn. Briar musste die Akten zum Fall Hancock noch aus dem FBI-Büro in Manhattan holen, bevor sie nach Boston fuhren. Er dachte zurück an jene Nacht, in der die Kinder entführt wurden. Die Erinnerung daran war noch immer sehr lebendig. Kaum zu glauben, dass das alles schon zwanzig Jahre her war.

Im Auto war es still. Noble behielt ihre Gedanken für sich – Briar hatte kein Problem damit. Die Skyline von Manhattan blitzte immer wieder zwischen den Brücken und den hohen Gebäuden von Brooklyn auf. Sie starrte mit der stillen Faszination einer Touristin oder eines Kindes aus dem Fenster, das auf dem Beifahrersitz saß. Als sie seinen Blick bemerkte, richtete sie sich in ihrem Sitz auf.

»Ich habe einen Aufsatz darüber verfasst, wie das FBI auf den 11. September reagiert hat.«

»Bestimmt eine spannende Lektüre.«

»Sie hatten Dienst an diesem Tag. Woran können Sie sich noch erinnern?«

Fast alle Amerikaner eines gewissen Alters hatten noch eine sehr lebendige Erinnerung an diesen Morgen. Wussten noch, wo sie da waren. Wussten noch, was sie da taten. Briar war gerade vom Parkplatz einer Kirche gefahren, als er die Nachricht hörte. Er hatte an einem Treffen teilgenommen, als der Anschlag passierte. An einem dieser Treffen, bei dem ein Fremder sagt: »Hallo, ich bin Briar«, und der Raum antwortet: »Hallo Briar.« Und dann warten alle, dass der Fremde die dunkle Seite seines Ichs offenbart. Nur hatten sie an diesem Morgen nicht »Hallo Briar« zu ihm gesagt. In dieser Gruppe kannte man ihn als »Steve«.

Steve war wahrscheinlich Alkoholiker, Briar Metcalf war ein tüchtiger FBI-Agent. Auf Anraten ihrer stets optimistischen Eheberaterin hatte seine Frau einen klitzekleinen Rettungsring über ihre Ehe geworfen. *»Werde nüchtern, dann sehen wir weiter.«*

Nach dem Treffen an diesem Septembermorgen hatte ihn ein griesgrämiger Alkoholiker auf dem Parkplatz in ein Gespräch verwickelt. Der Mann hörte sich selbst gern reden, und er hielt Briar in seinen Schimpftiraden gefangen. Als Briar sich endlich befreien konnte, erfuhr er von dem Angriff. Das FBI hatte schon den ganzen Morgen versucht, ihn zu erreichen. Alle Agenten im Land waren zusammengetrommelt worden, um auf den Anschlag zu reagieren, während Briar

Metcalf in einem Kirchenkeller in Boston in einem Kreis von Metallstühlen unter Leuchtstoffröhren gesessen und in dem trüben Leben fremder Menschen gesteckt hatte. Das war seine Erinnerung an 9/11.

»Das ist etwas, worüber ich nicht wirklich gerne spreche.«

Er sah sie aus dem Augenwinkel heraus an. Sie war von ihm weggerückt und reckte den Hals, um nach dem Tumult auf der Straße zu sehen: Zwei Polizisten zerrten gerade einen Schwarzen zu einem Streifenwagen – eine wütende Menge schrie und filmte den Vorfall mit ihren Handys.

Nachdem sie im New Yorker Büro angekommen waren, gingen sie im Gleichschritt den Flur entlang – das Büro lag an der Federal Plaza, Hausnummer 26. Es war schon seit Jahren Briars Dienststelle, aber eigentlich kannte er dort niemanden – zumindest nicht näher, seine Kontakte beschränkten sich auf ein Schwätzchen an der Kaffeemaschine über Sport. Er war lediglich daran interessiert, herauszufinden, welche Agenten fanatische Fans der New York Jets waren, nur um sie aufziehen zu können. Mehr nicht. Der Mangel an Vertrautheit störte ihn nicht. Er blieb gern für sich.

Ein Agent in einem blauen Anzug kam durch eine Tür gestürmt und streifte Briar mit seiner Hüfte, dass dieser gegen die Wand prallte. Es war zwar kein heftiger Zusammenstoß, aber Briar fiel trotzdem die Lesebrille von der Nase und glitt über den glänzenden Boden. Briar zuckte zusammen, als er sich nach ihr bückte. Wenigstens fragte Noble ihn nicht, ob alles mit ihm in Ordnung war. Der junge Kerl in dem blauen Anzug entschuldigte sich nicht einmal, sondern rannte wie ein Vollidiot den Flur hinunter – noch so ein Halbwüchsiger im Anzug. Sie hatten es alle immer eilig. Überschlugen sich vor Eifer. Gesund und jung. Die jungen Glanzlichter des FBI.

Emma Noble deutete auf die Damentoilette. Briar ging weiter zu seinem Arbeitsplatz in dem Großraumbüro. Seine Nische war wie die anderen auf der Etage eng und hatte kein Fenster. Er blieb vor seinem Schreibtisch stehen. Ein Tropfen Kondenswasser fiel von einem Rohr an der Decke und landete auf seiner Stirn. Neben seinem Stuhl hatte sich mittlerweile eine Pfütze auf dem Teppich gebildet, die nicht mehr verschwand und so groß war wie ein 10-Cent-Stück. Briar warf seine Jacke über den schwarzen Aktenschrank, der an der Seite eine faustgroße Delle aufwies, um die herum die Farbe aufgeplatzt war. Er wühlte mit seinem Zeigefinger in dem Büroklammerfach seines Metallschreibtischs nach dem Schlüssel. Die unterste Schublade des Aktenschranks sprang auf und offenbarte zwei dicke, grüne Ordner. Das Ergebnis jahrelangen Scheiterns – begraben in diesem schwarzen Sarg in seiner Bürozelle. Seit fünfzehn Jahren.

Er legte die Mappen hin und betrachtete das Bild, das hinten auf seinem Schreibtisch stand. Seine Familie blickte ihn aus einem Holzrahmen an. Das Foto war vor einem Theater am Broadway aufgenommen worden. Seine Ex-Frau lachte und vergrub ihr Gesicht in seiner Schulter. Sein Sohn hielt einen Stofflöwen in der Hand und lächelte breit, um stolz seine fehlenden Zähne zu zeigen. Briar stand steif da und grinste in die Kamera. Er hatte das Foto über die Scheidung, die erneute Heirat seiner Ex-Frau und die Namensänderung des Jungen hinweg auf dem Schreibtisch behalten. Es zeigte den einzigen glücklichen Moment einer ansonst lieblosen Ehe. Briar bedauerte manchmal, dass er sich nicht mehr Mühe gegeben hatte, dafür zu lächeln.

»Nette Familie«, sagte Noble.

Er griff nach den grünen Hängemappen. »Gehen wir.«

5

Die Heizung in dem großen Konferenzraum im zehnten Stock der Cambridge Hill Holdings war zu hoch eingestellt. Ein Schweißtropfen lief Ben Danvers vom Nacken hinunter über den Rücken. Er kam sich vor wie in einer Sauna – sein guter Anzug klebte an ihm. Er hoffte, dass der Geschäftsbereichsleiter sein Jackett ausziehen würde, denn erst dann könnte der Rest seinem Beispiel folgen. Aber dem Mann schien kalt zu sein.

Ben saß auf einem schmalen Stuhl an einer Wand, die den gleichen Farbton hatte wie der von verdorbenem Lachs. Über ihm hing ein großes Gemälde in einem schweren Goldrahmen – es zeigte ein Holzschiff, das gegen einen gewaltigen Sturm ankämpfte und dessen Bug durch eine sich brechende Welle nach unten gedrückt wurde. Die Kunstwerke in den Räumen und auf den Fluren von Cambridge Hill hatten alle nur ein Thema zum Gegenstand: den bevorstehenden Tod. Ben sah darin die nicht ganz so subtile Botschaft, dass man sich seiner Arbeitsstelle nicht zu sicher sein sollte. Rocky glaubte, dass es etwas mit der Bewältigung von Herausforderungen zu tun hatte.

Die hohen Ledersessel am Konferenztisch waren den Alphatieren vorbehalten. Ben saß gern auf den Stühlen ringsherum. Er hatte von dort aus einen ausgezeichneten Blick auf das Bostoner Viertel Back Bay und den Charles River: auf die

Möwen, die Anlegestellen und die ankernden Fischerboote, die im Wasser schaukelten. Rocky saß neben dem Geschäftsbereichsleiter.

Ben ließ den Blick über die schläfrigen Gesichter der Anwesenden schweifen. Nichts beeinträchtigte die Großhirnrinde mehr in ihrer Arbeit als zu viel Wärme und eine langweilige PowerPoint-Präsentation. Der Vortragende war aus dem Mittleren Westen angereist und hoffte, die Genehmigung für den Kauf eines Konkurrenten zu erhalten. Der Mann war ein kleines Rädchen in dem riesigen Getriebe der Cambridge Hill Holdings. Hektische rote Flecken zeichneten sich an seinem Hals ab, und er sprach aufgeregt. Anfangs tat Ben der Kerl leid, aber je länger er sprach, umso mehr schwand sein Mitgefühl für ihn.

»Mackin Industries ist ein gewinnbringender Kauf, der unsere derzeitige Plattform bereichern und enorme Synergieeffekte bieten wird …«

Der Typ hatte schon all seine Argumente dargelegt, aber er redete immer noch. Jetzt wiederholte er sich. Vielleicht muss man einen Pfeil mit einem Betäubungsmittel auf ihn schießen, damit er endlich ein Ende findet, dachte Ben.

Er legte verstohlen sein Handy in den Schoß. Seine Finger waren lang und knöchern. Ein Musiklehrer in der Mittelstufe hatte sie einmal als die perfekten Hände zum Klavierspielen bezeichnet und ihm Privatunterricht angeboten. Ida hatte diese Idee abgelehnt und Ben erklärt, dass der Mann wahrscheinlich perverse Neigungen hatte. Sie hatte ein Talent dafür, Fremde von sich fernzuhalten – und für sie war jedermann ein Fremder. Ben verdrängte die Erinnerung. Dieser Hahn blieb besser zugedreht. Es brachte nichts, über die Einsamkeit einer abgeschiedenen Kindheit nachzudenken.

Trotzdem drang immer mal wieder ein Tropfen heraus und traf ihn unvorbereitet.

Ida war wie das Wetter, an manchen Tagen schien die Sonne, an anderen Tagen stürmte es schrecklich. Aber meist war es kalt. Ben lernte in dieser Zeit, Tiefdruckgebiete zu erschnüffeln und den Wind zu lesen. Es gab viele Kinder wie ihn – sie waren gezwungen, sich auf miese klimatische Verhältnisse einzustellen. Manchmal musste er sich selbst daran erinnern, dass diese Tage vorbei waren – er hatte diesen Ort verlassen und war am Ende der Auffahrt nach links abgebogen. In Richtung Freiheit.

Er scrollte durch die Nachrichten. Lauter Polit-Müll. Der scheidende Präsident, der Ausflüchte machte. Der designierte Präsident, der Versprechungen machte. Politikexperten, die ihren Zorn und ihren Hass in zehnsekündigen Clips ausspien. In fünf Tagen würde die neue Regierung mit ihrer Arbeit beginnen.

»In Ordnung, Wally. Ich glaube, wir haben es verstanden«, sagte der Geschäftsbereichsleiter.

Ben sah den Vortragenden an und stellte sich ihn mit einem gelb gefiederten Pfeil im Hals vor.

»Was meinst du, Rocky? Sollen wir die Sache absegnen und schauen, ob Wallys Gruppe mit dem Kauf einen Volltreffer landen kann?«

Mit dem Kauf einen Volltreffer landen? Ben legte den Kopf schief und lächelte Rocky an. Sie erwiderte seinen Blick mit einem Zwinkern. Dann sah er, wie sich ihre Mimik verhärtete. *Game time*. Sie beugte sich nach vorn und drückte die Handflächen auf den Tisch.

»Wie machst du das, Wally? Klemmst du sie ein?«

»Wie bitte?«, antwortete er.

»Ich sehe keine Wölbung – also frage ich mich, wo zum Teufel sind sie geblieben?«

Ben zuckte zusammen, als der Typ auf seine Hose schaute.

»Wie bitte?«

»Ich habe hier deine Zahlen vom letzten Jahr – frisch aus der Druckerpresse. Mein Gott, Wally, das ist ein Massaker. Ein Gemetzel. Die Seiten sind triefend rot. Aber du stehst hier und sagst, dass du ein Unternehmen kaufen willst. Und da frage ich mich: Wo versteckst du nur diese prächtigen Eier?«

»Ich habe bloß …«

»Herrgott noch mal, Wally, keiner ist an deinen Hoden interessiert.«

Sein Gesicht lief dunkelrot an. »Aber wir brauchen Mackin, denn wenn nicht …«

Rocky unterbrach ihn. »Wirst du ein paar gute Leute in Ohio feuern müssen. Ich weiß.«

»Indiana. Unsere Niederlassung befindet sich in Indiana.«

Ben lächelte und hustete in seine Hand.

Sie hob das Kinn. »Wie auch immer, hier bei Cambridge Hill wird niemand zulassen, dass du noch mehr Schulden auf dich lädst. Außer natürlich, *du bist* schlau genug und hast noch eine kostengünstigere Variante auf Lager.«

Ben hatte Mitleid mit dem armen Kerl. Rocky fasste ihn nicht mit Samthandschuhen an. Arbeit bedeutete für sie Zweikampf. Wie im Football. Die alte Spielweise, ohne Helm. Nur ihre engsten Freunde wussten, dass sich hinter der rauen Fassade eine Frau mit einem großen Herzen verbarg. Aber in der Arbeit? Da war Rocky knallhart. Sie nahm sich, was sie kriegen konnte, und gleich würden die Anwesenden begreifen, warum sie den Typen aus Indiana zerlegt hatte. Sie hatte sich auf Betriebstemperatur gebracht, um die Idee, die Ben entwickelt hatte, in den Raum zu werfen. Rocky lebte für Augenblicke wie diesen.

Stattdessen sah Ben jedoch, wie sie ihren Ledersessel weg vom Tisch schob und die Beine übereinanderschlug. Sie schaute ihm in die Augen, legte den Kopf schief und zwinkerte ihm zu. Das war der Augenblick, als erste Panik in ihm aufstieg.

Mach weiter, Rock.

Tu das nicht.

Sie starrte ihn weiter an und nickte leicht.

Ben schüttelte den Kopf. Er hatte nicht die Absicht, das Wort zu ergreifen.

»Ist hier jemand anderer Meinung?«, fragte der Geschäftsbereichsleiter.

Tu das nicht, Rocky.

»Ben, wie denkst du darüber?«, fragte sie.

»Ben? Wo ist Ben?«, fragte der Geschäftsbereichsleiter und reckte den Hals. »Ah, da sind Sie ja. Möchten Sie etwas dazu sagen?«

Das war ein abgekartetes Spiel. Offensichtlich hatten sich Rocky und Kate gegen ihn verschworen. Die Anwesenden rückten auf ihren Sitzen und suchten die Stuhlreihe ringsherum nach ihm ab. Ben spürte, wie er rot wurde.

»Ähm. Ich stimme zu. Das können Sie sich nicht leisten«, sagte er etwas schneller als gewollt.

Er blickte verstohlen zu Rocky.

»Hast du eine interessante Idee, wie es funktionieren *könnte*, Ben?«, hakte sie nach.

Sein Mund wurde trocken. »Ähm.«

»Entschuldigung, Ben, könnten Sie bitte etwas lauter sprechen«, bat ihn der Geschäftsbereichsleiter und beugte sich nach vorn, um ihn besser zu sehen.

Atme. Es ist noch nie ein Meister vom Himmel gefallen. Tu so, als wärst du ein alter Hase. Strahle Selbstvertrauen aus. Heb das Kinn. Sprich aus dem Herzen. Er kannte alle Tipps aus dem Buch *Das Geheimnis, wie man seine innere Kraft entfacht*, das Kate ihm zu Weihnachten geschenkt hatte.

»Also, Mackin ist – ähm, ich meine – stark fremdfinanziert. Keiner wird dieser Firma mehr Geld leihen.«

Er nahm die Stille der Leerstellen zwischen seinen Worten deutlich wahr. Sein Hirn driftete weg – und seine Denkblase war im Begriff, den Ort des Geschehens zu verlassen. Alle starrten ihn an. Ben senkte den Blick und sprach zum Teppich. »Ihr Hauptlieferant ist ein winziger, familiengeführter Elektronikladen mitten auf dem Land.«

Ben schluckte und hustete dann in seine Faust.

Der Geschäftsbereichsleiter unterbrach ihn. »Tut mir leid, Ben, aber wir können Sie nicht verstehen.«

»Nun, ähm.« Er räusperte sich. »Sie liefern ein bestimmtes Bauteil, das entscheidend ist und speziell für Mackin hergestellt wird. Ohne diesen Lieferanten werden sie pleitegehen.«

Er hob den Blick. Keiner interessierte sich für seine Ausführungen. Er langweilte sie. Der Albtraum, den er befürchtetet hatte, war eingetreten.

»Was willst du damit sagen, Ben?«, fragte Rocky laut.

Er sah sie an. Sie lächelte und genoss den Augenblick in vollen Zügen. Für sie war die Arbeit nur ein verdammtes Spiel. Vielleicht war genau das das Geheimnis. *Spiel einfach mit.*

»Sie kaufen die falsche Firma«, stieß Ben so souverän aus, dass alle im Raum überrascht waren, einschließlich er selbst. Das Streichholz hatte gezündet. Ben spürte, wie die blaugelbe Flamme aus seinen Fingerspitzen schoss, genauso wie es im

Buch stand. »Wenn Sie diesen Tante-Emma-Laden kaufen, können Sie Mackin aushungern und später für ein paar Cent bekommen.«

Der Geschäftsbereichsleiter kritzelte etwas auf einen Zettel und schaute dann den Mann aus Indiana an. »Wally, kennen Sie diese Firma?«

»Ja, Sir.«

»Stimmt das, was Ben da sagt?«

»Es scheint eine gute Idee zu sein.«

»Allerdings. Gute Arbeit, Ben.«

Die Alphatiere klatschten leise und anerkennend auf den Konferenztisch. Bens Herz schlug doppelt so schnell wie normal. Rocky grinste. Ben formte ein »Danke« mit den Lippen.

Er genoss den Augenblick zu sehr, um zu merken, dass die Tür zum Konferenzraum aufgegangen war. Rebecca vom Empfang betrat als Erste den Raum. Vier Männer und eine Frau in blauen Windjacken folgten ihr.

»Er sitzt dort«, sagte sie und deutete in Richtung des Bildes mit dem sinkenden Schiff.

Ben nahm durch die Glückshormone, die durch seine Adern schossen, nicht wahr, wie die Agenten in den Raum stürmten. Erst als einer nach seinem Ellenbogen griff, machte er große Augen.

»Benjamin Danvers? FBI. Sie kommen mit uns.«

»Was ist los ...?« Das war Rocky. Sie war aufgestanden.

»Jetzt.«

Hände griffen nach ihm. Mehrere Paare von Händen. Sie legten sich um seine Schultern und um seinen Nacken, schoben ihn aus dem Raum und führten ihn den Flur entlang an Mitarbeitern vorbei, die ihre Köpfe aus den Büros steckten und erstaunt verfolgten, wie er über den hellbraunen Teppichboden gezerrt wurde. Die Türen des Aufzugs am Empfang im zehnten Stock begannen sich zu schließen, aber die Agentin mit dem braunen Pferdeschwanz schaffte es, sie aufzuhalten, und wies alle Fahrgäste an, auszusteigen. Ben kannte diese Menschen, und sie kannten ihn. Sie starrten ihn an. Er wusste nicht, was er sagen sollte. Er blickte sie über seine Schulter hinweg an, als sich die Türen schlossen.

»Was ist los?«, fragte er schließlich.

Schweigen.

»Ich verstehe das nicht. Was ist los?«, frage er noch einmal.

Immer noch keine Antwort. Ihm fiel nur ein, die Beamten nach ihrem Durchsuchungsbefehl zu fragen.

»Wie bitte?«, sagte der größte FBI-Agent, sichtlich verblüfft über die Frage.

Die Frau sah ihren Kollegen an und schüttelte den Kopf. Sie schien das Sagen zu haben.

Der Aufzug setzte sich rumorend in Bewegung. Und auch in Bens Bauch rumorte es. Er spürte einen immer größer werdenden Druck in seinem Darm und betete, dass er sich nicht in die Hose machte. Die Agenten führten ihn durch das große marmorne Foyer von Cambridge Hill – vorbei an den Sicherheitsbeamten, die Ben jeden Morgen begrüßte, aber die ihn jetzt ignorierten und auf ihren Posten standen wie Möchtegern-FBI-Agenten. Er kam sich vor wie ein Schwerverbrecher, und er wusste, dass er auch wie einer aussah, als er an den Menschen im Eingang vorbeiging. Die Agenten schoben ihn durch die Drehtür. Ein schwarzer SUV mit eingeschaltetem Blaulicht wartete auf der anderen Seite.

»Mr Danvers, wir bringen Sie zur örtlichen FBI-Zentrale. Die Fahrt dauert fünfzehn Minuten.«

»Bitte. Ich verstehe das alles nicht.«

»Mehr können wir nicht sagen.«

»Tut mir leid, aber …«

»Fünfzehn Minuten«, sagte die Agentin, als der Fahrer die Sirenen anschaltete und sich in den Verkehr auf der Straße einfädelte.

6

Emma Noble stemmte sich gegen den widerlichen Geruch, der von der Rückbank von Briars grauem Suburban nach vorn drang. Was auch immer dahinten lag, es war in der letzten Stunde aufgetaut. Aber da war noch mehr, was einen fürchterlichen Gestank verursachte. Nicht nur eine Sache. Sie kniff die Augen zusammen. Sie konnte die verschiedenen Komponenten fast schon auf ihrer Zunge schmecken: ranziger Müll mit einem Hauch von Fußpilz. Emma war sich sicher, dass sich das Geschmacksprofil bis zu ihrer Ankunft in der FBI-Zentrale in Chelsea noch verfeinern würde.

Als sie in Midtown Manhattan losgefahren waren, hatte Briar erst einmal alles wüst beschimpft, was sich auf oder neben der Straße befunden hatte und sein Vorankommen zu behindern drohte: Taxis, Busse, Straßenlaternen und Fußgänger. Er überdramatisierte, aber Emma musste ihm Anerkennung zollen. Sein Repertoire an Flüchen war umfangreich.

Auf dem Franklin D. Roosevelt Drive geriet er dann richtig in Rage. Hunderte von Demonstranten waren auf den Highway marschiert. Briar schaltete die Sirene und das Blaulicht ein. Die Fahrzeuge vor ihm versuchten, den Weg freizumachen, und wichen aus, wohin sie konnten, doch es dauerte eine Weile, bis eine Gasse entstand. Rechts von Emma waren ein paar Schwachköpfe aus ihren Fahrzeugen ausgestiegen und heizten die sowieso schon aufgeladene Stimmung nur noch mehr an. Ein Mann hatte einen Golfschläger aus dem Kofferraum seines Mercedes geholt und stürmte auf die Demonstranten zu. Emma fragte, ob sie anhalten sollten, um die Situation zu entschärfen. Briar erklärte ihr, dass dieser »Pöbel« nur das bekommen würde, was er verdiente. Ihre Aufgabe sei es, so schnell wie möglich nach Chelsea zu kommen.

Er schwang seinen linken Arm aus dem Fenster und rief der Menge zu, sich zu bewegen. Es dauerte etwas, bis die Demonstranten ihre erhobenen Mittelfinger eingefahren hatten und sie durchließen. Emma, durch und durch ein Mädchen aus dem Mittleren Westen, winkte ihnen zum Dank zu – was nicht dazu beitrug, dass Briars Laune sich verbesserte. Als sie endlich losfahren konnten, bretterte er in einem Affenzahn über die freie linke Spur.

Emma hatte Fragen. Sie wollte mehr über die Hancock-Entführung erfahren – und auch über Briar selbst. Aber die hervorgetretenen Adern an seinem Hals gaben ihr zu verstehen, dass sie ihn am besten vor einem Schlaganfall bewahrte, indem sie schwieg. Und so sagte sie zwanzig Minuten lang nichts.

Dann sah sie ihn an. Es hatte lang genug Stille geherrscht.

»Hier drinnen riecht's wie auf einem Fischmarkt.«

Briar kniff die Augen zusammen, und Emma kam zu dem Schluss, dass es vielleicht doch besser war, noch ein bisschen länger zu schweigen.

Sie zählte die Meilenschilder am Straßenrand – alle vierzig Sekunden tauchte ein neues auf. Sie fuhren an einem selbst gebastelten Mahnmal vorbei, drei schiefe Kreuze und eine im Wind wehende amerikanische Flagge.

»Glauben Sie, dass das Gerede stimmt?«, fragte Emma.

»Welches Gerede?«

»Das über die Terrorgefahr.«

»Ich beteilige mich nicht an Gerede.«

»Also keine Angst vor heimischem Terror?«

Er zuckte mit den Achseln. »Wer zum Teufel weiß das schon? Aber wenn Sie sich dieses Land anschauen und nicht zu dem Schluss kommen, dass wir auf einen schrecklichen Albtraum zusteuern, dann haben Sie was nicht mitbekommen. Es wird einen Bürgerkrieg geben. Finden Sie nicht auch?«

»Heute ist mein erster Arbeitstag. Man hat mir gesagt, dass ich erst einmal keine Meinung haben darf.«

»Aber Sie finden *nicht*, dass ich recht habe?«

Die Gewalt und der Hass waren zweifellos in der Gesellschaft vorhanden. Sie begegneten ihr jeden Tag. Auf der Straße. In den Nachrichten. Fast jeder, den sie kannte, hatte die politische Mitte verlassen und seine Fahne am Rand aufgestellt. Aber Emma war eine Optimistin. Vielleicht würde es eine Weile dauern, aber sie glaubte, dass Amerika sich in etwas verwandelt hatte, für das es einfach zu gut war. Es würde wieder besser werden. Irgendwann.

»Vielleicht habe ich mehr Vertrauen in die Menschen als Sie.«

Briar zuckte wieder mit den Achseln. »Glauben Sie, was Sie wollen. Aber dieser Bürgerkrieg wird kommen.«

Sie ließ das Thema auf sich beruhen. Briar war ein komplizierter Mensch, und sein Gesicht wies die Spuren eines harten Lebens auf. Blaue Äderchen überzogen seine Wangen, und seine Kieferpartie begann zu erschlaffen. Wahrscheinlich bekam er schon seit Jahrzehnten mit, was Menschen einander an Grausamkeiten zufügen konnten. Briar Metcalf war zwar ein schwieriger Kerl, aber er war ein echter Profi. Sie hatte seinen Lebenslauf dreimal gelesen. Laut dem Abteilungsleiter waren seine Instinkte unübertroffen. Emma wollte so viel wie möglich von ihm lernen. So viel, wie Briar bereit war zu geben.

»Die Hancock-Akten liegen in der grauen Tasche auf dem Rücksitz. Bringen Sie sich auf den neuesten Stand«, sagte er zu ihr.

»Brauche ich eine Tetanusspritze, um nach hinten zu greifen?«

»Übertreiben Sie's nicht, Noble. Ich bin mir noch nicht sicher, ob ich Sie mag.«

»Was? Mich mögen alle.«

***

Ben Danvers kam sich vor wie ein seltenes Meerestier in einem Aquazoo, das durch eine Scheibe bestaunt wurde – ein unbeholfener Fisch, der allein hinter dem riesigen Fenster des FBI-Konferenzraums schwamm. Agenten liefen vorbei, blieben stehen, starrten ihn an und gingen weiter. Er hatte aufgehört zu versuchen, sie herbeizuwinken. Keiner sagte etwas. Ben hatte eine Routine entwickelt, um seine Angst unter Kontrolle zu halten, und sie lief nach dem folgenden Muster ab: 1. Betrachten der Schwarz-Weiß-Fotos ehemaliger FBI-Führungskräfte an der getäfelten Wand, 2. Studieren der komplizierten Telefonanlage auf dem Tisch, 3. Gang zum Fenster, um den Verkehr auf dem Highway Nummer 1 zu beobachten.

Die Fahrzeuge in Richtung Norden fuhren aufgrund von Bauarbeiten langsamer. Straßenarbeiter in orangefarbenen Westen füllten Schlaglöcher auf, der Dampf des heißen Teers stieg von der gefrorenen Straße auf. Ben atmete langsam ein und aus. Seine anfängliche Panik hatte sich gelegt, an ihre Stelle war eine nervöse Anspannung getreten. Er dachte an Kate. Rocky wird sie sofort angerufen haben. Er wusste, dass sich Kate Sorgen machte. Die FBI-Beamten hatten ihm das Telefon und die Brieftasche abgenommen. »Vorschrift«, hatten sie gesagt. Er versuchte, sich mit der Hoffnung zu trösten, dass er sie bald anrufen könnte. Sie würden über die Verwechslung lachen. Und sie würde einen Witz darüber machen, wie gefährlich der Mann doch war, mit dem sie zusammenlebte. Aber seine Taktik, sich selbst zu beruhigen, funktionierte nicht. Er war vielmehr höllisch nervös.

Er hatte an der gestrigen gewalttätigen Demonstration nicht teilgenommen. Und das FBI würde sich bestimmt auch nicht an ihn wenden, wenn Cambridge Hill etwas Zwielichtiges im Schilde führte. Er hatte in seinem Leben überhaupt nur einige wenige Straftaten begangen, die er zugeben konnte: Er war zweimal nach einer Party mit dem Auto gefahren, als er das eigentlich nicht mehr hätte tun dürfen; er hatte ein paarmal Gras geraucht, bevor es legal war; und er hatte Footballspiele über das Internet raubkopiert. Aber das war nicht der Grund, warum er hier war. Man hatte ihm ja nicht einmal Handschellen angelegt. Sie behandelten ihn nicht wie einen Schwerverbrecher.

Die Agenten hatten keine Fingerabdrücke von ihm genommen, aber sie *hatten* ihn dazu gedrängt, einem Wangenabstrich und einer Blutprobe zuzustimmen. *Ein DNA-Test?* Sein Brustkorb hob und senkte sich nervös. Vielleicht hatten sie die Antwort auf die wichtigste Frage in Bens Leben gefunden.

Wo ist mein richtiger Vater?

Als er acht war, hatte Ida ihm plötzlich eröffnet, dass Wendall sein Stiefvater war. Einfach so, ohne Vorwarnung, ohne ein tröstendes Wort. Sie hatte es ihm nur mitgeteilt und war gegangen. Ben hatte darauf gebrannt, zu erfahren, wer sein Vater war, aber sie hatte sich geweigert, es ihm zu sagen. »*Das muss ich nicht*«, hatte sie erklärt. Er hatte sie jeden Tag aufs Neue gefragt, bis sie es satthatte und begann, ihm ein paar hinter die Ohren zu geben. Das hatte seinen Fragen ein Ende bereitet.

Ben hatte immer wissen wollen, wo sein Vater war, hatte sich Geschichten über ihn ausgedacht und herumfantasiert, dass er an einem exotischen, abenteuerlichen Ort lebte und nur so lange wartete, bis Ben alt genug war, um ihn zu retten. Eines Tages würde er die Stufen zur Veranda hinaufspringen, Ben fest umarmen und zu Ida sagen: »Der Junge kommt mit mir«, und sie würden Vermont in einem Kombi verlassen. Oder vielleicht auf einem Pferd.

Ben hatte seine Kindheit in einem muffigen Schlafzimmer verbracht, am Fenster gewartet – und den Verkehr auf dem Highway Nummer 7 beobachtet.

Der Kerl war nie aufgekreuzt.

Vielleicht wusste das FBI, warum.

7

Die Schranke am Eingangstor zur örtlichen FBI-Zentrale in Chelsea hob sich vor dem grauen Suburban. Briar blickte zu dem Gebäude hinauf. Es war neu – ein achtstöckiger Kasten mit Fenstern mitten auf einem Feld. Boston war seine erste Station nach seinem Abschluss an der Akademie gewesen, aber das Gebäude, in dem er gearbeitet hatte, lag vier Meilen entfernt und war sehr viel schäbiger gewesen als das hier.

Bei der Einweihung vor ein paar Jahren hatte Billy Monroe, stellvertretender Direktor der Abteilung für strafrechtliche Ermittlungen, neben dem Direktor des FBI gestanden. Er hatte sogar etwas für die Kameras zu sagen gehabt. Briar mochte Monroe schon seit Langem nicht mehr. Sie hatten zusammen beim FBI angefangen. Monroe war ein äußerst schlechter Ermittler gewesen, und das wusste er auch. Er bat Briar damals immer wieder, ihm bei seinen Fällen zu helfen. Bei der erstbesten Gelegenheit wechselte er in die Verwaltung. Es war das Klügste, was er je getan hatte. Billy Monroe stellte sich als politisches Genie heraus. Seine Arschkriecherqualitäten kamen ihm auf diesem Gebiet zugute, und er hatte ein Talent dafür, das richtige Rektum zu erschnüffeln.

Briar war nicht überrascht gewesen, als Monroe ihn heute Morgen angerufen hatte. Der stellvertretende Direktor meldete sich immer dann bei ihm, wenn viel auf dem Spiel stand.

Außerdem war die Hancock-Entführung Briars alter Fall und sein einziger eklatanter Misserfolg.

»Ein ziemlich starker erster Tag, oder?«, sagte Emma, als sie das Gebäude betraten.

»Wird sich zeigen.«

Eine Frau wartete auf sie, als die Aufzugstüren aufgingen. Sie war zwar klein, aber sie stand kerzengerade da und blickte ernst. Hinter ihr eilten FBI-Schlipsträger zwischen Großraumbüros, Konferenzräumen und Einzelbüros hin und her.

»Agent Metcalf? Ich bin Special Agent Theresa Michaels, die leitende Ermittlerin. Wir haben miteinander telefoniert.«

Ihr Handgriff war fast so fest wie der von Noble. Sie war jung, dafür dass sie schon eine leitende Funktion hatte, aber für Briar sahen sowieso alle jung aus.

»Der stellvertretende Direktor hat mich gebeten, Ihnen jede erdenkliche Hilfe und Unterstützung zukommen zu lassen.«

Briar bedankte sich bei ihr.

»Wir haben Mr Danvers in den Konferenzraum A gebracht. Er ist seit ein paar Stunden hier.«

»Und die Leute aus Vermont?«

Die leitende Ermittlerin deutete mit ihrem Kinn zum Ende des Flurs hin. »Das erzähle ich Ihnen in meinem Büro.«

Briar und Emma folgten ihr in das helle verglaste Eckbüro. Es sah aus wie all die anderen Büros von leitenden Ermittlern, die er im Laufe der Jahre kennengelernt hatte. Ihre Einrichtung beruhte auf demselben Prinzip: drei Teile Patriotismus, zwei Teile Familie, ein Teil bescheidene Prahlerei. In Theresa Michaels Fall bestand der letzte Teil aus einem Foto, das sie lachend mit dem rothaarigen Direktor des FBI zeigte, kurz nachdem sie eine Art Schlammrennen absolviert hatte. Entsprechend sah sie auf dem Bild aus, das die Besucher daran erinnern sollte, dass sie nur eine weitere lebenslustige Sportlerin war, die zufällig auch ein freundschaftliches Verhältnis zum Direktor pflegte.

»Es hat einen Vorfall in Vermont gegeben, über den ich Sie persönlich in Kenntnis setzen wollte.«

Sie gab Briar ihr Handy, und er blickte auf ein Foto einer Frau in einem blauen Wollpullover, die mit dem Gesicht nach unten in blutdurchtränktem Schnee lag. Das nächste Foto war noch grausamer. Er spürte, wie sein Gesicht rot wurde, und sah die leitende Ermittlerin an.

»Selbst zugefügt. Als meine Leute die Auffahrt hochkamen. Sie hat ihren Mann zuerst umgebracht.«

Briar schaute wieder auf das Foto und atmete aus.

»Alles okay?«, fragte Emma.

»Aber natürlich.« Er hielt ihr das Display hin.

Ihr Augen wurden groß, aber sie riss sich zusammen. Bisher hat sie sich sehr gut im Griff, dachte Briar.

»Was sollen sie tun?«, fragte die leitende Ermittlerin.

Briar sah wieder auf das Foto. »Tut mir leid. Wie bitte?«

»Mein Team ist noch am Tatort.«

»Klar.« Er atmete ein und gab ihr das Handy zurück. »Ich brauche Bilder und Fingerabdrücke. Wenn sie damit fertig sind, soll die örtliche Polizei das Haus sichern. Sie haben gesagt, der junge Mann ist hier?«

Theresa Michaels nickte.

»Wie geht es ihm?«

»Er ist nervös. Aber er reißt sich zusammen.«

»Was ist mit den Proben?«

»Erledigt.«

Briar sah sie an. »Ganz erledigt?«

»Ich warte auf die Ergebnisse. Müssten bald da sein. Wollen Sie mit ihm sprechen?«

Er schüttelte den Kopf. »Noch nicht.«

»Verstanden. Sie können in meinem Büro warten. Und tut mir leid wegen Vermont – aber wir konnten da nichts tun.«

Sie mussten nicht lange warten. Es klopfte, und eine dünne blaue Mappe wurde durch die Tür gereicht. Ein einzelnes Blatt Papier befand sich darin. Briar holte seine Brille hervor und überflog die Seite, bis er das Wort fand, nach dem er gesucht hatte.

ÜBEREINSTIMMUNG

Er ermahnte sich, nichts zu überstürzen. Kein Schnellverfahren. Jetzt kam es auf jeden Schritt an. Er klemmte sich die grünen Mappen unter den Arm und reichte Noble die blaue Mappe. Sie las sie auf ihrem Weg zum Konferenzraum A.

8

Die Tür zum Konferenzraum ging auf. Ben merkte, wie sein Herz einen Schlag aussetzte. Er stand auf, als eine Agentin, ungefähr in seinem Alter, das Zimmer betrat. Sie lächelte ihn ausdruckslos an und blickte zu ihrem Partner, einem älteren Typ mit weißem Haar, der ein Bowlinghemd trug und ihr folgte. Unter seinem Arm waren dicke Mappen geklemmt, und eine graue Tasche hing über seiner Schulter. Ben spürte, wie sein Mund trocken wurde und sich die Haare in seinem Nacken aufstellten.

Der Agent mit den Akten nickte. Kein Lächeln. Ben hielt seinem Blick stand. In diesen eisblauen Augen lag nichts Beruhigendes. Sie schienen sich in ihn hineinzubohren und tief in sein Inneres zu schauen, auf all seine Schwächen und Geheimnisse.

»Bitte, setzen Sie sich«, sagte der Agent und deutete auf einen Stuhl am Tisch.

Sein Ton war schroff. Ben hatte nichts anderes erwartet.

»Mr Danvers, ich bin Special Agent Metcalf. Das ist Special Agent Noble. Wie ich höre, warten Sie hier schon eine Weile. Ich entschuldige mich für die Unannehmlichkeiten.«

Es war, als hätte Ben die Zügel zu seinem Verstand losgelassen. Er galoppierte viel zu schnell, um noch etwas zu begreifen. »Tut mir leid. Ich habe Sie nicht verstanden …«

Diesmal sprach die Frau. Sie wiederholte ihren Namen. Ihr

Tonfall war sanfter. Agent Metcalf setzte sich auf den Stuhl gegenüber von Ben.

»Sie haben Fragen. Wir werden auf sie eingehen. Im Augenblick befinden wir uns in einer laufenden Ermittlung und brauchen einige Informationen. Vielleicht können Sie uns helfen. Sollten Sie das Gespräch nur in Anwesenheit Ihres Anwalts fortsetzen wollen, verstehen wir das. Das ist Ihr gutes Recht. Aber offen gesagt«, erklärte Metcalf, zwinkerte und setzte ein nicht überzeugendes Lächeln auf, »würde ich einfach gern loslegen. Aber das liegt ganz bei Ihnen. Gibt es einen Grund, warum Sie hier heute Morgen einen Anwalt brauchen, Mr Danvers?«

Ben sah die Frau an. Sie nickte. Und lächelte. Es wirkte aufrichtig.

Er hatte genug Krimis mit Kate im Fernsehen gesehen, um zu wissen, dass man auf jeden Fall »Ja« sagen musste, wenn einem angeboten wurde, einen Anwalt hinzuziehen zu können. Irgendwas lief immer schief für den Angeklagten, wenn er es nicht tat. Das Problem war, dass er keinen Strafverteidiger kannte. Außerdem saß er schon seit mehreren Stunden in diesem Konferenzraum und wartete. Ben schaute wieder zu Agent Noble. Sie hatte freundliche Augen.

»Brauchen Sie nun einen Anwalt, Mr Danvers?«, fragte Metcalf noch einmal. Diesmal ohne zu lächeln.

Ben schüttelte den Kopf.

In der Ecke des Raums stand eine Kamera, die an einem Stativ befestigt war. Metcalf zog sie über den Teppich heran, fummelte an den Schaltern, den Kipphebeln und dem Zoom herum. Er wirkte frustriert. Nach ein paar Minuten lief sein Gesicht rot an. Metcalf wurde sauer. Ben wollte nicht, dass der Kerl sauer wurde.

Agent Noble schob ihren Stuhl zurück und stand auf. »Kann ich ...?«

»Ich schaff das schon.«

»Einschaltknopf unten?«, fragte sie leise.

Metcalf brummte, und das rote Licht leuchtete auf.

Sie lächelte. »Ich habe einen Master in audiovisuellen Medien«, flüsterte sie Ben zu.

Sie sagte es in einem zurückhaltenden, aber freundlichen Ton.

»Agent Noble wird sich Notizen machen. Ich werde unser Gespräch aufzeichnen. Dann fangen wir mal an.«

Metcalf zog eine Lesebrille aus seiner Hemdtasche und legte sie auf die grünen Mappen. Anschließend spähte er in seine graue Tasche. All seine Bewegungen waren langsam. Er ließ sich Zeit, um einen Kugelschreiber hervorzuholen, griff noch einmal tiefer in die Tasche und förderte einen kleinen schwarzen Notizblock zutage, den er auf dem Tisch neben den grünen Mappen platzierte. Schließlich nahm er seine Brille zur Hand und setzte sie sich auf die Nasenspitze.

Bens Knie zuckten nicht mehr nervös unter dem Tisch – sie verkrampften sich.

Der Agent neigte den Kopf zur Kamera. »Fürs Protokoll, meine Kollegin Special Agent Emma Noble und ich, Special Agent Briar Metcalf, sind hier, um den anwesenden Benjamin Danvers zu befragen, der sich aus freien Stücken mit uns trifft. Ist das richtig, Mr Danvers?«

Ben beugte sich vor. »Ja.«

Metcalf blickte ihn über seine Brille hinweg an. Sein Blick bohrte sich in ihn hinein. »Vollständiger Name und Geburtsdatum.«

»Benjamin A. Danvers. 10. Juli 1995.«

»Wofür steht das A?«

»Für Arnau.«

Der Agent befeuchtete seine Finger und blätterte ein paar Seiten vorne in seinem grünen Ordner um. Sein Mund bewegte sich, aber er sagte nichts. Stattdessen kritzelte er etwas in sein kleines Notizbuch hinein.

»Eltern?«

»Ida Danvers. Mein Stiefvater ist Wendall Danvers.«

»Leiblicher Vater?«

»Haben Sie ihn gefunden?«

»Ihn gefunden?« Der Agent legte den Kopf schief und sah Ben über seine Brille hinweg an. »Seit wann ist er verschwunden?«

»Schon immer. Ich habe ihn nie kennengelernt.«

Metcalf seufzte verärgert. »Nein … das hier hat nichts mit ihm zu tun.«

Bens Herz begann zu rasen.

Der Agent zögerte und beugte sich nach vorn, als er sprach. »Haben Sie Geschwister?«

»Nein.«

»Nein?«

Ben schüttelte den Kopf und bemerkte den eigenartigen Blick, den der Agent und seine Partnerin sich zuwarfen. Agent Metcalf befragte ihn weiter nach seinen Verwandten: Tanten, Onkeln, Großeltern, Cousins und Cousinen. Er wollte über jeden Zweig Bescheid wissen, aber Ben hatte keine weitere Familie. Es gab niemanden außer Ida und Wendall.

»Wo sind Sie aufgewachsen?«

»In Vermont, im Rutland County«, antwortete Ben. »Ich bin dort zur Schule gegangen. Für mein BWL-Studium bin ich nach New Hampshire gezogen. Jetzt wohne ich in Boston.«

Er schaute den Agenten an, um seine Reaktion einzuschätzen, aber die Miene des Mannes verriet nichts. Er wandte sich der Frau zu. Kein Lächeln. Metcalf räusperte sich, und Ben bemerkte, wie die Körperhaltung des Agenten sich veränderte. Die einfachen Fragen waren vorbei. Jetzt wurde es ernst.

»Wann haben Sie Ihre Eltern das letzte Mal gesehen?«

»Am vierten Juli, glaube ich. Nein – Moment, das war, ähm, an Thanksgiving. Entschuldigung.«

Der Agent legte sein Notizbuch weg und drehte sich in seinem Stuhl. Er formte ein Dreieck mit seinen Händen und tippte die Fingerspitzen aneinander. Metcalf sagte nichts, sondern starrte Ben nur über seine Lesebrille hinweg an.

Vielleicht war jetzt der Zeitpunkt gekommen, Fragen zu stellen, dachte Ben. »Ich würde gerne wissen …«, begann er.

Metcalf unterbrach ihn. »Und *ich* … würde gerne etwas über die kriminellen Machenschaften Ihrer Eltern wissen. Genauer gesagt alles. Beginnen Sie mit Ihren Kenntnissen über die antiamerikanischen Aktivitäten und Verbindungen zu terroristischen Gruppen im In- und Ausland.«

Was zur Hölle?

Agent Metcalf verschränkte die Arme vor der Brust.

Was zur Hölle? Ben wandte sich wieder Agent Noble zu. Der weiche Gesichtsausdruck war verschwunden.

»Was soll das …? Mein Stiefvater ist Rentner. Er war bei der Stadt beschäftigt, im Straßenbau, und meine Mutter ist … einfach nur eine Mutter. Sie sind keine … Das stimmt nicht. Das stimmt nicht. Ich kann nicht glauben, dass Sie …«

»Mr Danvers, Ihre Mitarbeit ist hier unentbehrlich. Ich

frage Sie noch einmal. Haben Sie Kenntnisse über die kriminellen Machenschaften Ihrer Eltern?«

»Nein. Ich, äh … ich weiß nicht, was hier vor sich geht.«

Der Agent stützte einen Ellbogen auf den Tisch, legte das Kinn in die Handfläche und schaute aus dem Fenster. Er verharrte eine Minute in dieser Haltung, brummte etwas Unverständliches und sah dann wieder Ben an.

»Ich hole uns einen Kaffee. Wie trinken Sie ihn?«

Ben antwortete nicht.

»Agent Noble, kommen Sie mit?«

***

Briar lehnte sich an die Theke der Miniküche des FBI, stieß einen tiefen Seufzer aus und drehte den Wasserhahn auf.

»Wie ist Ihr Eindruck?«, fragte er und strich sich mit den feuchten Fingern über die Augen.

»Sie meinen, ob ich glaube, dass er lügt?«

Briar nickte.

»Er ist nervös. Aber nein, ich glaube nicht, dass er eine Ahnung hat, was los ist. Sie etwa?«

»Nein«, antwortete Briar und starrte auf die Zuckerdose.

»Was jetzt?«

»Wir sagen es ihm.«

Es würde für den jungen Mann hart sein, zu erfahren, was in Vermont passiert war. Und das war nur der Anfang. Es war seine Aufgabe, das Pflaster abzureißen. Aber verdammt noch mal, er war hier nicht auf einem Schulausflug. Der Kerl würde entweder damit fertig werden oder nicht. Briar warf das Papierhandtuch in den Mülleimer.

»Okay. Auf geht's.«

9

Ben ging im Konferenzraum auf und ab. Seine Angst hatte sich in Wut verwandelt.

Seine Eltern waren Rentner, die im ländlichen Vermont lebten. Kriminelle? Antiamerikanische Aktivitäten? Terroristen? Völliger Blödsinn.

Agent Metcalf hielt die Tür für seine Partnerin auf, die mit drei Styroporbechern in der Hand hereinkam. Sie stellte sie dahin, wo Ben gesessen hatte, aber er kehrte nicht an den Tisch zurück.

»Ich habe – schwarz mit Milch und schwarz mit Milch und Zucker«, sagte sie. »Für schwarz mit Zucker hatte ich keine Hand mehr fr…«

Ben starrte sie an. Er wollte keinen verdammten Kaffee.

»Ich weiß nicht, was hier los ist, aber – jetzt? Jetzt will ich einen Anwalt.«

Metcalf nickte und setzte sich.

»Das verstehe ich. Völlig. Aber wir können aufhören.«

»Genau das will ich auch«, erwiderte Ben und umfasste die Rückenlehne eines Stuhls.

Agent Metcalf schob Ben die dickste der grünen Mappen theatralisch zu, setzte sich die Brille wieder auf und deutete auf den Ordner.

»Hier stehen einige interessante Dinge drin. Dinge über Sie«, erklärte er, fuhr mit dem Zeigefinger in den Ordner und öffnete ihn. »Warum setzen Sie sich nicht wieder hin, Mr Danvers, und lassen mich eine Geschichte erzählen?«

»Ich beantworte keine Fragen mehr.«

»Zur Kenntnis genommen. Wenn Sie nach meinen Ausführungen immer noch einen Anwalt wollen, rufen wir ihn an.«

Der Agent tippte zweimal mit dem Zeigefinger auf den dicken Ordner, als bereitete er sich auf einen Taschenspielertrick vor.

Ben wartete, während Metcalf seine Brille abnahm.

»Es war Ende November. Vor zwanzig Jahren. Ich erhielt den Anruf gegen zwei Uhr morgens. Mir wurde gesagt, dass es eine Entführung gegeben hatte. Ich war damals so etwas wie ›der Spezialist‹ für solche Fälle im Nordosten.« Metcalf stand von seinem Stuhl auf, schaltete die Kamera aus und zerrte sie zurück in die Ecke.

»Ich fahre also vor diesem schönen Haus in der Vorstadt vor. Polizei, Krankenwagen und Feuerwehr sind schon da – ihre Blinklichter leuchten in die Bäume. Es ist eine Villa. Sie liegt im Wald. Drum herum sind keine anderen Häuser. Ich kann selbst im Dunkeln erkennen, dass der Rasen, die Hecken – alles sehr gepflegt ist.«

Metcalf verschränkte die Arme und lehnte sich gegen die Wand.

»Die Polizisten draußen geben mir kurz einen Lagebericht, dann gehe ich durch die Tür hinein. Das Erste, was ich sehe, sind rote Schlieren auf dem Teppich. Ich folge den Schleifspuren. Ich stoße auf die Babysitterin. Sie liegt hinter der Couch mit dem Gesicht nach unten. Ihr Körper ist kalt, die Leichenstarre ist schon dabei, einzutreten. Ich drehe sie auf die Seite. Der Teppich ist voller Blut. Ich entdecke zwei Schüsse in der

Brust. Und noch einen im Kopf. Genau hier«, sagte er und deutete auf die Stelle über seinem rechten Auge. »Sie war offenbar ein wirklich gutes Mädchen. Gerade mal fünfzehn.«

Ben schaute hinüber zu Agent Noble. Sie hatte sich nach vorn gelehnt, als ob das eine ihrer Lieblingsgeschichten sei.

»Ich weiß noch, dass ich mich konzentrieren musste, um das Weinen auszublenden, das aus der Küche drang. Die Eltern warteten dort auf mich. Es gab keine Anzeichen für ein gewaltsames Eindringen. Vielleicht hatte die Babysitterin ihren Mörder gekannt. Vielleicht hatte sie einem Fremden die Tür aufgemacht. Es war zu früh für Vermutungen. Ich inspiziere das Haus und mache mir Notizen. Nachdem ich mir einen Eindruck über die Situation verschafft habe, gehe ich in die Küche.«

Metcalf setzte sich wieder hin, aber auf einen anderen Stuhl – unangenehm dicht bei Ben – und beugte sich vor.

»Ich habe viel Grauenhaftes in meinem Leben gesehen. Aber wissen Sie, was einem im Gedächtnis haften bleibt? Nicht das Blut. Auch nicht die Blutspuren. Es sind die Geräusche der Menschen, die diesen Kummer ertragen müssen. Das ist es, was einem Albträume bereitet. Das ist es, was ein Echo hinterlässt – was zurückbleibt. Ich gehe hinein. Der Ehemann gibt keinen Laut von sich. Er reibt seiner Frau beruhigend über die Schultern. Aber ihre Schreie? Entsetzlich.«

Agent Metcalf hielt inne und lehnte sich in seinem Stuhl zurück, um Ben eine Atempause zu gönnen. »Soll ich weitermachen?«

»Was hat das mit meinen Eltern zu tun – oder mit mir?«

»Das werden Sie gleich erfahren.«

Metcalf stand auf, trat zum Fenster und schaute kurz hinaus auf den Highway, bevor er fortfuhr.

»Dieses Paar war den ganzen Abend mit Freunden unterwegs gewesen. Sie kehren heim, die Frau betritt als Erste das Haus. Sie sieht das Blut. Entdeckt die Babysitterin. Sie läuft schreiend die Treppe hinauf, um nach ihren Zwillingsjungen zu schauen – eineiige Zwillinge. Sie durchsucht die Zimmer. Sieht in den Schränken nach. Sieht unter den Betten nach. Sie öffnet die Türen des Waschtischs im Badezimmer – und betet, dass die Kinder sich versteckt haben, aber sie weiß, dass sie noch zu jung sind, um Angst vor einem Fremden zu haben.«

Metcalfs Blick wanderte zu den Kaffeebechern, die vor Ben standen. »Ich nehme den Schwarzen, wenn Sie ihn nicht trinken wollen.«

Der Agent nahm ein paar Schlucke und fuhr dann mit dem Zeigefinger über den Rand des Styroporbechers. Seine selbstsichere, ruhige Art ließ in Ben ein mulmiges Gefühl aufsteigen.

»Ich begann, Optimismus zu verspüren, dass es den Kindern gutgehen könnte. Es gab zwar eine Leiche, aber der Tatort wies nicht die typischen gruseligen Merkmale auf, die Pädophile hinterlassen. Die Eltern waren wohlhabend. Alles deutete darauf hin, dass es um Geld ging – um viel Geld. Wir stellen also unsere Aufnahmegeräte auf. Installieren unsere Kameras und warten auf die Lösegeldforderung. Wir warten drei Tage. Fünf Tage. Zwei Wochen. Nichts. Kein Anruf. Auf Wochen werden Monate. Aus Monaten werden Jahre. Die Kinder bleiben verschwunden. Einfach weg.«

Der Agent kehrte an seinen Platz zurück und drehte den Becher auf dem Tisch wie das Zifferblatt einer Uhr.

Ben atmete ein. »Was hat das mit mir zu tun?«

»Das werde ich Ihnen gleich sagen. Das FBI hat diese großen alten Computer. Hervorragende, leistungsstarke Dinger, die ständig irgendwo irgendetwas abfragen – wie zum Beispiel genetische Codes auf Datenbanken. Wenn jemand einen DNA-Test macht, wird die Sequenz mit ungeklärten Fällen abgeglichen – mit Menschen, die wir suchen. Gestern Abend haben wir eine Meldung bekommen von einer Ahnenforschungsseite. Der Code stimmt mit der DNA von einem der Zwillinge überein, die vor zwanzig Jahren entführt wurden. Der junge Mann lebt in Boston.«

Bens Brust hob und senkte sich schwer.

»Wir recherchieren kurz im Internet, und schon haben wir alle Informationen über diesen jungen Mann. Und über das Paar, das ihn in Vermont aufgezogen hat.«

Ben fiel die Kinnlade herunter. »Sind Sie …«

»Das ist verständlicherweise eine interessante Entwicklung. Und wir haben Fragen, richtig? Ist das wirklich einer der Jungen? Wer sind diese Menschen in Vermont? Sind das die Kidnapper? Jede Menge Fragezeichen.«

Ben spürte, wie seine Welt Risse bekam. Agent Metcalf schob ihm eine dünne blaue Mappe zu.

»Wir schicken also zwei Teams gleichzeitig los: das eine, um Wendall und Ida Danvers in Vermont abzuholen, das andere, um ihren Sohn an seinem Arbeitsplatz aufzusuchen und hierherzubringen. Wir nehmen von dem Mann eine DNA-Probe und eine Blutprobe.«

Der Agent öffnete die blaue Mappe und zeigte auf das Papier. *ÜBEREINSTIMMUNG.*

Ben starrte auf das Wort und versuchte zu schlucken, aber es war, als wüsste er nicht mehr, wie man richtig einatmete. Er hob den Kopf. »Ich möchte mit ihnen sprechen. Bitte.«

Agent Metcalf stockte und sah seine Partnerin an. Agent Noble blickte auf den Boden.

»Mr Danvers, das, was wir Ihnen jetzt sagen müssen, wird hart für Sie sein.«

Während Metcalf ihm ruhig erzählte, dass Ida erst Wendall und sich dann selbst erschossen hatte, schaute Ben auf den Konferenztisch. Er sah, wie sein zitternder Zeigefinger über die Maserung im Holz fuhr. »Ich glaube Ihnen nicht«, murmelte er.

»Ich würde Ihnen die Bilder lieber nicht zeigen.«

Die Rädchen in Bens Kopf begannen ineinanderzugreifen, während das, was Metcalf ihm bisher erzählt hatte, sich zu einem Bild zusammenfügte.

Entführt.

Eineiige Zwillinge.

Wendall umgebracht.

Sich selbst erschossen.

Entführt.

Ben sackte in seinem Sitz zusammen.

»Alles in Ordnung?«, fragte Agent Noble.

Er konnte nicht sprechen und nahm auch nur halb wahr, dass es an der Tür zum Konferenzraum geklopft hatte und dass Agent Metcalf die Tür aufmachte und den Raum verließ.

»Mr Danvers? Das FBI hat eine spezielle Opferschutzabteilung. Sie können ihre Hilfe jederzeit in Anspruch nehmen«, sagte Agent Noble. Ihre Sanftheit war zurückgekehrt.

»Wir werden Sie *alle* verklagen«, hörte Ben eine vertraute Stimme rufen, als die Tür zum Konferenzraum aufging.

Rocky. Sie kam hereingestürmt, einen nervösen Mann in einem blauen Anzug im Schlepptau. Ben legte den Kopf schief. Es war Wilbur Gimple, der Firmenanwalt aus dem siebten Stock. Kate betrat ein paar Schritte hinter ihnen den Raum, die Augen weit aufgerissen, der Blick besorgt.

»Wir verlangen, dass unser Mandant von einem Anwalt vertreten wird. Das ist ein Skandal«, schrie Rocky.

Gimple war sichtlich erleichtert, als er hörte, dass seine äußerst begrenzten Talente überflüssig waren. Ben wollte ein paar Minuten mit Kate allein sein. Rocky und die FBI-Agenten zogen sich aus dem Raum zurück. Er erzählte ihr, was er erfahren hatte – sie schüttelte immer wieder ungläubig den Kopf und fasste sich an den Mund. Als er fertig war, griff sie nach seiner Hand und hielt sie fest.

»Es tut mir so leid. Was kann ich tun? Was brauchst du, mein Schatz?«

»Hol mich hier raus.«

Agent Metcalf öffnete die Tür einen Spaltbreit und lugte in das Zimmer.

Kate ergriff als Erste das Wort. »Wir würden jetzt gerne gehen.«

»Nein. Wir sind noch nicht fertig. Mr Danvers, es gibt noch mehr, das Sie wissen müssen.«

10

Arnau Farres braune Winterjacke lag zusammengeknüllt im Schnee. Zwei Dutzend ausgetretene Zigarettenstummel übersäten die Lichtung am Waldrand. Das einzige Geräusch, das an diesem abgelegenen nördlichen Ort zu hören war, stammte von der Klinge einer Axt, die das Holz einer Eiche zerteilte. Es war ein stakkatoartiger krachender Ton, der von der Lichtung durch die Bäume über den zugefrorenen See hallte.

Nach jedem dritten Schlag spuckte sich Arnau in die kräftigen Hände, rieb sie an seiner verblichenen Jeans ab und rückte seine orangefarbene Strickmütze zurecht. Er drückte die Absätze seiner Stiefel in den Schnee und haute erneut zu. Sein dünnes schwarzes Hemd war schweißnass, sodass es an ihm klebte, aber er ignorierte die feuchte, beißende Kälte auf seiner Haut. Er konnte Schmerz ausblenden, wenn seine Gedanken mit anderen Dingen beschäftigt waren. Und heute Nachmittag waren sie mit Ida beschäftigt. Er schwang die Axt ein weiteres Mal wütend in das Holz – die Klinge drang durch den Baumstumpf, und die gespaltenen Teile brachen auseinander.

Er warf die geviertelten Scheite auf den Brennholzstapel und belud den Schlitten mit so viel Holz, wie das Gefährt aufnehmen konnte. Er verstaute auch die Keile, den Vorschlaghammer und seine Axt darin. Die Sonne stand schon tief. Er musste sich beeilen. Es gab einiges zu tun.

Arnau drehte den Kopf in die Richtung, aus der das Geräusch kam. Er hatte schon die gesamte letzte Stunde das Gefühl gehabt, als ob da draußen etwas sei – etwas, das ihn umkreiste, etwas, das ihn taxierte. Jetzt war er sich sicher. Er konnte das Hecheln hören. Und er wusste, dass es ein Rudel Kojoten war, ehe sie auftauchten. Arnau überlegte schnell: Die Klinge des gezackten Messers am Gürtel war zu kurz, um etwas gegen die Tiere auszurichten, und mit der Axt würde er nur einen einzigen Schlag landen können, da sie in Fleisch und Knochen stecken bleiben würde. Er schnappte sich den Vorschlaghammer und einen Holzscheit.

Acht hungrige, abgemagerte Kojoten knurrten in die Lichtung hinein. Sie fauchten und fletschten die Zähne.

Arnau sah, wie sie sich zusammenrotteten, um ihren Anführer zu bestimmen. Das Alphatier würde den Angriff einleiten; die anderen würden sich so lange zurückhalten, bis sie spürten, dass sie eine Verletzung für sich nutzen konnten. Es dauerte nicht lange, bis das Alphatier sich zeigte. Es trat aus der Gruppe, seine Nackenhaare waren aufgestellt – ein gelber Fleck befand sich zwischen seinen Augen.

Arnau warf ein Stück Brennholz nach dem Alphatier, das den Kojoten genau an dieser Stelle traf. Er jaulte und wich zurück. Aber nur wenige Meter. Dann drehte er sich und knurrte. Es war furchterregend wild und ließ keinen Zweifel daran, dass er vorhatte, ihn zu töten.

Das Tier setzte zum Sprung an.

Arnau stemmte sich mit den Fersen in den Schnee und schwang den Schlitten nach dem Alphatier, als wäre es ein Baseball aus Fleisch und Blut, der in seine Schlagzone geflogen kam. *Knack*. Der Kojote sackte in sich zusammen und fiel vor ihm in den Schnee. Der Rest des Rudels bellte und jaulte, aber es spürte, dass es sich besser zurückhielt. Das Rückgrat des Tiers war gebrochen. Es lag blinzelnd da und blähte die Nasenlöcher auf, sodass der Atem in einer dünnen Wolke aus seiner sterbenden Brust wich. Arnau zerrte seinen schlaffen Körper an den Vorderpfoten zum Baumstumpf und nahm sich einen Moment Zeit, um den Kopf mittig auszurichten. Er hob den Schlitten an und verpasste dem Kojoten den Gnadenstoß, indem er ihm die Kufen in den Leib rammte. Danach spuckte er sich in die Hände, rieb sie sich an seiner Jeans ab und rückte seine orangefarbene Mütze zurecht. Er hob den schweren Schlitten noch einmal an und schmetterte ihn mit einer solchen Wucht in die Schnauze des toten Alphatiers, das die Fangzähne zerbrachen und ihre Splitter im Schnee landeten. Der nächste Schlag drückte den Kopf des Kojoten seitlich ein. Arnau holte noch einmal aus. Und noch einmal. Und noch einmal. Er zerstampfte den Kojoten mit dem Schlitten, bis sein Schädel flach und unkenntlich war. Bis das Tier und der Stumpf eins geworden waren.

Arnau zog das gezackte Messer aus dem Gürtel, schlitzte den Bauch des toten Tieres auf, nahm die Eingeweide heraus und warf sie der restlichen Meute im Wald zum Fressen hin – sollten sie je wiederkommen.

Er griff in den verharschten Schnee und rieb ihn zwischen den Händen, bis seine Finger und Knöchel wieder sauber waren. Dann schnallte er sich die Schneeschuhe an und spannte das Seil des Schlittens über seine Brust. Grummelnd stapfte er durch den tiefen Schnee – aus dem Wald über den weiten, zugefrorenen See. Pulverschnee wehte über die flache weiße Ebene in sein wettergegerbtes Gesicht und stach ihm in die Augen, dass er blinzeln musste. In der Ferne stieg grauer Holzrauch aus dem steinernen Schornstein einer Hütte hoch.

Arnau schnallte die Schneeschuhe ab und lehnte sie gegen die Zedernschindeln seitlich am Haus. Dann stapelte er die frischen Holzscheite auf die Veranda und machte anschließend einen Kontrollgang um die Hütte, um sicherzugehen, dass alles in Ordnung war. Er versank dabei immer wieder bis zu den Oberschenkeln in Schneewehen. Schließlich zog er seine Stiefel aus und ging hinein. Die Hütte hatte innen die Farbe von dunklem Honig und war vor einem Jahrhundert von Siedlern erbaut worden. Mittlerweile diente sie einem Mann mit einem Haufen Geld als bescheidener Rückzugsort. Aber der Vater war kein Heuchler. Der Vater war rein. Und für seine Kinder da. Sein Wille geschehe.

Arnau wärmte sich die Hände vor dem knisternden, gemauerten Kamin und betrachtete das Bild auf dem Sims, eine vergilbte Fotografie, auf dem viele Kinder zu sehen waren. Hundert oder noch mehr. Sie standen in mehreren Reihen da. In der Mitte war Ida. Sie hielt Arnaus Hand. Das Kleid, das sie trug, war grün. Ihr Haar war lang.

Er konnte sich an jede Einzelheit dieses Nachmittags erinnern. An die Sonne in seinen Augen. An den Fotografen, der bei der Aufnahme auf einer wackligen Leiter stand und sie aufforderte, »Cheese« zu sagen. An den Vater, der mit verschränkten Armen streng in die Runde blickte, um sich zu vergewissern, dass sich auch alle gut benahmen. Arnau konnte sich deshalb noch so gut an jede Einzelheit erinnern, weil es der Tag war, an dem sich sein Leben veränderte. Es war der Tag, an dem Ida seine kleine Hand nahm, mit ihm in den Wald ging, seine Tränen trocknete, ihre Knie auf den moosigen, mit Tannennadeln bedeckten Boden sinken ließ und ihn zum ersten Mal umarmte. Es war der Tag, an dem er aufhörte zu weinen. Und der Tag, an dem die Einsamkeit endete. In diesem sonnendurchfluteten Wald hielt sie sanft sein Gesicht und bat ihn, ein Gelübde abzulegen – ein unschuldiges, kindliches Versprechen –, sie zu lieben und ihr zu gehorchen. Für immer. Dafür würde er nie wieder einsam sein. Arnau hielt sein Versprechen. Und sie ihres. Bis heute.

Er hörte, wie die Treppe knarrte, und drehte sich um. Der Vater kam die Stufen herunter – seine großen Hände umklammerten das hölzerne Geländer, durch dessen Balustrade sich immer noch eine silberne Girlande schlängelte. Er trug ein rotes Flanellhemd und eine Jeanshose. Sein Haar war weiß, aber er bewegte sich nicht wie ein Mann von fast achtzig. Die Menschen, die ihn kannten, waren vorsichtig in seiner Gegenwart. Der Vater war klug, gefährlich und unberechenbar – wie ein halb domestiziertes Tier, das äußerst zärtlich und furchtbar brutal sein konnte. Er war immer noch stark. Immer noch imposant. Und seine Anhänger glaubten immer noch an ihn. All das, was geschehen würde – all das, was sie vorhatten –, geschah aus Liebe zum Vater. Und aus Furcht vor ihm.

Der Mann ging in die Küche und kam ein paar Minuten später mit einem Erdnussbuttersandwich heraus – ein Weißbrot, ohne Kruste – und reichte es Arnau.

»Du hättest den Motorschlitten nehmen sollen.«

Arnau antwortete nicht.

Der Vater betrachtete das Bild auf dem Kaminsims, dann tätschelte er Arnau sanft den Nacken.

»Das war's«, sagte er. »Sie hat ihr Opfer erbracht.«

Arnau starrte in die Flammen. Er wusste bereits, dass sie tot war. Eine Leere hatte ihn im Wald erfasst, und er hatte sofort gespürt, dass es Ida war. Er verlagerte sein Gewicht, um etwas Abstand zwischen sich und dem Vater zu schaffen.

»Hör auf, dich zu bemitleiden. Du wusstest, dass dieser Tag kommen würde. Du bist kein Kind mehr, Arnau. Alle verlassen sich auf dich. Hast du verstanden? Schau mich an. Schau mich an, wenn ich mit dir spreche. Hast du verstanden?«

Arnau starrte den alten Mann an und ließ seine Augen für ihn antworten. Der Vater lächelte und küsste ihn auf die Stirn.

»Natürlich hast du das.«

11

Das Mittagsbuffet von Ringos, dem Restaurant, das auf der anderen Straßenseite der FBI-Zentrale in Chelsea lag, war fast vorbei. Kate hatte in Bens Namen darum gebeten, dass das Gespräch an einem anderen Ort fortgesetzt werden sollte und nicht im Konferenzraum des FBI. Doch im Lokal war es genauso deprimierend. Die Vorhänge waren zugezogen. Es war dunkel und fast leer. Die kümmerlichen Reste der Salatbar waren welk – der mittlerweile braune Kopfsalat ertrank in schmelzendem Eiswasser. Auch die Warmhaltelampen konnten die Pizza nicht mehr wiederbeleben. Ben verzichtete darauf, etwas zu essen, und ging zum Getränkespender. Kate legte ihre Hand auf seinen Rücken.

Er holte tief Luft und wappnete sich.

Die vier hatten in einer geräumigen Nische im hinteren Teil des Restaurants Platz genommen. Die Agenten saßen an der Wand mit Blick auf den Eingang. Die grünen Mappen lagen vor Metcalf, als würden sie gleich wieder aufspringen, wie ein Schachtelteufel der Informationen.

»Okay«, sagte Ben. »Ich möchte es hinter mich bringen.«

Agent Metcalf faltete die Hände auf dem Tisch. »Wir befinden uns noch immer in einer laufenden Ermittlung und suchen nach Ihrem Bruder. Ich brauche noch mindestens achtundvierzig Stunden, um sie abzuschließen.«

»Sie suchen ihn schon seit zwanzig Jahren. Wie kommen

Sie darauf, dass Sie in zwei Tagen Erfolg haben werden?«, fragte Kate.

Metcalf gab Agent Noble mit einem Nicken zu verstehen, antworten zu dürfen.

»Die Jungen sind eineiig. Wir können Gesichtserkennungssoftware einsetzen«, antwortete sie.

»Der Secret Service muss auch noch eine Hintergrundüberprüfung zu Ihrer Person durchführen. Er hat um etwas Zeit gebeten«, fügte Metcalf zu.

»Der Secret Service?«, fragte Kate.

Metcalf ließ die Katze aus dem Sack, ohne die Miene zu verziehen. »Ihre leibliche Mutter ist Kimberly Hancock.«

Die Luft in der Nische schien mit einem Mal elektrisch aufgeladen zu sein – der Moment vor einem Donnerschlag.

»BEN!«, stieß Kate aus und fasste sich an den Mund. »O mein Gott – du bist einer der Zwillinge!«, flüsterte sie dann. Und griff nach seiner Hand. »Mein Gott.«

Ben starrte Metcalf fassungslos an.

Die designierte Vizepräsidentin Kimberly Hancock?

Er kannte ihre Geschichte. Die ganze Welt kannte ihre Geschichte. Kimberly Hancock stammte aus einer Familie des amerikanischen Geldadels. Ihre Zwillinge wurden im Kleinkindalter entführt, und ihr Mann, ein Medizinforscher, – *mein richtiger Vater* – starb fünf Jahre später an Krebs. Ihr konnte politisch niemand etwas anhaben. Sie war unantastbar. Das Land hatte sie betrauert und bejubelt, als sie sich aus ihrer Tragödie erhob. Ihre Stimme hatte die Kraft eines Donnerschlags entwickelt. Die Dornenprinzessin.

»Mein Gott, die ganze Welt hat nach dir und deinem Bruder gesucht.«

Ben blinzelte, damit sich die Welt um ihn herum nicht so

schnell drehte. Es funktionierte nicht. Er starrte auf den lackierten Tisch und wusste, dass ihn alle ansahen und auf seine Reaktion warteten. Kate streichelte seinen Nacken. Das machte alles keinen Sinn. Was sollten Ida und Wendall mit Kimberly Hancock zu tun haben? Und aus welchem Grund?

Er blickte den altgedienten Agenten an, der ihm gegenübersaß. »Glauben Sie, dass meine Mutter und mein Stiefvater mich von *ihr* entführt und eine Babysitterin umgebracht haben?«

Metcalf schüttelte den Kopf. »Ich bin immer davon ausgegangen, dass es eine Einzelperson war. Sie halten Ida und Wendall doch nicht zu einer solchen Tat fähig, oder?«

»Nein. Sie sind – sie *waren* nicht gewalttätig.«

Der Agent zuckte mit den Achseln. »Ich habe die Bilder gesehen. Heute ging's ziemlich gewalttätig zu.«

Wieder Schweigen. Kate strich ihm tröstend über den Rücken. Eine Erinnerung stieg in ihm auf. Er musste sieben oder acht gewesen sein. Seine Schulfreunde waren zu Besuch gekommen und übernachteten bei ihm. Wendall hatte ein Zelt für sie im Garten aufgeschlagen. Ben starrte an die Wand und versuchte, sich an den Reim zu erinnern – an den, den er und seine Freunde aufsagten, als sie in den Schlafsäcken lagen. An den, den sie immer benutzten, um sich gegenseitig Angst zu machen.

Willie und Fred, klein und nett
Schlafen brav in ihrem Bett
Überall Blut, wohin man sieht
Während das Monster sich verzieht
Und alle wissen, für Willie und Fred
Ist es VERDAMMNT NOCH MAL zu spät

»Schatz? Alles in Ordnung?«

Ben sah Agent Noble an. Er wollte es von ihr hören.

»Bin ich Willie oder Fred?«, fragte er flüsternd.

Sie schaute ihren Partner an. »Tut mir leid, wir kennen Ihren Namen nicht.«

Ben spürte, wie er aus seiner Verankerung gerissen wurde. Er war nicht der, für den er sich gehalten hatte. Er war ein Niemand. Eine Träne lief ihm über die Wange. Kate zog ihn zu sich heran. Hielt ihn ganz fest. Küsste ihn aufs Ohr, küsste ihn auf die Wange, küsste ihn auf die Schläfe. »He«, sagte sie und wartete, bis er ihr in die Augen sah. »Du bist *Ben*«, beruhigte sie ihn und drückte ihm einen langen, festen Kuss auf das feuchte Augenlid.

Er sah die FBI-Agenten auf der anderen Seite des Tisches an. Sie starrten ihn unbewegt an – taxierten ihn. *Ist er authentisch? Können wir ihm glauben? Kann man ihn in die Nähe der Vizepräsidentin lassen?*

Ben wischte sich das Gesicht ab. Dann sprach er leise, aber bestimmt. »Sie fragen sich, was ich für ein Mensch bin. Sie versuchen herauszufinden, ob mit mir etwas nicht stimmt.«

»Das geht *mich* nichts an«, erwiderte Metcalf.

»Sie fragen sich, ob ich eine Bedrohung bin.«

»Und wenn es so ist, wird der Secret Service sich darum kümmern.«

»Glauben Sie, dass ich eine Bedrohung bin?«

»Es ist alles gut, mein Schatz. Keiner denkt das«, sagte Kate.

»Glauben Sie das, Agent Metcalf? Glauben Sie, dass ich eine Bedrohung bin?«

Ben sah, wie Agent Noble ihren Partner anschaute, als wollte auch sie das gern wissen.

»Meine Meinung als langjähriger Agent des FBI? Nein.

Aber hören Sie – was weiß ich schon? Ich bin nur für Fundsachen zuständig. Und Sie wurden gefunden. Ich fahre weiter fort mit meiner Arbeit.«

»Dann finden Sie bitte meinen Bruder.«

Agent Noble nickte. »Wir werden uns alle Mühe geben.«

Ben nahm die Hände vom Tisch und lehnte sich mit dem Rücken an die Wand der Nische – ein Zeichen dafür, dass er mit den FBI-Agenten fertig war, wenn sie mit ihm fertig waren. Metcalf klappte die grüne Mappe zu, griff nach seiner Jacke, stand auf und blickte Ben an.

»Wenn ich Sie wäre, würde ich das, was Sie gerade erfahren haben, so lange wie möglich für mich behalten. Kosten Sie Ihre Privatsphäre aus, denn Sie werden bald keine mehr haben. Ihr Leben wird kompliziert werden.«

12

Emma Noble sah ihren Partner unruhig herumtigern. Er drehte eine Runde nach der anderen in dem vorübergehenden Büro, das ihnen in der örtlichen FBI-Zentrale in Chelsea zur Verfügung gestellt worden war, und hatte das Handy unter das rechte Ohr geklemmt. Metcalf sprach mit dem stellvertretenden Direktor Monroe und brachte ihn auf den neuesten Stand, was ihre Ermittlungsarbeiten der letzten sieben Stunden anging. Emmas Aufgabe hatte darin bestanden, sich mit der Abteilung für Gesichtserkennung und Analyse, kurz F. A. C. E. Services genannt, in Verbindung zu setzen, um nach dem eineiigen Zwilling von Benjamin Danvers zu suchen. Briar durchforstete die neueste digitale Gesichtserkennungsdatenbank, NGI-IPS, nach Vorstrafen von Ida und Wendall Danvers. Im Flur waren laute Stimmen zu hören. Metcalf blickte finster drein und steckte einen Finger in das freie Ohr, während er mit dem anderen Monroe lauschte.

»Ja, so sieht es aus. Wendall Danvers scheint nichts damit zu tun zu haben. Er hat die Frau erst nach der Entführung kennengelernt. Keine Vorstrafen. Er ist in der Stadt aufgewachsen, in der sie gelebt haben. Keine dubiosen Verbindungen. Im Moment gehen wir davon aus, dass er nur ein Opfer war.«

Briars störrisches Gebaren hatte sich in den letzten Stunden etwas gebessert. Er war geduldiger und hilfsbereiter, als

Emma das erwartet hatte. Als Ermittler war er ganz in seinem Element – er hatte die Kontrolle und das Sagen. Als Mensch musste er jedoch noch an ein paar Dingen arbeiten.

»Nein, Sir. Das ist eine völlig andere Sache. Ida Danvers ist ein Gespenst. Wir haben nichts zu ihr gefunden. Rein *gar* nichts, nicht einmal einen Führerschein. Ihre Sozialversicherungsnummer war gefälscht. Es ist, als hätte sie nie existiert, bevor sie nach Vermont kam. Ja. Verstehe.« Briar zog die Augenbrauen hoch. »Ja. Das haben wir zurückbekommen. Meine Partnerin, Emma Noble, hat sich darum gekümmert. Ich reiche das Telefon weiter.«

Emma holte tief Luft, bevor sie mit Monroe sprach, einem Mann, der dafür vorgesehen war, der nächste Direktor des FBI zu werden.

»Guten Tag, Mr Monroe, Agent Noble hier … Ja, wir haben den Zwilling gefunden. Nein, Sir. Das sind *keine* guten Nachrichten. Er hieß James Reid. Er ist als Jugendlicher gestorben … bei einer Bootsexplosion auf einem See in Missouri. Es gab vier Tote bei dem Unglück: Steven und Beverly Reid, der Hancock-Junge und einer seiner Freunde … Ja, wir sind uns sicher. Agent Metcalf hat mit dem ermittelnden Polizisten aus Missouri gesprochen. Alle Opfer wurden am Unfallort identifiziert und ihre Identität durch zahnärztliche Unterlagen bestätigt … Der Polizist hat keine Fremdeinwirkung feststellen können, Sir. Es war nur ein Unfall. Boot und Treibstoffleitungen waren alt … Ja, Sir, ich gehe davon aus, dass noch einmal ein Blick darauf geworfen werden muss. Natürlich. Er ist hier. Danke, Sir.«

Emma reichte Briar das Telefon zurück, rieb sich die feuchten Handflächen an den Hosenbeinen ab und horchte, wie Metcalf dem stellvertretenden Direktor erzählte, was sie über

Steven und Beverly Reid in Erfahrung gebracht hatten. Sie kannte die Geschichte schon. Steven Reid hatte eine alleinerziehende Mutter geheiratet. Sie zogen den Jungen gemeinsam auf. Und Beverly Reid war, wie Ida Danvers, ein Gespenst.

»Okay, Billy. Bis dann«, verabschiedete sich Briar und ließ sein Handy in die Tasche seines Hemds fallen.

Emma wartete darauf, dass er sprach.

»Er will, dass wir eine offizielle Nachbesprechung abhalten – übermorgen in Washington. Kimberly Hancock wird benachrichtigt. Wir sind erst einmal fertig.«

»Fertig?«

»Wir fahren morgen früh zurück nach New York. Ab jetzt sind wir nur noch Zuschauer.«

»Aber was ist mit Benjamin Danvers? Wer wird ihm erzählen, was seinem Bruder passiert ist?«

Briar zuckte mit den Achseln und nahm sein Handy aus der Hemdtasche.

Emma stand schnell auf. »Nein. Ich will es ihm sagen.«

Briar hielt ihr das Telefon hin.

Sie drückte seine Hand nach unten. »Persönlich. Das hat er verdient.«

***

Arnau Farre ging die Treppe hinauf, seine Hand glitt dabei über das Eichengeländer. Er betrat das kleine Zimmer und setzte sich auf sein Kinderbett. Er musste noch etwas schlafen, bevor er abreiste. Aber vorher wollte er sie noch einmal lesen. Er zog die Schublade seines Nachttischs auf und nahm das Bündel Briefe heraus. Die frankierten Uchläge, die Gummibänder zusammenhielten, waren von Hand adressiert.

Er hatte Ida seit zwanzig Jahren nicht mehr gesehen. Und genauso lange auch schon nicht mehr mit ihr gesprochen oder ihr geschrieben. Das war nun einmal nicht erlaubt – sie hatte ja einen Sohn und eine Familie. Ein Brief von einem anderen Mann hätte ihr ohnehin schon schwieriges Leben noch beschwerlicher gemacht. Und gefährlicher. Aber Ida konnte ihm schreiben – vorausgesetzt sie war vorsichtig. Und das tat sie auch. Die Briefe waren clever. Sie war schon immer die Kluge gewesen. Die ersten Seiten waren aus ihrer Sicht geschrieben. Die Seiten danach – so wie sie sich vorstellte, dass er antwortete. Idas Worte waren so viel besser als seine. Im Laufe der Jahre hatte sie Streitigkeiten erfunden, die sich über mehrere Briefe zwischen ihnen hinzogen und an deren Ende sie sich immer wieder auf wunderbare, feinsinnige Weise versöhnten. Sie hatte ihre Freundschaft durch diese Briefe aufrechterhalten. Und dann hatte sie diese Freundschaft irgendwie zu einer Liebe erblühen lassen – ohne dass auch nur ein einziges Wort von Arnau selbst stammte. Diese Briefe. Diese Liebe. Sie blieben das Wahrhaftigste in Arnau Farres Leben.

Der Umschlag zuoberst war blau. Er war der letzte Brief, den sie ihm geschickt hatte. Arnau nahm ihn zur Hand und versuchte mit geschlossenen Augen ihren Duft zu erschnuppern. Dann strich er über die Stellen, an denen ihre Finger den Umschlag berührt haben mussten. Dieser Brief war anders als die anderen. Sie hatte keine Seiten mehr aus seiner Sicht verfasst. Der Brief enthielt einen Befehl – keine Bitte. Etwas, das Idas Opfer erträglicher machen würde. Sie vertraute darauf, dass Arnau ihn ausführen würde – ganz gleich, was passierte.

Und das würde er. *Ganz gleich, was passierte.*

Er griff nach dem kleinen Bild in dem Umschlag, steckte es in seine Brieftasche und legte sie auf die Kommode. Bevor er das Licht ausmachte, hielt er sich den Brief noch einmal ans Gesicht. Er presste seinen Mund auf die Stelle, wo Ida einen Abdruck mit ihrem Lippenstift hinterlassen hatte.

***

Emma Noble hatte Mühe, den Wagen rückwärts einzuparken. Schließlich schaffte sie es, und das Auto stand in einer Reihe mit den anderen Fahrzeugen am Straßenrand im Bostoner Stadtteil North End gegenüber von Giuseppas Pizzeria. Sie saß im Dunkeln und biss in einen Cheeseburger, während sie Benjamin Danvers und seine Freundin durch das Panoramafenster des Restaurants beobachtete. Eigentlich sollte sie ihn erst in einer Dreiviertelstunde in seiner Wohnung treffen. Aber sie fand, dass sie die Zeit bis dahin für eine *Observierung light* nutzen konnte. Das hörte sich professioneller an als das, was es in Wirklichkeit war – nämlich Voyeurismus.

Es war ein ereignisreicher Tag gewesen. Emma wollte ihm noch ein bisschen mehr Spannung abgewinnen. Sie war davon fasziniert, die beiden zusammen zu sehen – und zu wissen, worüber sie redeten. Zu wissen, dass sie versuchten, all das zu begreifen, was heute geschehen war. Sie trank einen kleinen Schluck Coca-Cola aus einem weißen Pappbecher und ließ den Tag Revue passieren. Sie dachte noch einmal über die Ereignisse und ihre Eindrücke nach. Sie hatte Benjamin Danvers während des gesamten Verhörs genau beobachtet. Briar hatte die richtigen Fragen gestellt, und Emma hatte sich auf Benjamins Reaktionen konzentriert.

Auf der Fahrt nach Boston hatte sie überlegt, was er für ein Mensch war. Ob er vielleicht eine Persönlichkeitsstörung hatte? Oder etwas noch Schlimmeres? Emma hatte ihn studiert, aber nichts Ungewöhnliches entdecken können. Er war ein normaler Mensch mit fast schon schrecklich authentischen Reaktionen auf unfassbare Nachrichten. Sie teilte Briars Meinung – er war einfach nur ein Opfer. Aber im Gegensatz zu ihrem Partner tat es ihr weh, mitanzusehen, wie das Leben von Benjamin Danvers aus den Angeln gehoben wurde.

Sie wischte sich mit einer Serviette den Mund ab und ließ den halb gegessenen Burger in die Tüte fallen. Benjamin und Kate saßen aneinandergeschmiegt da – ihre Köpfe berührten sich. Sie sahen harmonisch aus. Sie passten zusammen. Das war für jedermann sichtbar. Und wenn sie »es« sah, verspürte sie unwillkürlich einen Anflug von Eifersucht. Es war schon eine Weile her, dass sie sich eine Pizza mit einem Mann geteilt hatte, der das Potenzial gehabt hätte, mehr als ein Freund zu sein. Es war schon eine Ewigkeit her. Sie hatte sich daran gewöhnt, das fünfte Rad am Wagen zu sein – ein Date-Anhängsel für ihre Freunde.

Alles zu seiner Zeit, lautete der Ratschlag ihres Vaters. *Misch dich weiter unters Volk – es wird passieren.* Das war nett, aber nicht besonders hilfreich. Mehr Ratschläge gab es nicht. Ihre Mutter war diejenige gewesen, die immer die richtigen Worte gefunden hatte. Die in einem sanften Tonfall zu ihr gesprochen und sie liebevoll umarmt hatte.

Emma berührte die kleine Kuhle am Ansatz ihres Halses. Das Kribbeln war schon seit dem Morgen da. Manchmal glaubte sie, einen sechsten Sinn zu haben. Oder eine Art übersinnliche Wahrnehmung. Sie konnte keine Löffel verbiegen und war hundsmiserabel in Schick, Schnack, Schnuck. Und bei Ratespielen lag sie auch nie richtig. Aber sie konnte, im Gegensatz zu anderen Menschen, Kummer, Wut und Angst hinter den Augen eines Fremden sehen. Vielleicht war es kein sechster Sinn – vielleicht war es nur Einfühlungsvermögen.

Sie sah, wie Kate Benjamin auf die Wange küsste. Emma atmete so kräftig aus, dass die Windschutzscheibe beschlug. Sie freute sich, dass Ben jemanden an seiner Seite hatte, der ihm beistand. Jemand, der für ihn da war am schlimmsten Tag seines Lebens. Das war gut. Das war das Allerwichtigste.

Ein alter Mann in einer weißen Schürze trat an den Tisch und wischte sich die Hände an der Brust ab. Er lächelte breit und gestikulierte wild, während er sprach. Die beiden grinsten ihn an. Der Mann küsste Kate auf die Stirn und beugte sich vor, um Benjamin das Haar zu strubbeln. Emmas Schultern sackten nach unten. Benjamin hatte Wurzeln. Er hatte Menschen, die sich um ihn kümmerten. Er würde die Sache durchstehen.

Sie sah, wie das Paar Arm in Arm über die Straße zu ihrer Wohnung ging. Emma sollte in fünf Minuten bei ihnen eintreffen. Sie würden auf sie warten. Es würde ihr erster Auftritt allein als FBI-Agentin sein. Sie war sich der Einmaligkeit dieses Moments bewusst. Emma drehte die Lautstärke auf und nahm die Klänge von ABBA in sich auf wie eine beruhigende Brise. *Du schaffst das, Emma.*

13

Kate Malone bot Emma den schönsten Sitzplatz in der kleinen Wohnung an, einen hellbraunen Sessel. Emma besaß ein ähnliches Exemplar; sie hatte ihn vor ein paar Tagen auf der Straße entdeckt und zu ihrer Wohnung geschleppt, ein Weg von vier Blocks und fünf Stockwerken. Das Apartment von Benjamin und Kate war so schick eingerichtet, wie ihr Geldbeutel es zuließ. Es war eine kleine bunte Mischung aus Neuem und Altem. Sie erkannte das Bemühen, sich mit dem zufriedenzugeben, was günstig und zu haben war – und dem Ganzen trotzdem noch hier und da eine persönliche Note zu verleihen. Der Sessel war wahrscheinlich das teuerste Möbelstück. Der Couchtisch hatte seine besten Tage schon hinter sich. Er stand vor einem Sofa, über das eine blaue Stoffhülle gespannt war. Emma vermutete, dass sich darunter ein gruseliges Polstermonster verbarg.

Die anfängliche Aufregung darüber, dass ein Gast im Haus war, hatte sich bei dem Australian-Shepherd-Welpen gelegt. Er hatte sich in der Mitte des Raums niedergelassen und nagte an einem Spielknochen, den er zwischen seinen übergroßen Pfoten hielt. Benjamin saß mit Kate auf dem blauen Sofa – sie drückte beruhigend seinen Oberschenkel.

Das Paar war ungefähr so alt wie Emma. Sie sprachen die gleiche Sprache – sie hätten zusammen aufwachsen und Freunde aus der Highschool sein können. Aber heute Abend waren sie weit davon entfernt, etwas gemeinsam zu haben. Die eine überbrachte wichtige Nachrichten, der andere empfing sie. Zum ersten Mal spürte Emma die gewaltige Macht von Informationen.

Briar hatte es sich dann doch noch einmal anders überlegt und sie erst nicht allein gehen lassen wollen. Aber Emma war hartnäckig geblieben. Benjamin Danvers hatte es verdient, die Neuigkeiten von jemanden zu erfahren, der in der Lage war, mehr Wärme aufzubringen als Briar. Schließlich hatte er zugestimmt. *»Keine Spekulationen. Tun Sie nicht so, als würden Sie Dinge wissen, die Sie nicht wissen.«*

Das Paar beugte sich nach vorn und wartete, dass sie zu sprechen begann.

»Wir haben Neuigkeiten, was Ihren Bruder angeht. Es tut mir leid …«

Sie erzählte ihm von dem FBI-Gesichtserkennungsprogramm und von der Bootsexplosion. Emma sah, wie Kates Blick hin- und herwanderte, wie sie die Informationen in sich aufnahm und wie sie dann zu ihrem Freund schaute, um sich zu vergewissern, dass es ihm gut ging.

Emma hatte sich Sorgen gemacht, wie er die Neuigkeit auffassen würde. Er verkraftete sie gut. Sie hatte ihm die schlechte Nachricht wenigstens so schnell überbringen können, dass er sich keine großen Hoffnungen gemacht hatte. Sie erhob sich von ihrem Sessel. Ihr erster Tag war nicht einfach gewesen, aber sie war zufrieden mit sich. Sie hatte ihre Arbeit getan. Und zum ersten Mal fühlte sich Emma Noble wie eine *richtige* FBI-Agentin.

»Was passiert jetzt?«, fragte Benjamin.

»Es wird sich bei Ihnen jemand melden, wurde mir gesagt.«

Briar wäre mit dieser Antwort zufrieden gewesen. Sie war vage.

»Wie haben Sie sich kennengelernt?«, fragte Emma und griff nach ihrer Jacke.

Kate antwortete. »Durch einen Freund von mir. Er arbeitet auch bei Cambridge Hill. Im April werden wir zwei Jahre zusammen sein. Liebe auf den ersten Blick.«

»Es freut mich für Sie, dass Sie sich gefunden haben«, sagte Emma und fragte sich, wann sie ihren Mr Right treffen würde. »Dann mache ich mich mal wieder auf den Weg. Benjamin, vergessen Sie nicht, was ich Ihnen zu unserer Opferschutzabteilung gesagt habe. Sie könnten Ihnen helfen. Okay?«

»Sie wollen doch sicher, dass ich Mrs Hancock kontaktiere, oder?«, fragte er, bevor Emma zur Tür hinausgehen konnte. »Muss ich das? Kann ich damit nicht noch warten?«

Emma sah, wie Kate erstarrte.

»Was?«, stieß seine Freundin aus.

»Kate, ich bin nicht verrückt, nur weil ich mir das erst einmal noch durch den Kopf gehen lassen möchte«, sagte er abwehrend.

»Da gibt es *nichts* nachzudenken«, widersprach sie ihm. »Zwanzig Jahre, Ben. *Zwanzig Jahre.* Wie kannst du diese arme Frau auch nur eine Sekunde länger warten lassen wollen?«

Er warf Emma einen flehentlichen Blick zu, als würde sie die Macht besitzen, das Problem zu lösen. Seine Welt brach gerade in sich zusammen. Aber das war nicht ihre Angelegenheit. »Ich finde selbst hinaus. Sie haben ja meine Visitenkarte.«

Emma ging zum Auto. Sie würde ihren Vater anrufen und ihm erzählen, was für einen interessanten Tag sie gehabt hatte. Er würde keine Einzelheiten erfahren wollen. Er wusste, dass das nicht möglich war. Sie würde ihm auch erzählen, dass sie übermorgen nach Washington reisen und die hohen Tiere treffen würde. Ihr Vater würde wollen, dass sie Uncle Gunny besuchte. Und dann, das wusste sie, würde er sich den Rest des Anrufs beschweren: über einen Nachbarn, der zu laut Musik hörte; über ein schlechtes Essen, für das man ihm zu viel abgeknöpft hatte; darüber, dass es in St. Louis zu viel schneite – oder zu wenig. Sie würde lachen und ihm sagen, dass er sich damit abfinden müsse.

Morgen würde sie zurück in New York City sein. In der Arbeit würde es ruhiger zugehen. Damit hatte sie kein Problem.

***

Keiner der beiden sprach. Selbst der Welpe saß da und schaute – er spürte, dass etwas Wichtiges bevorstand. Kate saß am Küchentisch, die Beine angezogen, sodass die Knie das Kinn berührten.

Ben hatte vor einer Stunde den Anruf erhalten. Er hatte das Kürzel nicht erkannt, mit dem sich die Behörde üblicherweise meldete, aber die Person hatte sich vergewissert, dass Ben sich die private Handynummer von Kimberley Hancock notiert hatte, indem er ihn sie zweimal wiederholen ließ. Er hatte die Zahlen ordentlich auf einen Zettel geschrieben. Ben hielt das Handy in der Hand, um anzurufen. Er legte es wieder auf die Küchentheke. »Ich will das nicht. Ich will nicht jemand anderes werden.«

»Ein Treffen mit deiner richtigen Mutter wird doch nichts daran ändern, wer du bist.«

»Es wird alles ändern. Und das weißt du auch«, widersprach er ihr.

»Es wird *uns* nicht ändern. Das werde ich nicht zulassen. Und jetzt hör auf, ein Weichei zu sein.«

Ben drehte sich um. Kate grinste. Sie deutete mit dem Kopf auf das Telefon und zog die Augenbrauen hoch. »Benjamin, ruf jetzt deine Mutter an.«

Er spürte, wie sich seine Brust zusammenzog, aber er wählte trotzdem die Nummer.

Eine Frau meldete sich, sie klang angespannt und unsicher.

Kates Hand wanderte zum Mund.

»Hallo? Mein Name ist Ben. Ich glaube … ich bin Ihr Sohn.«

TAG ZWEI

14

Ben konnte nicht schlafen. Er lag hellwach da. Abgesehen von etwas Straßenlicht, das durch die Jalousien fiel und Streifen an der Decke bildete, die hin zu den Ecken und dann die Wände hinunter verliefen, war es dunkel in seinem Zimmer. Seine Augen folgten der Geometrie des Lichts, doch sein Geist wanderte nicht mit. Er blieb an den dunklen Stellen haften. Schon die ganze Nacht tauchten die Bilder und Geräusche seiner Kindheit auf. Sie waren einmal wahre Erinnerungen gewesen, jetzt waren sie etwas anderes. Falsche, verstreute Fetzen – Seifenblasen, die vor dem Fenster eines Hochgeschwindigkeitszuges entlangzogen. Ida auf den Knien im Garten, ihre blauen Handschuhe voller Erde; das metallische Klirren von Wendalls Schraubenschlüssel, der unter die Motorhaube fällt; der Gute-Nacht-Kuss, das Klicken beim Ausschalten der Nachttischlampe, der Gute-Nacht-Gruß, die sich schließende Tür und das im Flur ausgehende Licht. Die Dunkelheit seines Schlafzimmers.

Bens linke Körperhälfte war taub. Kate lag dort und schmiegte sich fest an ihn – einen Arm auf seinem Bauch, ein Bein um seines geschlungen. Der Welpe hatte es sich auf seinen Knien gemütlich gemacht. Ben konnte sich nicht mehr rühren. Ein sanftes Ersticken. Er ließ sich gern von ihnen fesseln – sie waren wie Nähte, die seine Wunden schlossen.

Ben glaubte daran, dass er die Hälfte von etwas war. Es erschien ihm richtig, dass da noch jemand war – ein Puzzleteil, das seine Hohlräume ausfüllte und ihn zu etwas Ganzem werden ließ. Er vermutete, dass er die schwächere, leisere Hälfte war. Sein Zwilling trug wahrscheinlich das Laute in sich. Das Lachen. Die Kraft. Er hätte eigentlich einen Bruder und einen Freund gehabt. Er versuchte sich vorzustellen, was sie zusammen hätten unternehmen können. Wie es wohl gewesen wäre, nie einsam zu sein. Ida hatte ihm das genommen. Sie hatte ihm seine Kindheit gestohlen. Sie hatte ihm alles genommen.

Ben betrachtete Kate, die sich an seine Brust schmiegte. Er tastete nach ihrer Hand und ließ seine Finger durch ihre gleiten. »Ich liebe dich«, flüsterte er. »Ich dich auch«, murmelte sie. Ben ließ ihre Hand wieder los und blinzelte an die Decke. Warten auf die Morgendämmerung.

***

Arnau Farre brauchte keinen Wecker, der ihn um zwei Uhr morgens weckte. Seine Augen waren geöffnet und hatten sich bereits an die Dunkelheit gewöhnt. Er setzte sich auf und rollte sich steif aus dem Bett. Die Taschen waren gepackt: ein grüner Seesack, ein großer Koffer auf stabilen Rädern und eine Werkzeugkiste aus Stahl. In dem Seesack hatte er seine Kleider, Toilettenartikel, eine Handfeuerwaffe und ein maßgefertigtes Scharfschützengewehr verstaut – das restliche Gepäck war nicht seins.

Die Tür des Vaters am Ende des Flurs stand einen Spaltbreit offen. Arnau hörte das gleichmäßige brummende Geräusch eines Menschen im Tiefschlaf. Nur der weiße Hinterkopf des Vaters lugte heraus, der Rest steckte unter einer schweren Daunendecke. Arnau schloss die Tür.

Es schneite – eine feine, weiße Schicht. Arnau schlüpfte in seine Stiefel und ging zum Schuppen. Er zog an der Kette. Die gelbe Glühbirne erhellte das alte, dunkle Holz. Vier Angelruten lehnten an der hinteren Wand neben einem Regal mit Werkzeugen und einer Kettensäge. Zwei Benzinkanister aus Metall und ein grauer Kanister aus Plastik zum Mischen von Öl und Benzin für einen Zweitaktmotor standen auf dem Boden hinter einer drei Jahre alten Schneemaschine.

Arnau verstaute die Taschen und stieg auf den kalten Sitz des Motorschlittens. Die Scheinwerfer leuchteten auf eine Hemlocktanne neben der Hütte, deren Äste den Schnee auffingen. Er hielt inne und bewunderte den Baum – als Kind war er hinaufgeklettert und hatte sein erstes erlegtes Reh an ihm aufgehängt. Vielleicht würde er ihn nie wieder sehen.

Er jagte mit dem Motorschlitten über den See. Der eisige Wind belebte sein wettergegerbtes Gesicht. Er fühlte sich frei. Die Erinnerung an einen Sommertag stieg in ihm auf. Er war noch jung und fuhr mit dem Fahrrad eine asphaltierte Straße entlang, die so neu und so schwarz war, dass seine Reifen über Glas zu jagen schienen. Er folgte einem Mädchen in einem grünen Kleid, ihr langes Haar flatterte, und der Wind spielte mit den rosafarbenen Bändern an ihrem Lenker.

An jenem Tag brachte er zum ersten Mal einen Menschen um.

15
SOMMER 1978

In den 1970er-Jahren legten Bauunternehmer zuerst die Straßen an, um potenziellen Käufern zu zeigen, dass sie aus der staubigen, baumlosen Weite wirklich ein Wohnviertel machen wollten. Es war Sommer, und rote Vermessungsbänder flatterten im Wind. Fundamente aus Beton säumten die neu geschaffene Straße. Sie sahen aus wie offene Gräber. Das Ehepaar, das im Nathan Hale Drive wohnte, hatte das Musterhaus gekauft. Es war das einzig bezugsfertige Haus in der außerhalb von Boston gelegenen Trabantenstadt »The Colonials«. Die Begeisterung des Paares hatte sich seit dem späten Frühjahr gelegt, denn sie hatten nicht damit gerechnet, dass ständig schwere, lärmende Baumaschinen herumfahren würden – und auch nicht damit, dass immerzu Schmutz aufgewirbelt und als fester Film auf den Fenstern und der weißen Vinylverkleidung haften bleiben würde.

An diesem Morgen war es still. Sonntags hatte die Raupe auf der anderen Straßenseite ihren freien Tag. Mr Atamians Frau war zu ihren Eltern gefahren. Der Mann öffnete das Fenster. Er hörte Kinderlachen und drückte auf den roten Knopf seiner Kaffeemaschine, die gluckernd mit ihrem Brühvorgang begann.

Mr Atamian nippte an seinem dampfenden Becher, zog den Bademantel fester zu und öffnete die Haustür. Sein Garten war eine kahle Ödnis. Die Gärtner hatten Stroh über den gesäten braunen Boden verteilt. Das Gras hatte noch keine Wurzeln in die Erde geschlagen. Die Samen drohten bei jedem Regenguss in die Straßenrinne geschwemmt zu werden. Er drehte den Wasserhahn auf. Der angeschlossene grüne Schlauch wand sich, bis das Wasser den Rasensprenger erreichte und in einem kümmerlichen dünnen Strahl auf den trockenen Boden sprühte. Er hob die Zeitung von der Treppe auf.

»Hallo!«, rief ein Mädchen, das auf einem blauen Fahrrad vorbeiflitzte.

Ein Junge erhob sich von seinem gelben Bananensattel und trat kräftig in die Pedale, um sie einzuholen. Mr Atamian nahm einen kleinen Schluck seines Kaffees und winkte. Dann kehrte er in die Küche zurück, setzte sich an den Tisch und überflog die Schlagzeilen. Sekunden später las er gebannt die Sportseite. Die Red Sox hatten zu einem Höhenflug angesetzt. Es war ausgeschlossen, dass die Yankees sie noch einholten – nicht mit Yaz, Fisk, Rice, Lynn, Evans, Tiant und Eckersley. Erst Juni, und schon acht Punkte Vorsprung. Wenn keine Katastrophe mehr passierte, konnten sie wirklich die Meisterschaft gewinnen. Boston würde durchdrehen.

Er hatte gerade mit dem Kreuzworträtsel begonnen, als es klingelte. Er zog seinen Bademantel fester zu und öffnete die Haustür. Die Kinder, die vor wenigen Minuten auf ihren Fahrrädern an ihm vorbeigeflitzt waren, standen auf der Treppe.

»Mein kleiner Bruder muss ganz dringend auf die Toilette. Kann er Ihr Bad benutzen?«, fragte das Mädchen.

Der Bruder hatte Grübchen und sah nicht älter aus als elf. Er hatte ein rotes Gesicht und trat von einem Fuß auf den andern. Mr Atamian machte die Tür weit auf.

»Den Flur entlang. Die erste Tür auf der rechten Seite.«

Der Junge lief ins Haus. Das Mädchen in dem grünen Kleid blieb in der Diele stehen. Eine rosa Schultasche hing über ihrer Schulter. In der Stadt rauchten die Jugendlichen in ihrem Alter Gras und trugen Schlaghosen.

»Sind Sie reich?«, fragte sie.

»Nicht wirklich«, lachte er. »Wo wohnt ihr?«

»In einer Straße dort drüben«, erklärte sie und zeigte irgendwohin in die Ferne. »Ich heiße Ida«, sagte sie und trat in die Küche. »Lösen Sie da gerade ein Kreuzworträtsel?«

Er nickte.

»Kann ich helfen?«

»Es ist ganz schön schwierig.«

»Fragen Sie mich etwas.«

Er seufzte und schaute auf das Rätsel. »Griechischer Gott der Finsternis. Sechs Buchstaben. Letzter Buchstabe ›S‹.«

Ida verzog das Gesicht und blickte zur Decke. »Erebos?«

Er sah auf das Rätsel und fuhr mit dem Radiergummi seines Nummer-2-Bleistifts über die Kästchen, um zu prüfen, ob die Antwort passte. »Wie alt bist du?«, fragte er.

»Raten Sie.«

»Vierzehn?«

»Gar nicht so schlecht.«

»Du bist sehr klug, Ida.«

»Der Vater nimmt nur die Klugen. Fragen Sie mich noch etwas.«

»Ich verstehe dich nicht so ganz.«

»Ich habe gesagt, dass Sie mich noch etwas fragen sollen.«

Der Junge im Bad hatte es nicht eilig. Er legte das Glasfläschchen und die lange Nadel auf die silberne Ablage unter dem Spiegel. Dann zog er die Spritze mit dem Gift auf, so wie man es ihm beigebracht hatte. Er streifte seine Turnschuhe ab und schlich auf Zehenspitzen zur Küche.

»Ist es … Zustimmung?«, fragte Ida.

Mr Atamian kicherte und füllte die Kästchen aus. Der Junge näherte sich lautlos dem Mann, der ihm den Rücken zuwandte, und nahm Blickkontakt mit Ida auf. Sie deutete auf das Rätsel. Mr Atamian hatte den Kopf gesenkt. Sein Hals lag frei, und Arnau Farre stach tief mit der Nadel hinein. Barry Atamian fasste sich unwillkürlich an die Stelle, an der das Gift in ihn eingedrungen war.

»Au! Verflucht.«

Der Mann hatte schon keine Gewalt mehr über seinen Arm. Er hing schlaff an ihm herab. Sein Kopf fiel nach vorn und rollte über seine Schulter. Die Augen blieben geöffnet. Er war bei Bewusstsein. Ida beugte sich über den Tisch und betrachtete sein Gesicht.

»Das ist Arnau. Der Vater sagt, dass er eines der wichtigsten Kinder in unserer Schule ist. Sie wissen alles über unsere Schule, oder?«

Die Augen des Mannes weiteten sich, denn er hatte verstanden. Ida griff in ihre Schultasche und legte den Inhalt auf den Tisch: ein Skizzenbuch, eine gefaltete Plastikplane, ein Fleischmesser. Mr Atamian lief Sabber aus dem Mundwinkel.

»Nicht sprechen.« Ida reichte Arnau das Skizzenbuch und den Bleistift Nummer 2 des Mannes. »Arnau kann hervorragend zeichnen. Ehrlich, er ist richtig gut.«

Sie nahm die gefaltete Plastikplane, stand vom Tisch auf, breitete sie auf dem neuen Holzboden aus, als würde sie ein Gästebett beziehen, und glättete die Falten mit den Händen. Dann zog sie den locker gewordenen Gürtel von Mr Atamians Bademantel fest zu, schnappte sich einen Kuli aus seinem

Keramikbecher, nahm einen Schluck seines Kaffees und begann, sein Kreuzworträtsel zu lösen.

Mr Atamians Augen wanderten hin und her, während Arnau zeichnete.

Ida blickte auf ihre Uhr und legte den Stift weg. »Willst du ihm deine Zeichnung zeigen?«

Der Junge drehte sie um.

»Ha! Schauen Sie nur, wie toll sie ist.« Sie steckte das Skizzenbuch in ihre Tasche und beugte sich zu dem Mann, sodass er ihr mit seinem Blick folgen konnte. »Mr Atamian, der Vater spricht Ihnen sein Beileid zu Ihrem Tod aus. Sie hätten uns Paula nicht wegnehmen dürfen, soll ich Ihnen ausrichten.«

Arnau umfasste die Lehne des Stuhls, auf dem der Mann saß, lehnte sein Gewicht hinein und schaukelte den Sitz so lange hin und her, bis Mr Atamian auf die Plastikplane fiel. Er landete auf seinem Bauch. Ida hob den Saum ihres Kleids und machte einen Knicks auf der Höhe seines Ohrs.

»Der Reinemachtrupp kommt gleich. Sie werden nicht mehr hier sein, wenn Ihre Frau zurückkehrt. Es war nett, Sie kennenzulernen.«

Arnau drückte sein Knie in Barry Atamians Rücken, griff in sein lockiges schwarzes Haar, zerrte seinen Kopf nach hinten und ließ das Fleischmesser über seine Kehle gleiten. Nur wenige Minuten später lieferten sich das Mädchen und der Junge wieder ein Wettrennen und jagten auf ihren Fahrrädern die neue Straße hinunter. Arnau übernahm dabei kurz die Führung, und der Wind blies in sein fröhliches Gesicht.

16

Arnau beschleunigte den Motorschlitten über den zugefrorenen See und den schmalen Pfad hinunter, der sich mit einem privaten Feldweg kreuzte. Er fuhr alle vierzehn Tage diesen Weg, um an einer Tankstelle einzukaufen, die ungefähr eine Meile entfernt lag und vier Zapfsäulen hatte. In den letzten vierzig Jahren hatte er schon viele Tankwarte kommen und gehen sehen. Aber sie hatten alle eins gemeinsam – sie waren gelangweilt. Gelangweilt davon, nachzufragen, an welcher Zapfsäule die Kunden getankt hatten. Gelangweilt davon, Fremden den Weg zu erklären. Gelangweilt davon, die Toilettenschlüssel auszuhändigen. Das Tankstellenpersonal kannte Arnau Farre, und sie mochten ihn, weil er nichts zu erzählen hatte, keine Wegbeschreibung brauchte und auch nicht den Schlüssel fürs Klo.

Fünfzig Meter bevor der Pfad endete, stellte er den Motor ab und knipste eine LED-Taschenlampe an und wieder aus. Zweimal. Das Fernlicht eines Fahrzeugs antwortete.

Arnau nahm seine Taschen und ging den Rest des Weges zu Fuß. Auf der Fahrerseite des Pick-ups, einem Ford F-150, saß eine Frau. Wahrscheinlich lief der Wagen schon eine Weile im Leerlauf. Arnau wusste, dass er aufgetankt und bereit war für die Fahrt. Sie öffnete die Tür und stieg aus, dick eingepackt in mehrere Lagen von Jacken und Schals. Die Frau war Mitte fünfzig, stämmig gebaut und machte einen sehr wehrhaften Eindruck. Sie reichte Arnau eine Zimtrolle.

»Bist du bereit?«, fragte sie.

»Achte darauf, dass er das Statin nimmt. Er vergisst das gern. Ich habe das Arzneifläschchen neben das Waschbecken gestellt.«

Sie nickte und fasste nach seinem Unterarm. »Viel Glück.«

»Sag mir kurz, was ich über den Pick-up wissen sollte.«

»Gehört einem Kerl, der gerade in der Fabrik in der Nachtschicht arbeitet. Er wird erst wissen, dass ihm sein Wagen gestohlen wurde, wenn er Feierabend hat. Ich vermute, dass der Diebstahl zwischen sieben und acht Uhr morgen früh gemeldet sein wird.«

Er nickte. Das war okay. Er wollte den Wagen in der Stadt abstellen, noch bevor ihn jemand vermisste. Arnau öffnete die Tür des Pick-ups und verstaute seine Taschen auf dem Rücksitz. Dann stieg er ein und legte seine Beretta in die Konsole. Er hatte vor, das Tempolimit einzuhalten und nicht aufzufallen, aber man wusste ja nie. Der Polizist, der versuchen würde, ihn aufzuhalten, hätte keinen angenehmen Morgen.

Die Frau ging den Weg entlang zu dem Motorschlitten, der sie zum Vater bringen würde. Plötzlich blieb sie stehen und stapfte zurück zu dem Pick-up. Sie stieg auf das Trittbrett, steckte ihren Arm durch das offene Fenster, griff nach Arnaus Schulter und hielt sie fest.

»Du kommst zurück, Arnau Farre. Hörst du?«

Er tätschelte ihre Hand, drückte sie kurz und schob sie dann weg.

***

Der gestohlene Pick-up rollte durch die leeren Straßen der Innenstadt, ohne auf eine rote Ampel zu stoßen. Die einzigen Fahrzeuge, die ihm begegneten, waren ein Müllwagen, ein paar Taxis und der Lieferwagen einer Bäckerei – die Stadt schlief noch. Arnau bog nach rechts in eine Gasse ein und parkte an einer Mauer mit roten und weißen Graffitis hinter einem grünen Müllcontainer. Drei Holzpaletten lehnten gegen den schmutzigen Backstein. Er schaltete seine Scheinwerfer aus und wartete.

Zehn Minuten beobachtete er die Gasse, bis er im Rückspiegel sah, dass sich etwas bewegte. Es war der Schatten eines Mannes, der auf ihn zukam. Arnau griff nach der Beretta, ohne sein Ziel aus den Augen zu verlieren. Der Mann blieb ein paar Autolängen von dem Pick-up entfernt stehen und lehnte sich an die Mauer, um sich eine Zigarette anzuzünden. Arnau erkannte das Gesicht, als die Streichholzflamme aufflackerte. Er senkte die Waffe und begann zu zählen – die orangefarbene Glut leuchtete alle fünfzehn Sekunden auf.

Der Kerl im Schatten rauchte drei Zigaretten, bis ein weiterer Mann auftauchte. Er war der letzte im Bund. Arnau sah, wie er die Gasse entlangkam. Der Grieche trug eine Jogginghose, an deren Beinen ein silberner Streifen verlief. Er ging wie ein Leichtathlet und rollte jeden Schritt kontrolliert und kräftig ab. Seine breite Brust füllte die Jacke des Trainingsanzugs aus, deren Reißverschluss er zugemacht hatte. Die Krempe seiner Baseballmütze saß so tief, dass sein Gesicht nicht zu erkennen war. Aber Arnau wusste, dass es der Grieche war.

Der Mann an der Mauer warf seine Zigarette weg und ging zur Beifahrertür. Der Grieche wanderte um die Motorhaube herum zu dem offenen Fenster auf der Fahrerseite und schob seine Baseballkappe hoch, sodass Arnau seine gottverdammte Nase sehen konnte. Sie zeigte in alle Himmelsrichtungen. Vor vielen Jahren brauchte er einmal eine Lektion. Arnau war ein ausgezeichneter Lehrer. Er hatte das Gesicht des Griechen so lange bearbeitet, bis sie eine Übereinkunft erzielt hatten. Sie hielt bis heute.

»Die Nummer des Wegwerfhandys?«, fragte Arnau. Der Grieche gab sie ihm, und er tippte die Ziffern in sein Telefon. »Die Tasche liegt hinten.«

Der Grieche nahm die Rolltasche und hob den Griff an.

»Schick mir eine Nachricht, wenn du fertig bist.«

Der Grieche nickte. Er winkte dem Mann auf der Beifahrerseite des Wagens kurz zu. Dann drehte er sich um und ging die Gasse wieder hinauf. Die schwere Rolltasche zog er hinter sich her.

Arnau legte die Beretta zurück in die Konsole und wartete, dass sein Beifahrer einstieg.

»Hey, Arnau.«

Er sprach den Mann mit seinem Decknamen an. »Morgen, George.«

George hatte ein rundes Gesicht mit einer Knubbelnase und großen Glupschaugen – sie traten so weit hervor, als könnten sie durch den Raum fliegen, wenn er kräftig nieste.

»Wohin geht die Fahrt?«, fragte Arnau.

»Das Parkhaus in der 27th Street«, antwortete George und schnallte sich an. »Parkdeck Nummer drei. Lilafarbener Toyota Camry.«

Arnau legte den Gang ein und fragte sich, warum der Idiot ein lila Auto ausgesucht hatte.

»Ida?«, fragte George.

Arnau nickte.

George schüttelte den Kopf und seufzte. Mehr musste nicht gesagt werden. Sie ließen den Pick-up im Parkhaus stehen und fuhren mit dem lila Camry auf einem Umweg ins ländliche Pennsylvania.

17

Drei Koffer bewachten die Wohnungstür. Ein weiterer lag offen neben Ben auf dem Bett. Offen. Es war sein Koffer. Er würde ihn »befüllen«, hatte er vor fünfzehn Minuten zu Kate gesagt, als sie hatte helfen wollen. Jetzt wünschte er sich, er hätte sie den Koffer packen lassen. Die Wahl der Garderobe erwies sich als eine knifflige Angelegenheit. Was sollte man anziehen, wenn man die zukünftige Vizepräsidentin der Vereinigten Staaten traf? Er schaute im Internet nach. Anzug und Krawatte – wenn es sich um einen formellen Anlass handelte. Aber bei ihm war es ein doppelter Anlass. Er kehrte ja auch von einer Entführung zurück. Was zog man da an?

Ben schlüpfte in eine Khakihose, knöpfte sein Hemd zu und hatte sich gerade einen blauen Blazer übergestreift, als Kate in den Raum kam. Sie musterte ihn von oben bis unten.

»Ich habe gerade in der Schule angerufen und ihnen mitgeteilt, dass ich den Rest der Woche nicht da sein werde. Rocky regelt alles für dich bei Cambridge Hill Holdings. Kommst du klar?«

Ben kam nicht klar, aber es war gut, dass Kate das Kommando übernahm. Gestern Abend hatte sie eine Stunde lang mit der »Person« aus Kimberly Hancocks Büro gesprochen, um Absprachen zu treffen. Sie hatte die Details auf gelbes Bastelpapier geschrieben und war die Reiseroute mit ihm durchgegangen, während er sich nach seiner Dusche abgetrocknet hatte. Die Informationen waren zu schnell auf ihn eingeprasselt, und er hatte beschlossen, dass er sie nicht wirklich verstehen musste, solange Kate sie verstand. Sie war gut darin, solche Dinge zu regeln.

Ein Mitarbeiter von Camp Waggy Paws hatte den Welpen um sieben Uhr morgens abgeholt. Auf dem Weg zur Tür hatten Ben und der Hund sich angesehen. Der kleine Australian Shepherd hatte mitleiderregend aus seinem Käfig geblinzelt. Er war noch nicht bereit, irgendwohin gebracht zu werden. Ben auch nicht. Er warf Turnschuhe, Unterwäsche, ein paar bequeme Hemden und eine Jeans in seinen Koffer. Kate ging im Wohnzimmer auf und ab. Ben wartete, bis sie an ihm vorbeigezogen war, um sein Gepäck zu den anderen Koffern zu stellen.

Er verbrachte die letzten fünf Minuten am Küchentisch und schaute aus dem Fenster hinaus auf die Menschen auf der Straße, die ihren Tag ganz gewöhnlich begannen. Ben liebte normale Tage. Der heutige Tag war kein normaler Tag. Er spürte, wie Finger seine Schultern massierten und sich in seinen Nacken gruben.

»Du bist verspannt«, sagte Kate.

»Unglaublich«, erwiderte er.

Kate lachte und küsste ihn auf den Hinterkopf. »Das wird schon wieder, mein Schatz.«

Das Klopfen kam zur rechten Zeit. Ben machte die Tür auf. Ein Riese in einem blauen Anzug stand vor ihm. Kate versuchte, dem gewaltigen Kerl ihren Koffer in die Hand zu drücken. Er beachtete ihn nicht.

»Der Wagen steht an der Straße. Ich bin Greer. Sie werden direkt hinter mir gehen – und Sie legen Ihre Hand auf meinen

Rücken. Sollten Sie sie wegziehen, werde ich meine Waffe zücken. Verstanden?«

Ben nickte.

»Was soll ich tun?«, fragte Kate.

»Was immer Sie wollen. Ich bin nicht Ihretwegen hier.«

Kate warf Ben einen Blick zu, dann kicherte sie – und murmelte, dass sie sich wohl um sich selbst kümmern müsste.

Ben saß im Fond der Limousine und starrte auf Greers Hinterkopf. Der Riese hatte auf dem Beifahrersitz Platz genommen. Seine Birne, die größte, die Ben je gesehen hatte, stieß gegen den Autohimmel. Die Fahrt dauerte nicht lange. Nach wenigen Minuten bog der Wagen rechts ab – in die Einfahrt eines privaten Flugplatzes, der am Stadtrand lag. Ein Arbeiter in schweren Stiefeln und einem blauen Parka öffnete das Metalltor und winkte den Wagen auf die Rollbahn.

Ben sah, wie das Flugzeug in den Sinkflug ging und zur Landung ansetzte. Er bemerkte erst, dass es eine Gulfstream war, als die Maschine wendete. Ein sehr glänzendes Exemplar. Der Buchstabe »H« zierte das Heck in stilisierter Kursivschrift. Kimberly Hancock saß darin. Er fragte sich, wie er sie ansprechen sollte. Nicht mit Mutter. Madam Vice-President Elect kam ihm zu förmlich und sperrig vor. Frau Senatorin erschien ihm etwas überholt, da sie in wenigen Tagen in ihr neues Amt eingeführt werden würde. Kimberly war viel zu vertraut. Er gab auf.

Der kühle Wind wehte Ben durchs Haar, als er neben dem Wagen stand, Kate untergehakt an seiner Seite – er konnte sich nicht erinnern, dass sie so etwas schon einmal gemacht hatte. Auch sie war nervös.

Die Flugzeugtür senkte sich. Ein sehr schlanker Mann in einem schmalen Anzug klappte die Treppe herunter. Dann richtete er sich auf, drehte sich um und sprach mit jemandem im Inneren der Maschine.

Ben holte Luft. Gleich würde sie herauskommen.

Und dann sah er, dass … nein. Sie kam nicht heraus.

Ein Mann eilte die Stufen hinunter, das graue Haar seiner Vorstandsvorsitzendenfrisur bewegte sich nicht im Wind. Sein Anzug war teuer und sein Lächeln strahlend. Er streckte seinen Arm aus, noch bevor er in Reichweite von Bens Hand war.

»Benjamin! Mein Gott! Schön, Sie zu sehen. Ich bin David Plimpton«, begrüßte er ihn mit einem festen Handschlag. Er lächelte noch immer. »Und Sie müssen Kate sein. Wir freuen uns, dass Sie hier sind.«

Kate schaute Ben an und atmete tief ein.

David Plimpton legte einen Arm auf Bens Rücken und drehte ihn zu dem Flugzeug. »Ihre Mutter wollte herkommen, aber ich habe ihr davon abgeraten. Die Presse folgt ihr überallhin. Sie wird am Flughafen in Washington auf Sie warten – in einem privaten Bereich, damit Sie sich ohne Paparazzi kennenlernen können, die ihre Kameras auf Sie richten.«

Ben bedankte sich bei ihm.

Plimpton blieb stehen und fasste Ben an die Schulter.

»Ich mag mir nicht vorstellen, was Sie in den letzten vierundzwanzig Stunden durchgemacht haben. Wir alle sind immer noch dabei, das Ganze zu begreifen. Aber sie ist überglücklich – es ist alles, was sie sich je gewünscht hat. Nur der Zeitpunkt ist schrecklich. Wir stehen gerade unter enormem Druck wegen der Amtsübergabe. Urteilen Sie nicht zu schnell über sie. Sie ist wunderbar.«

Ben betrat die Kabine der G550 Gulfstream. Es roch darin wie in einem Neuwagen. Die Innenausstattung war übertrieben elegant: hochglanzpolierte Maserholzakzente, Obstkörbe, Vasen mit bunten Blumen, weiche Ledersitze mit dem aufgestickten Buchstaben »H« auf den Polstern. Das Siegel der Vizepräsidentin hing an der Wand, eingewickelt in dünne, durchsichtige Plastikfolie, die in ein paar Tagen entfernt werden würde. Ein Fotograf beobachtete das Geschehen vom hinteren Teil des Flugzeugs aus und lehnte seine Kamera an einen Ledersitz. Eine stämmige Frau, die ein schwarzes Wollkleid und eine Perlenkette trug, stand neben ihm.

»Benjamin, das ist Riley McGraw«, sagte David Plimpton. »Sie ist für die Öffentlichkeitsarbeit zuständig. Sie werden sie eine Zeit lang brauchen. Riley ist äußerst gut in ihrem Job.«

»Alle sind überglücklich, Sie zu Hause willkommen zu heißen«, sagte die Frau in dem schwarzen Wollkleid.

David Plimpton gab Ben und Kate mit einer Geste zu verstehen, die Plätze gegenüber von ihm einzunehmen. Zum ersten Mal in seinem Leben saß Ben auf einem Sessel entgegen der Flugrichtung. Es fühlte sich seltsam an. Alles fühlte sich seltsam an.

Plimpton beugte sich nach vorn und klatschte in die Hände. »Kate, Sie müssen mir einen Gefallen tun. Wir würden Sie nach der Landung gern in einen separaten Wagen setzen. Aber Sie werden Ben bald wiedersehen. Die designierte Vizepräsidentin freut sich darauf, Sie kennenzulernen, aber wir sollten ihr etwas Zeit gönnen, in der sie mit Benjamin allein ist. Ohne dass andere Menschen sie ablenken. Was halten Sie davon?«

»Ich hätte Kate gern bei mir«, sagte Ben.

Kate schüttelte den Kopf. »Nein. Er hat recht.«

David Plimpton schenkte ihnen ein gewinnendes Lächeln und stand auf.

»Riley, sie gehören ganz dir«, sagte er und griff in seinen Nadelstreifenanzug nach seinem Handy.

Die Frau nahm auf dem Sessel Platz. Sie atmete durch die Nase ein, dann setzte sie ein kühles Lächeln auf, das unangenehm lange anhielt. Ben erwiderte ihren Blick und wusste nicht so recht, was er sagen sollte. Riley McGraw neigte ihren Kopf zu Kate und schenkte ihr das gleiche frostige Lächeln. Ben hatte die Erfahrung gemacht, dass Menschen, die so lächelten, fast nie etwas Witziges zu sagen hatten.

»Benjamin, haben Sie schon einmal vor Publikum gesprochen? Oder vor einer Kamera gestanden?«

Er schüttelte den Kopf.

»Was macht ein Risikomanager bei Cambridge Hill Holdings?«

»Ich, ähm, schaue mir Dinge an, die, äh potenziell …«

Sie zog die Augenbrauen hoch. »Okay, Sie sind also *kein* geborener Redner.«

»Er ist nur nervös«, warf Kate ein. »Aber einer der klügsten …«

»Und was machen *Sie*?«, unterbrach Riley McGraw sie scharf.

»Ich bin Lehrerin an einer Grundschule.«

»Aha«, sagte sie und lächelte Kate gequält an. Dann bat sie Ben, sich nach rechts und nach links zu drehen. »Sie sind eine sympathische Erscheinung mit schönen Augen. Traurigen Augen. Die Leute mögen Gesichter wie Ihres.«

Ben blickte über ihre Schulter hinweg zu David Plimpton, der telefonierte und dabei fließend Chinesisch sprach.

Riley McGraw wartete und fuhr erst fort, als Ben sie wieder ansah. »Die Presse kennt Ihre Geschichte. Das bedeutet, dass uns eine Menschenmenge am Flughafen erwarten wird, die wir in den Griff bekommen müssen.« Sie gab der Flugbegleiterin mit einer Geste zu verstehen, drei Wasser zu bringen. »Die Presse bekommt immer, was sie will. Wenn Sie ein Geheimnis haben – sie wird es herausfinden. Sie hoffen, dass ich sie aus Ihrem Leben heraushalten kann, richtig?« Sie starrte ihn an. »Ich stelle keine rhetorischen Fragen. Sie hoffen, dass ich sie aus Ihrem Leben heraushalten kann, richtig?«, wiederholte sie.

»Ja«, antwortete Ben und nickte.

»Das kann ich nicht. So gut bin ich dann doch nicht. Keiner ist so gut. Und nur damit Sie es wissen, wenn die Presse Ihr Geheimnis nicht herausfinden kann, wird sie eines andeuten, oder wenn der Tag sonst nichts Aufregendes an Nachrichten zu bieten hat, eines erfinden. Macht Ihnen das Angst?«

»Ja.«

»Glückwunsch – Sie sind ein Mensch. Was bedeutet, dass Sie niemals das wichtigste Gebot brechen dürfen. Und das lautet: ›Du sollst nie mit der Presse sprechen, ohne dass ich oder mein Team anwesend sind.‹ Soll ich das noch einmal wiederholen?«

»Nein. Sprich nicht mit Reportern«, sagte er.

Die Frau kramte in ihrer Handtasche, zog ihr Handy heraus und drückte die rote Aufnahmetaste. »Gut, dann erzählen Sie mir jetzt mal alles über sich. Und damit wir uns richtig verstehen, ich arbeite für Ihre Mutter. Meine Aufgabe ist es, sicherzustellen, dass Ihr Dreck nicht auf ihren Schuhen landet. Verstanden? Wunderbar.«

Kate hielt Bens Hand. Eine Stunde lang beantwortete er die Fragen der Frau. Riley McGraw nickte und schien am Ende sichtlich erleichtert zu sein, dass er dann doch keine so große Gefahr bedeutete, wie sie befürchtet hatte.

Das Fahrwerk der Gulfstream wurde ausgefahren. Ben spürte die Vibration unter seinen Füßen und blickte aus dem Fenster. Riesige Villen säumten die blaue Küste, während weitläufige Golfplätze sich durch teure Grundstücke schlängelten. Als das Flugzeug zum Sinkflug ansetzte, konnte er Baseballfelder und Vorstadtviertel erkennen. Die Szenerie änderte sich, als das Flugzeug Kurs auf Washington nahm und immer weiter sank: schlangenförmige Highways mit Schlaglöchern, Straßenzüge mit kastenförmigen Geschäften, Häuserreihen ohne Vorgärten, Mietshäuser mit Graffitis. Ben zog die Sonnenblende herunter und lehnte sich in den weichen Ledersitz. Er fürchtete sich vor dem, was jetzt kam.

***

Der Grieche strich mit der Handfläche über die sechshundertfädigen Perkallaken und schüttelte die Kissen hinter seinem Kopf auf. Dann stützte er sich auf seine Ellenbogen, um das noble Zimmer in seiner Gesamtheit zu erfassen. Einer der nackten Menschen musste den Wecker gestellt haben. Und er war froh darüber, denn der Weckdienst des Emerald Point Hotels war der Wahnsinn – kein schnöder Alarmton von einem Radiowecker oder ein schlichter Anruf von der Rezeption. In der Penthouse-Suite des Emerald Point Hotels in Midtown Manhattan erklang ein Orchester aus Vogelstimmen, das über dem ruhigen Plätschern eines Baches aufstieg – alles in Surround-Sound. Die Lampen waren in den Wänden versenkt und sanftes, grünes Licht erhellte den Raum.

Die Rolltasche stand neben der Badezimmertür. Sein Rucksack lag am Fuß des Kingsize-Bettes. Das nackte Paar war dort, wo er es hingezerrt hatte. Auf der Couch. Alles war so, wie er es zurückgelassen hatte. Er gähnte, lehnte sich gegen das Kopfteil, lauschte dem Gezwitscher der Vögel aus dem Lautsprecher und fragte sich, um welche Spezies es sich handelte – aber er dachte nicht lange darüber nach. Der Grieche ließ seine Hand unter die Seidenlaken gleiten und begann an sich herumzufummeln – er masturbierte, während er die Nackten betrachtete, die er so sorgfältig und auf eine so unanständige Weise auf das Sofa gebettet hatte.

Als er sich selbst befriedigt hatte, betätigte er die Toilettenspülung, ging durch das Zimmer und öffnete die Jalousien. Die Stadt erwachte – hundert Stockwerke unter ihm herrschte reger Betrieb. Er blickte auf den gegenüberliegenden Wolkenkratzer. So nah. So praktisch. So unmöglich zu verfehlen.

18

Die Gulfstream rollte. Und rollte. Es schien ewig zu dauern, bis sie den ihr zugewiesenen Hangar am anderen Ende des Ronald Reagan Washington National Airport erreichte. Ben schob die Sonnenblende hoch. Die kleine Maschine rollte an Männern und Frauen vorbei, die neongelbe Westen und Gehörschutz trugen. Sie hielten kurz in ihrer Arbeit inne und deuteten auf Kimberly Hancocks Gulfstream. Ein paar von ihnen winkten.

Was Ben nicht wissen konnte, war, dass Millionen von Menschen den Flug der kleinen Maschine verfolgt hatten: auf ihren Handys, ihren Fernsehern, in Schlafzimmern, in Bussen, in Fitnessstudios, in Pausenräumen wie dem von Cambridge Hill Holdings und in Wohnzimmern wie dem in einer abgelegenen Hütte im Norden am Ufer eines zugefrorenen Sees.

»Du schaffst das, mein Schatz«, sagte Kate ermunternd und nahm ihn fest in die Arme.

Als sie sich auf dem Rollfeld trennten, bedauerte Ben, sich nicht mehr dafür eingesetzt zu haben, dass sie bei ihm blieb. Er brauchte sie. Der Wagen fuhr davon. Sie winkte ihm aus dem Heckfenster zu.

Der Wind wehte über den Eingangsteppich, dass sich eine Ecke anhob. Die rote Markise ragte wie eine Zunge aus dem unscheinbaren Gebäude heraus. Ben spürte David Plimpton und Riley McGraw hinter sich. Sie warteten darauf, dass er sich in Bewegung setzte. Der Fotograf aus dem Flugzeug schlich rechts von ihm herum und machte Fotos. Dave Plimpton legte einen Arm auf Bens Schulter.

»Es wird alles gut.«

Ben schritt über den schwarzen Teppich. Jemand öffnete die Tür für ihn. Er stieg die schmalen Stufen hinauf. Am Treppenabsatz, da, wo der glänzende Gang breiter wurde, zögerte er und bog nach rechts ab.

Verrat. Er hatte bisher nicht beschreiben können, was er empfand. Aber jetzt. Auch wenn er inzwischen erfahren hatte, dass er entführt und Wendall umgebracht worden war, kam es ihm dennoch wie ein verräterischer Akt vor, Kimberly Hancock vorgestellt zu werden. Wie würde Ida über dieses Treffen denken? *Nach allem, was ich für dich getan habe?*

Ben zitterte.

»Es wird alles gut«, sagte Plimpton noch einmal.

Es war ein sanfter Schubs. Aber trotzdem ein Schubs. Ben ging den Flur entlang zur Lounge, einem großen Raum mit hohen Fenstern, Grünpflanzen und minimalistischen braunen Möbeln. Der Fotograf trat näher an ihn heran. Ben hörte ein Raunen – gleichzeitig – von mehr als dreißig Menschen. Sie standen an den Fenstern und schauten ihn an. Ein paar durch ihre Handys. Ein paar weinten. Aber sie waren für Ben kaum mehr als eine Ansammlung von gut gekleideten Unbekannten … und dann sah er sie.

Die Frau aus dem Fernsehen.

Nur nicht wirklich, denn sie hatte wenig Ähnlichkeit mit der Einzelgängerin aus den politischen Werbespots. Das war keine Dornenprinzessin. Sie lehnte sich an die Frau, die neben ihr stand, und hielt sich an ihrem Arm fest, um sich aufrecht zu halten. Kimberly Hancocks Gesicht war mit roten Flecken übersät, ihre Augen waren weit aufgerissen.

Die Kamera machte ein Bild nach dem anderen von ihm. Sie kam ihm immer näher. Er wollte, dass der Kerl wegging. Er wollte, dass alle weggingen. Das war nicht der Ort, an dem er sein wollte.

Kimberly Hancock machte erst zwei zögerliche Schritte, dann rannte sie auf ihn zu. Als sie gegen seine Brust prallte, stieß sie einen kehligen Laut aus. Ihre Arme, Hände und Finger tasteten aufgeregt über seinen Rücken, drückten und hielten ihn fest. Sie vergrub ihren Kopf unter seinem Kinn und schmiegte sich an ihn. Er hielt sie fest, während sie schluchzte. Unmengen an Leid, Verzweiflung, Sorge, Wut und falscher Hoffnung brachen in einem einzigen, winzigen Augenblick aus ihr heraus.

Kimberly Hancock löste sich von ihrem Sohn und sah ihm in die Augen. Ihre Hände griffen nach seinem Gesicht und hielten es, während sie jede Wimper, jede Pore und jedes Grübchen in sich aufnahm. Dann legte sie eine Hand auf seinen Kopf und streichelte sein Haar – eine weitere Flut von Tränen ergoss sich aus ihr. Ben hatte noch nie so viel Freude bei einem Menschen gesehen.

Sie versuchte, ihre Sprache wiederzufinden. »Es tut mir so leid. Es tut mir so …«, stammelte sie.

Die Worte wollten ihr einfach nicht über die Lippen kommen.

»Mir geht's gut. Mir geht's gut«, hörte er sich selbst sagen.

***

Emma Noble nahm auf dem Beifahrersitz des grauen Chevy Suburban Platz. Sie drehte den Kopf zur Rückbank und stellte fest, dass sie sauber war. Ein nach Kiefer duftender Lufterfrischer baumelte am Rückspiegel. Sie lächelte in sich hinein und schnallte sich an.

»Morgen!«, sagte sie.

»Pst.«

»O mein Gott, Sie sehen schrecklich aus.«

»Mmm.«

»Große Party gestern Abend?«

Briar rieb sich mit der Hand über die weißen Bartstoppeln am Kinn, über die Wange und über das Auge. »Wie bitte?«

»Nichts. Soll ich fahren?«

»Nein«, antwortete er und hustete. »Wie hat der Junge es aufgenommen?«

»Ganz gut. Er ist hart im Nehmen, finden Sie nicht auch?«

Stille.

»Haben Sie die Nachrichten gesehen?«

Briar schüttelte den Kopf und fuhr rückwärts aus der Parklücke des Hampton Inn Hotels.

»Es war auf allen Sendern. Eine außergewöhnliche Leistung des FBI, war die einhellige Meinung.«

»Müssen Sie so schreien?«

»Die Nachrichtenleute halten Sie für was ganz Besonderes.«

Während sie zurück nach New York fuhren, verfolgte Emma Noble die Berichterstattung auf ihrem Handy. Erst schwebte ein Hubschrauber über einem zweistöckigen, gelben Kolonialhaus und machte wackelige Aufnahmen davon mit der Kamera, während die Meldung *»Entführter Hancock-Zwilling gefunden«* am unteren Bildrand entlangzog. Dann folgten Fotos von Benjamin Danvers aus seiner Zeit am College und der Highschool. Die Berichte waren größtenteils korrekt. Anschließend sprachen die Nachrichtenmoderatoren über die Bootsexplosion auf dem Lake of the Ozarks und ordneten sie in den Gesamtzusammenhang ein. Jetzt sah Emma Live-Bilder vom Ronald Reagan National Airport. Kimberly Hancock und ihr Sohn drängten sich gerade durch eine Schar von Fotografen und Journalisten.

»Wurde er missbraucht?«

»Was war das Motiv für die Entführung?«

»Haben sich Ihre Gefühle gegenüber dem FBI geändert, jetzt, wo sie Ihren Sohn gefunden haben?«

»Benjamin, sind Sie froh, zu Hause zu sein?«

»Sind Sie Willie oder Fred?«

Mutter und Sohn wurden eilig zu einem wartenden schwarzen SUV gebracht. Die Berichterstattung endete mit einem verschwommenen Bild eines elend aussehenden Benjamin auf dem Rücksitz. Emma schaltete aufatmend ihr Handy aus.

19

»Jetzt weiß ich, wie sich ein Star fühlt«, sagte Kimberly Hancock und strich ihren blauen Blazer glatt.

»Wie bitte?«, fragte Ben.

»Ein Star. Ein Rockstar. Jetzt weiß ich, wie er sich fühlt.«

»Ach so, ja.«

Der schwarze SUV entfernte sich von der Schar von Reportern – zwei Polizeimotorräder fuhren vorneweg, eins hinterher.

Kimberly Hancock und Ben saßen nebeneinander im Fond des geräumigen Fahrzeugs. Sie streckte die Hand nach ihm aus – und berührte leicht die Knöchel seiner schlanken Hand. Eine unbeholfene, zärtliche Geste. Sie zog sie wieder zurück.

»Du hast David schon kennengelernt, nicht wahr?«, sagte sie.

Ben nickte.

»Wir arbeiten alle für ihn.«

Plimpton drehte sich um. »Glauben Sie ihr kein Wort. Ihre Mutter ist hier die Kapitänin. Sie steuert das Schiff, ich kümmere mich nur um die Segel.«

Kimberly Hancock lächelte und legte ihre Hand auf die Lehne des Vordersitzes. David Plimpton drückte sie und lächelte Ben an.

»Wir fahren zurück zum Haus. Heute Abend feiern wir im

kleinen Kreis bei Drew McDuffee in der Innenstadt – du isst doch gern Steak, oder?«

»Was ist mit Kate?«, fragte Ben.

»Sie wird natürlich auch dabei sein. Wie lange seid ihr schon zusammen?«, fragte sie.

»Zwei Jahre.«

»Ich freue mich darauf, sie kennenzulernen.«

Ben nickte. Auf den Gehwegen scharten sich die Menschen. Sie winkten und lächelten, als der kleine Autokorso an ihnen vorbeizog. Er rieb sich mit den Händen über die Oberschenkel. Das Gespräch war ins Stocken geraten. Er wusste, dass die neu gewählte Vizepräsidentin, seine Mutter, darauf wartete, dass er etwas sagte. Er war an der Reihe. Aber er hatte keine Ahnung, was er sagen sollte.

»Ich habe hier vorne Wasser im Angebot. Jemand interessiert?«, fragte David Plimpton.

»Ja«, antwortete Kimberly. »Benjamin? Wasser?«

Ben nickte und David Plimpton reichte zwei Wasserflaschen nach hinten.

Er nahm einen Schluck und blickte durch das Fenster auf die winkenden Menschen. Hunderte säumten die Straße. Kimberly Hancock beugte sich zu Ben hinüber und winkte zurück. Eine junge Frau auf dem Bürgersteig begann aufgeregt zu hüpfen und taumelte lachend gegen eine Freundin, die neben ihr stand. Ben kicherte. Seine Mutter auch.

Sie rutschte zu ihm hinüber. »Wink ihnen zu. Damit machst du sie glücklich.«

Ben winkte. Seine Mutter drückte sich so an ihn, dass ihre Gesichter das Fenster ausfüllten. Er nahm den Geruch ihres Haarsprays wahr. Ihres Parfüms. Und ihrer Handcreme. Er erkannte ihren Duft nicht. Trotzdem stand für die Menschen, die ihre Gesichter im Fenster sahen, zweifellos fest, dass sie Mutter und Sohn waren. Sie hatten die gleichen blauen Augen. Die gleichen hohen Wangenknochen. Die gleichen schmalen Lippen.

Der schwarze SUV jagte auf die Autobahn, die Menschen auf dem Gehweg verschwanden, und Kimberly Hancock rutschte zurück auf ihre Seite.

***

Briar blaffte in die Windschutzscheibe. »Jetzt fahr, du Trottel!«

Der Verkehr in der Stadt hatte ihn zu neuem Leben erweckt.

»Nummernschild aus Missouri. Sehen Sie, was ich meine? Noble? Hören Sie mir überhaupt zu?«

»Klar.«

»Beweg dich! Warum? Warum habt ihr aus dem Mittleren Westen so eine verdammte Angst davor, links abzubiegen?«

»Es ist nun mal nicht höflich, die Straße zu blo…«

»Nicht höflich? So ein Quatsch. Das sind einfach alles nur Angsthasen. Fahr jetzt, Blödmann!«

Ein Mann in einem schwarzen Mantel rannte über die Kreuzung – und wurde fast von einem Bus überfahren. Nur eine Sekunde später folgte ihm eine Frau. Emma spähte die Straße hinunter. Aus den Gebäuden strömten Massen von Menschen. Sie alle rannten. Rannten weg von etwas.

»Briar?«

»Scheiße«, sagte er.

Ein großes verbogenes Stück Metall landete krachend vor ihnen auf dem Asphalt. Ein Hagel glühender Trümmer prasselte auf die Straße und zerschmetterte Autoscheiben. Emma beugte sich tief nach unten, um durch die Windschutzscheibe nach oben zu schauen. Aus einem Wolkenkratzer stieg schwarzer und grauer Rauch auf.

»O nein«, stieß sie aus.

Briars Ungeduld hatte dazu geführt, dass sie Stoßstange an Stoßstange standen mit dem Fahrzeug aus Missouri. Der Backlieferwagen hinter ihnen klebte an ihrem Auspuff. Briar gab vorsichtig Gas und schob den Wagen vor ihnen an. Er drückte ihn so weit nach vorn, dass er drehen konnte. Aber die Straße war völlig verstopft. Fluchend riss er das Lenkrad herum und fuhr auf den Gehweg. Er schaffte es einen halben Häuserblock weiter, ohne einen der vielen Menschen zu erfassen, die aus den Gebäuden gerannt kamen.

Briar parkte und stieg aus dem Wagen. Emma folgte ihm, ohne genau zu wissen, was sie tun sollte. Er warf ihr eine kugelsichere Weste aus dem Kofferraum zu. Das Geheul der Sirenen der Feuerwehr und der Polizei waren ohrenbetäubend. Emma stand neben dem grauen Chevy Suburban und wartete, dass Briar vorausging. Er nahm ein Fernglas und blickte hindurch. Aus dem Gebäude stieg Rauch auf. Er senkte die Arme und sah sich um.

»Was soll ich …«

Briar beachtete sie nicht und schrie einen Polizisten an, der auf der Straße stand. »He!«, rief er und machte eine kreisende Bewegung mit dem Arm. »Die Leute hier sind zu nah im Gefahrenbereich. Drängen Sie sie zurück!«

Männer und Frauen strömten aus dem Eingang des qualmenden Wolkenkratzers.

»Sollen wir reingehen?«, rief Emma.

Die Ersthelfer trafen ein. Briar schüttelte den Kopf und

zeigte auf sie. »Sie machen *ihre* Arbeit. Wir machen *unsere*«, schrie er über den Lärm hinweg.

Er überquerte die Straße und ließ sich von den herabfallenden Trümmern nicht irritieren. Dann ging er mit gebeugtem Oberkörper um das Hochhaus herum, als suche er nach Muscheln. Emma murmelte ein Gebet und lief zu ihm. Briar kniete über einem Stück verbogenen Stahl und hielt eine Hand darüber, um zu prüfen, ob es kühl genug war, um es anzufassen. Er nickte Emma zu. Gemeinsam hoben sie es an und trugen es hinter ein Feuerwehrwagen.

»Wonach suchen wir?«, schrie Emma.

Briar setzte seine Brille auf. Er musste nicht lange suchen.

»Sehen Sie das da?«, rief er.

Emma ging neben ihm in die Hocke. Der Stahl war übersät mit Dellen, die wie Pockennarben aussahen.

»Hohe Geschwindigkeit. Sprengstoff. Kein Unglück.«

Emma nickte. Sie hatte gehofft, dass es sich um eine Gasexplosion handelte, etwas Unbeabsichtigtes, aber das hier war Vorsatz. Menschen waren tot. Menschen starben, weil jemand einen übergroßen Hass hatte.

Briar ließ seinen Blick über die Wolkenkratzer schweifen und deutete auf einen links von sich. »Wir müssen da hoch, in die oberste Etage«, sagte er und lief hinüber zu dem Gebäude.

Sie kamen in der obersten Etage an. Sie war leer – die Menschen waren bereits evakuiert worden. Emma blieb ihrem Partner dicht auf den Fersen und rannte zur Ostseite.

»Finden Sie heraus, was das für ein Gebäude ist«, sagte Briar und deutete auf den rauchenden Wolkenkratzer.

Es war unmöglich, etwas durch den wabernden dichten, grauen Rauch zu sehen. Betonkörner klirrten gegen die Glasscheibe, und Papierschnipsel flogen herum.

»Das ist das Mansion Media Building«, sagte Emma nach nur wenigen Sekunden.

Ein leichter Windstoß löste die dicke Wolke auf, und sie hatten zum ersten Mal einen freien Blick auf das zerstörte Gebäude. Emma konnte durch die oberen Stockwerke sehen: Das Feuer wütete vor sich hin, überall lagen eingestürzte Betonplatten herum, Metall war verbogen. Briar wählte eine Nummer, die vier Kommandoebenen übersprang. Er hielt sich das Handy ans Ohr und gab Emma das Fernglas.

»Halten Sie nach allem Ausschau, was fehl am Platz ist«, sagte er ihr. »Ja. Billy, ich bin's, Briar. Ich bin in Manhattan – wir haben ein Problem.«

Emma suchte die Häuserblocks und benachbarten Gebäude systematisch ab und teilte ihre Sichtlinie in ein Suchraster ein. Sie entdeckte nichts Ungewöhnliches, bis sie das Vordach des Emerald Point Hotels erfasste und mit dem Fernglas sukzessive an der Seite des Gebäudes nach oben wanderte.

»Briar?«

»Ein Moment«, sagte er zu seinem Gesprächspartner ins Handy.

Emma reichte ihm das Fernglas. »Emerald Point Hotel. Oberstes Stockwerk. Eckfenster.«

Es dauerte einen Augenblick, bis er es gefunden hatte.

»Ja«, sprach er ins Telefon. »Wir haben hier ein perfektes, kreisrundes Loch in einem Fenster im obersten Stockwerk des Emerald Point Hotels.«

20

Das Sirenengeheul auf der Straße war ohrenbetäubend. Emma Noble senkte den Kopf und steckte sich die Zeigefinger in die Ohren, während sie Briar aus der Drehtür folgte. Die Polizei hatte über eine Meile hinweg alle Querstraßen abgesperrt, um einen Rettungsweg durch Midtown Manhattan zu schaffen. Feuerwehrleute und Rettungskräfte eilten durch die Türen auf der rechten Seite des Mansion Media Building – eine Reihe von sauberen, schweren Uniformen und klobigen Helmen. Ihre Kollegen verließen das Gebäude auf der linken Seite, erschöpft und mit rußverschmierten Gesichtern – blinzelten ins Licht und brachten die Opfer schnell in einen Krankenwagen oder in ein Triage-Zelt, das wenige Blocks entfernt war. Ein Opfer, vielleicht eine Frau – Emma konnte die Person kaum erkennen, weil sie voller Staub war –, umarmte einen Feuerwehrmann vor der Tür. Sie sah, wie er kurz Luft holte und sich dann wieder rechts einreihte – zurück ins Gefecht.

Die elegante Lobby des Emerald Point Hotels wies keine Anzeichen von Schäden auf. Die Messinggeländer glänzten genauso wie die Marmorböden, und keine einzige Glühbirne der Kristallleuchter war kaputtgegangen. Es herrschte eine gespenstische Stille – alle Gäste und das Personal waren evakuiert worden. Der Aufzug meldete mit einem kurzen Klingelton seine Ankunft. Emma und Briar drehten sich nach dem Geräusch um. Ein großer Mann trat heraus. Er trug Cowboystiefel mit silbernen Spitzen und einen braunen Anzug mit einem Namensschild, das ihn als Sicherheitsbeamten des Hotels auswies.

»Das ging schnell«, sagte er.

»Was ging schnell?«, fragte Briar.

»Na, ich habe Sie doch gerade erst angerufen.«

Der Mann war nicht hektisch. Er war angespannt, aber ruhig. Konzentriert. Emma kannte dieses Verhalten von anderen Menschen. Von ihrem Uncle Gunny. Und von ihrem Vater. Sie vermutete, dass der Kerl schon einiges erlebt hatte. Als er Briar den Generalschlüssel gab und sagte, dass es oben in der Suite 1008 »nicht gut« aussehen würde, glaubte sie ihm.

»Die Überwachungsvideos befinden sich im vierten Stock. Ich warte dort auf Sie.«

Briar drückte den Aufzugknopf und griff dann in seine Jackentasche. »Wollen Sie einen Kaugummi?«

Emma schüttelte den Kopf. »Nein, danke.«

In dem Zimmer war es eiskalt, aber das war nicht das Erste, was Emma wahrnahm. Es war die Farbe Rot. Sie leuchtete ihr von überall entgegen. Rote Lachen auf dem Teppich. Rote Schlieren an der Wand. Rote Spritzer auf den Fensterscheiben. Rote Streifen auf den Polstermöbeln. Und von dem Sofa tropfte es noch immer rot herunter.

Zwei blutverschmierte nackte Körper lagen auf der Couch.

Ihr hob sich der Magen, und sie stürzte an Briar vorbei in den Flur, wo sie sich übergab. Vornübergebeugt stand sie da, stoßweise atmend, und wartete darauf, dass die Übelkeit nachließ. Ihre Augen tränten. Sie rieb sich das Gesicht und lehnte sich gegen die Wand – um so Abstand von dem zu gewinnen, was sie gerade gesehen hatte. Man hatte sie in der Ausbildung vor diesem Augenblick gewarnt. Nicht jeder konnte den Job machen. Es gab nur zwei Möglichkeiten: entweder das Grauen am Tatort ausblenden und seine Arbeit erledigen oder seine Marke und seine Waffe abgeben. Sie würde den Dienst nicht quittieren. Emma holte tief Luft und ging zurück in die Suite.

»Wollen Sie jetzt einen Kaugummi?«, fragte Briar.

»Ja«, murmelte sie leise.

Emma stand an dem Fenster mit dem kreisrunden Loch und ließ sich ihren Kopf vom Wind durchpusten. Die Leichen waren grausam zugerichtet. Sie vermutete, dass der Mörder sich Zeit genommen hatte, um das Paar zu töten und sie pornografisch zur Schau zu stellen. Sie betrachtete den Mann auf der Couch. Er kam ihr bekannt vor. Emma machte einen Schritt nach vorn und hockte sich vor die Leiche. Sie wandte sich der Frau zu und blickte in ihre weit aufgerissenen Augen. *Ausgeschlossen.*

»Ist das etwa …?«, fragte sie.

»Ich glaube schon.«

Sie fragte sich, wie die Presse darüber berichten würde. Der verheiratete Prinz der rechten Medien tot aufgefunden mit seiner Geliebten – der beliebtesten Expertin des progressiven Nachrichtensenders – in der Hochzeitssuite des Emerald Point Hotels.

»Verstehen Sie das?«, fragte Briar und deutete auf die Wand.

Libereco pensi mem stand dort mit Blut geschrieben.

»Latein vielleicht?«

Dafür war die Botschaft, die wie ein nachträglicher Einfall über das Sofa gekritzelt worden war, unmissverständlich.

Deine Meinungen sind scheißlangweilig.

Briar bückte sich, um aus dem Loch im Fenster zu schauen.

»Der Kreis wurde in den unteren Teil der Scheibe geschnitten«, stellte er fest, ging rückwärts im Raum herum und betrachtete den Teppich und das Fenster aus verschiedenen Blickwinkeln. »Der Terrorist hat beim Schießen gekniet.«

»Was hat er benutzt?«, fragte Emma.

»Das Geschütz lag auf seiner Schulter. Vielleicht etwas Thermobarisches.«

»Eine bunkerbrechende Waffe? Im Ernst?«

Briar zuckte mit den Achseln. Sie drehten sich beide um, als leise an der Tür geklopft wurde. Ein glatzköpfiger Mann mit Brille stand im Rahmen. Der Rest des forensischen Teams lief im Flur herum.

»Seid ihr fertig?«, fragte er.

»Ja«, antwortete Briar.

»Stammt das da von euch oder von ihnen?«, fragte er und deutete in den Flur.

»Was denn?«, fragte Briar.

»Na, das Erbrochene da.«

Briar zeigte auf Emma.

»Alle nennen mich Vegas«, sagte der Mann in den Cowboystiefeln, der im Sicherheitsbüro im vierten Stock auf sie gewartet hatte.

»Ich bin Metcalf. Das ist Noble. Was können Sie mir über das verstorbene Paar sagen?«

»Das war das am schlechtesten gehütete Geheimnis in diesem Hotel. Mansion Media hat das Zimmer bezahlt und die beiden haben sich ein paarmal in der Woche unter Decknamen hier getroffen. Haben Sie sie erkannt?«

Emma nickte.

»Ich weiß, wer hätte das gedacht? Ich möchte Ihnen ein paar Dinge zeigen.«

Ein Riesenbildschirm, unterteilt in hundert kleine Quadrate, nahm den größten Teil der Wand des Sicherheitsraums ein. Er zeigte die öffentlichen Bereiche des Hotels aus verschiedenen Blickwinkeln. Vegas deutete auf den Bildschirm.

»Wir haben Aufnahmen von den Treppenhäusern, den Aufzügen, der Lobby, den Eingangstüren, der Rezeption, der Küche, des Cafés sowie von allen Ein- und Ausgängen.«

»Und?«, fragte Briar.

»Mir liegen die Zeitstempel des Mannes und der Frau vor, als sie die Suite betraten. Er ist gestern Abend um 22:12 Uhr eingetroffen, sie um 22:35 Uhr. Bis um 00:10 Uhr ist niemand mit dem Aufzug in diese Etage gefahren. Dann taucht dieser Typ auf.«

Vegas tippte auf seine Tastatur, und auf dem riesigen Bildschirm erschienen die Aufnahmen der Kamera aus dem Aufzug. Die einzige Person in dem Fahrstuhl war ein Mann in einem Trainingsanzug. Er trug eine tief sitzende Baseballkappe und hatte einen Rucksack über der Schulter. Das Bild war hervorragend, aber sie konnten das Gesicht nicht erkennen.

»Bis 4:45 Uhr passiert nichts auf dieser Etage. Dann betritt der Typ im Trainingsanzug wieder den Aufzug. Er fährt nach unten. Und jetzt – sehen Sie. Hier ist die Kamera aus dem Lobby. Er geht zur Tür hinaus und verlässt das Hotel.«

»Also nicht unser Mann?«, fragte Emma.

»Warten Sie. Sehen Sie hier? Neun Minuten später kommt er durch die Lobby wieder herein. Diesmal hat er eine Rolltasche dabei. Und er fährt mit dem Aufzug wieder nach oben.«

»Sind Sie sicher, dass er kein Gast ist?«, fragte sie.

»Er ist kein Gast. Ich habe die übrigen neun Suiten überprüft. Er hat keine von ihnen reserviert.«

»Zeigen Sie mir, wie er das Hotel verlässt«, sagte Briar.

»Hier sind die Aufnahmen vom Zeitpunkt der Explosion und dem Ertönen des Hotelalarms eine Minute später.«

Auf dem Bildschirm waren acht Personen zu sehen, die in Zweiergruppen vor dem Aufzug im hundertsten Stock standen. Ihre Körpersprache verriet, dass sie in dem Augenblick verständlicherweise angespannt waren. Keiner von ihnen hatte eine Tasche in der Hand. Nur Mäntel. Die Fahrstuhltüren öffneten sich. Die Gruppe stieg ein. Eine Frau hielt die Tür für jemanden auf.

»Da! Frieren Sie das Bild ein«, sagte Briar.

Der Kerl im Trainingsanzug trat ins Blickfeld der Kamera, mitsamt Rucksack und Rolltasche. Er hielt den Kopf noch immer gesenkt.

»Ich kann ihm nach draußen folgen«, sagte Vegas.

Emma schaute gespannt auf den Bildschirm. Der Terrorist trat aus dem Aufzug in die Lobby. Bis zu diesem Zeitpunkt hatte er seine Sache gut gemacht und den Blick immer auf den Boden gerichtet, aber er konnte sich nicht beherrschen. Er ging zu den Panoramafenstern und schaute hinauf zum Mansion Media Building, um sein Werk zu betrachten. Vegas hielt das Band an, und sie sahen ein perfektes Bild des Gesichts des Mannes und seiner leicht zu erkennenden Nase.

»Hab ich dich, du Idiot«, sagte Briar.

21

Die merkwürdige Stimmung in dem schwarzen, gepanzerten SUV verflog, als David Plimpton der designierten Vizepräsidentin Kimberly Hancock sein Handy hinhielt, um ihr die Nachricht zu zeigen, die er gerade erhalten hatte.

»Wann ist das passiert?«, fragte sie.

»Gerade eben. Mansion Media Building.«

»O mein Gott, David – wir haben Freunde dort.«

Zehn Minuten später hatte sie ihren ersten Anruf beendet. Bei ihrem zweiten Anruf löcherte sie die Person mit Fragen, weil sie unbedingt mehr erfahren wollte. Ihr drittes Gespräch verlief äußerst höflich. Ben vermutete, dass sie mit dem designierten Präsidenten sprach.

»Du musst dich nicht entschuldigen. Da kann man nichts machen«, sagte sie und legte auf.

David Plimpton drehte sich um und wartete darauf, dass sie ihn auf den neuesten Stand brachte.

»Wir sollen alle zu ihm kommen.« Sie schaute Ben an und seufzte. »Tut mir leid. Es hat einen Terroranschlag gegeben. Ich muss dich am Haus absetzen. Ich weiß nicht, wie lange … Es tut mir so leid.«

»Schon gut«, sagte Ben. »Ich verstehe.«

Der Wagen bremste ab, als er in die geschlossene Wohnanlage fuhr. Herrschaftliche Häuser aus Ziegel und Stein erhoben sich entlang der Straßen – ein weitläufiger Rasen schloss sich dem anderen an. Die Agenten des Secret Service kauerten in der Kälte am Ende von Kimberly Hancocks Einfahrt und nahmen Haltung an, als der schwarze SUV sich näherte. Ein eisernes Tor schwang auf, und der Wagen rollte über die schmale Auffahrt, die Hornsträucher säumten. Braune Rasenflächen führten zu einem stattlichen alten Haus mit Zedernschindeln, die über die vielen Jahre hinweg eine graue Patina angesetzt hatten. Dicke Ziegelschornsteine ragten aus dem verwinkelten Dach, und auf der rechten Seite stand eine beeindruckende, makellose rote Scheune. Am Ende der Auffahrt konnte Ben in der Ferne das blaugrüne Wasser des sich windenden Potomac River sehen. Er stand neben dem Kofferraum und beobachtete, wie der Fahrer sein Gepäck herausholte. Kimberly Hancock fasste nach seinem Ellbogen.

»Tut mir leid. Wir sehen uns bald, okay?«, sagte sie und umarmte ihn, als wollte sie ihn am liebsten nie mehr loslassen.

Die massiven Holztüren gingen auf. Kate stand im Eingang. Sie wirkte nervös. Zappelig.

Kimberly Hancock verschränkte die Hände wie zu einem Gebet. »Es tut mir so leid, Kate, aber es hat sich eine Notlage ergeben. Mach es dir mit Benjamin gemütlich. Ich bin so schnell wie möglich zurück.«

Kate und Ben standen auf der Treppe und winkten dem davonfahrenden, gepanzerten SUV hinterher. Als er von der Auffahrt verschwunden war, zog sie ihn durch die Haustür. »Dieses Haus ist … Hast du je so was gesehen?«

Ben folgte ihr und nahm alles in sich auf: die Eichenholzböden, die aufwändigen Innenausbauten aus Mahagoni, den raumhohen Steinkamin, die geräumige Küche, den Blick auf den Fluss hinter dem Haus. Kimberly Hancock hatte ihr Zuhause so eingerichtet, dass es gleichzeitig imposant und gemütlich war. Ben freute sich über das, was es nicht hatte. Keinen muffigen Zwiebelgeruch aus der Speisekammer; keine Stühle, die an den Tisch gerückt werden mussten, um ans Fenster treten zu können; keine zusammengerollten Pullover, die als zweites Kissen auf dem Sofa dienten. Es war ein prächtiges Museum, und Ben fragte sich, warum eine alleinlebende Frau ein Haus dieser Größe brauchte. Sein Blick wanderte zur Decke, und er hörte die Rotorblätter der über dem Haus kreisenden Nachrichtenhubschrauber.

»Das ist verrückt«, sagte er.

»Was genau?«

Er zog die Augenbrauen hoch und schüttelte den Kopf.

»Geht's dir gut?«, fragte Kate.

»Schon besser.«

»War es seltsam?«

»Oh, ja.«

»Wie ist sie so?«

»In Ordnung. Nett.«

Das Wohnzimmer war doppelt so groß wie ihre Wohnung in Boston. Kate schaltete den Fernseher ein. Auf allen Sendern wurde über den Terroranschlag in New York berichtet. Es hatte Tote gegeben, aber weniger als erwartet, und das Gebäude war baulich intakt – es bestand keine Einsturzgefahr. Der Anschlag hatte die Wiedervereinigung von Kimberly Hancock und ihrem lange vermissten Sohn aus den Schlagzeilen verdrängt. Kate stellte den Ton leiser und stützte ihr Kinn auf Bens Schulter. Sie streichelte seine Brust, während sie eine Weile schweigend dasaßen.

»Weißt du …«, begann sie.

»Hmm?«

»Wenn du an einem Ort wie diesem aufgewachsen wärst … wärst du wahrscheinlich«, sie legte eine Kunstpause ein, um ihn auf die Folter zu spannen, »ein richtiger Idiot.«

Ben gluckste und hielt ihre Hand.

»Ich hab dich in den Nachrichten gesehen«, flüsterte sie ihm ins Ohr. »Du hast gut ausgeschaut. Fast schon attraktiv.«

»Fast schon? Jetzt komm.« Ben beugte sich zu ihr, und seine Lippen berührten ihre.

Der innige Moment wurde durch einen Knall jäh unterbrochen. Die Haustür war zugeschlagen worden.

»Jemand da?« Riley McGraw kam ins Zimmer gewatschelt, eine junge Frau im Schlepptau, wahrscheinlich eine Assistentin – sie hielt einen Riesenstapel von Ordnern und Mappen in den Armen. »Gut. Sie sind beide hier.«

Ben holte tief Luft und bereitete sich auf eine neue Runde des Leidens vor.

»Wir haben einen guten Start hingelegt. Amerika fragt nicht nach Ihrer politischen Meinung.«

Ben zuckte mit den Achseln. »Warum ist das so wich…?«

»Weil es bedeutet, dass die Hälfte des Landes Sie nicht hasst … noch nicht«, fiel sie ihm ins Wort.

»Was geschieht jetzt?«, fragte Kate.

»Wir müssen Sie der Öffentlichkeit präsentieren.«

Ben warf ihr einen griesgrämigen Blick zu. »Was soll das heißen?«

»Nur ein paar Fernsehinterviews. Eines allein und eines mit Ihrer Mutter. Aber es muss sofort über die Bühne gehen.«

»Warum?«, fragte Kate.

»Weil der Fokus auf dem Präsidenten und den ersten hundert Tagen seiner Amtszeit liegen muss. Also werden die Interviews noch vor der Amtseinführung stattfinden.«

Ben schüttelte den Kopf. »Auf keinen Fall. Ich werde nicht im Fernsehen auftreten.«

»Natürlich werden Sie das. Sie halten das goldene Ticket in der Hand, so wie Charlie Bucket in ›Charlie und die Schokoladenfabrik‹«, sagte Riley McGraw. »Willkommen bei Willy Wonka.«

»Er ist kein begnadeter Redner«, erklärte Kate.

»Das haben wir bereits festgestellt«, erwiderte McGraw, ohne Kate anzuschauen. »Aber das ist auch nicht nötig. Ich möchte, dass er authentisch bleibt.« Sie deutete ihrer Assistentin mit einer Handbewegung an, die Papiere und Aktenordner auf den Couchtisch zu legen. »Also, Sie treten morgen in der Mattson & McCall's Morning Show auf.«

Ben schüttelte den Kopf. »Auf keinen Fall. Nein.«

»Doch. Das werden Sie. Denn nur so bekommen Sie Ihre Privatsphäre wieder. In einer Woche sind Sie Schnee von gestern. Wir haben die Spielregeln bereits aufgestellt – man wird Ihnen die Fragen stellen, die in dieser roten Mappe stehen.«

Kate sah die Aktenordner durch auf dem Couchtisch. »Was ist mit dem Rest hier?«, fragte sie.

»Da geht es um allgemeine Gesprächsthemen. Um die politischen Positionen Ihrer Mutter«, sagte McGraw an Ben gewandt. »Um Dinge, die hilfreich sein könnten, wenn Sie danach gefragt werden.«

Ben öffnete den Mund. »Aber Sie haben doch gerade gesagt, dass man mir nur die Fragen stellen wird, die in der …«

»Wenn die Kameras laufen, vergessen die Reporter schon einmal die Spielregeln. Aber Mattson weiß, dass ich ihm die Hölle heißmachen werde, wenn er Sie aufs Glatteis führen will.«

»Ich kann das nicht.«

Kate lehnte sich zu ihm hin. »Doch, das kannst du. Ich werde die ganze Zeit bei dir sein.«

»Nein, das werden Sie nicht. Denn wir zwei werden morgen zusammen frühstücken, während Ben im Studio ist. Wir müssen uns ein wenig darüber unterhalten, was Erwartungen und Grenzen angeht.« Riley McGraw musterte Kate von oben bis unten, dann runzelte sie die Stirn. »Und vielleicht sollten wir uns auch etwas Zeit nehmen, um ein paar Kleider zu kaufen.«

Ben erhob sich von der Couch und ging in die Küche. Er brauchte Abstand. Aber McGraw und ihre Assistentin folgten ihm.

»Ein Wagen wird Sie morgen früh um 5 Uhr abholen. Um 6:45 Uhr werden Sie live auf Sendung gehen. Sie werden dreißig Minuten lang exklusiv interviewt. Um 8:30 Uhr sind Sie wieder hier. Kinderleicht.«

Kate blickte in die rote Mappe. »*Wo sind Sie aufgewachsen?*«, fragte sie Ben.

»Wie bitte?«

»Ich lese hier gerade die Fragen, die sie dir stellen werden. *Können Sie sich an etwas aus Ihrer Kindheit vor der Entführung erinnern? Ist die Tatsache, dass Sie der Sohn der neuen Vizepräsidentin sind, schon in Ihr Bewusstsein vorgedrungen?* Schatz, das sind ganz einfache Fragen. Ich glaube nicht, dass du dir deshalb irgendwelche Sorgen machen musst.«

»Es gibt eine ganze Menge, worüber ich mir Sorgen machen muss«, widersprach er ihr.

22

Emma Noble beugte sich nach unten, um noch ein paar Spielkarten mehr unter das Bein ihres klapprigen Küchentisches zu schieben. In der Diele ihrer winzigen Wohnung stapelten sich die zugeklebten Umzugskartons. Sie würden irgendwann einmal ausgepackt werden. Sie rückte ihren Laptop zurecht und rieb sich die müden Augen. Im Büro hatte den ganzen Nachmittag eine angespannte, hektische Stimmung geherrscht: Agenten hatten über ihre Arbeitsplätze hinweg in den Großraumbüros geschrien, in ihre Telefone gebrüllt und waren die Flure entlanggejagt. Emma hatte an einem Schreibtisch gesessen und Papiere ausgefüllt, die über das Auskunft gaben, was sie und Briar in der Suite im Emerald Point Hotel gesehen hatten. Sie hatte herausgefunden, was die Worte bedeuteten, die mit Blut an die Wand des Hotelzimmers geschrieben worden waren. *Libereco pensi mem.*

Es war Esperanto. Und es hieß: »Die Freiheit, selbstständig zu denken«.

In keinem Land der Welt wurde Esperanto gesprochen. Ein polnischer Arzt, der glaubte, dass es eine universelle, grenzenlose Sprache geben sollte, die die Welt vereinen könnte, hatte sie in den 1880er-Jahren erfunden. Im 20. Jahrhundert war sie zeitweise beliebt gewesen, aber sie konnte sich nie in der Form durchsetzen, wie er es sich erhofft hatte.

Mit dem Einreichen ihres Berichts war Emma nicht mehr

weiter an der Aufklärung des Anschlags in New York beteiligt. Das Heimatschutzministerium, genauer gesagt die Abteilung zur Bekämpfung von Inlandsterrorismus, kurz DOMTERR genannt, war jetzt für die Untersuchung zuständig. Emmas nächster Termin war das Treffen mit Monroe morgen Nachmittag in Washington. Der Fall Hancock sollte nachbesprochen werden. Briar hatte ihr erklärt, dass er das Reden übernehmen würde. Das bedeutete, dass sie nichts mehr zu tun hatte. Aber nicht, dass der Anschlag sie nicht immer noch beschäftigte. Sie würde morgen früh allein nach Washington fliegen. Ihr Partner mochte offensichtlich keine öffentlichen Verkehrsmittel – er nahm auch nicht den Bus oder den Zug. Er hielt sie für »petrischalengroße Todesfallen«. Uncle Gunny wollte sie am Flughafen abholen und mit ihr vor dem Treffen frühstücken gehen.

Emma war nicht zufrieden. Es gab noch zu viele unbeantwortete Fragen. Sie schenkte sich ein Glas Wein ein und forschte weiter nach – vielleicht würde sie ja noch mehr über den Satz *Libereco pensi mem* herausfinden können. Sie stieß jedoch nur auf einen einzigen Hinweis. Er stammte aus einem fragwürdigen Aufsatz eines anonymen Autors aus der Mitte des zwanzigsten Jahrhunderts. Die Formulierung stellte die erste Säule der *Tri kolonoj de la libereco* (Drei Säulen der Freiheit) dar. Die zweite Säule, *Libereco de mono*, bedeutete Freiheit vom Geld. Und die dritte, *Libereco de registaro*: Freiheit von der Regierung. Sie versuchte, die Ideologie mit antifaschistischem oder weißem Nationalismus in Verbindung zu bringen. Es passte nicht. Emma sah sich mit etwas völlig Neuem konfrontiert.

Sie kopierte das Resultat ihrer Recherche und hängte es einer E-Mail an, die sie an den Leiter der Abteilung zur Bekämpfung von Inlandsterrorismus schickte. Ihre Energie war aufgebraucht. Sie nahm ihr Weinglas, setzte sich auf die Couch und zappte durch die Programme, in der Hoffnung, dass eine Sendung sie vielleicht von dem ablenken würde, was sie im Emerald Point Hotel gesehen hatte. Sie nippte an ihrem Rotwein und schloss die Augen. Es funktionierte nicht. Sie sah sich ständig die Suite 1008 betreten. Sie sah ständig das Blut vor sich. Dieses viele Blut.

***

Das feierliche Abendessen mit Steak war ausgefallen. Kimberly Hancock war noch immer nicht von ihrem Treffen mit dem designierten Präsidenten zurückgekehrt. Ben und Kate saßen im Wohnzimmer und teilten sich das Essen, das sie sich hatten bringen lassen. Kate stellte ihm die Übungsfragen aus der roten Mappe. Und das seit Stunden. Ben war nicht begeistert über die Hilfe.

Denk daran, lauter zu sprechen, Ben.

Dein Blick sollte auf die Kamera gerichtet sein und nicht auf den Moderator. Oder?

Versuch, mehr zu lächeln.

Es war schon nach zehn Uhr abends, als Ben die Übungsstunde beendete und sich allein auf einen Rundgang durch das riesige Haus machte. Er sah sich den Weinkeller an, warf einen Blick ins Heimkino und schaute sich kurz in Kimberly Hancocks Büro um.

Er ging durch den hinteren Teil des Hauses, der älter zu sein schien als der Rest der Villa. Der Flur war schmaler und führte zu zwei geschnitzten Holztüren. Ben drehte den Messingknauf. In dem Zimmer war es dunkel. Er tastete nach einem Lichtschalter, aber als er ihn anknipste, blieb es dunkel. Nach der Streichholzschachtel und der Wachskerze in einem Messinghalter zu urteilen, waren die Lichter schon eine ganze Weile nicht mehr angemacht worden. Er zündete ein Streichholz an und hielt die Flamme an den Docht. In dem Raum war es kühl, und die Dielen knarrten unter seinen Füßen.

Seine Augen brauchten ein paar Sekunden, bis sie sich an das gedämpfte Licht gewöhnt hatten. Ben hob die Kerze an und leuchtete in die Dunkelheit. Er war in einer Bibliothek. Einer alten Bibliothek mit hohen Decken und schweren dunklen Holzbalken – ein maskuliner Raum mit einer Wandvertäfelung aus Mahagoni. Die Stühle und Sofas waren in weiße Staubschutzdecken gehüllt. Ben trat weiter in den großen Raum. Die Bibliothek umfasste viele Regale mit Hunderten von alten schweren Lederbänden, deren Buchrücken im Laufe der Jahre einen ocker- und sienafarbenen Ton angenommen hatten. Überall an den Wänden hingen Porträts – Ölgemälde von Männern, die finster in den Raum blickten.

»Die Stromkabel müssen erneuert werden.«

Er drehte sich um. Kimberly Hancock stand in der Tür. Sie hatte ihr schickes Outfit mit der Anstecknadel der amerikanischen Flagge im Revers gegen eine blaue Jogginghose, ein grünes T-Shirt und einen rosa Frotteebademantel getauscht und hielt einen Ordner von sich, als könnte er gleich explodieren.

»Lass uns ein Feuer machen«, sagte sie.

Das trockene Holz im Kamin erwachte knisternd zum Leben. Die Bibliothek erstrahlte in einem warmen, orangefarbenen Licht. Die beiden griffen nach der Staubschutzdecke, nahmen sie von dem Sofa herunter und falteten sie zusammen. Sie schritten dabei aufeinander zu wie bei einem Volkstanz. Kimberley drückte lächelnd die Hand ihres Sohnes, bevor sie die gefaltete Decke in einen Schrank legte. Zusammen saßen sie eine Weile vor dem Feuer, ohne dass einer von ihnen etwas sagte. Ben betrachtete das Gemälde über dem Kaminsims – es war das Porträt eines berühmten Mannes, der eine gepuderte Perücke trug.

»Weißt du, wer das ist?«, fragte sie.

»Ja.«

»Als junges Mädchen habe ich diesen Raum bewundert. Später dann, als ich die damit verbundenen Erwartungen verstand, hat er mir Angst gemacht.« Ihr Blick wanderte über die Porträts der Männer an den Wänden. »Das macht er mir immer noch.« Sie hob den dicken Ordner vom Boden auf und legte ihn auf ihren Schoß. »Sie haben ein Dossier über dich angefertigt aus allem, was sie finden konnten: deine Schulnoten, deine Aufsätze am College, Interviews mit Menschen, die dich kennen – ich bin mir nicht ganz sicher, was sich alles hier drin befindet.«

»Sie haben keine Zeit verloren.«

Kimberley Hancock nickte, öffnete die silbernen Ringe und nahm die Unterlagen heraus. Das Sofa knarrte, als sie sich nach vorn beugte und die Seiten ins Feuer warf. »So möchte ich dich nicht kennenlernen«, sagte sie, griff nach einem eisernen Schürhaken und schob die Papiere in die Mitte der Flammen. Sie brannten erst lichterloh und fielen dann knisternd in sich zusammen – feine graue Ascheblättchen flatterten durch den Schornstein in den Himmel. Sie starrte in das Feuer.

Ben merkte, dass dies ein schwieriger Moment für sie war. Kimberly Hancock war verletzlicher, als er es gedacht hatte. Ihm fiel die Fernsehdebatte ein, die er mit ihr gesehen hatte –

sie hatte alle Männer niedergerungen, bis auf einen. Sie war eine Kämpferin. Aber die Frau, die da am Feuer stand? Das war nicht die Kimberly Hancock, die er erwartet hatte.

»Ich habe deine Kleider aufbewahrt. Siebzehn Jahre lang. In einem Karton. Ich habe sie immer an deinem Geburtstag herausgeholt – und an Weihnachten. Und manchmal auch nur so, wenn mir danach war. Dann habe ich sie auf dem Bett ausgebreitet – die Sachen waren so klein – und mich zu ihnen gesetzt. Ich habe sie hochgehoben, sie eingeatmet und mir vorgestellt, wie ich sie euch anziehe. Dir und deinem Bruder. Wie ich die Knöpfe und Reißverschlüsse zumache. Ich habe mir vorgestellt, wie ihr in diesen Kleidern im Garten spielt. Ihr habt dort häufig gespielt.«

Ben sah, wie sie sich die Nase putzte und sich wieder sammelte.

»Dann traf ich eine Entscheidung. Ich wollte mich nicht mehr länger quälen. An dem Tag regnete es. Ich fuhr mit dem Karton in die Stadt, stellte ihn neben einen Mülleimer vor den Laden einer Wohltätigkeitsorganisation und wartete auf der anderen Straßenseite in meinem Auto, bis ein Mann herauskam, den Karton auf seine Schulter hob und ihn mit hineinnahm. Seit diesem Tag habe ich nicht mehr um dich und deinen Bruder geweint. Bis gestern.«

Sie sah ihn an. Ben erkannte, wie zerrissen sie innerlich war. Er senkte den Kopf und starrte auf die glühenden Holzscheite.

»Ich war dankbar, als ich erfuhr, dass du nichts von deiner Entführung gewusst hast. Du musstest nicht so leiden wie wir. Aber jetzt – wo ich dich so sehe? Ich mag mir gar nicht vorstellen, was du gerade durchmachst.« Sie berührte seine Hand. »Es tut mir so leid.«

Ben nickte. Ihre Hand umklammerte seine. Ihre warmen Finger glitten zwischen seine, als gehörten sie dorthin.

»Du erinnerst mich an deinen Vater. Du siehst aus wie er. Er war sanft und freundlich. So wie du. Roger war mein Kompass – der Mann, der immer nach Norden zeigte. Ich wünschte, du hättest ihn kennengelernt, und er könnte dich jetzt sehen. So erwachsen.« Sie blickte zur Decke und atmete aus. »Am liebsten würde ich dich an mich fesseln und nie wieder aus den Augen lassen«, sagte sie und kicherte unsicher. »Da hast du wahrscheinlich keine Lust drauf, oder?«

Ben lächelte, und sie tätschelte seine Hand.

»Ich weiß nicht, was die Zukunft uns bringen wird. Du hast dein eigenes Leben, aber … was und wie viel du auch immer bereit bist, mir zu geben, ich werde es nehmen. Und ich verspreche dir, ich werde mich damit begnügen. Aber Ben, du musst wissen, dass ich gewartet und gehofft habe. So lange.« Ihre Augen füllten sich mit Tränen. »Ich sehne mich danach, deine …« Ihr versagte die Stimme. Sie schüttelte den Kopf und lächelte, dann fuhr sie sich mit dem Daumen unter beide Augen. »Du weißt, was ich meine?«

Ben nickte und wartete, dass Kimberly Hancock sich wieder sammelte.

»Du wirst morgen früh bei Mattson & McCall im Fernsehen auftreten?«

Er spürte, wie Angst in ihm aufstieg.

»Das überfordert dich alles, nicht wahr? Ich sehe es dir an. Wir werfen dich ins kalte Wasser.«

Ben zwang sich zu lächeln.

»Riley McGraw hält das Interview für notwendig. Wenn es nicht so wäre, würde ich es sofort absagen und dich von deinem Leid befreien. Es tut mir leid. Mir ist klar, dass du dich bei allem schrecklich unwohl fühlen musst – und dass es auch wahrscheinlich sehr beängstigend ist?«

Ben setzte eine steinerne Miene auf, damit sie seine Angst nicht sehen konnte. »Na ja, weißt du, es ist nur so, dass …«

»Ich weiß in der Tat. Es *ist* beängstigend. Du brauchst Freiraum.« Sie blickte einen Moment lang ins Feuer. Dann sah sie ihn aufmunternd an. »Du wirst morgen mein Auto nehmen und dieses Interview allein führen, ohne dass dir Rileys Team im Nacken sitzt.« Kimberly Hancock griff in die Tasche ihres Bademantels und zog den Autoschlüssel vom Schlüsselbund. Sie zögerte kurz und drückte ihn dann Ben in die Hand. »Der Wagen steht in der Garage. Du schaffst das.«

TAG DREI

23

Ben parkte den Land Rover unter einem blauen Schild, auf dem *Reserviert für Gäste des Studio C* stand. Er blickte kurz hinüber auf den Beifahrersitz zu der roten Mappe. Seine Kehle war wie zugeschnürt – die Angst schien die Sauerstoffzufuhr lahmzulegen.

Kate und er hatten sich vorhin im Wohnzimmer einen Kaffee geteilt. »Wird schon schiefgehen«, hatte sie aufmunternd zu ihm gesagt und ihn daran erinnert, »einfach Spaß zu haben«. Doch Ben konnte sich gerade nichts Unangenehmeres vorstellen. Er wusste aber, dass dies der Preis war, den er zahlen musste, um seine Privatsphäre wiederzubekommen. Außerdem wollte er Kate nicht enttäuschen. Also stieg er aus dem Wagen und stand noch vor Sonnenaufgang auf dem Parkplatz des Nachrichtensenders – neben der Motorhaube des Land Rovers seiner leiblichen Mutter – mit einer roten Mappe in der Hand und wartete darauf, dass die bläulich strahlenden LED-Scheinwerfer von selbst ausgingen.

Ben schlich durch die Dunkelheit zum Studio C, das hell erleuchtet war. Eine Person am Empfang mit zu viel Koffein im Blut bat ihn, »nur einen Tick« auf irgendeine Assistentin zu warten. Ben blätterte durch die Mappe. Seine Augen erfassten die Fragen, aber sein sonst so zuverlässiges Hirn hatte heute Morgen beschlossen, in einen Streik zu treten. Er spürte, wie sich sein Magen zusammenzog.

»Benjamin Hancock! Herzlich willkommen«, begrüßte ihn die Assistentin überschwänglich.

»Ich heiße Danvers«, korrigierte er sie und schluckte mühsam.

Sie verzog das Gesicht und kritzelte etwas auf ihr Klemmbrett. Dann drehte sie ihm den Rücken zu und flüsterte hektisch in ihr Headset. Blitzartig wandte sie sich ihm wieder zu und lächelte Ben aufgesetzt freundlich an.

»Alles klar – Katastrophe abgewendet.«

Sie fasste ihn am Ellbogen und führte ihn in einen großen Raum.

Hinten stand ein Tisch mit Erfrischungen: eine silberne Kaffeekanne, mehrere Schachteln mit Donuts und ein großer brauner Plastikkrug mit irgendetwas zu trinken drin. Ganz hinten im Raum saßen Mattson und McCall auf einer leuchtenden Bühne und unterhielten sich locker mit Leuten, die Headsets aufhatten.

»Es läuft gerade die Werbung«, sagte sie. »Ich bringe Sie zu Tony. Er wird Sie ein bisschen aufhübschen. Danach werden wir Sie ausleuchten. Damit ist unsere Arbeit auch schon erledigt, und Sie können direkt zur Welt sprechen. Das muss aufregend für Sie sein.«

»Nur die Fragen, die hier drinstehen, richtig?«, sagte er und deutete auf die rote Mappe.

»Darf ich mal kurz?« Sie griff danach und blätterte sie durch. »Ich glaube, diese Fragen haben wir nicht.«

»Aber Riley McG…«

»Oh, Tony. Das ist Benjamin Danvers. Wärst du so nett und nimmst ihn mit in die Maske?«

Ben wurde zwanzig Minuten lang gebürstet, abgetupft und gepudert. Und danach noch ein paarmal abgetupft. Tony stützte sein Kinn auf Bens Schulter und betrachtete sich und ihn in dem beleuchteten Schminkspiegel.

»Ich sehe buchstäblich, wie Ihr Herz durch das Hemd pocht.«

Ben schluckte und versuchte zu lächeln.

»Bisher ist hier noch nie jemand gestorben. Haben Sie einfach nur Spaß.« Tony legte den Kopf schief und zuckte zusammen. »Aber Sie müssen aufhören, so zu schwitzen, sonst werde ich noch gefeuert.«

Ben wartete an dem Tisch mit den Erfrischungen. In dem braunen Plastikkrug waren laut dem abblätternden Etikett »Säfte«. Sein Magen war nicht in der Lage, einen Saft zu trinken. Im Studio wurde es still. Kameras liefen. Ben sah Mattson und McCall auf den Monitoren. Sie plauderten. Lächelten. Kündigten das Interview mit Kimberly Hancocks entführtem Sohn an.

»Bleiben Sie dran für unser exklusives Interview.«

Der Werbeblock begann. Das Studio verwandelte sich in einen Bienenstock. Einer der Moderatoren kam zu Ben gelaufen. »Hallo, ich bin Dick Mattson. Wunderbar, dass Sie heute hier sein können. Das Interview wird großartig werden. Wie ich höre, sind Sie sehr nervös. Ich soll dafür sorgen, dass Sie sich wohlfühlen. Werden Sie es schaffen?«

Ben zuckte mit den Achseln.

»Prima. Wir kriegen das schon hin. Bis gleich.« Er zwinkerte und eilte davon.

»Mr Danvers? Wir sind bereit für Sie«, sagte eine Frau. Sie deutete auf einen Stuhl, der dem Set hinzugefügt worden war.

Er blinzelte in das unfassbar grelle Licht und rutschte nervös auf dem Sitz; links von ihm stand ein Monitor, in dem er sich selbst sah. Ben wandte den Blick ab und wischte sich den

Schweiß vom Nacken. Sein Mund war plötzlich trocken. Der Tisch neben ihm war leer.

»Bereit, Bill? Bitte sagen Sie etwas, Mr Danvers.«

»Könnte ich ein Glas Wasser haben? Bitte.«

»Bill, wie war das? Gut?«, sagte sie und streckte die Daumen nach oben. »Danke, Mr Danvers. Bleiben Sie bitte hier. Wir zeigen gerade unser Originalfilmmaterial von der Entführung. In fünf Minuten und dreißig Sekunden gehen wir live auf Sendung.«

Ben war übel. »Ich muss auf die Toilette gehen, bitte.«

Die Assistentin tat so, als würde sie ihn nicht hören.

»Wo ist die Toilette? Bitte.«

»Ist es ein Notfall?«

»Ja, ich bin mir ziemlich sicher.«

Sie lächelte, aber ihre Augen blickten zornig. »Melissa! Bring Mr Danvers zur Toilette. Schnell. Bitte!«

Zwei Minuten lang versuchte Ben vergeblich, sich in der Behindertentoilette zu übergeben. Er saß auf der Schüssel, den Kopf in die Hände gestützt – und hoffte auf ein kleines Wunder. Ein Erdbeben oder einen Blitzschlag. Auf irgendetwas, das ihn davon abhielt, vor all diesen Leuten davonzurennen. Die Toilettentür öffnete sich so weit, dass das Gesicht einer Frau auftauchte und sie hineinrufen konnte.

»Mr Danvers. Wir brauchen Sie. Bitte. Es ist Zeit.«

Er hörte, wie die Tür zugeschlagen wurde.

Ben stand am Waschbecken, steckte sich das Hemd in die Hose und sah sein schwitzendes Gesicht mit dem dicken Make-up. *Was mache ich hier nur?* Er hatte das Gefühl, als hätte ihn eine reißende Flut erfasst – eine gnadenlose Strömung, die ihn hinaus aufs Meer trieb. Ben betrachtete sein verschwitztes Spiegelbild. Sah, wie seine Hände zitterten. Das war nichts für ihn. Er konnte nicht hierblieben. Er musste weg.

Geh. Jetzt.

Er öffnete die Toilettentür, riss sich vom Arm der Klemmbrett-Headset-Dame los, ging an dem Donuts-Kaffee-Saft-Tisch vorbei und lief durch den Empfangsbereich hinaus in den dunklen Morgen zu dem silbernen Land Rover.

Ben ließ den Kopf auf das Lenkrad sinken. Kate würde enttäuscht, vielleicht sogar wütend sein. Riley McGraw würde sicher stocksauer sein. Und Kimberly Hancock? Wer konnte schon wissen, was sie dachte. Das dicke Ende würde erst noch kommen, aber darum würde er sich später kümmern. Er schaltete sein Handy aus und ließ den Motor an. Wohin sollte er fahren? Was gab es da draußen für ihn? Das Bild des gelben Kolonialhauses in Vermont tauchte vor seinem geistigen Auge auf und lieferte ihm die Antwort. Er musste dorthin zurück – musste stromaufwärts schwimmen. Musste an den Ort, an dem alles begann. Er hatte einen vollen Tank, also mehr als genug Benzin, um damit nach Vermont zu kommen. Vielleicht hatte Ida ihm eine Nachricht im Haus hinterlassen – irgendeinen Hinweis, der ihm helfen würde, alles zu verstehen. Ben legte den Gang ein und fuhr los. Innerhalb weniger Minuten war er auf dem Highway in Richtung Norden.

Er lief von zu Hause weg. Und gleichzeitig nach zu Hause zurück.

24

Arnau Farre war es egal, dass es in dem gemieteten Haus nach Katzenpisse roch. Er ignorierte die gelben runden Flecken auf dem Teppich und die Splitter in der dunklen Holzvertäfelung, die noch aus der Zeit stammen musste, als Nixon regierte. Er verbrachte auch keine Zeit damit, den gerahmten Druck der riesigen, in ein himmlisches Licht getauchten Arche zu bewundern, vor der eine lange Schlange folgsamer Tiere stand, die darauf warteten, gerettet zu werden. Das Farmhaus auf dem Land in Pennsylvania, das über zwei Schlafzimmer verfügte und sich am Ende einer Stichstraße befand, mitten im Nirgendwo, diente nur einem Zweck.

Der Zustand des Hauses störte ihn nicht. Was ihn störte, waren seine Mitstreiter. Sie waren Dummköpfe. Der Grieche war unachtsam gewesen. Seine Nase war die Topnachricht des Tages.

Arnau baute sein Gewehr zusammen und nippte zwischendurch an seinem Kaffee in einem rosa Flamingobecher. Schließlich lehnte er sich in die dick gepolsterte blaue Hochglanzcouch zurück und schüttelte den Kopf. Das Schnarchen aus dem hinteren Schlafzimmer war nicht zu überhören, und es hatte nicht nachgelassen. Georg Engel hatte die ganze Nacht hindurch wie ein Tier gekeucht und geschnarcht, das in einem Sack gefangen war.

Auch George regte Arnau auf. Er hatte ein sauberes, nicht

zurückverfolgbares Auto für die Fahrt in den Süden besorgen sollen. Eine einfache Aufgabe für einen einfachen Mann. Arnau hörte sich seine Ausrede erst gar nicht an. Sie interessierte ihn nämlich nicht. George Engel hatte den lila Camry bei dem größten Autoverleiher des Landes am größten Flughafen von New Jersey gemietet.

Arnau öffnete die mit Fingerabdrücken verschmierte Glasschiebetür auf der Rückseite des Hauses und trat auf die quadratische Veranda. Die rostrote Farbe hatte Blasen geworfen und war rissig. Am Ende des gefrorenen braunen Rasens befand sich eine weiße Garage mit gefrorenen Feldern dahinter. Um ihn herum war nur Ackerland. Weit und breit kein einziges Haus. Arnau nahm einen tiefen Zug an seiner Zigarette und dachte an die Arbeit, die vor ihm lag. Er hatte zwei Jobs zu erledigen. Einen heute. Einen morgen.

Bis zur Amtseinführung waren es noch drei Tage.

Die Prophezeiung – sie war es, die der Vater sich ausgemalt hatte. Sie war es, worauf seine Brüder und Schwestern hingearbeitet hatten. Der Sieg, für den Ida ihr Leben geopfert hatte. Das FBI würde andere Sorgen haben, als nach ihm zu suchen, wenn er seine Arbeit erledigt hatte. Er musste bloß seine beiden Schwachköpfe noch eine Weile davon abhalten, etwas Dummes zu tun.

Das Geräusch eines Fahrzeugs, das die Straße heruntergefahren kam, ließ ihn zusammenschrecken. Er schnippte die Zigarette über das Geländer der Veranda und huschte zurück ins Haus. Ein verbeulter Jeep bog in die Einfahrt ein. Arnau reagierte schnell, ließ das Kurzgewehr unter die Couch gleiten, klemmte sich sein gezacktes Messer an den Gürtel, zog das T-Shirt darüber und blickte noch einmal durch die Fenster, um sicherzugehen, dass niemand hinter dem Haus herumlief.

In dem Auto saß nur eine Person, eine Frau. Arnau öffnete die Haustür, lehnte sich an den Türpfosten, nippte lässig an seinem Kaffee und wartete darauf, dass die Fahrerin ausstieg. Sie war mittleren Alters, zwischen fünfzig und sechzig, und winkte ihm von der Einfahrt aus zu. Ihr Haar war grau und ungekämmt.

»Guten Morgen«, sagte Arnau und nahm seinen Flamingobecher in seine linke Hand.

»Hallo, Mr Engel? Ich hoffe, ich bin nicht zu früh dran, um vorbeizuschauen.«

Arnau zuckte mit den Achseln. Wenn es sein musste, konnte er auch ein paar Minuten lang Mr George Engel sein.

»Ich bin Karen.«

»Okay.«

»Ihre Gastgeberin? Vielleicht haben Sie mein Profil nicht gelesen. Oh, ich habe Ihnen etwas aus der Bäckerei mitgebracht.« Sie hielt eine Tüte mit Donuts hoch, als wäre sie eine Art Belohnung.

»Sie kommen etwas ungelegen.«

»Wie war Ihr Aufenthalt bisher?«, fragte sie und ging zur Haustür.

»Gut.«

»Wunderbar. Ich stelle Ihnen das hier auf die Theke.«

Sie stürmte ins Haus und ließ ihren Blick schweifen. Arnau begriff, dass sie eine stille Bestandsaufnahme machte, um sicherzustellen, dass ihr Krempel noch da war.

»Was kann ich für Sie tun?«

»Ich wollte nur kurz vorbeischauen. Ich hoffe doch, dass Sie Casa Karen hervorragend bewerten werden.«

Die Toilettenspülung im hinteren Bad wurde betätigt. Sie schaute ihren Mieter an.

»Mein Bruder«, sagte Arnau und nippte an seinem bitteren Kaffee.

Sie verschränkte die Arme. Er merkte sofort, dass die Stimmung umschlug.

»Sie haben in Ihrer Reservierung nur eine Person angegeben. Das macht zwar keinen großen Unterschied im Preis – aber achten Sie beim nächsten Mal doch bitte etwas mehr darauf.«

»Sicher. Hat mich gefreut, Sie kennenzulernen.«

Ihr Blick wanderte zum hinteren Schlafzimmer.

»Sind Sie das erste Mal in Mountville, Mr Engel?«

Arnau nickte.

»Ich bin deshalb so neugierig, weil die Nummernschilder an Ihrem Auto aus New Jersey sind, Sie aber aus Chicago kommen.«

»Ist ein Mietwagen.«

»Ach so. Dann haben Sie ihn also in New Jersey gemietet?«

Arnau nickte und blickte aus dem Fenster auf die weiße Garage. »Machen Sie und Ihr Mann das hier nebenbei?«, fragte er und versuchte, freundlich zu klingen.

Karen trat an den Couchtisch und sah die Plastiktüte mit den Utensilien zur Waffenreinigung. »Wie habe ich *das* denn zu verstehen?«

»Na ja, ich habe gefragt, ob Sie einen Ehemann haben.«

»Nein, ähm – habe ich nicht.«

»Wie schön für Sie. Eine unabhängige Frau«, sagte Arnau. Er ging zu der Glasschiebetür. »Und das da ist Ihre Garage, richtig?«, sagte er und zeigte darauf. »Ich habe von dort Geräusche gehört.«

»Das bezweifle ich. Sie ist verschlossen.«

»Vielleicht ist ein Tier eingedrungen. Ich könnte mir vorstellen, dass es von denen hier viele gibt. Ich mag mir gar nicht vorstellen, dass Sie eins angreifen könnte, das Tollwut hat.«

»Ich bin mir sicher, dass alles in Ordnung ist.«

»Man kann nie wissen. Lassen Sie mich Ihnen helfen. Ich möchte nicht, dass Ihnen etwas passiert.«

»Das ist nicht nötig.«

Er öffnete die Schiebetür. »Nachschauen kann nicht schaden, oder?« Arnau setzte sein charmantestes Lächeln auf, und sie folgte ihm in den Garten.

»Ich höre nichts.«

»Ich bin mir ziemlich sicher, dass da drinnen etwas ist. Schließen Sie die Tür auf, ich öffne sie dann – nur für den Fall, dass uns etwas mit großen Zähnen entgegenspringt.«

Die Doppeltür ging quietschend auf. Der Spalt war gerade breit genug, dass eine wilde Katze ins Sonnenlicht hinausstolzieren konnte. Karens Schultern sackten nach unten, und sie lachte.

»Da ist Ihr gefährliches Tier, Mr Engel!«

Er trat auf sie zu und sah sie an. »Nein, Karen. Das ist nicht das gefährliche Tier.«

***

Arnau Farre schaute durch den Lauf seines schallgedämpften Gewehrs auf das Loch, das er in die zweihundert Meter entfernte weiße Garage geschossen hatte. Das Visier war noch nicht eingestellt. Er drehte zweimal nach unten und einmal zur Seite. Dann drückte er seine Absätze in die Erde. Es war ein schwieriger Schuss, denn die geknebelte grauhaarige Frau bewegte ständig ihren Kopf. Arnau hob das Zielfernrohr an und richtete es auf eine Stelle über ihre entsetzt blickenden Augen. Dann schoss er.

Volltreffer.

George klatschte von der Veranda aus Beifall.

Sie hoben ihren schlaffen Körper in den Kofferraum des lilafarbenen Camry, stellten den Wagen in die Garage und schlossen sie ab. Arnau rauchte vier Zigaretten, während George die vielen roten Spritzer von der weißen Außenverkleidung schrubbte. Eine halbe Stunde später fuhren sie mit Karens verbeultem weißem Jeep Cherokee nach Washington.

Im Kofferraum genügend Plastiksprengstoff, um die Häuser von zwei Straßenblocks dem Erdboden gleichzumachen.

25

Emma Noble verabschiedete sich von der Nonne, die neben ihr gesessen hatte, zerrte ihr Handgepäck aus dem Gepäckfach und beugte sich nach vorn, um aus dem ovalen Fenster zu schauen. Sie war das erste Mal wieder in Washington, seitdem ihr Vater in Rente gegangen war. Ein Geschäftsreisender auf der anderen Seite des Ganges starrte ihren Koffer an. Sie wusste, warum. Er sah merkwürdig aus. Der Reißverschluss hatte heute Morgen geklemmt. Sie hatte das Problem kurzerhand erledigt, indem sie den Koffer mit Klebeband umwickelt hatte. Ihr war egal, was andere dachten. Sie war einfach froh, von der engen Sitzreihe aufstehen und ihre langen Beine ausstrecken zu können.

Uncle Gunny wartete an der Sicherheitskontrolle. Er trug einen teuren schwarzen Anzug und eine graue Krawatte. Seine schwarzen Schuhe waren auf Hochglanz poliert. Er war ein kleiner Mann mit einer breiten Brust und muskulösen Armen. Die Krähenfüße um seine Augen waren das einzige Anzeichen dafür, dass er Ende fünfzig war. Um Lachfalten musste er sich keine Sorgen machen. Uncle Gunnys augenfälligstes und liebenswertestes Merkmal waren jedoch seine Ohren. Sie sahen aus, als müssten sie einem anderen Menschen gehören. Einem viel größeren Menschen. Sie erinnerten Emma an die Ohren von Charlie Naseweis aus ›Toy Story‹. Sie hatte ihn einmal so genannt. Ein einziges Mal.

»Hallo! Meine Kleine.«

Sie umarmte ihn. Dann trat sie einen Schritt zurück.

»Schau dich nur an! Onkel Schickimicki.«

»Nee. Bloß ein einfacher Arbeiter.«

»Da hab ich was anderes gehört.«

»Dein Vater erzählt Stuss. Komm, lass uns gehen.« Gunnys Blick wanderte zu ihrem Koffer, und er hielt inne. »Was ist das denn?«

»Das ist mein Gepäck. Ich habe es heute Morgen ein bisschen aufgehübscht. Gefällt's dir?«

Das letzte Mal, dass Emma in einer Limousine gesessen hatte, war in der elften Klasse gewesen, am Abend ihres Abschlussballs. Sie hatte ein brandneues schwarzes Kleid getragen und Cocktails mit ihren Klassenkameradinnen getrunken. Holly Thorpe war es später übel geworden, sodass Emma nicht mehr mit diesem einen süßen Kerl hatte weiterflirten können. Sie musste ihre Freundin zur Toilette begleiten und ihr das Haar festhalten, damit es nicht in die Kloschüssel fiel. Diese zweite Fahrt in einer Limousine mit Uncle Gunny war auch nett, aber doch nicht ganz das Gleiche.

Der Oberkellner im Restaurant begrüßte den ehemaligen Marinesoldaten mit Namen und führte ihn und Emma zu einem ruhigen Tisch am Fenster. Laut ihrem Vater war Uncle Gunny der klügste Marineinfanterist, dem er je begegnet war. Nachdem er bei der CIA ausgeschieden war, hatte er ein Sicherheitsunternehmen gegründet. Seine makellose militärische Vergangenheit und seine beneidenswerten Beziehungen waren ihm dabei zugutegekommen. Uncle Gunny war inzwischen ein sehr reicher Mann. Er und Sam Noble waren beste Freunde. Sam und Emma waren seine Familie. Es war die einzige, die er hatte.

»Und?«, fragte er.

»Und, was?«

»Zeig mal her.«

Er streckte seine Hand aus. Emma spürte, wie sie rot wurde. Sie schnallte ihre FBI-Marke vom Gürtel ab und legte sie ihm in die Hand. Er betrachtete sie und gab sie ihr wieder zurück.

»Wie ist es so beim FBI?«, fragte er.

»Interessant.«

»Das habe ich auch gehört.«

»Was soll das heißen, ›das habe ich auch gehört‹?«

»Na, dass ich es halt gehört habe. Was ist? Warum das Gesicht?«

»Was weiß mein Vater?«

»Ich habe nicht gesagt, dass dein Vater etwas weiß.«

Emma seufzte und sah an die Decke, an der ein Kronleuchter von Dale Chihuly hing. Die beiden konnten sie in den Wahnsinn treiben. So lief das immer mit ihnen. Es war ihr Code, um sie wissen zu lassen, dass sie sie im Blick behielten, ohne zuzugeben, dass sie in ihrem Leben herumschnüffelten.

»Egal. Ja. Es ist interessant.«

Uncle Gunny sah sich im Restaurant um und beugte sich zu ihr. »Was hältst du von Kimberly Hancocks Sohn? Wie heißt er noch mal? Benjamin? Schon ein bisschen seltsam, dass er nur ein paar Tage vor der Amtseinführung wie aus dem Nichts auftaucht, findest du nicht?«

»Warum sollte ich dazu eine Meinung haben?«

»Ja, warum nur. Also, wie denkst du darüber?«

»Nicht, dass ich etwas wüsste, aber er kann das bestimmt genauso wenig fassen wie alle anderen.«

»Irgendwas stimmt da nicht. Das sagt auch dein Vater, und seine Instinkte – na ja, du weißt schon. Der Angriff in New

York war keine einmalige Angelegenheit. Irgendwas geht hier vor. Wir schauen uns die Sache an. Halte deine Augen offen und zieh den Kopf ein. Okay, meine Kleine?«

Uncle Gunny lenkte das Gespräch auf angenehmere Themen. Als sein Teller leer war, wischte er sich mit einer Stoffserviette den Mund ab und legte sie auf das feine Porzellan. Dann rülpste er in seine Faust. Emma schob ihren Stuhl zurück, um aufzustehen, aber er hielt sie an ihrem Handgelenk fest.

»Wie heißt das Losungswort?«

Uncle Gunny wollte wissen, ob sie sich an den Code erinnerte, der zwei Männer mit sehr gefährlichen Fähigkeiten veranlassen würde, für sie durch die Hölle zu gehen, wenn sie sie brauchte.

»Blossom.«

Es hatte sich nie geändert. Seit sie sechs Jahre alt war. Es war der Name ihrer Lieblingsfigur aus der Zeichentrickserie ›Powerpuff Girls‹.

Sie hatte das Wort noch nie benutzen müssen.

26

»Alle in der Stadt stehen hinter dir. Wenn du etwas brauchst – sag einfach Bescheid.«

Ben bedankte sich bei dem Polizisten, der am unteren Ende der Auffahrt stand und ihm erzählte, dass sie damit beschäftigt waren, Gaffer vom Grundstück fernzuhalten. Ben bog mit dem silbernen Land Rover vom Highway Nummer 7 ab und fuhr die lange Auffahrt hinauf. Das gelbe zweistöckige Kolonialhaus tauchte auf. Es erschien ihm wie eine Kulisse auf einem Studiogelände – eine Filmrequisite aus einer falschen Kindheit. Der eisige Wind fegte über den Hügel. Ben machte die Autotür zu und ging den vertrauten Weg entlang zum Haus. Er war dankbar für die zehn Zentimeter Neuschnee. Sie ersparten ihm den Anblick der roten Sauerei, die Ida neben dem Lattenzaun angerichtet hatte.

Er stieg vorsichtig die morschen Verandastufen hinauf und blieb wie angewurzelt stehen, als er den grünen Metallstuhl neben der Eingangstür sah. Idas Stuhl. Er stellte sie sich darin vor. Sie schaute den Hügel hinunter. Stumm. Versunken in ihrer eigenen Welt. Ihr Geist saß wahrscheinlich jetzt dort, schaukelte mit einer Zigarette in der Hand hin und her und fragte ihn: *»Hat dich mein kleines Geheimnis überrascht, Benny-Boy?«*

Ben schlüpfte unter dem gelben Klebeband hindurch und trat in das Haus. Aus Gewohnheit streifte er seine Schuhe im

Eingang ab. Er atmete den vertrauten Geruch ein – es war eine Mischung aus Rosmarin, Kümmel, Rauch und Schimmel, die von den Wänden zu ihm drang. Er hegte die stille Hoffnung, dass er etwas im Haus finden würde, was ihm Aufschluss über Idas Tat gab. Etwas, das nur er verstand. Möglicherweise.

Auf dem kleinen Tisch im Eingang lagen eine Brille, mehrere Kugelschreiber und ein Kiefernzapfen. Das Wohnzimmer sah so aus, wie er es in Erinnerung hatte. Wendalls brauner Sessel stand vor dem Fernseher, daneben der von Ida. Es herrschte das übliche, geordnete Chaos: In den Ecken befanden sich Stapel von VHS-Kassetten, unter den Fenstern Stapel von Jagdzeitschriften, und die Vitrinen waren voll mit Vogelfigürchen aus Keramik. Ben musste sich in Erinnerung rufen, dass die beiden tot waren. Er hatte das Gefühl, als könnte Wendall jeden Augenblick die Treppe herunterkommen und ihn fragen, wie viel Punkte die Boston Celtics schon gemacht haben – und sie würden sich das Spiel gemeinsam im Fernsehen anschauen, bis er in seinem braunen Sessel eingeschlafen sein würde, während Ida am Küchentisch ihre Kreuzworträtsel löste und sich über sein Schnarchen beschwerte.

Er ging in die Küche. Die Theke stand voll mit Küchengeräten – Toaster, Brotkasten, Kaffeemaschine, Mehl- und Zuckerdosen. Der Raum selbst blitzte vor Sauberkeit. Darauf hatte Ida immer geachtet. Aber er wies nichts Ungewöhnliches auf. Und das Esszimmer schon gar nicht. Buchstäblich. Denn es wurde nie benutzt. Er schaute die Treppe hinauf, deren Stufen mit Teppich ausgelegt waren. Wenn Ida eine Nachricht hinterlassen hatte, dann dort oben. Normalerweise nahm er zwei Stufen auf einmal. Heute nicht. Er ging sie langsam hinauf. Die Wände hingen voll mit Bildern. Er betrachtete jedes einzelne. Hier war er der Star. Gerahmte Schulfotos. Mannschaftssportbilder. Ben mit einer Forelle. Ben auf einer Feier, bei der er das Verdienstabzeichen der Pfadfinder erhielt. Das letzte Foto am Ende der Treppe stammte von seiner Abschlussfeier an der Uni – darauf war er mit Ida und Wendall zu sehen.

Babyfotos hingen nicht an der Wand.

Er öffnete die Tür zum Gästezimmer. Eine billige blaue Tagesdecke war über das Bett gelegt. Es gab kein Kopfkissen. Ein riesiger schwarzer Staubsauger stand in der Ecke gegen die Blümchentapete gelehnt. Er konnte sich nicht erinnern, dass irgendwann einmal jemand in diesem Zimmer übernachtet hatte. Gäste, Verwandte oder Freunde von außerhalb hatte es nie gegeben.

Ben betrat sein altes Zimmer mit all den Abzeichen, Plaketten, Trophäen und Auszeichnungen. Er hatte nichts Außergewöhnliches getan, um sie zu verdienen – jeder hatte den Kram bekommen, aber das war ihm egal gewesen. Eine Trophäe zu haben war einfach toll. Über seinem Bett steckten mehrere Urkunden mit Heftzwecken in der Wand: Mathe-Olympiade, Liste der besten Studenten, Wanderverein, Schützenverein. Er öffnete seine Schreibtischschubladen. Leer. Der Kleiderschrank war voll mit alten Pullovern, Turnschuhen und ein paar Leichtathletikabzeichen aus der Mittelstufe. Er ging zurück zum Bett – hob eine Ecke seiner Boston-Celtics-Tagesdecke an und schaute unter das Bett. Alles war genau so, wie er es verlassen hatte.

Er trat über den Flur in das kleine Arbeitszimmer und öffnete die Metallschubladen des Aktenschranks. Nachdem er fünf Generationen von Bedienungsanleitungen für Haushaltsgeräte durchgeblättert hatte, machte er eine zweite Schublade auf. Sie war vollgestopft mit Umschlägen, in denen rosa Quittungen steckten, die mindestens ein Jahrzehnt alt waren. In der großen untersten Schublade befand sich alles Mögliche: Klebeband, Batterien, Schraubenzieher, Scheren. Er sah den Kleiderschrank im Flur kurz durch. Nichts.

Es wurde immer offensichtlicher – Ida hatte ihm nichts zu sagen.

Er ging den Flur hinunter in das große Schlafzimmer. Das Bett war gemacht, ein Amish-Quilt lag gefaltet am Fußende. Neben einem wackeligen Metallgestell, auf der sich ein kleiner Fernseher mit zwei Antennen befand, stand eine schäbige Kommode. Wendall hatte eine Makramee-Eule mit Glupschaugen über das Bett genagelt. Das Zimmer war mit einem rostfarbenen Teppich ausgelegt, und an der hinteren Wand hing eine Bleistiftzeichnung. Sie zeigte Ida. Im Alter zwischen zwanzig und dreißig Jahren. Das Bild war anders als die Porträts in Kimberly Hancocks Bibliothek. Es stammte nicht von einem begnadeten Meister. Aber Ben hatte es unzählige Male betrachtet. Nicht, weil Ida darauf gezeichnet worden war, sondern weil sie ihm gesagt hatte, wer der Künstler war.

»Dein richtiger Vater hat dieses Bild angefertigt.«

Ben sah wütend die Zeichnung an. *Richtiger* Vater? Sein einziger richtiger Vater war Roger – Kimberly Hancocks Ehemann, der inzwischen verstorben war. Das hatte der DNA-Test eindeutig bewiesen. Damit war alles, was Ida ihm je erzählt hatte, Schwachsinn. Der Vollidiot, der dieses blöde Bild gezeichnet hatte, war nicht sein Vater. Wieso hatte sie ihm das angetan? Er war doch nur ein kleines Kind gewesen.

Miese Lügnerin.

Er schlug mit der Faust auf das Bild – das Glas zerbrach,

der Holzrahmen zersplitterte –, und es landete krachend auf dem Boden. Vermont hielt keine Antworten für ihn bereit. Es war ein Fehler gewesen, hierherzukommen. Das Haus war reines Gift. Er musste weg von hier. Jetzt. Genau in dem Moment schimmerte ihm etwas Blaues entgegen – die Ecke einer Karte.

Ida hatte sie im Rahmen des Bilds versteckt. Offensichtlich hatte sie nicht gewollt, dass jemand sie je zu sehen bekam. Ben streckte gerade seine Hand danach aus, als eine Stimme von unten hinaufrief.

»Hallo? Mein Junge? Bist du da?«

Es gab nur eine Person, die ihn noch »mein Junge« nannte. Ben ging aus dem Schlafzimmer und schaute die Treppe hinunter. Ray Buckmeier stand in der Haustür. Er hatte seine Wollmütze unter den Arm geklemmt, und die Hosenbeine seines speckigen braunen Overalls steckten in schwarzen Gummistiefeln. Ray war Wendalls bester Freund. Er wohnte nebenan, und alle im Ort nannten ihn Truckmeier, weil in seinem Vorgarten alte Fahrzeuge vor sich hin rosteten.

»Guten Tag, Mr Buckmeier«, sagte er und stieg die Treppe hinunter.

Der Mann schüttelte Bens Hand, ohne ihm in die Augen zu schauen. Er sprach zur Wand und schniefte leicht. »Schrecklich, mein Junge. Einfach schrecklich.«

»Ja.«

»Kommst du klar?«

»Ich gebe mir Mühe.«

Truckmeier nickte, zog sich die Stiefel aus, und Ben führte ihn ins Wohnzimmer.

»Welcher der beiden Sessel ist der von Wendy?«

Ben deutete auf den braunen. Truckmeier starrte eine Weile

auf den leeren Sessel, bis er seinen Overall hinten am Gesäß abwischte und auf dem Sofa daneben Platz nahm. Wendall und sein Freund hatten sich jahrzehntelang an ihrer Grundstücksgrenze getroffen, selbst gedrehte Zigaretten geraucht – und über alles und nichts geredet. Sie waren Alteingesessene und konnten das meiste, was gesagt werden musste, mit einem lang gezogenen »Jaaaa« ausdrücken.

Ben Danvers wartete, dass Truckmeier zu sprechen begann, denn in diesem Teil der Welt legten die Menschen, die etwas zu sagen hatten, nicht einfach los wie in Boston. Sie erhoben nicht ihre Stimme, um etwas Belangloses von sich zu geben oder eine Gesprächspause mit Geplapper zu füllen. Die Männer und Frauen aus dem nördlichen Neuengland nahmen sich Zeit für das, was gesagt werden musste, dachten geduldig und auf eine vorsichtige, gut nachbarliche Weise über ihre Worte nach – auch wenn es nicht immer hochtrabende Worte waren –, und wenn das, was gesagt werden musste, gesagt worden war, war es auch wieder Zeit, zu gehen.

»Kaffee?«, fragte Ben.

»Wenn's keine Umstände macht.«

Während er den Kaffee machte, blätterte Truckmeier in Wendalls alten Ausgaben der Anglerzeitschrift ›Field & Stream‹ herum.

Ben stellte etwas Merkwürdiges fest. Es war das erste Mal, dass Truckmeier das Haus betreten hatte. Er war Wendalls ältester Freund, aber er hatte nie hereinkommen dürfen. Ida hatte nie Besuch empfangen wollen.

Truckmeier bedankte sich bei Ben für den Kaffee und nippte daran, während er sich in dem Zimmer umsah. »Ist er frisch gebrüht?«

»Ja.«

Der ältere Herr nickte. Er tastete sich auf diese Weise langsam in der Unterhaltung voran. Auch die Frage danach, wer ab jetzt die Zufahrt vom Schnee befreien würde, diente diesem Zweck. Ben wartete, denn er wusste, dass es einen Grund gab, warum Truckmeier durch den tiefen Schnee hergekommen war. Es würde noch ein paar Minuten dauern, bis er bereit war, das eigentliche Thema anzuschneiden. Er blickte auf Idas Fernsehsessel.

»Sie hat ihn also umgebracht?«

Ben nickte.

»Miststück.« Er schwieg einen Augenblick. »Wendy hätte etwas Besseres verdient«, fügte er hinzu.

»Ja, sie war ein Miststück«, pflichtete Ben ihm bei.

Truckmeier nickte und wackelte mit seinen bestrumpften Zehen. »Bist du schon in Washington gewesen? Hast du die Prinzessin schon kennengelernt?«

»Ja.«

»Politik ist nicht meine Sache, aber ich freue mich für sie.« Truckmeier blickte an die Decke und schüttelte den Kopf. »Eins kann ich dir sagen – das ist das Seltsamste, was je im Rutland County passiert ist.«

Und dann schaute er Ben zum ersten Mal in die Augen, seit er das Haus betreten hatte. Was immer es war, das er ihm zu sagen hatte, er würde gleich damit herausrücken.

»Tilda hat Ida nie richtig vertraut. Und erst recht nicht mehr, seit …«

»Seit, was?«

»Ich hab deswegen ein verdammt schlechtes Gewissen, mein Junge. Ich hätte es Wendy sagen müssen. Wollte ich auch – aber ich konnte mich einfach nicht dazu durchringen.«

»Was hätten Sie ihm sagen müssen?«

»Ida hat jeden Sommer, wenn du und Wendy zum Zelten wart, einen Gast gehabt, einen Mann von außerhalb. Ich habe Wendy einmal gefragt, ob Ida einen Bruder hat. Ich habe die Frage ganz vorsichtig formuliert und nichts von dem Besucher gesagt. Wendy gab mir zur Antwort, dass sie keine Familie hat. Ich ließ die Sache auf sich beruhen und habe auch nicht mehr weiter darüber nachgedacht. Ein Jahr später sieht Tilda, dass der Mann wieder da ist. Er blieb einen ganzen Tag.«

Ben blinzelte und versuchte sich vorzustellen, wer in diesem Haus zu Gast gewesen sein könnte. Ihm fiel niemand ein. Ida hatte nie Besucher zu Hause erlaubt.

»Also habe ich im nächsten Sommer, als ihr beide in den Norden gefahren seid, die Wildkamera in den Bäumen aufgestellt und sie direkt auf die Verandatreppe gerichtet. Der Kerl kam sie wieder besuchen. Ich hab ein Foto von ihm.«

Ben beugte sich vor. »Und?«

»Das Foto lag fast den ganzen Sommer über bei mir auf der Küchentheke. Ich wollte es Wendy zeigen, aber ich konnte mich nicht dazu durchringen. Ich fand, dass ich mich nicht in seine Ehe einmischen durfte. Außerdem dachte ich, dass da vielleicht auch gar nichts war, worüber er sich Sorgen machen müsste.« Er seufzte und senkte die Stimme. »Aber jetzt hat sie ihn umgebracht. Und hätte ich etwas gesagt …« Truckmeier blickte auf den Teppich und kniff sich in die Nase. »Jaaaa.«

»Sie trifft keine Schuld.«

»Vielleicht. Vielleicht aber auch nicht.«

Ben stand auf und ging in die Küche. Er hantierte mit der Kaffeekanne herum und ließ Wasser in die Spüle laufen, um

Truckmeier genügend Zeit zu geben, sich vom Sofa hochzurappeln.

»Haben Sie das Bild noch?«, fragte Ben.

»Oh, das bezweifle ich. Vielleicht liegt es im Keller, aber die Chancen, dass ich es dort finden werde, ohne ihn ausheben zu müssen, sind gering.«

Ben riss einen Zettel von dem Block neben dem gelben Wandtelefon und schrieb seine Telefonnummer in kleinen Druckbuchstaben darauf.

»Ich wäre Ihnen wirklich dankbar, wenn Sie …«

»Ich werde nach dem Bild suchen. Versprochen, mein Junge.«

»Danke, Mr Buckmeier. Schicken Sie es mir per SMS. Wissen Sie, wie man das macht?«

Er hielt sein altes Telefon hoch. »Mein Klapphandy hat mich noch nicht im Stich gelassen.«

Ben begriff, dass die Chancen schlecht standen, eine SMS von Truckmeier zu erhalten.

»Noch eine Tasse Kaffee?«, fragte Ben, obwohl er bereits die Antwort kannte.

»Nee, danke. Ich wollte dir nur mein Beileid aussprechen. Auch im Namen von Tilda. Sie hat mir gesagt, dass ich dich in den Arm nehmen soll –, aber wenn es dir nichts ausmacht …«

Truckmeier packte Bens Hand, schüttelte sie und sah ihm in die Augen. »Du solltest eine Sache wissen, mein Junge, und wer außer mir könnte dir das sagen. Für Wendy *warst* du sein Sohn. So wie ein leiblicher Sohn. Und das weiß ich ganz genau.«

Der alte Mann drehte sich höflicherweise zur Tür um und zog sich die schwarzen Stiefel an, während Ben seine zusammengepressten Lippen löste. Truckmeier verabschiedete sich, winkte ihm über die Schulter hinweg zu und stapfte die Granitstufen hinunter zurück zu der verschneiten Baumreihe, an der zwei alte Freunde nie wieder ihre Zigaretten drehen und über nichts Besonderes reden würden.

27

Emma Noble stieg auf der Pennsylvania Avenue in den Bus, der von der Rosslyn Metro Station zum Dupont Circle fuhr, und ging lächelnd den Gang hinunter. Der Bus setzte sich ruckartig in Bewegung nach Northern Rosslyn, und sie schaffte es gerade noch rechtzeitig, sich an einer silbernen Stange festzuhalten. Die Fahrt würde nur wenige Minuten dauern – sie führte lediglich über den Fluss. Für Emma hatte sich an diesem Nachmittag unverhofft ein Zeitfenster aufgemacht. Das Treffen mit dem stellvertretenden Direktor war verschoben worden – vielleicht würde es noch heute Abend stattfinden, vielleicht aber auch erst morgen. Sie rutschte in eine Sitzreihe und legte eine Hand auf die Lehne des Sitzes vor ihr. Ihre Finger fassten in Kaugummi. Emma zog die Hand wieder weg, aber der Kaugummi war noch so frisch, dass er kleben blieb und zwischen ihren Fingern pappte. Sie hielt die Hände von sich weg. Eine Frau am anderen Ende des Ganges eilte ihr zu Hilfe und gab ihr eine Packung Desinfektionstücher.

Sie war am Vormittag durch das Hauptquartier des FBI, dem J. Edgar Hoover Building, gewandert. Es hatte allerlei zu sehen, aber nicht viel zu tun gegeben. Sie hatte gewartet, dass Briar sich meldete, doch er hatte nicht auf ihre Nachricht geantwortet. Also hatte sie allein in der Cafeteria zu Mittag gegessen. Sie hörte gern den Gesprächen anderer Menschen zu und erfuhr auf diese Weise, dass die GSA, die allgemeine Verwaltungsbehörde der US-Regierung, ein Lager in North Rosslyn besaß. Wenn man den Aussagen der Frauen, die hinter ihr saßen, glauben durfte, war das Gebäude mehr als nur ein Fuhrpark. Es wurden dort auch gebrauchte Möbel gelagert, die Mitarbeiter mit einem Regierungsausweis für umsonst mitnehmen konnten. Natürlich handelte es sich bei diesen Möbeln hauptsächlich um Schreibtische und Bürostühle, aber eine der Frauen erwähnte, dass sie dort eine tolle Lampe ergattert habe und an einer Couch interessiert sei. Emma kannte bereits alle Museen und Sehenswürdigkeiten der Stadt. Im »Alles für umsonst«-Laden einkaufen zu gehen, schien ein wunderbarer Zeitvertreib zu sein. Und die Tatsache, dass sie mit dem Flugzeug aus New York gekommen war und nichts Größeres als einen Bleistifthalter mit an Bord nehmen konnte, brachte sie von ihrem Vorhaben nicht ab. Nein, Emma war jung und Shoppen eine ihrer Leidenschaften. Außerdem gab es etwas für umsonst. Da fand sich immer eine Lösung.

***

Ben goss Truckmeiers restlichen Kaffee in die Spüle. Er sah durch das Küchenfenster. Sechs Autos parkten am Highway, und das zweistöckige gelbe Kolonialhaus auf dem Hügel wurde fleißig fotografiert. Er spülte die Kaffeebecher aus und trocknete sie mit einem zerschlissenen blauen Geschirrtuch ab, das am Ofengriff hing. Dann ging er die Treppe hinauf in das große Schlafzimmer. Auf dem Teppich lagen Glassplitter. Die Ecke der blauen Karte lugte unter der Rückwand des Rahmens hervor. Er griff danach und zog sie heraus.

Die Karte stammte von einem Blumenladen. Das Papier war dünn und an den Ecken vergilbt. Ben drehte sie um. *Rosen's Flowers, Rome, NY* stand in dünner kursiver Schrift am oberen Rand. Wer immer die Blumen geschickt hatte, hatte die Nachricht fein säuberlich mit Tinte geschrieben.

Liebe Ida,
ich werde dich in Summerton vermissen.
Dein Freund,
A

Die wenigen Zeilen waren seltsam unpersönlich – so etwas schrieb ein Achtklässler einem Schüler aus der Unterstufe am Ende eines Schuljahrs auf die Rückseite des Jahrbuchs. Aber für Ida waren sie keineswegs unpersönlich gewesen. Sie hatte die Karte aufbewahrt. *Nein, sie hatte sie versteckt.* Sie musste ihr also wirklich etwas bedeutet haben. Ben betrachtete die Zeichnung von Ida, die auf dem Teppich gelandet war. Sie hatte ihn belogen und ihm gesagt, dass »A« sein richtiger Vater sei. Es gab keinen Grund, ihm das weiszumachen. Außer es war *ihr* wichtig – sehr wichtig.

Er ging mit der Karte, die der Schlüssel zu Idas Vergangenheit sein könnte, die Treppe hinunter und schaltete sein Handy ein. Es hatte fast keinen Saft mehr. Er hatte nicht daran gedacht, ein Ladegerät mitzunehmen. Als er seine Nachrichten öffnete, zuckte er zusammen. Er hatte so viele bekommen, dass er zweimal scrollen musste. Kate machte sich Sorgen um ihn. Es waren auch Nachrichten von einer unbekannten Nummer eingegangen, von der er vermutete, dass es sich um die von Riley McGraw handelte. Er steckte in großen Schwierigkeiten, weil er vor diesem Interview davongelaufen war.

Ben wusste, was er tun sollte. Anrufen. Jetzt sofort. Sich entschuldigen. Die Suppe auslöffeln. Das war die einzig vernünftige Entscheidung. Er legte das Handy auf den Tisch und trat davon weg. Er konnte nicht anrufen. Er wusste, dass es kindisch war. Und ja, er war sich darüber im Klaren, dass es alles nur noch schlimmer machen würde, je länger er den Anruf hinauszögerte. Mittlerweile waren acht Stunden vergangen, seit er davongelaufen war – eine lange Zeit für Kate, um sich Sorgen zu machen. Aber er würde bald anrufen. Sehr bald.

Er öffnete seine Suchmaschine und tippte »Rosen's Florist in Rome, NY« ein. Es gab keine Geschäfte mit diesem Namen im Bundesstaat New York.

Er tippte »Summerton« ein.

Bens Daumen jagten über die Ergebnisse. Summerton Hardware, Summerton Stop & Go, Sandy's Summerton Oysters – alles Geschäfte in New Jersey. Er versuchte es mit dem gesamten Satz, »ICH WERDE DICH IN SUMMERTON VERMISSEN«. Sein Bildschirm füllte sich mit Todesanzeigen von Menschen, deren Nachnamen Summerton war.

Summerton Rome New York

Ben musste sich erst durch die Pop-up-Anzeigen verschiedener Beerdigungsunternehmen arbeiten, bis er am Ende der Seite etwas sah, das seine Aufmerksamkeit erregte. Eine Grunderwerbsmitteilung aus dem Jahr 2015. Sie betraf ein Grundstück in Westonberry, New York, das an die ehemalige Summerton Academy grenzte. Er tippte »Summerton Academy, Westonberry, New York« ein. Nichts. Keine Ergebnisse.

Er stand auf und blickte aus dem Küchenfenster. Ein Übertragungswagen hatte sich zu den Autos gesellt, die am Ende der Auffahrt am Highway parkten. Das Nachrichtenteam machte Fotos, und das brachte ihn auf eine Idee. Er klickte auf die Bildersuche und betrachtete jedes, das von der Summerton Academy Westonberry New York auf der ersten Seite der Ergebnisse auftauchte. Auf den meisten Fotos standen Jugendliche lächelnd vor Backsteingebäuden. Das letzte Foto zeigte ein kleines grünes Gebäude mit einer Veranda rundherum. Er fuhr mit den Fingern über den Bildschirm. Über der Tür hing ein Schild: *Gegründet 1971, El Mallumo-Lumo.*

Bens Herz raste. Er musste nicht nachschlagen, was diese Worte bedeuteten. Es war Esperanto. »Aus der Dunkelheit – Licht«.

Es war seine und Idas Sprache gewesen. Als er elf war, hatte sie ihm von Esperanto erzählt. Einen Monat später überraschte er sie mit einer selbst gebastelten Muttertagskarte, die er mithilfe eines Buchs aus der Bücherei übersetzt hatte. Es gab nur wenige Dinge, die Ida zum Lächeln bringen konnten. Die Karte war eines von ihnen gewesen – mehr Ermunterung hatte Ben nicht gebraucht. In den darauffolgenden Jahren machte er weitere Esperanto-Quellen ausfindig und lernte die Sprache in seiner Freizeit. So entstand ein einzigartiges Band zwischen ihm und Ida. Sie sprachen Esperanto am Esstisch, nur um Wendall zu ärgern – und manchmal lachte sie sogar laut. Ida hatte diese Schule besucht – das stand zweifellos fest. Zusammen mit »A«.

Ben sah sich den Link unter dem Bild an. Er war mit Albanyinquirer.com verknüpft. Als er darauf klickte, tauchte die Homepage der Zeitung auf. Er versuchte es mit ihrer Online-Suchfunktion, aber er kam nicht weiter. Der ›Albany Inquirer‹ lag anderthalb Stunden von seinem momentanen Standort entfernt. Es war drei Uhr nachmittags. Wenn er sich jetzt auf den Weg machte, würde er noch vor Redaktionsschluss dort sein können.

Das Display seines Telefons wurde schwarz. Die Batterie war leer.

Er fuhr mit dem Land Rover den Hügel hinunter. Die Gaffer standen am Ende der Auffahrt neben ihren Autos und filmten ihn mit ihren Handys. Auch die Kamera aus dem Ü-Wagen hatte ihn erfasst. Ben fuhr langsamer und blickte in die Kameras. Er winkte, streckte den Daumen nach oben und gab wieder Gas. Innerhalb weniger Minuten würde Kate erfahren, dass er in Vermont war und dass es ihm gut ging – was bedeutete, dass sie sich ab jetzt keine Sorgen mehr um ihn machte, sondern eher enttäuscht und wütend war. Er bog auf den Highway Nummer 7 ein und jagte in Richtung Süden nach Albany, dabei wiederholte er immer wieder den Satz *»El Mallumo-Lumo«*.

Aus der Dunkelheit – Licht.

28

Das Marriner S. Eccles Federal Reserve Building in Washington war keine Sehenswürdigkeit, für die Eintritt verlangt werden konnte. Das letzte Mal, dass die Öffentlichkeit dem weißen, neoklassizistischen Gebäude Beachtung geschenkt hatte, war 1937 gewesen, als Franklin Roosevelt es einweihte. Sollte der heilige Paulus aber damit recht haben, dass Geld die Wurzel allen Übels war, dann war dieses Gebäude die Lieblingsblume des Satans. Hinter den schweren Eisentüren brüteten bebrillte Wirtschaftswissenschaftler über Daten, Zahlen, Tabellen und Prognosen. Dieses stets korrekt gekleidete stille Völkchen kontrollierte die Geldmenge der Vereinigten Staaten. Ihre fachlichen Entscheidungen über Zinssätze und Anleihekäufe ließen die Wall Street erzittern, schickten Nachbeben durch die Weltwährungen und machten es einem jungen Paar in Toledo, Ohio, möglich, sich einen Hauskredit zu leisten. Oder auch nicht.

Sie bildeten den Offenmarktausschuss der US-Notenbank, und sie tagten im Moment. Der Gouverneursrat und die zwölf Präsidenten der US-Notenbank nahmen ihre Plätze an einem ovalen Tisch unter einem kunstvollen Kronleuchter ein und begannen in höflichem Ton – der kaum über ein Flüstern hinausging – über die Beiträge zur Einlagensicherung und die Übernacht-Repos zu sprechen. Hinter ihnen saßen in bequemen Polstersesseln ihre Mitarbeiter. Sie machten sich Notizen und vervollständigten komplizierte Tabellenkalkulationen, während bewaffnete Agenten des Federal Protection Service, kurz FPS genannt, – eine Polizeibehörde des Heimatschutzministeriums – in Zweiergruppen die Flure patrouillierten und für ihre Sicherheit sorgten.

Einige Mitarbeiter beschäftigten sich nicht mit komplizierten mathematischen Problemen, sondern verfolgten den Aktienmarkt auf ihren Handys. Der Handel war nach dem Anschlag gestern in New York ausgesetzt worden. Heute Morgen hatten die Märkte niedriger eröffnet und eine 15-minütige Unterbrechung der Sitzung ausgelöst. In den letzten Stunden waren die Kurse noch einmal um fünf Prozent gefallen.

Die Wirtschaftsexperten am Tisch kümmerten sich nicht um die täglichen Bewegungen am Markt. Das Land und die Welt verließen sich darauf, dass sie in stürmischen Zeiten einen kühlen Kopf bewahrten – und sich nicht von Eilmeldungen und Querschüssen aus der Politik beirren ließen. Sie gehörten der letzten verlässlichen amerikanischen Institution an, die sich dadurch auszeichnete, unparteiisch zu sein. Und die meisten waren sich darin einig, dass es den Reichen, egal ob sie demokratisch oder republikanisch wählten, gut ging, solange der derzeitige Vorsitzende am Ruder war.

In der Ecke des Raums saß eine Frau mit einer großen schwarzen Brille, die keine Zahlen in Tabellenkalkulationen eintippte oder den Aktienmarkt beobachtete. Niemand beachtete sie besonders. In einem Raum voller Menschen, die eher in sich gekehrt waren, war sie unsichtbar. Ihr Herz unter ihrem dunklen Business-Jackett raste. Der heutige Tag würde ihr letzter sein. Aber nicht nur ihrer, auch der aller anderen in diesem Raum.

Der Vorsitzende las den nächsten Tagesordnungspunkt

vor. Die Sitznachbarn der Frau mit der schwarzen Brille plauderten kurz miteinander. Sie schenkte ihnen keine Beachtung. Ihre Brust hob und senkte sich im Takt des Sekundenzeigers. Sie schaute auf ihr Handy. Wenn die Uhr an der Rückwand des Raums richtig ging, müsste sie jetzt eine SMS bekommen. Das lange Warten war vorbei. Die Nachricht würde eines von zwei Worten beinhalten: »ja« (es geht los) oder »nein« (verschoben).

Ihr Telefon summte.

Sie blickte nach beiden Seiten, um sich zu vergewissern, dass keiner etwas sehen konnte. Dann öffnete sie die Nachricht. Eine schwarze Kugel leuchtete auf. Mit einer Funken sprühenden Zündschnur. Der Idiot hatte ihr ein Bomben-Emoji geschickt.

Die Frau legte sich ihre Umhängetasche über die Schulter, ließ ihren Laptop unter den Stuhl gleiten und ging in Richtung Tür, ohne sich zu entschuldigen. Niemand bemerkte sie. Auf dem Weg hinaus kämpfte sie gegen das Verlangen an, sich umzudrehen, um einen letzten Blick auf ihre Kollegen zu werfen.

Um 15:35 Uhr marschierte der ranghöchste FPS-Agent in die Sitzung des Offenmarktausschusses, flankiert von zwei muskulösen Agenten, die sich in den hinteren Ecken des Raums postierten – die Füße schulterbreit auseinander, die Köpfe kreisend.

»Meine Damen und Herren, es liegt eine Bombendrohung vor. Bitte stehen Sie von Ihren Sitzen auf. Nehmen Sie Ihre Ausweise mit. Lassen Sie Ihre persönlichen Gegenstände zurück. Folgen Sie den Agenten und gehen Sie die Treppe Nr. 3 hinunter. Wenn jemand Hilfe braucht, heben Sie bitte Ihre Hand.«

Alle Blicke waren auf den Vorsitzenden gerichtet. Er schob seinen Sessel vom Tisch weg, fuhr sich mit der Hand durch das gewellte graue Haar und gab achselzuckend zu verstehen: »Es ist so, wie es ist.«

»Liegt eine echte Gefahr vor?«, fragte er den verantwortlichen Agenten flüsternd.

»Wir haben eine telefonische Drohung erhalten und werden das Gebäude räumen. Wir hoffen, dass wir Sie in ein paar Stunden wieder hierher zurückbringen können.«

Bewaffnete Agenten geleiteten die Sitzungsteilnehmer ins Untergeschoss und durch einen selten benutzten Korridor zu einem schmalen Durchgang unter der Straße. Die Wachen entriegelten eine Stahltür, und sie betraten eine schwach beleuchtete Betongarage, in der sie auf einen Bus des Heimatschutzes warteten, der sie an einen anderen Ort bringen würde.

***

Emma Noble stieg aus dem Bus und ging zu dem Lagerhaus der GSA in North Rosslyn, Virginia. Das Gebäude war groß und hielt vielleicht auch viele Sachen für umsonst bereit. Ihr Handy piepte mit einer SMS.

– *Wo sind Sie?*

Es war Briar. Sie antwortete ihm. Prompt kam eine Nachricht von ihm zurück:

– *Besprechung mit dem stellvertretenden Direktor. In fünfundvierzig Minuten.*

Verdammt. Der nächste Bus würde erst in einer Stunde fahren. Sie rief ihn an. Nachdem er ein paar deftige Kraftausdrücke losgelassen hatte, erklärte Briar sich bereit, einen Umweg von vier Meilen zu machen, um sie abzuholen – er würde aber erst noch sein Schinkensandwich zu Ende essen.

Emma legte auf und sah einen weißen Bus des Heimatschutzes mit blinkenden Lichtern aus dem Betongebäude rasen. Sie bemerkte, dass das Fahrzeug es verdammt eilig hatte.

Sie stand neben einem grünen Lieferwagen. Da sie noch ein paar Minuten Zeit hatte, überprüfte sie ihre Social-Media-Accounts und kicherte über clevere Memes, die ihr Freunde geschickt hatten. Als sie Schritte hörte, blickte sie auf und lächelte einen glupschäugigen Mann in Arbeitskleidung an, der aus dem Gebäude kam.

***

Die Volkswirte der US-Notenbank mussten nicht lange auf ihren rettenden Transport warten. Der weiße Bus des Heimatschutzes holte sie im Untergeschoss ab. Sie stiegen schnell ein. Er fuhr langsam die Betonrampe hinauf ins Tageslicht. Das Sicherheitspersonal versenkte am Ausgang drei Poller in den Boden und winkte sie durch. Der Bus, dem eine Polizeieskorte voraus- und eine hinterherfuhr, bog nach rechts in die C Street ein, um zu einem geheimen Ort zu fahren. Er eilte weiter zum E Street Expressway Tunnel. Die Männer und Frauen, die für die Überwachung der Geldmenge Amerikas zuständig waren, saßen still da, trommelten mit den Fingern auf ihre Oberschenkel und starrten aus dem Fenster.

Die Frau mit der großen schwarzen Brille trat aus der letzten Kabine der Damentoilette im zweiten Stock des Eccles Building, schloss die Tür und ging zu den Waschbecken. Sie stellte ihre Handtasche auf dem Rand des Waschtisches ab und wickelte einen Kaugummi aus seinem silbernen Papier.

Ihre Hände zitterten. Dann drehte sie den Wasserhahn auf, tupfte sich Hals und Gesicht ab und vermied es, ihr Spiegelbild zu betrachten. Sie riss ein Papiertuch aus dem Spender, trocknete sich ab, öffnete die Tür zu dem Marmorflur und tat so, als wäre sie genauso überrascht, die Männer des Bombenentschärfungskommandos zu sehen, wie diese überrascht waren, sie zu sehen.

29

Amy Munson brauchte einen Sieg. Und um ihn zu erringen, fuhr sie schnell. Den BMW, mit dem sie unterwegs war, hatte sie vor wenigen Wochen von ihrem Mann zur Hochzeit geschenkt bekommen. Sie brauchte den Wagen nicht. Was sie *wirklich* brauchte, war die Akzeptanz seiner Tochter. Die trotzige Achtjährige war hartnäckig gegen sie eingestellt und »hasste sie so sehr«. Amy hatte sämtliche Insta-Mom-Fehler begangen, die man begehen konnte, und vielleicht sogar noch ein paar neue geschaffen. Bei jeder Unachtsamkeit erklang der Eliminierungsbuzzer: »Du bist nicht meine richtige Mom.«

Amy Munson brauchte einen Sieg. Und sie hätte ihn auch errungen, hätte dieser Idiot aus Tallahassee ihr nicht dazwischengefunkt. Ihr Plan war gut gewesen. Ihre Stieftochter trat in der Schule in einem Theaterstück auf. Die Theater AG veranstaltete danach eine Party für die Kinder. Amy hatte die Gelegenheit beim Schopfe gepackt und sich freiwillig gemeldet. Sie schlug jedes Hilfsangebot der anderen Mütter aus. Die Feier würde umwerfend werden, und ihre achtjährige Stieftochter würde erkennen, wie cool sie sein konnte.

Sie bog in die 19th Street ein. Das Zitroneneis in dem großen Behälter auf der Rückbank begann zu tauen, und Wasser tropfte auf den Sitz. Unter dem Deckel bildeten sich gelbe Blasen.

Der Plan war nicht so aufgegangen wie gedacht. In der Arbeit hatte es einen Notfall gegeben. Der Volltrottel in Tallahassee hatte den wichtigsten Kunden der Firma verärgert, und sie hatte fast den ganzen Tag damit verbracht, die Sache glattzubügeln. Amy hatte den Auftritt ihrer Stieftochter bereits verpasst. Aber sie konnte noch alles retten, solange sie vor dem Läuten der Glocke die Schule erreichte. Dann hätte sie noch genügend Zeit, um die silberne Deko, die Luftballons und die Theatermasken aufzustellen.

Sie raste über die 19th Street zur E Street. Die Ampel an der Kreuzung war Grün. Nur noch hundert Meter. Amy trat aufs Gaspedal und schickte ein Stoßgebet an die für Ampeln zuständigen Götter, dass sie noch sechs Sekunden lang grün blieb. Sie brauchte diesen verdammten Sieg.

Die Ampel blieb Grün. Sie würde es schaffen. Als sie das Lenkrad einschlug, bemerkte sie das Blaulicht der Polizei, die bei Rot über die Ampel raste. Sie machte eine Vollbremsung. Ihre Reifen quietschten, und der BMW geriet ins Schlingern, aber zuverlässige deutsche Fahrzeugtechnik bewahrte sie davor, in den Streifenwagen zu krachen. Sie wartete, bis der kleine Autokorso an ihr vorbeigerauscht war – ein weißer Bus des Heimatschutzes und ein weiteres Polizeiauto dicht dahinter.

So ein Mist. Das fehlte ihr jetzt noch.

Sie folgte der kleinen Karawane von Lichtern, die es nun nicht mehr eilig hatte. Amy blickte auf ihren Tacho. Sie fuhren zehn Meilen unter dem Tempolimit. Sie blickte in den Rückspiegel. Ein gelber Streifen lief seitlich an dem Eisbehälter hinunter. *Bitte nehmt nicht die Abzweigung zum E Street Expressway.*

Aber genau das tat das Hindernis vor ihr, das aus drei Fahrzeugen bestand. Sie bogen zum Tunnel des E Street Expressway ab. Amy schaute auf die Digitaluhr im Armaturenbrett ihres Autos und schlug verärgert mit der Hand auf das Lenkrad.

***

Arnau Farre trug eine graue Windjacke, Bluejeans und eine schwarze Mütze. Er saß auf einer Bank in einem kleinen Park, die auf die Auffahrt zum E Street Expressway blickte. Seine Hand wanderte in eine braune Tüte, und er warf einem Taubenschwarm Brotkrümel zu. In der letzten Stunde waren immer mehr Vögel hinzugekommen, und sie strichen um die Bank herum. Der Park lag nicht besonders idyllisch, um sich zu entspannen und die Natur zu genießen. Arnau sah über seine linke Schulter. Die Lichter eines Polizeiautos tauchten oben auf dem Hügel auf. Ein weißer Bus folgte ihm. Er griff nicht in die Tüte nach den Brotkrümeln, sondern ließ seine Hand in die Tasche seiner grauen Windjacke gleiten, während der Bus in den Autobahntunnel fuhr.

***

Amy Munson musste überholen. Es war kein kluger Schachzug, aber sie brauchte einen Sieg. Zur Hölle mit dem Strafzettel. Sollte sie einen bekommen, würde sie damit leben können. Der BMW schoss über die durchgezogene gelbe Linie. Sie drückte auf das Gaspedal und überholte das erste Polizeiauto. Auf Höhe des Busses bemerkte sie, dass die Scheiben schwarz getönt waren. Ihre Neugierde war kurz geweckt, und sie fragte sich, wer da wohl drinsaß. Sie wechselte den Gang, und der BMW fuhr schneller als erlaubt. Sie überholte das zweite Polizeiauto und raste durch den kurzen Tunnel.

Später erzählte sie den Ermittlern, dass das Einzige, woran sie sich erinnern konnte, ein KNALL war, wie der eines Blitzes, wenn er am Himmel aufzuckte – gefährlich nah. Und dann zersprangen die Fenster ihres Autos. In dem Augenblick, in dem die Reifen zerfetzten, begann der BMW zu schlingern und kippte schließlich auf die Seite – der Neuwagen schlitterte aus dem Tunnel und blieb nach vierhundert Metern liegen.

***

Die Tauben flatterten aufgeschreckt zum Himmel. Unzählige Granatsplitter schleuderten aus dem Eingang des E Street Expressway Tunnel und setzten die Fahrzeuge in Brand, die sich in ihrer Flugbahn befanden. Eine innerstädtische Straße, deren Mittelstreifen bepflanzt war und die den Tunnel überquerte, war verschwunden. Aus dem Loch, das stattdessen jetzt dort klaffte, stiegen schwarzer Rauch und Flammen auf, wie aus dem Eingang zur Hölle. Arnau Farre entfernte sich langsam vom Ort des Geschehens und tauchte in einem Meer von Schaulustigen unter, die herbeigeeilt kamen, um das Grauen aus nächster Nähe zu bestaunen.

***

Der BMW landete mit der rechten Seite nach oben. Amy Munson hatte eine Schnittwunde über ihrem Auge. Sie lebte. Im Innern des Wagens waren überall Glassplitter, und das Zitroneneis klebte an jedem Autoteil. Sie saß auf einer braunen kalten Grasböschung – benommen. Nachdem die Sanitäter sie untersucht hatten, hielt ihr ein Reporter ein Mikrofon unter die Nase. Als sie die Fragen des Mannes beantwortete und dabei in die Kamera sprach, erwähnte sie dreimal den Namen ihrer Stieftochter. Das Interview wurde an diesem Abend siebenmal landesweit ausgestrahlt. Sie sah es sich von der Couch in ihrem Wohnzimmer aus an. Ihre achtjährige Stieftochter lag eingerollt neben ihr, den Kopf an ihre geprellten Rippen geschmiegt.

Amy Munson hatte ihren verdammten Sieg errungen.

30

Einsatzfahrzeuge jagten an dem grauen Suburban vorbei. Ein Feuerwehrwagen. Noch einer. Dann die Polizei. Viele Polizisten.

Emmas Blick wanderte zu Briar. »Was zum Teufel ist hier los?«

Er nickte, schaute in den Seitenspiegel und folgte den Sirenen. Als sie um eine Ecke bogen, sahen sie in der Ferne dichten schwarzen Rauch aufsteigen. Es gab wirklich nur einen Grund, um ein Treffen mit dem stellvertretenden Direktor zu versäumen. Er lag vor.

Die roten und blauen Lichter der Einsatzfahrzeuge flackerten in der Abenddämmerung. Schaulustige drängten sich hinter den abgesperrten Straßen und Gehwegen und versuchten einen Blick auf das Geschehene zu erhaschen. Emma und Briar mussten sich einen Weg durch die Menge bahnen und sahen dabei die qualmenden, verkohlten Überreste von Pendlerautos. Schwarzer beißender Rauch stieg aus dem Eingang des E-Street-Tunnels auf. Emmas Augen tränten, und sie hielt sich den Kragen ihrer blauen Windjacke über die Nase, um den ekelerregenden Geruch abzuwehren – eine Mischung aus verbranntem Gummi und Fleisch.

An der Einsatzstelle wimmelte es von Feuerwehrfahrzeugen, die Wasser auf die rauchenden Trümmer spritzten. Ersthelfer in gelben Schutzanzügen suchten in den verbrannten

Fahrzeugen nach Lebenszeichen. Anders als beim Mansion Media Building handelte es sich hier um keine Rettungsaktion, sondern um eine Untersuchung. Emma wusste, dass es nicht viele Überlebende geben würde. Und schon gar nicht im Tunnel. Neben den Einsatzkräften hatten sich auch Agenten der Sicherheitsbehörde für Alkohol, Tabak, Schusswaffen und Sprengstoff, kurz ATF genannt, Sprengstoffspezialisten, forensische Chemiker, Bombentechniker und Ingenieure am Tatort eingefunden. Für das ungeschulte Auge musste es wie ein völlig unkoordinierter, chaotischer Einsatz aussehen. Das war es aber nicht. Es war vielmehr ein Ameisenhaufen, der sich aus unterschiedlichen Experten zusammensetzte, von denen jeder seine konkrete, dringende Aufgabe zu erledigen hatte.

Briar ließ Emma kurz allein und stürzte sich ins Getümmel, um Informationen einzuholen. Als er zurückkehrte, hatte er wieder dieses Funkeln in den Augen. Emma begann, den Blick zu erkennen – in Notsituationen lebte der ältere Agent auf. Er erklärte ihr, dass der qualmende schwarze Fleck im Tunnel ein weißer Bus des Heimatschutzes gewesen war, der VIPs transportiert hatte. Mehr wusste er nicht. Es handelte sich um einen weiteren Anschlag. Ein Anschlag, bei dem der Angreifer die Unverfrorenheit besessen hatte, ihn nur fünf Blocks vom Weißen Haus entfernt auszuüben.

Jede Bombe besaß eine eigene Signatur. Die modernsten Labore des Landes befanden sich in der Nähe des Tatorts. Trotzdem würde es einen oder mehrere Tage dauern, um die Handschrift zu entschlüsseln. Das hinderte Emma aber nicht daran, eine eigene Vermutung anzustellen, beruhend auf ihrer Sachkenntnis. Die Geschwindigkeit einer Detonation wird in Meter pro Sekunde gemessen. Eine Gasexplosion in einem Haus ist ein Ereignis mit geringer Geschwindigkeit. Die Trümmer bleiben auf dem Rasen liegen. Hier handelte es sich um keine Gasexplosion. Nach der Entfernung zu urteilen, in der die ATF-Agenten die Beweise einsammelten, war es eine Hochgeschwindigkeitsexplosion. Wahrscheinlich mit einem Plastiksprengstoff ausgeführt. Das Verkehrsflugzeug, das über dem Ort Lockerbie in Schottland explodierte, hatte dreihundertfünfzig Gramm Semtex an Bord. Das Bild der Zerstörung, das sich Emma hier bot, ließ darauf schließen, dass die Attentäter mindestens genauso viel Sprengstoff bei dem Bus verwendet hatten.

Mobile Generatoren begannen zu brummen, und Bauscheinwerfer erhellten den Tatort. Briar ging hinüber in einen kleinen Park und stellte sich auf eine schäbige Bank, um die Unglücksstelle zu überblicken. Emma folgte ihm. Die Informationen kamen wahllos herein, ohne überprüft worden zu sein. Sie sah einen Mann über den Tatort gehen, flankiert von vier Agenten in kugelsicheren ATF-Westen, der nach seinem Gesichtsausdruck zu urteilen das Sagen hatte. Er würde bestimmt etwas wissen.

»Entschuldigen Sie bitte. Gibt es Informationen über die Opfer im Bus?«

Der Kerl beachtete sie nicht, aber einer seiner Agenten trat zu Emma. Er beantwortete ihre Frage, als teilte er ihr das Ergebnis eines Footballspiels mit. Emma war sich nicht ganz sicher, was die US-Notenbank machte. Aber sie wusste, dass sie die Menschen hinter dem Vorhang waren. Sie hatten etwas mit Geld zu tun. *Geld.*

Libereco pensi mem (Freiheit, selbstständig zu denken) war mit Blut an die Wand der Suite im Emerald Point Hotel geschrieben worden. Das Mansion Media Building stellte einen

Angriff auf die erste Säule der *Tri Kolonoj de Libereco* dar. Die zweite Säule war die Freiheit vom Geld. Ein bedeutenderes Ziel als die US-Notenbank gab es dafür nicht.

Doch dieser Angriff war anders. Es hatte zwar weniger Opfer gegeben, aber er war weitaus beängstigender. Die Terroristen waren offensichtlich zu mehr fähig als nur zu roher Gewalt. Das Mansion Media Building war ein massives, bekanntes Bauwerk. Da musste man über keine besonderen Informationen verfügen, um es anzugreifen. Im Gegensatz zu einem Anschlag gegen die US-Notenbank. Wer auch immer hier dahintersteckte, hatte Zugang zu Geheimdaten. Die Attentäter kannten die Notfallpläne, die bei einer Bombendrohung gegen eine staatliche Institution in Kraft traten, und wahrscheinlich noch viel mehr.

»Ich habe nachgedacht«, begann Emma und blickte zu Briar, der noch immer auf der Bank stand. »Meiner Meinung nach gibt es drei Möglichkeiten, wie dieser Anschlag ausgeübt worden sein könnte: Erstens, es war ein Selbstmordattentäter – er saß entweder im Bus oder fuhr neben ihm her. Zweitens, die Bombe wurde im Tunnel platziert und aus der Ferne gezündet.«

»Und drittens?«

»Die Bombe war bereits im Bus.«

Briar nickte und wartete, dass sie fortfuhr.

»Wenn es die ersten beiden Möglichkeiten sind, können wir hier nicht viel tun …«

»Noble, wann kommen Sie endlich zum Punkt?«, fragte Briar ungeduldig.

»Kurz bevor Sie mich abgeholt haben, habe ich einen Bus des Heimatschutzministeriums vom Parkplatz der GSA rasen sehen. Ich wette, das war der Bus, der im Tunnel explodiert ist. Wir sollten zurück nach North Rosslyn fahren und die Sache überprüfen.«

Briar wägte ihre Idee ab, dann griff er in seine Windjacke, holte seine Autoschlüssel heraus und marschierte zu seinem Wagen. Als sie vor dem Lagerhaus der GSA vorfuhren, wusste Emma, dass etwas passiert war; drei Polizeiautos und ein Rettungswagen parkten vor dem Gebäude. Vier Polizisten kauerten an einer Seitentür und unterhielten sich. Sie schienen keine Eile zu haben. Was auch immer geschehen war, ihr Einsatz war vorbei. Emma stieg zuerst aus dem Auto. Die Polizisten drehten sich um und musterten sie von oben bis unten. Dann nickten sie Briar zu, als sei er ein Glückspilz.

»Ihre Freunde sind da drin«, sagte einer von ihnen und deutete mit dem Daumen auf die Tür.

»Ich habe keine Freunde«, sagte Briar.

Der Mann machte ein säuerliches Gesicht und erklärte ihm, dass zwei FBI-Agenten im Gebäude seien.

»Was ist denn los?«, fragte Emma.

»Ein Wachmann wurde umgebracht. Er war schon tot, als wir hier ankamen. Verblutet. Wir konnten nichts mehr für ihn tun.«

Emmas Blick wanderte zu der Überwachungskamera über der Tür, die auf den Parkplatz gerichtet war. Da sie von da oben aus einen freien Blick auf das Gelände hatte, konnte sie alle eintreffenden und abfahrenden Personen erfassen. Der Polizist schien ihre Gedanken zu lesen.

»Die Agenten sehen sich gerade das Video an.«

Die Tür öffnete sich einen Spaltbreit. Ein Beamter eilte hinüber, um dem Rettungsteam zu helfen. Die Trage rollte ruckelnd über die Schwelle. Die FBI-Agenten folgten ihr. Sie nickten Briar zu, dann schauten sie Emma an. Von oben bis unten. Demonstrativ. Emma bekam den Blick mit, den sie miteinander tauschten – wie Highschool-Jungs, die in einem Flur standen und glotzten. Sie wollte eine passende Bemerkung loslassen, aber die Agenten waren schneller. Sie griffen nach ihren Waffen und schrien …

»Hände hoch!«

Emma starrte sie an. *Wie bitte?* Sie sah Briar an, der ebenso verwirrt dreinblickte.

»Hände hoch! Sofort! Die Finger hinter dem Kopf verschränken.«

»Was zum …«

Sie hob die Arme. Einer der Agenten trat zu ihr und riss ihr die Glock aus dem Halfter.

»Sie machen einen Fehler«, sagte Briar.

»Das glaube ich nicht«, murmelte der Agent mit Emmas Waffe.

»Das glaub ich schon«, erklärte sie.

»Hände hinter den Rücken.«

Briar trat nach vorn.

Ein Agent, der seine Hand um seine Dienstwaffe gelegt hatte, versperrte ihm den Weg. »Bleiben Sie zurück.«

Briar hob resigniert die Arme und ließ die Agenten ihre Arbeit machen. Einer von ihnen griff nach Emmas Handgelenk und führte es von ihrem Kopf hinter den Rücken – eine Handschelle schnappte zu. Dann wiederholte er den Vorgang mit Emmas anderer Hand.

»Im Ernst, was zum Teufel machen Sie da?«, fragte Emma.

»Sie festnehmen.«

»Weswegen?«

Emma glaubte erst, sich verhört zu haben. Er wiederholte

seine Antwort, während er ihren Kopf nach unten drückte und sie auf die Rückbank des Polizeiautos setzte.

Wegen Mordes?

Sie drückte ihr Gesicht gegen das Trenngitter, um zu sehen, was draußen geschah. Briar unterhielt sich mit den Agenten. Emma lehnte sich zurück und ließ die Schultern kreisen, in der Hoffnung, dass die Schmerzen in den Handgelenken und Händen nachließen. Sie legte den Kopf in den Nacken. Das Einzige, was sie durch die Heckscheibe sehen konnte, war die Überwachungskamera über der Tür.

Sie war gerade erst angekommen und hatte dort auf Briar gewartet, dass er sie abholte. Ihr Gesicht musste auf dem Band zu sehen sein. Die Agenten würden schon merken, dass sie nur dastand und wartete. Das machte alles keinen Sinn. Sie hatte nur dagestanden, neben einem grünen Lieferwagen, zusammen mit dem Handwerker. Und dann machte plötzlich alles doch Sinn. Ihr Kopf sackte auf ihre Brust.

Sie steckte richtig in Schwierigkeiten.

31

Der Land Rover rollte auf den Parkplatz, seine Scheinwerfer schienen auf ein gemaltes Schild, das aus dem Schnee ragte. *»Der Albany Inquirer; Wahrheit, Engagement, Tugendhaftigkeit«*. Das niedrige Backsteingebäude dahinter hatte ein Flachdach. In den 1950er-Jahren hatte die Zeitung vor jedem Haus gelegen. Heute war sie das viertbeliebteste Blatt in Albany. Ben Danvers parkte den Wagen vor einer Schneewehe, hinter der eine Hecke aufragte, die seit Jahren nicht mehr zurückgeschnitten worden war. Der Weg vom Parkplatz hatte Risse und war uneben, aber in dem Gebäude brannte noch Licht, und das war alles, was ihn interessierte. Als er eintrat, bimmelte eine Klingel über der Tür. Die Einrichtung erinnerte Ben an die der Praxis seines Tierarztes – ein pipisicherer Linoleumboden mit gelben Plastikstühlen.

»Ja?«, sagte die Empfangsdame und schaute ihn über ihr Sandwich hinweg an.

»Ich hatte gehofft …«

»Wenn Sie eine Anzeige aufgeben wollen, wir nehmen sie inzwischen online an.«

»Nein. Deswegen bin ich nicht hier.«

»Was brauchen Sie?«

»Ich habe eine Frage.«

Sie biss in ihr Sandwich hinein. »Und welche?«

»Das ist etwas kompliziert«, antwortete er.

Sie biss noch einmal in ihr Sandwich und nickte. »Ja, das ist sehr bedauerlich. Denn hier laufen nur Idioten rum. Außer Barney. Der ist einfach nur ein Arsch.«

Die Empfangsdame wandte sich ihrem Roman zu, der auf ihrem Schoß lag. Ben blieb an der Anmeldung stehen. Nach einer Minute runzelte sie die Stirn, als sei sie überrascht, dass er noch immer da war. »Sie können da drüben warten. Er ist in einer Besprechung. Ich kann aber nicht versprechen, dass er Sie empfangen wird.«

Ben setzte sich auf einen Plastikstuhl und legte sich die Fragen in seinem Kopf zurecht. *Könnte ich bitte mit der Person sprechen, die den Namen Ihrer Zeitung unter die im Internet veröffentlichten Bilder setzt?* Er griff nach der heutigen Ausgabe des ›Inquirer‹. Es war ein dünnes Exemplar.

Es rappelte an der Tür. Eine junge Frau in einem orangefarbenen Mantel hatte Mühe, die Türklinke aufzubekommen, da sie in der einen Hand ein Tablett mit Getränken hielt und in der anderen zwei Schachteln mit Essen. Zwischen ihren Zähnen klemmte eine weiße Starbucks-Tüte und baumelte vor ihrem Kinn. Ben öffnete die Tür, und die junge Frau eilte zur Rezeption, stellte die Sachen ab und reichte der Empfangsdame eine Cola.

»Du bist spät dran. Barney ist schon zweimal rausgekommen und hat nach seinem Essen gefragt.«

Die junge Frau öffnete den Reißverschluss ihres orangefarbenen Mantels, drehte sich um und bedankte sich bei Ben für seine Hilfe. Sie hatte runde Wangen, die von der Kälte rosig waren. Sie lehnte sich über den Empfangstresen.

»Ich habe es satt, das Mädchen für alles zu sein. Die können mir alle mal den …«

Sie drehte sich langsam um. Und starrte.

»Sind Sie nicht …« Sie trat näher zu ihm. »Ja, Sie sind's. Oder? Sie sind Benjamin Hancock, richtig? Was zum Teufel machen *Sie hier*?«

Ihm wurde schlagartig bewusst, dass es eine ganz schreckliche Idee war, hierherzukommen und eine Zeitung um Hilfe zu bitten.

Die Empfangsdame biss noch einmal in ihr Sandwich. »Er hat eine Frage, aber im Moment sind alle in einer Redaktionssitzung.«

»Sie warten? Wir lassen *Sie* warten?«

Ben stand auf. »Ich sollte besser gehen.«

Sie eilte zu ihm hin. »Nein! Nicht! Ich bin Tasha. Bitte kommen Sie mit mir.«

»Du weißt schon, dass Barney auf sein Essen wartet …«, meldete sich die Empfangsdame zu Wort.

Tasha legte den Kopf in den Nacken und fluchte leise vor sich hin. Sie schaute auf die Tüten und Getränke auf dem Tresen.

»Bitte, bleiben Sie hier«, sagte sie und verschränkte die Hände wie zu einem Gebet. »Bethany, lass ihn nicht gehen. Gehen Sie nicht. Bitte. Gehen Sie nicht. Ich bin in einer Minute wieder da.«

Tasha rannte mit den Tüten in den Flur und verschüttete dabei etwas Cola auf den Linoleumboden. Sie war in weniger als einer Minute wieder zurück und atmete tief ein. Dann strich sie sich mit dem Zeigefinger das Haar von der Wange. »Bitte folgen Sie mir in mein Büro, Mr Hancock.«

»Ich heiße Danvers«, korrigierte er sie.

Ihr Büro war so groß wie ein begehbarer Kleiderschrank. Auf dem winzigen Schreibtisch lagen überall Papiere. Neben ihrem Computerbildschirm stand ein silberner Rahmen mit dem Foto einer Katze. Es gab nur einen Stuhl. Und den starrten beide an.

»Ich gehe schnell noch einen holen. Setzen Sie sich. In der obersten Schublade sind Gummibärchen, wenn Sie … Warum biete ich Ihnen Gummibärchen an? Entschuldigung. Okay, ich bin gleich wieder da. Ich mache die Tür zu. Rühren Sie sich nicht von der Stelle. Setzen Sie sich, bitte.«

Ben dachte an Riley McGraws Gebot: Du sollst nie mit der Presse sprechen. *Niemals*. Eine klare Ansage. Aber der ›Albany Inquirer‹ konnte kaum als »die Presse« bezeichnet werden. Und Tasha war alles andere als einschüchternd. Ben schaute auf die Wand, an der ihr Diplom mit einem Heftzweck angebracht war – es war noch so neu, dass es noch nicht in einen Rahmen gesteckt worden war. Er würde das Kind schon schaukeln. Ben hörte ein klackendes Geräusch auf dem Flur.

»Tasha!«, dröhnte eine Stimme aus der Ferne. »Das ist mein Stuhl. Bring ihn zurück.«

»Besorg dir einen anderen, verdammt noch mal. Ich bin in einer Besprechung.«

Sie hatte Mühe, den großen Bürostuhl durch die Tür zu rollen. Die breiten Armlehnen waren das Problem. Sie kippte den Stuhl und versuchte, ihn vorsichtig durch die Tür zu schieben. Als das nicht klappte, drückte sie ihr Gewicht gegen die Rückenlehne und zwang ihn hinein. Dann strich sie sich das Haar aus dem Gesicht und ließ sich behutsam auf dem Sitz nieder. Ihre Knie berührten fast die von Ben.

»Also, wie kann ich Ihnen helfen?«

»Ich bin auf der Suche nach Informationen über eine Schule im Bundesstaat New York. Sie heißt Summerton Academy, aber sie existiert nicht mehr.«

Tasha hörte zu, während Ben ihr erklärte, was er herausgefunden hatte. Sie rief das Bild auf ihrem Computer auf und sah den Link zum ›Albany Inquirer‹. Ben war zufrieden mit sich. Er hatte etwas preisgegeben, um eine Suche in Gang zu setzen, aber nicht zu viel.

»Warum ist diese Sache so wichtig für Sie?«

»Das ist ein bisschen persönlich.«

»Inwiefern?«

»Na ja, ähm …«

»Hat es mit Ihrer Entführung zu tun?«

Ben rutschte auf seinem Stuhl hin und her.

»Hat es, nicht wahr?«

»Wissen Sie was? Das ist keine gute Idee. Ich gehe besser.«

»Nein! Gehen Sie nicht. Das ist eine großartige Idee. Sie brauchen Antworten. Ich tue alles, damit Sie diese bekommen. Ich kann Ihnen helfen. Im Ernst, ich bin die richtige Person. Ich bin *perfekt* für Sie. Ich verbringe den ganzen Tag im Archiv. Meine Arbeit besteht aus nichts anderem als daraus, zu recherchieren. Das kann ich aus dem Effeff.«

»Ich weiß nicht …«

»Alles wird gut. Ich verspreche es.«

Ben zauderte. »Nichts von dem, was Sie herausfinden werden, darf an die Öffentlichkeit gelangen.«

Tasha ließ sich Zeit mit ihrer Antwort. Schließlich beugte sie sich nach vorn. »In Ordnung. Aber unter einer Bedingung. Sie müssen mir etwas versprechen.«

»Was?«

»Sie müssen mir versprechen, dass Sie Tasha Maidlow Ihr erstes Exklusivinterview geben.«

»Wer ist das?«

»Das bin ich.«

»Na ja, das kann ich nicht wirklich entscheiden.«

»Waren *Sie* nicht derjenige, der heute Morgen entschieden hat, Mattson & McCall in ihrem Studio sitzen zu lassen?«

Auf diese Frage hatte Ben keine Antwort.

»Ich werde alles stehen und liegen lassen, um Ihnen zu helfen. Wenn Sie mir versprechen, dass ich dieses Exklusivinterview bekomme.«

»Nichts dringt nach außen?«

»Nicht, ohne dass Sie vorher zugestimmt haben. Das verspreche ich – wenn Sie mir dieses Interview versprechen.«

Ben nickte. »Wenn Sie mir helfen können, werden Sie das Interview bekommen.«

Tasha riss die Augen auf. Sie schien vor Freude in die Luft springen zu wollen, bevor sie sich sammelte. »Ich lege sofort los. Wo übernachten Sie?«

»Ich werde mir ein Hotel suchen.«

Sie schüttelte den Kopf. »Nein. Das geht nicht. Sie werden keine ruhige Minute mehr haben. Also, ähm, ich kann Ihnen …«, sagte sie zögernd, »meine Wohnung anbieten. Sie ist nicht weit entfernt. Nur die Straße hinunter.«

»Nein, das kommt nicht infrage.«

»Ich wohne mit meinem Bruder zusammen. Im Ernst, das ist keine große Sache. Sie sollten eine Weile abtauchen.«

»Ihr Bruder wird nicht …«

»Mein Bruder wird nicht einmal wissen, dass Sie da sind. Ich bezweifle, dass er selbst weiß, wo *er* die meiste Zeit ist.«

Tasha kritzelte ihre Adresse auf einen Zettel und kramte ihren Schlüsselbund aus der Handtasche. »Das hier ist der Schlüssel zu meiner Wohnung«, sagte sie und hielt ihn hoch. »Ich habe eine Katze. Macht es Ihnen etwas aus, sie zu füttern? Ehrlich gesagt, kann ich mich da nicht so ganz auf Craig verlassen. Im Kühlschrank steht eine Dose, es ist diejenige …

mit einer Katze auf dem Deckel. Ach, Sie wissen schon, wie man eine Katze füttert. Hier ist meine Nummer. Ich werde die ganze Nacht hierbleiben, wenn nötig. Sie können mein Schlafzimmer benutzen oder auf der Couch schlafen. Was Ihnen lieber ist.«

»Sind Sie sich sicher? Ich möchte nicht …«

»Ich bin mir *ganz* sicher.«

»Okay.«

»Okay? Sie gehen also in meine Wohnung?«

»Ja.«

»Wirklich? Sie hauen jetzt nicht ab, oder?«

»Wie heißt die Katze?«

»Mr Spock. Im Ernst? Sie gehen in meine Wohnung?«

Tasha war unbeholfen, aber ehrlich. Er glaubte, dass sie zu ihrem Wort stehen würde. Und es schien eine gute Idee zu sein, eine Weile von der Bildfläche zu verschwinden.

Ben lächelte. »Wie viele Löffel Futter bekommt Mr Spock?«

Sie hob ihre Hand zum vulkanischen Gruß.

»Okay, zwei.«

32

Emma Noble saß eine halbe Stunde in Handschellen auf dem Rücksitz eines Polizeiautos, bis ein Abteilungsleiter aus dem Washingtoner Büro auftauchte. Er betrat das Gebäude mit Briar und den beiden anderen Agenten. Fünfzehn Minuten später kam er wieder heraus. Er blickte in den Polizeiwagen und sah Emma kopfschüttelnd an. Sie wurde in die FBI-Zentrale gebracht, wo sie eine Frau der Dienstaufsicht zu einem Krisengespräch traf. Sie hatte eine Menge Fragen, und jede einzelne führte zu demselben Ergebnis – Emma Noble war schuldig, ein Volltrottel zu sein.

Seit fast einer Stunde saß sie allein an einem gläsernen Konferenztisch. Das Büro des stellvertretenden Direktors war ein paar Türen weiter. Briar befand sich gerade dort.

Emma rieb sich die Handgelenke. Sie taten weh. Aber es waren die Schmerzen in ihrem Bauch, die ihr richtig zusetzten. Sie hatte keine solche Angst mehr verspürt, seit damals im Krankenhaus, als sie darauf wartete, zu erfahren, wie es um ihre Mutter stand. Die Tür öffnete sich. Briar setzte sich gegenüber von ihr. Er sagte nichts. Stattdessen starrte er vor sich hin und spreizte die Hände. Klopfte mit den Fingern. Sah sie an. Schließlich räusperte er sich. Was auch immer er jetzt sagte, Emma wusste, dass sie es nicht hören wollte.

»Scheibenwischer. Sehr clever«, sagte er.

»Bitte nicht.«

»Ich wusste nicht, dass Sie ein so guter Samariter sind.«

»Briar, wirklich. Tun Sie das nicht.«

»Die Kollegen haben offensichtlich Probleme, Ihr Bild aus dem Hintergrund Ihres Fahndungsfotos zu bekommen.«

Emma holte tief Luft. Sie wollte ihm nicht die Genugtuung geben, sie weinen zu sehen.

»Ich persönlich finde, dass Sie das Bild nehmen sollten, auf dem Sie ihm die Hand schütteln.«

»Briar …«

Emma blickte auf. Der stellvertretende Direktor William Monroe betrat den Raum. Er war groß, und sein Anzug sah selbst zu dieser späten Stunde noch immer aus wie frisch aus dem Schrank – seine Krawatte war ordentlich gebunden. Er war der ranghöchste FBI-Beamte, den sie wahrscheinlich je kennenlernen würde. So wollte sie ihm nicht vorgestellt werden. Nein, nicht so.

»Wir warten noch auf eine weitere Person«, erklärte er.

Monroe massierte sich gerade die Finger der linken Hand, als die Tür aufging und der Letzte in der Runde den Raum betrat. Emma kniff die Augen zusammen. *O Gott, nein.*

Sein Haar war noch röter als auf den Bildern, die überall an den Wänden der FBI-Akademie in Quantico hingen. William Monroes Chef war etwas kleiner, als man vielleicht erwarten würde, aber umso imposanter. Der Direktor des Federal Bureau of Investigation, Fred O'Toole, begann zu sprechen, noch bevor er saß.

»Ich habe mir Ihre Aussage durchgelesen, die Sie gegenüber der Dienstaufsicht gemacht haben, und das Video angeschaut. Das war keine Sternstunde von Ihnen, Special Agent Noble – nicht dass Sie schon viele Stunden bei uns sind. Schildern Sie mir bitte mit eigenen Worten, wie es zu dieser Situation kam.«

Emma wurde schwindlig. Aber sie atmete tief ein und versuchte, ruhig zu sprechen.

»Ich habe vor dem Lagerhaus der GSA in North Rosslyn auf Briar Metcalf gewartet, der mich zu unserem Termin mit dem stellvertretenden Direktor abholen wollte.«

»Warum waren Sie überhaupt dort?«

»Ich hatte erfahren, dass es dort Möbel für umsonst gibt, Sir.«

Direktor O'Toole blinzelte sie an, zog dann die Augenbrauen hoch und gab ihr mit einer Handbewegung zu verstehen, fortzufahren.

»Ein Mann kam heraus …«

»Und für wen hielten Sie ihn, Agent Noble?«

»Er war gekleidet wie ein Handwerker. Ich stand neben seinem grünen Lieferwagen.

»Und?«

»Der Autoschlüssel steckte in seinem Wagen, der Wagen war verschlossen.«

Der FBI-Direktor hob den Zeigefinger, und Emma verstummte.

»Okay, als Sie ihm begegnen, hat er gerade eine Bombe an einem Bus des Heimatschutzes angebracht und einen Wachmann der GSA getötet. Er will abhauen und hat seine Schlüssel in dem Lieferwagen eingeschlossen? Und dann läuft dieser Idiot – der wohl das größte Pech haben dürfte, das ein Verbrecher in der jüngeren Geschichte nur haben kann – einem Special Agent des FBI in die Arme. Sie steht neben seinem Wagen. Und was machen Sie, Agent Noble?«

»Ich helfe ihm, das Fahrzeug aufzusperren, Sir.«

»Indem Sie den Gummi vom Scheibenwischer abziehen, um sich mit der Stange Zugang zum Schloss zu verschaffen.

Dann schütteln Sie dem Verdächtigen die Hand und winken ihm zum Abschied zu, während er flieht.«

»Ja, Sir. So ist es gewesen.« Emma saß da und bewahrte Haltung, aber innerlich brach sie in sich zusammen.

Direktor O'Toole fuhr sich mit der Hand über den Nacken, stand auf, trat hinter seinen Stuhl und stützte sich mit den Armen darauf ab. »Wissen Sie, was ich nach diesem Treffen tun muss, Agent Noble?«

»Nein, Sir.«

»Ich muss erst den amtierenden und dann den designierten Präsidenten der Vereinigten Staaten auf den neuesten Stand unserer Erkenntnisse bringen. Ich freue mich nicht darauf, ihnen mitzuteilen, dass einer meiner Agenten dem meistgesuchten Terroristen des Landes bei der Flucht geholfen hat. Oder finden Sie, dass ich diesen Teil auslassen sollte?«, fragte O'Toole und sah sie scharf an.

Emma erwiderte seinen Blick und hoffte, dass die Frage nur rhetorisch gemeint war.

Die rosige Gesicht des Direktors wurde rot. »Wir können uns nicht mehr retten vor Terroristen. Ich habe Agenten, die sich den Hintern aufreißen, während Sie uns im Alleingang wie eine Gurkentruppe aussehen lassen. Und das FBI muss dafür die Prügel einstecken.«

William Monroe rutschte unangenehm berührt auf seinem Sitz. Das war's also. Emma würde noch in ihrer ersten Woche beim FBI gefeuert werden. Die Agenten fingen immer auf Probe an – man würde sie sogar noch ohne viel Papierkram loswerden können. Sie stellte sich vor, wie sie es ihrem Vater erzählte. Und Uncle Gunny. Sie würden nett zu ihr sein und sie trösten. Aber in ihren Umarmungen und ihrem »Mach dir nichts draus« würden Enttäuschung und Mitleid mitschwingen. Sie wäre eine Versagerin. Rausgeworfen vom Direktor des FBI, mit Schimpf und Schande.

Ihr Gesicht glühte, aber sie blickte O'Toole fest in die Augen. Sie würde dem Erschießungskommando ohne Augenblinde gegenübertreten.

Er blies seine Wangen auf und starrte eine Weile auf den Teppich, bevor er sprach. »Ihr Abenteuer beim FBI wäre mit dem heutigen Tag eigentlich beendet, gäbe es nicht zwei Umstände, die dagegensprechen. Erstens hat Agent Metcalf überzeugende Argumente vorgebracht, Sie zu behalten, und Ihre Arbeitsweise gelobt, die Sie in den ersten Tagen gezeigt haben. Er findet, dass Sie über die Qualitäten und Fähigkeiten verfügen, die nur die Besten von uns haben, und dass Sie deshalb eine zweite Chance verdienen. Ist das so richtig, Agent Metcalf?«

Briar nickte dem Direktor zu.

»Der zweite Umstand hat einen persönlichen Hintergrund. Ich werde nicht in Details gehen, aber ich schulde Ihrem Vater noch etwas. Bitte richten Sie ihm aus, dass dies hiermit beglichen ist.« Der Direktor legte die Hand um den Türknauf und sah Emma an. »Lassen Sie mich meine Entscheidung nicht bereuen.«

Emma bedankte sich bei Briar für seine Fürsprache und folgte ihm zum Aufzug. Ihre Hände zitterten, und sie steckte sie in die Taschen, damit er sie nicht sehen konnte. *Mach das FBI stolz. Mach deinen Vater stolz.* Dieses Versprechen hatte sie sich am Tag ihres Abschlusses an der Akademie selbst gegeben. Nicht einmal eine Woche später war sie schon gescheitert. Sie lehnte sich gegen die Wand des Aufzugs, als die Türen sich schlossen. Sie machte die Augen zu und wartete darauf, dass die Fahrt nach unten begann.

Der Aufzug setzte sich nicht in Bewegung. Sie öffnete die Augen. Briar stand vor ihr, die Arme vor der Brust verschränkt.

»Wer ist Ihr Vater?«

»Nicht jetzt.«

»Ich will es wissen. Wer ist er?«

»Drücken Sie einfach den Knopf.«

»Ist er ein Geheimagent?«

»Er fährt einen Pick-up.«

»Und?«

»Er braut sein eigenes Bier. Und er hasst die Designated-Hitter-Regel beim Baseball.«

»Ich kann herausfinden, wer er ist.«

»Schön. Von mir aus. Drücken Sie einfach den Knopf.«

Emma biss sich auf die Unterlippe. Ihre Wut und ihr Selbsthass verwandelten sich in etwas anderes. In Energie. Sie ballte die Fäuste. Sie würde diese glupschäugige Arschgeige mit dem grünen Lieferwagen finden. Komme, was wolle.

33

»Leck mich, Blödmann!«

Tashas Bruder, Craig, warf seinen Gamecontroller auf ein Sofakissen, dann stapfte er den Flur hinunter.

Ben verlagerte vorsichtig sein Gewicht, aber egal, wie behutsam er sich auch bewegte, die kleinen Kugeln kullerten immer heraus. Er schloss die Augen. Er hatte sich noch nie Gedanken über das Innenleben eines Sitzsackes gemacht. Aber der Riss in der roten Plastikhülle hatte ihn mittlerweile gelehrt, dass Sitzsäcke eine knifflige Angelegenheit waren. Ihre Füllung bestand aus weißen Körnern, von denen er vermutete, dass sie für Katzen giftig waren. Er konnte noch so vorsichtig seine Position verändern, sie quollen trotzdem heraus – und dann musste er sie in dem Flokati suchen und zurück in das Loch stecken. Es war eine Sisyphusarbeit, aber Ben hatte nur zwei Alternativen – entweder sich mit dem Sitzsack begnügen oder die Couch mit dem halb nackten Craig teilen.

Wenigstens hatte der tosende Krach des Video-Kriegsspiels nachgelassen. In der Pinkelpause herrschte Waffenruhe. Ben stand auf, und ein Heer von weißen Kügelchen ergoss sich auf dem Hochflorteppich. Er musste Kate anrufen. Jetzt. Keine Ausreden mehr. Sein Handy lag zum Aufladen auf der Küchentheke.

Craig kehrte ins Zimmer zurück und stocherte mit einem

Finger in seinem Bauchnabel herum. Ein symmetrisches Muster von Pinkeltropfen zierte den Schritt seiner grauen Unterhose. Er nahm einen tiefen Zug an seiner Bong, sodass er aussah wie ein aufgeblasener Kugelfisch, als er sich zu Ben wandte. Er lehnte das Angebot ab. Die Waffenruhe war innerhalb weniger Sekunden beendet, und es hallten wieder Schüsse durch die Wohnung, denen Explosionen in Surround-Sound folgten. Ein ungünstiger Ort, um sich bei Kate zu entschuldigen. Ben entschied sich für eine Nachricht. Eine kurze, vage Nachricht.

Bin okay. Ruf morgen an. Mach dir keine Sorgen. Entschuldigung.

Die Nachricht wirkte eher wie ein Telegramm aus dem zwanzigsten Jahrhundert. Es war mies von ihm, nicht rauszugehen und sie anzurufen. Kate hatte etwas Besseres verdient. Aber er war mit ihrer Enttäuschung und ihrer Wut darüber, dass er aus dem Studio gelaufen war und sie damit allein gelassen hatte, Riley McGraw und ihre Mitarbeiter abzuwehren, überfordert. Er drückte auf Senden. Und schaltete sein Handy aus. Es war seine letzte feige Tat an einem Tag, der schon voller feiger Taten gewesen war.

***

Arnau Farre entspannte sich in einem Korbsessel auf einer Veranda in Virginia. Die Außenlichter waren ausgeschaltet. Er saß im Dunkeln da und hörte, wie eine amerikanische Flagge im Nachtwind hin und her flatterte. Er zündete sich eine Zigarette an. Hier war es wärmer, als er es gewohnt war. Es fühlte sich an wie ein Kurzurlaub, im Januar draußen zu sitzen und den Rauch zum Mond zu blasen. Und wären die

Geräusche des Fernsehers von drinnen nicht gewesen, hätte Arnau Farre vielleicht völlige Ruhe empfinden können. Aber George war noch immer aufgedreht von seinem Erfolg an diesem Nachmittag, und Arnau hatte ihn nicht länger ertragen können.

Er schlug die Beine übereinander und nahm einen Zug an seiner Zigarette. Das Schwierigste lag hinter ihm. Andere würden sich jetzt um die nächsten Schritte kümmern. Es gab nur noch eine Sache, die er zu tun hatte. Es war keine große Sache, aber für Arnau war es die wichtigste Aufgabe seines Lebens – Idas letzten Wunsch erfüllen.

Arnau griff nach seiner Brieftasche und nahm das Bild heraus, das Ida ihm vor einem Monat geschickt hatte. Da es zu dunkel war, um es zu sehen, ging er ans Fenster und hielt es in das Licht des Fernsehers. Man sah schon auf den ersten Blick, dass der junge Mann von einer guten Mutter großgezogen worden war. Er hatte ein sympathisches Lächeln. Arnau freute sich darauf, ihn zu treffen. Ihn wiederzutreffen.

Der Vater würde sehr wütend werden. Arnau hatte ihm immer gehorcht. Aber das hier war etwas anderes. Benjamin Danvers war Idas Sohn, nicht seiner. Und sie hatte Arnau befohlen, ihn nicht umzubringen. Pech für den Vater, dass er ihn morgen tot sehen wollte. Denn ab jetzt war Arnau Farre im Personenschutz tätig.

Er setzte sich wieder in den Korbsessel. Wohin würden sie fliehen? Vielleicht irgendwohin, wo es noch wärmer war als in Virginia. Sie würden sich eine Zeit lang verstecken müssen – aber nicht für immer. Er blies den Rauch seiner Zigarette langsam aus und schnippte die Asche über das Geländer der Veranda. Wäre es nicht wunderbar, wenn er und der Junge Freunde werden könnten? Das war gar keine so abwegige Idee. Sie beide liebten Ida. Das hatten sie gemeinsam. Ja, er konnte sich durchaus vorstellen, dass sie Freunde wurden. Aber es könnte eine Weile dauern. Benjamin würde überzeugt werden müssen.

Arnau sah weit in der Ferne, am Ende der Felder, den schwachen weißen Schein eines Minimarkts. Auf der anderen Straßenseite befand sich ein Bahnhof. In dem Laden gab es bestimmt Klebeband zu kaufen. Vielleicht hatte er auch Kabelbinder in seinem Sortiment, aber er würde auch ohne ihn auskommen können. Eigentlich könnte er die Sachen gleich besorgen, aber so dringend brauchte er sie dann doch nicht, dass er dafür seinen Kurzurlaub auf der Veranda unterbrach.

Es war eine klare Nacht. Er blickte hinauf zu den Galaxien mit ihren Milliarden Sternen. Ida und er hatten in einer Sommernacht versucht, sie zu zählen. Sie hatten nebeneinander im trockenen Gras gelegen, am Ufer des Sees, während die Frühlingspfeifer um sie herum quakten. Es war die Nacht, in der Ida ihm sagte, dass dies gar keine Sterne waren, sondern Nadellöcher in einem schwarzen Vorhang. Wenn man starb und ins Jenseits kam, konnte man sein Auge an den Stoff halten und hindurchspähen – auf die Lebenden. In ihrem letzten Brief hatte Ida versprochen, jede Nacht nach ihm Ausschau zu halten.

Arnau ging von der Veranda auf den Rasen, legte den Kopf in den Nacken und breitete die Arme aus. Mit einer Zigarette im Mund winkte er ihr zu. Sie lächelte zurück.

Er wusste es.

TAG VIER

34

Es war Mitternacht, aber Emma Noble achtete nicht auf die Uhrzeit. Sie saß an einem Schreibtisch in einem der Großraumbüros im J. Edgar Hoover Building. Ihre Hände flogen über die Tastatur. Sie war allein. Die Deckenlampen waren ausgeschaltet. Ihr Gesicht leuchtete in dem blauen Licht des Computerbildschirms. Eine Wachskerze flackerte unerlaubterweise in einer silbernen Dose auf dem Schreibtisch. Sie hatte keine Sekunde lang einen Gedanken daran verschwendet, in ihr Hotelzimmer zu gehen. Oder sich schlafen zu legen. Sie war nur an einer Sache interessiert – den Aufenthaltsort des Terroristen George Engel zu finden.

Das FBI suchte nicht mehr den grünen Lieferwagen, da sie ihn schon gefunden hatten – er hatte brennend unter einer Überführung in Baltimore gestanden. Das war vor sechs Stunden gewesen. George Engel hatte also einen großen Vorsprung. Emmas einzige Spur war der Sicherheitsausweis, mit dem er sich Zugang zu dem Gebäude verschafft hatte. Das war nicht viel, aber besser als nichts. Sie zog eine Linie in der Mitte eines gelben Notizblocks und versah jede Spalte mit einer Überschrift – Körper/Geist. Sie begann mit der linken Spalte. Sie brauchte nicht aufschreiben, wie sein Gesicht aussah – es hatte sich in ihr Gehirn eingebrannt. Sie waren ungefähr gleich groß – vielleicht war er zwei, drei Zentimeter größer als sie. Sie schrieb ein Meter und fünfundachtzig auf den Block. Er hatte ein rundes Gesicht, aber er war nicht übergewichtig. *Kräftig – 190 Pfund?* Sie kramte in ihrem Gedächtnis. Er hatte nicht die Figur eines Sportlers. Er war *langsam*. Und *bullig*.

Sie tippte mit ihrem Stift auf die rechte Spalte. Emma hatte ihn aus dem Gebäude gehen sehen. Er hatte gerade eine Bombe an einem Bus angebracht und einen Wachmann einer Bundesbehörde getötet. Aber George Engel hatte keine Panik gezeigt. Er war nicht hinausgerannt, um vom Tatort wegzukommen. Er war geschlendert. Völlig unbekümmert. Und als er merkte, dass er seine Schlüssel im Auto liegen gelassen hatte, wirkte er nicht überrascht – es schien eher, als würde ihm so etwas ständig passieren. Was gut war. Denn vielleicht neigte George Engel dazu, Fehler zu machen. Schlampig war gut.

Emma blätterte ein paar Seiten zurück und las ihre Notizen noch einmal durch. Die Tatsache, dass George Engel nicht in die gesicherte Einrichtung in North Rosslyn eingebrochen war, stellte den wichtigsten Hinweis dar. Er hatte einen aktiven und echten GSA-Ausweis benutzt. Keinen gefälschten. Die PIN-Nummer war mit seiner Identität verknüpft gewesen.

Diese Art von Ausweis erforderte einen langwierigen Antrag und eine eingehende Überprüfung der antragstellenden Person. Es dauerte Monate, bis ein solcher Ausweis ausgestellt wurde. Nicht bei George Engel. Seine Sicherheitsüberprüfung war am Tag seiner Antragstellung bestätigt worden. Emma hatte selbst einen Bibliotheksausweis erst nach drei Tagen erhalten. Niemand wurde so schnell für einen Sicherheitszugang überprüft. Was bedeutete, dass George Engel einen Komplizen haben musste, der in einer staatlichen Behörde einen hohen Posten bekleidete. Vielleicht sogar mehr als einen Komplizen.

Emma öffnete den Antrag auf ihrem Bildschirm. Sie notierte sich das Datum. Es lag schon ein paar Monate zurück – zweite Novemberwoche. Sie kaute auf ihrem Stift. George Engels Gesicht nahm den größten Teil ihres Bildschirms ein: Knubbelnase, große hervorstehende Augen. Er hatte nichts besonders Böses an sich. Er lächelte. Er hatte das Gesicht eines Mannes, der gern hinterm Grill stand – Würstchen umdrehte, Geschichten erzählte und dabei ein Bier trank.

Sie tippte ihr Passwort in das Suchanfragesystem des FBI ein. Folge dem Geld. Es war ein Ansatz, der fast immer zum Erfolg führte. Sie legte die Suche nach Ort und Zeit fest – die Käufe der letzten 48 Stunden im Nordosten. Ihre Parameter waren eng gefasst, aber vielleicht hatte sie ja Glück. Emma beugte sich über die Wachskerze, die in der silbernen Dose brannte. Hygge-Wachs. Es roch nach Zuhause. Sie atmete den Duft ein, und in den zwei Minuten, die der Computer brauchte, um die Daten abzufragen, versetzte er sie in die Küche ihrer Mutter zurück.

Der Computer leuchtete mit den Ergebnissen auf. Ein George Engel aus Paterson, New Jersey, hatte gestern einen Geschirrspüler bei einem Elektromarkt gekauft. Ein zweiter George Engel hatte heute in einem Steak House in King of Prussia, Pennsylvania, zu Abend gegessen. Keine Hotels. Keine Mietautos.

Sie erweiterte ihre Suche auf Käufe im gesamten Land, die ein George Engel, Geo Engel oder G. Engel in den vergangenen sechs Wochen getätigt hatte. Dann drückte sie die Eingabetaste und wartete, dass das Netz Millionen von Käufen durchforstete, die in der Weihnachtszeit stattgefunden hatten. Ein weißer Fortschrittsbalken erschien auf dem Bildschirm. Es sah so aus, als könnte es eine Weile dauern.

George Engel stammte laut seinem Antrag aus Chicago. Emma bezweifelte die Korrektheit dieser Angabe. Wahrscheinlich stimmte nichts in seinem Antrag. Sie tippte *George Engel Chicago* in den Browser ihres Handys ein, ohne wirklich damit zu rechnen, etwas Brauchbares zu finden. Das erste Ergebnis, das auftauchte, war ein Wikipedia-Eintrag. Sie öffnete ihn. George Engel war ein Spielzeugladenbesitzer aus Chicago gewesen, der 1836 geboren und 1887 hingerichtet wurde. Sie scrollte weiter nach unten. Er hatte die Haymarket Riot angeführt, bei der elf Menschen starben, darunter sieben Polizeibeamte. »Hoch lebe die Anarchie!«, waren seine letzten Worte, bevor er gehängt wurde.

Sie kritzelte *»Anarchisten«* auf den gelben Block und unterstrich das Wort dreimal.

Der Fortschrittsbalken auf ihrem Computer bewegte sich immer weiter. Als er schließlich am Ende angekommen war, zeigte er 1.732 Ergebnisse an. Emma stieß einen tiefen Seufzer aus und machte sich daran, die Informationen zu sortieren. Eine Stunde lang arbeitete sie sich durch die Einkäufe von Personen namens Engel durch und stieß dabei auf vier vielversprechende Hinweise – alle aus der letzten Woche, alle in Verbindung mit Reisen: Marriott Hotel in Richmond, Airbnb in Pennsylvania, Flugticket von Phoenix nach Washington, D. C., Autovermietung am John F. Kennedy Airport in New York City.

Das Hotel in Richmond reagierte schnell mit einer Kopie des Führerscheins des Gastes. Es war nicht ihr »glupschäugiger« George. Die Airbnb-Unterkunft würde ihr erst am nächsten Morgen Informationen zur Verfügung stellen können. Die Daten auf dem Flugticket passten nicht zum Datum des Anschlags. Damit blieb nur noch die Autovermietung übrig. Emma schaute auf ihre Uhr. Um diese Uhrzeit schlugen keine wichtigen Menschen mehr bei Autoverleihern auf – auch tagsüber waren es nicht so viele. Es dauerte zwar lange, bis sie den Nachtmanager in New Jersey an der Strippe hatte, aber er war hilfsbereit und versprach, ihr den Führerschein des Fahrers zu schicken. Sie ließ ihn nicht aus der Leitung, bis das Dokument in ihrem Posteingang aufpoppte.

Da war er. George Engel. Mit einem gültigen Führerschein aus Illinois.

»Die Kopie ist da. *Bitte*, sagen Sie mir, dass das Auto mit einem GPS-Ortungsgerät ausgestattet ist.«

»Ist es. Na klar.«

»Wunderbar. Und wo ist der Wagen?«

»Ich habe keine Ahnung.«

Emma beugte sich zur Kerze und hoffte, dass sie ihr die Gelassenheit einhauchte, die sie gerade brauchte.

»Okay, fangen wir noch einmal von vorn an. Das Fahrzeug hat ein GPS-Ortungsgerät?«

»Ja.«

»Und wer kann mir sagen, wo es ist?«

»Soll ich Sie mit der Zentrale verbinden?«

Mehrere Warteschleifen und Gesprächspartner später hatte Emma schließlich die richtige Person am Apparat. Nachdem sie ihr versichert hatte, dass sie eine echte FBI-Agentin war, teilte man ihr den aktuellen Standort des lila Toyota Camry mit, den George Engel gemietet hatte. Der Wagen befand sich auf einem Privatgrundstück in Mountville, Pennsylvania. Emma recherchierte die Eigentumsverhältnisse und fand heraus, dass das Haus bei Airbnb zu mieten war. Das war kein Zufall. Volltreffer.

Emma rief die Besitzerin an, aber sie ging nicht ans Telefon.

Die Frau war sehr aktiv auf ihrem Social-Media-Account – bis heute. Es war das erste Mal seit Monaten, dass sie nichts gepostet hatte. In Emma stieg ein mulmiges Gefühl auf.

Die Cafeteria war leer. Emma füllte sich Kaffee nach. Er war lauwarm. Sie brauchte das Koffein eigentlich nicht, denn ihr Herz schlug wunderbar. Die State Police in Pennsylvania war dabei, ein Team zusammenzustellen, um nach Mountville zu fahren. Sie würden sich melden, sobald sie etwas hatten. Emma goss sich gerade ihre dritte Tasse Kaffee ein, als das Telefon summte.

Pennsylvania rief an.

35

»Einen Augenblick.« Arnau Farre schaltete die Nachttischlampe ein und rieb sich die Augen. »Okay. Was ist los?« Am Ende des nächsten Satzes war er hellwach. »Sag das noch einmal. Was meinst du mit: ›Der Junge ist verschwunden‹?«

Arnau legte auf und zwang sich, das Telefon nicht gegen die Wand zu werfen. Stattdessen ließ er seine Wut an der Lampe aus. Wie konnte Benjamin Danvers nur verschwunden sein? Das war unmöglich. Sein Gesicht war überall in den Nachrichten. Wie hatten sie ihn nur aus den Augen verlieren können? Er saß am Fußende des Bettes und starrte auf die Scherben am Boden. Die ganze Organisation würde nach Benjamin Danvers suchen. Ihn zu finden war jetzt ihre einzige Priorität. Und wenn sie ihn gefunden hatten, würden sie kurzen Prozess mit dem Jungen machen. Keiner seiner Brüder und Schwestern würde eine Sekunde zögern, ihm eine Kugel durch den Kopf zu jagen. Sie würden überall ihre Augen haben: auf das Haus in Vermont, auf die Wohnung in Boston, auf die Freundin in Washington.

Arnau hatte die Kontrolle über die Situation verloren.

Das Einzige, was zählte, war der Schutz von Idas Jungen. Zum ersten Mal zweifelte Arnau an sich selbst. Er rieb sich sein stoppeliges Gesicht. Bisher war er noch nie in Panik geraten. Und es gab auch keinen Grund, jetzt damit anzufangen. Er musste einfach nur gründlich nachdenken. Aber der

Junge konnte überall sein. Was bedeutete, dass Arnau sich sofort in Bewegung setzen musste. Wenn er sich irrte, war Benjamin tot.

Er schnallte sich den grünen Seesack auf den Rücken, trat aus dem Schlafzimmer und achtete nicht auf Georges erstickte Schnarchgeräusche, die zu ihm herüberdrangen. Arnau öffnete die Haustür, ging die Veranda hinunter auf die lange Kiesauffahrt und machte sich auf den Weg zu dem Minimarkt neben dem Bahnhof. Das war sein Ziel. Über den Rest würde er später nachdenken. Arnau stapfte los, ohne zu merken, dass er etwas vergessen hatte. Etwas, das er nicht hätte vergessen dürfen.

***

Der Polizist erklärte Emma, wo sie den lila Camry gefunden hatten. Und wer in dem Kofferraum gelegen hatte.

»Sonst noch etwas?«

»Nein, Ma'am.«

Emma blickte an die Decke. »Es ist schon seltsam, die Frau aus ihrem eigenen Haus zu holen, sie umzubringen und dann in der Garage einer Airbnb-Unterkunft abzuladen, oder?«

»An ›seltsam‹ hat es uns hier in Mountville noch nie gemangelt, Ma'am.«

»Okay. Aber trotzdem. *Ihr* Auto stand nicht in der Einfahrt oder an der Straße?«

»Nein, Ma'am.«

»Danke für Ihre Hilfe. Tut mir leid, dass ich Ihre Nacht ruiniert habe.«

Emma machte sich an die Arbeit, Unterlagen zu der kürzlich verstorbenen Karen Pilkington zu finden. Sie fuhr einen weißen Jeep Cherokee. Der Wagen war sieben Jahre alt und abbezahlt. Emma schrieb sich die Fahrgestellnummer auf ihren gelben Block. Laut Fahrerlaubnisregister hatte sie vor einem Monat einen Unfall gehabt. Ein anderes Auto hatte sie gestreift. Die linke Seite des Jeeps war hinten verbeult. Jetzt war es ein weißer Jeep Cherokee mit Schäden – das war gut, aber George Engel könnte inzwischen schon durch fünf Staaten gefahren sein.

Es wäre schön gewesen, wenn auch Ms Pilkington ein GPS-Ortungsgerät in ihrem Auto gehabt hätte. Emma kaute eine Weile auf ihrem Stift und erinnerte sich an eine Freundin, die sich einmal darüber beschwert hatte, dass ihre Versicherungsgesellschaft sie mit einem Apparat verfolgen konnte, den sie an ihr Fahrzeug angebracht hatten. Der Rabatt sei es nicht wert, dafür von Big Brother überwacht zu werden, hatte sie gemeint. Hm, es war einen Versuch wert. Sie rief die 24-Stunden-Hotline der Versicherungsgesellschaft an.

»Ja. Ich verstehe, dass Sie die privaten Informationen von Ms Pilkington nicht weitergeben dürfen. Und ich verstehe auch, dass es Ihnen lieber wäre, wenn Sie zuerst mit Ihrem Vorgesetzten sprechen könnten. Aber ich kann Ihnen versichern, dass es sich um eine Angelegenheit der nationalen Sicherheit handelt. Können Sie mir zumindest sagen, ob Sie ihr den Big-Brother-Rabatt gewähren?«

»Den was?«

»Na, den Rabatt dafür, dass Sie ihr Auto mit diesem Dingsbums überwachen.«

»Ja«, sagte die Frau von der Kundenbetreuung.

»Ja, Sie können es mir sagen? Oder ja, sie bekommt den Rabatt?«

»Ja. Im Hinblick auf den Rabatt.«

»Und geschieht das über eine Handy-App oder über eine feste Verbindung?«

»Wir haben diese Handy-App nicht.«

Emma lächelte. »Dann werden Sie jetzt Ihren Chef aufwecken müssen.«

Der Geschäftsführer, mit dem sie sprach, war müde, niedergeschlagen und sehr darauf bedacht, den Datenschutz der Kundin zu wahren. Das Einzige, was er ohne eine richterliche Anordnung preisgeben konnte, war der Zeitpunkt, an dem der Motor angelassen und abgeschaltet wurde – und die gefahrenen Meilen. Er glaubte nicht, dass diese Informationen von großem Nutzen waren. Da irrte er sich gewaltig. Emma riss jubelnd die Arme in die Höhe, denn mit diesen Angaben war sie in der Lage, einen Radius zu berechnen. Je nachdem, wie weit George gefahren war, konnte er jedoch den Rahmen sprengen, der für sie machbar war, ihm nachzuspüren.

Emma tippte mit dem Stift gegen ihre Zähne und überlegte, wie sie die Suche eingrenzen konnte. Ihr kam eine Idee. Sie beugte sich über ihren Computer und betete, dass Ms Pilkington einen Mautpass in ihrem Auto hatte. *Wer hatte* nicht *so einen? Bitte lass sie so einen haben.*

Ja. Gott sein Dank.

Eine halbe Stunde später hatte Emma eine Liste mit den Mautstellen, die der Jeep Cherokee seit seiner Abfahrt von Mountville passiert hatte. George Engel war nicht fünf Staaten weit gefahren. Er hatte nur zweiundvierzig Meilen hinter sich gelegt. Um 20:30 Uhr hatte er eine Mautstelle im Norden Virginias passiert und das Auto um 20:35 Uhr abgestellt. Auf Landstraßen dürfte er innerhalb dieser fünf Minuten nicht weiter als drei Meilen gekommen sein. Sie zeichnete einen Kreis in die Karte ein und versuchte, sich an ihren Matheunterricht in der Highschool zu erinnern. Die Fläche eines Kreises ist Pi mal irgendwas zum Quadrat. Sie schummelte, schaute im Internet nach und grenzte das Suchgebiet auf achtundzwanzig Quadratmeilen ein. Sie sprang von ihrem Stuhl auf und vollführte einen Freudentanz. Die Dab-Pose am Ende, mit der Usain Bolt stets seine Siege gefeiert hatte, war unnötig, und sie schwor sich erneut, sie aus ihrem Repertoire zu streichen.

Emma schnappte sich ihre Jacke. Dann ließ sie sich wieder auf ihren Sitz fallen. *Mist*. Sie wählte eine Nummer.

»Kleine? Was zum Teufel?«, knurrte eine Stimme durchs Telefon.

»Raus aus den Federn«, erwiderte Emma fröhlich.

»UM DREI UHR MORGENS?«

»Du bist mein Lieblingsonkel. Das weißt du doch, oder?«

»Was?«

»Ich habe gesagt, dass …«

»Nein. Was brauchst du?«

»Einen fahrbaren Untersatz. Ziemlich dringend. Und eine große Taschenlampe, wenn du eine hast.«

»Was hast du vor?«

»Nichts.«

»Du bist eine miserable Lügnerin. Brauchst du Verstärkung?«

»Nein, es handelt sich um keine große Sache. Ich muss nur mal kurz aufs Land fahren – was überprüfen.«

»Wieso halte ich das für keine gute Idee?«

»Weil Frauen für dich kleine zerbrechliche Teetassen sind, die …«

Gunny unterbrach sie mit einem Seufzer. »Das Auto ist auf dem Weg. Ich leg mich wieder hin. Nacht.«

Ein übermüdeter, in den Diensten eines ehemaligen Marinesoldaten stehender Fahrer warf Emma die Schlüssel eines schwarzen Audis zu. Sie schob den Autositz zurück und blickte auf die vor ihr liegende Straße. In ihrer Ausbildung hatte sie gelernt, dass sie so etwas wie das hier melden sollte. Aber was, wenn sie sich irrte? Sie wollte sich nie wieder so fühlen wie in diesem Konferenzraum, als sie vor diesen Männern gesessen hatte. Nie wieder. Mehr als ein dumpfes Gefühl hatte sie nicht, und dafür würde sie ganz bestimmt nicht ihre Karriere aufs Spiel setzen. Sie würde einfach nur ein bisschen herumfahren.

Das konnte nicht schaden.

36

Emma Noble fuhr an der Ausfahrt Ewell vom Highway ab, bezahlte die Mautgebühr und lenkte den Wagen direkt auf den Parkplatz eines beleuchteten Minimarkts. Sie verließ die Toilette deutlich langsamer, als sie sie betreten hatte. »Morgen«, sagte sie und legte eine Packung Kaugummi auf den Tresen. Der Mann nahm das Geld, ohne von seinem Handy aufzuschauen.

Sie ging aus dem Minimarkt zu ihrem Auto. Die dreitausend Einwohner von Ewell schliefen noch. Die Mautstelle am Ende der Straße war beleuchtet. George hatte sie vor acht Stunden passiert und sein Auto fünf Minuten später abgestellt. Somit blieben zwei Möglichkeiten. Entweder war er fünf Minuten lang herumgefahren oder das Auto hatte fünf Minuten lang im Leerlauf gestanden.

Emma spazierte über den Parkplatz und blickte die Hauptstraße hinunter. Es war nicht viel los in Ewell. Hinter der rot blinkenden Ampel begann das Umland. Sie würde erst in der Stadt nach dem Wagen suchen und dann aufs Land fahren. Als sie den schäbigen Bahnhof auf der anderen Straßenseite sah, schwand ihre Zuversicht, dass sich George Engel noch in der Nähe befand. Sollte ein weißer Jeep auf dem Parkplatz stehen, würde das bedeuten, dass der Terrorist schon über alle Berge war.

Emma bog auf den Bahnhofsparkplatz ein, ließ den Wagen

langsam rollen und richtete ihre Taschenlampe auf jedes Fahrzeug, um die Marke und das Modell festzustellen. Glücklicherweise leuchtete sie nicht unter die Autos. Denn hätte sie den Mann mit dem grünen Seesack entdeckt, der sich hinter dem Ford Explorer versteckte, hätte er sie sofort umgebracht.

Der Wagen von George Engel stand nicht dort. Sie suchte weiter. Erst hinter einem Geschäft für Autozubehör, wo sie das Licht in die dunklen Ecken richtete. Dann bei einem billigen Imbiss, der ein paar Meter weiter lag, wo sie genauso vorging. Nachdem sie auf den Parkplatz eines Baumarkts gebogen war, blitzten Polizeilichter in ihrem Rückspiegel auf. Emma stellte den Motor ab und schaltete die Innenbeleuchtung ein. Sie legte ihre Hände auf das Lenkrad – ihre FBI-Marke gut sichtbar.

»Morgen, Officer.«

Der Polizist nahm die Marke und den Ausweis und betrachtete ihn eine Weile. Er war schon älter, und sie vermutete, dass diese Nachtschicht womöglich sein Teilzeitjob war.

»Was macht das FBI in Ewell?«

»Terroristen aufspüren.«

»Aha. Na klar.«

Der Beamte richtete seine Taschenlampe auf Emmas Augen. »Sie erscheinen etwas ungewöhnlich für einen FBI-Agenten.«

»Ich bin eher unbeholfen als ungewöhnlich.«

»Ich meine damit, dass Sie eine Frau sind.«

»So ist es.«

»Wann hat das angefangen?«

»Wenn Sie damit mein Frausein meinen, das war schon immer so. Wenn Sie damit das FBI meinen – das wurde vor ungefähr hundert Jahren gegründet.«

Er schaltete die Taschenlampe aus und murmelte etwas vor sich hin.

»Alles okay zwischen uns?«, fragte Emma.

Er nickte, ging zurück zu seinem Streifenwagen und fuhr davon.

Fünfunddreißig Minuten später hatte sie die Innenstadt durchkämmt – sie erstreckte sich ungefähr über eine Dreiviertelmeile. Wenn George Engel in Ewell war, musste er außerhalb des Ortskerns sein. Sie fuhr die Hauptstraße in Richtung Osten. Die Häuser waren klein, aber sie hatten rundherum viel Land – und lagen weit voneinander entfernt, abseits der Straße. Emma hielt alle drei- oder vierhundert Meter, am Ende einer Einfahrt, an und leuchtete mit dem kräftigen Strahl ihrer Taschenlampe über das Grundstück auf der Suche nach einem verbeulten weißen Jeep Cherokee.

Sie hatte den äußeren Rand ihres Suchgebiets erreicht. Bis zur Morgendämmerung würde es noch ein paar Stunden dauern, aber in den Häusern gingen bereits die Lichter an. Autos waren auf der Straße. Ewell erwachte langsam. Sie fuhr noch ein Stück weiter. Sollte sie innerhalb der nächsten fünfhundert Meter nichts entdecken, würde sie umdrehen und an der Mautstelle parken. Sobald es hell war, würde sie Briar anrufen und ihm berichten, was sie herausgefunden hatte. Wenn die Kavallerie schon gerufen werden musste, dann wollte sie wenigstens *sein* Horn benutzen.

Emma fuhr langsam mit dem Audi vor eine unbefestigte Kieseinfahrt. Sie trat auf die Bremse und leuchtete mit ihrer Taschenlampe über den Rasen, vorbei an einem Fahnenmast hinüber auf die Veranda eines Farmhauses. Anschließend schwenkte sie den Strahl auf den Carport am Ende der Einfahrt. Keine Fahrzeuge. Kein Licht im Haus. Nichts zu sehen.

Emma schaltete die Taschenlampe aus. Aber sie blieb mit dem Fuß auf der Bremse stehen. Ihr Instinkt sagte ihr, dass dort etwas war. Ihre Augen hatten etwas wahrgenommen, es aber nicht an ihr Hirn weitergeleitet. Sie stellte den Schalthebel des Audi auf Parken und knipste die Taschenlampe wieder an. Die leistungsstarke Birne leuchtete erneut über den Garten, die Einfahrt und das Haus. Emma nahm sich Zeit, um das, was ihr ins Auge gefallen war, zu suchen. Da … auf dem Beet neben dem Haus. Die Sträucher waren umgeknickt. Als sei ein Auto darübergefahren.

Emma blätterte in ihrem gelben Block nach einer Seite und riss sie heraus. Sie schloss leise die Tür, lehnte sich mit dem Rücken gegen den Audi und atmete tief ein.

Mal sehen, was da im Garten hinter dem Haus ist.

37

Emma Noble zog den Reißverschluss ihrer FBI-Windjacke zu, um die kühle Brise abzuwehren. Es war stockdunkel – dichte Wolken hatten sich vor den Vollmond geschoben. Das einzige Geräusch war das Klimpern einer amerikanischen Flagge, die gegen den Mast schlug. Sie machte zwei knirschende Schritte auf der Kieseleinfahrt, dann trat sie auf den Rasen und näherte sich schleichend dem Haus. Horchte. Schaute. Ihr Herz pochte in den Ohren. Sie blieb an der Veranda stehen und sah in das Fenster. Kein Licht. Keine Anzeichen von Leben. Nichts bewegte sich, außer der Flagge im Vorgarten.

Sie erreichte den Carport. In drei Schritten würde sie am Haus vorbei sein. Emma legte den Kopf schief und lauschte. Wartete.

Nichts. Kein Geräusch.

Ihr Verstand spielte ihr einen Streich. Sie machte sich selbst verrückt – dafür hatte sie schon immer ein Talent gehabt, insbesondere im Dunkeln. Sie atmete tief durch die Nase ein und lang und gleichmäßig aus dem Mund aus. Dann stieg sie über das Beet.

Der Garten hinter dem Haus war groß und neigte sich leicht. Sie blinzelte, doch es war zu dunkel, um etwas zu erkennen. Sie ging in die Knie und ließ den Blick über das Grundstück schweifen. Da war etwas weiter hinten. Ein Umriss. Der Größe nach könnte es ein Auto sein – oder ein Schuppen. Vielleicht auch eine Schaukel. Emma blieb in der Hocke – sie war sich nicht sicher, ob sie vorwärts- oder rückwärtsgehen sollte.

Sie dachte über ihre Alternativen nach: sich zurück zum Auto stehlen und um Hilfe bitten, die in Form eines auf Teilzeitbasis arbeitenden Bezirkspolizisten mit Rentenausweis herbeigeeilt käme, oder warten, bis die Agenten des FBI eintrafen, was eine Stunde oder noch länger dauern könnte. Und wenn der Umriss sich im Tageslicht als eine Schaukel erwies? Diese Blöße wollte sie sich auf keinen Fall geben. Was sie brauchte, waren mehr Informationen. Und ein kleines bisschen Mut. Sie richtete sich auf. Und trat vorsichtig in den Garten.

Hielt den Atem an. Ging leise.

Emma kam dem Umriss immer näher. Ihre Augen gewöhnten sich an die Dunkelheit. Als sie erkannte, dass es sich *tatsächlich* um ein helles Fahrzeug handelte, das in der Nähe der hinteren Tür geparkt war, stellten sich ihre Härchen auf den Armen auf. Emma schaute zum Haus. Immer noch kein Licht. Nichts rührte sich. Sie leuchtete mit dem Handy auf den Kühlergrill. JEEP. Sie blickte noch einmal zum Haus. Ihr Herz trommelte wild.

Sie musste sichergehen, dass ihr Verdacht stimmte. Es würde eine Minute dauern, die Fahrgestellnummer zu überprüfen. Die Nummer stand unter der Windschutzscheibe auf der Fahrerseite. Sie würde sie mit der auf ihrem gelben Zettel vergleichen und ihren Fund mitteilen. Emma kehrte dem Haus den Rücken zu und zog den gelben Zettel aus ihrer Tasche.

Sie legte das Papier mit der linken Hand auf die Motorhaube, strich es glatt, beugte sich über die Windschutzscheibe, hielt das Handy hoch und sah die ersten acht Ziffern. 1C4RJEBG. Sie verglich sie mit denen auf dem Papier. Es waren dieselben. Bis jetzt. Es gab noch mehr Zahlen zu überprüfen. Noch fünfzehn Sekunden. Sie beugte erneut den Kopf über die Windschutzscheibe. 9DC…

Emma hörte ihn nicht kommen. Eine Hand griff in ihr Haar, riss ihren Kopf zurück und schlug ihn auf die Windschutzscheibe. Ihre Ohren dröhnten von dem Knall des zertrümmerten Knorpels. Blut strömte aus ihrem Mund wie aus einem Wasserhahn. Eine raue, schwielige Hand drückte ihr Gesicht in das Glas. Ihre Augen brannten vor Schmerz. Er presste sie mit seinem ganzen Gewicht auf das Fahrzeug. Sie wand sich unter ihm und stemmte sich gegen den Jeep, um ihn von sich abzuschütteln, aber er war zu schwer. Sie trat nach hinten. Er lehnte sich mit seinen Oberschenkeln auf sie. Sie versuchte, ihre Beine zu befreien, doch er war zu stark. Seine stoppelige Wange rieb über ihr Gesicht – sie spürte seinen heißen, abgestandenen Atem in ihrem Ohr.

Er zerrte an dem Saum ihrer Windjacke auf der Suche nach ihrer Waffe. Emma schrie auf und schlug mit ihrem rechten Arm um sich. Er drückte ihr Gesicht mit dem Unterarm in die blutverschmierte Windschutzscheibe.

Eine Hand tastete unter ihrer Windjacke. Nur wenige Zentimeter entfernt von ihrer Waffe.

Sie schwang einen Arm nach hinten und boxte seine Hand mit ihrer Faust weg, aber sie konnte keinen richtigen Schlag landen. Sie spuckte weiter Blut.

Seine Hand legte sich um ihre Waffe.

Emma schaffte es, sie zu umklammern und nach unten zu drücken – verzweifelt kämpfte sie, dass die Waffe in ihrem Holster blieb, aber er war zu stark.

Die Pistole kam heraus.

Emma schlug auf seine Hand, schrie auf und quetschte sein Handgelenk.

Die Pistole kam heraus.

Emma packte seinen Daumen und drehte ihn so fest, wie sie konnte. Er keuchte. Sein Gewicht verlagerte sich. Sie bog den Daumen weiter in eine Richtung, in die sich Daumen nicht biegen lassen. Sein Gewicht verlagerte sich erneut, sodass Emmas Gesicht nicht mehr auf die Windschutzscheibe gedrückt wurde.

Er versetzte ihr einen Schlag in die Rippen, der sie aber nur streifte. Sie drehte sich zu ihm und krallte die Finger ihrer freien Hand in sein Gesicht. Er versetzte ihr erneut einen Schlag. Sie grub ihre Fingernägel in sein Gesicht. Er holte noch einmal aus, aber sein Schlag war nicht kraftvoll genug, da sie sich zu dicht gegenüberstanden.

Emma legte ihren Daumen auf sein Auge.

Und drückte. Sie drückte noch fester.

Bis sie spürte, wie das Auge unter ihrem Daumen nachgab.

Er schrie auf.

Emma trat einen Schritt zurück, zog ihre Waffe und feuerte mit einem beidhändigen Griff um ihre Glock dreimal in George Engels Brust.

Sein Körper wankte nicht oder sackte in sich zusammen. Nein, er schlug einfach dumpf auf dem Rasen auf wie ein Mehlsack, der gerade von einem Lastwagen geworfen worden war. Emma stellte sich über ihn und richtete ihre Waffe auf seine Brust. Er bewegte sich nicht. Trotzdem steckte sie ihre Waffe noch nicht zurück in das Holster. Sie fasste mit einer zitternden Hand unter George Engels Kinn. Kein Puls.

Sie beugte sich über die Leiche und holte tief Luft. Dann

richtete sie sich auf und tastete vorsichtig mit einem Finger über ihr Gesicht. Blut quoll aus ihrer Nase. Und sie spuckte Blut aus. Sie drehte ihr Gesicht in den Wind und sog die frische Luft ein. Ihre Nase war zertrümmert. Sie würde in nächster Zeit nicht durch sie atmen können. Der Schmerz hatte ihr gesamtes Gesicht erfasst – die Augen, die Wangen und die Nase, die anzuschwellen begann. Blinzeln tat weh. Aber sie war am Leben.

Emma ging auf und ab, bis sie wieder zu Atem gekommen war. Dann setzte sie sich neben den toten Georg Engel ins Gras. Der Wind wehte über die zarten Halme und trocknete ihr Gesicht, sodass eine rissige kastanienbraune Kruste entstand. Die Wolken zogen weiter und gaben endlich wieder den Blick auf den Mond und die Sterne frei. George Engel und Emma Noble blickten vom Rasen dieses Grundstücks im Norden Virginias in den Nachthimmel, neben ihnen ein verbeulter weißer Jeep.

Nach einer Minute stieß sie ihn mit dem Ellenbogen in den Arm. »Du kannst mich mal, George.«

Sie saß noch eine Weile da und betrachtete die Sterne und den Mond. Ihr wurde langsam bewusst, was geschehen war. Sie lächelte. Ihr ging es gut. Wirklich. Und dann kicherte Emma Noble, denn richtig lachen konnte sie nicht, das tat zu weh.

Ihr ging es gut.

38

Tasha kehrte um sechs Uhr morgens in ihre Wohnung zurück und warf ihre Jacke über die Armlehne der Couch. Sie schaute Ben an. »Auch wenn du der Sohn der Vizepräsidentin bist, würde ich dich gern mit Ben ansprechen und nicht mehr mit Mr Hancock. Ist das okay?«

»Klar«, antwortete Ben

»Hast du Kaffee gehabt?«, fragte sie.

»Nein. Wie ist es gelaufen?«

»Ich habe eine Mischung mit Haselnuss da oder eine mit Kokos. Welche ist dir lieber?«

»Mir egal. Hast du was herausgefunden?«

»Okay, dann nehmen wir die mit Haselnuss.«

»Tasha?«

»Ich bin auf etwas gestoßen. Auf den Anfang von etwas. Hat sich mein Bruder wie ein Idiot verhalten?«

»Nein, hat er nicht. Was meinst du mit ›den Anfang von etwas‹?«

»Das freut mich – ich war ehrlich gesagt ein bisschen besorgt. Brotkrümel.«

»Brotkrümel?«

Sie ging in die Küche, drehte den Wasserhahn auf und füllte die Glaskanne mit Wasser. Dann schnupperte sie an der Haselnussmischung und gab ein paar Löffel Kaffee in den Filter.

»Tasha? Brotkrümel?«

Sie kraulte Mr Spock hinter den Ohren. »Ja. Wie bei Hänsel und Gretel. Es ist nur der Anfang einer Spur. Wir hatten einen Reporter. Damals in den Siebzigern. Er arbeitete an einer Story über die Summerton Academy. Aber sie wurde auf Eis gelegt.«

Ben sackte in sich zusammen.

»Aber der Grund, warum die Story nicht gebracht wurde, war merkwürdig. Die Anwälte von Summerton drohten mit einer Klage wegen Kindeswohlgefährdung.«

»Warum sollte eine Zeitung wegen Kindesgefährdung verklagt werden?«

»Ich weiß es nicht.«

»Dann war's das also, oder? Wir sind fertig?«

Sie verzog das Gesicht und zeigte mit dem Finger auf sich. »Hör mal, ich bin Journalistin – da gibt man nicht so leicht auf.«

***

In jeder Stadt gibt es ein Gebäude wie das Haystack – ein altes, zweistöckiges Backsteinhaus am Ende der Hauptstraße, das im Abstand von zehn Jahren als ein Friseurladen, eine reformierte Kirche, ein Tanzstudio, eine Versicherungsagentur oder eine Fahrschule wiedergeboren wird. Tasha parkte ihren braunen Toyota Solara am Straßenrand.

»Danke für deine Hilfe«, sagte Ben.

»Vergiss nicht dein Versprechen.«

Sie kramte den Schlüssel aus ihrer Daunenjacke und pustete sich in die Hände. »Hier kommt nie einer her, außer mir und dem Hausmeister.«

»Was ist das denn?«, fragte er.

»Unser Archiv. Hier bewahren wir alles auf, was die Mitarbeiter im Laufe der Jahre so zusammengetragen haben.«

Tasha entriegelte die Glastür und stieß die Tür auf, die über den schmuddeligen Boden scharrte. Es war kalt in dem Lagerhaus, und es roch nach Schimmel und Gipsstaub. Tasha zog an einer Kette, die von einer niedrigen Decke herabhing, und der Raum leuchtete auf in einem schwachen Blutrot.

»Eine Glühbirne aus der alten Dunkelkammer. Beim ›Inquirer‹ wird nichts verschwendet.«

Ben blinzelte. Er konnte durch das dürftige Licht nicht viel erkennen, außer dass überall Zeug herumstand.

»Und auch nichts weggeworfen«, stellte er fest.

»Ich habe uns einen Weg gebahnt.«

Ben stolperte über ein Fahrrad und stieß ein Zeitungsbündel von der Kante einer Anrichte. Er blieb mit dem Fuß in einem Metalltisch stecken, der gegen einen Riesenstapel Bürostühle und verbrauchter Tonerkartuschen lehnte.

»Wir müssen dahinten hin«, sagte sie.

»Was ist denn da?«

»Fritz LeChien.«

»Wir treffen jemanden?«

»Nein, er war Reporter. Wir suchen seine Unterlagen.«

Ben folgte Tasha in den hinteren Teil des Gebäudes. Sie knipste das Licht in dem Raum an. Eine flackernde Leuchtstoffröhre offenbarte ein heilloses Durcheinander. Schwarze Aktenschränke waren umgekippt und offene Pappkartons darauf abgestellt worden, die einen Wasserschaden davongetragen hatten. Auf dem Boden standen Archivboxen und stapelten sich an den Wänden. Einige von ihnen waren mit braunem Band zugeklebt; andere hatten keinen Deckel. Ben vermutete, dass es zwei- bis dreihundert Stück waren.

»Ralph hat mir erzählt, dass ein Reporter, der was auf sich hielt, früher an seinem Schreibtisch gestorben ist. Es wurden zwei Bahren rausgerollt – die eine wanderte ins Leichenhaus, die andere wurde mit all seinen Sachen hierhergebracht. Ich habe sogar Unterlagen aus den 1950er-Jahren entdeckt.«

»Wir suchen also den Karton dieses Reporters.«

»Ja. Fritz LeChien. Du fängst mit dem Stapel da drüben an. Wir arbeiten uns nach unten durch.«

Ben stellte sich auf die Zehenspitzen und zog einen Karton von oben herunter. Er riss das Klebeband ab und öffnete den Deckel. Unter zwölf alten Ausgaben des ›Playboy‹ lagen ein brauner Kaffeebecher, ein Kästchen mit Büroklammern und eine Packung Zigaretten. Er stellte den Karton auf den Boden und griff nach dem nächsten.

Dreizehn Kartons später war er immer noch auf keine heiße Spur von Fritz LeChien gestoßen.

»Bist du dir sicher, dass seine Sachen hier sind?«, fragte er.

»Nee. Investigativer Journalismus bedeutet ständige Suche.«

Ben fuhr fort, Kartons zu öffnen, blätterte Akten durch, schloss Deckel und stapelte die Kartons wieder weg. Nachdem er sich durch die halbe Wand gearbeitet hatte, legte er eine kurze Pause ein und ließ den Kopf und die Schultern kreisen. Tasha schaute ihn an.

»Was ist?«, fragte er.

»Ich … ich kann's mir einfach nicht vorstellen. Du findest heraus, dass die Frau, die du für deine Mutter gehalten hast, dich in Wirklichkeit entführt hat. Deine echte Mutter ist Multimilliardärin und die nächste Vizepräsidentin. Erscheint mir viel.«

»Ja.«

»Wie war sie so? Als Mutter?«

»Ich habe keine Vergleichsmöglichkeiten.«

»Ich meine, war sie normal? Hat sie dich bedingungslos geliebt?«

»Wenn bedingungslose Liebe normal ist, dann nicht. Es war nicht normal.«

»Wenn du die Wahl hättest – würdest du lieber entführt werden und es nie erfahren oder mit der Wahrheit irgendwie umgehen und reich sein?«

Ben drehte sich nicht um. Er wünschte sich, dass sie ihm keine Fragen mehr stellte.

»Also, ich glaube, ich wäre gern reich«, sagte sie. »Das wäre meine Wahl.«

Ben riss das Klebeband von dem Karton vor ihm. Ordner lagen gestapelt darin auf ihren Rücken. Er zog sie heraus, um die Reiter zu sehen. Ein schwarzer Terminkalender von 1978 kam zu Vorschein, auf dem ein Sticker mit dem Namen *LeChien* geklebt war. Ben saß auf einem schwarzen Aktenschrank, die Archivbox auf seinem Schoß.

»Hast du etwas gefunden?«, fragte Tasha.

Ben blätterte ein paar von LeChiens Ordnern durch. Sie waren vollgestopft mit Gehaltsabrechnungen und Rentendaten. Die dünnste der grünen Mappen hatte einen mattgelben Reiter. *Westonberry*. Die Mappe enthielt nur zwei Unterlagen: eine handschriftliche Notiz und ein Schwarz-Weiß-Foto. Die Notiz war auf Briefpapier des ›Albany Inquirer‹ geschrieben und stammte vom fünften August.

Fritz-

Du bist eine echte Arschgeige, dass du mit dieser Story zu Peck gegangen bist, nachdem ich dir gesagt hatte, dass du sie in die Tonne treten sollst. Am liebsten würde ich dir die

Geschichte in deinen dicken, fetten Hintern schieben. Die Anwälte, die die Schule beauftragt hat, werden dir das Fell über die Ohren ziehen. Und Jonesy wird diesmal keinen Finger für dich rühren. Ich will jede gottverdammte Summerton-Akte auf meinem Schreibtisch haben – NOCH HEUTE! Keine Kopien. Lass die Finger von dieser Scheißgeschichte, sie hat sich erledigt. Ich meins ernst.
S

Ben betrachtete das Schwarz-Weiß-Foto. Eine Jugendliche mit schwarzem Haar und schmalen Lippen war darauf zu sehen. Ihr Blick wirkte leer. Das Foto war gespenstisch. Auf der Rückseite war mit Kugelschreiber das Datum notiert. *Juli 1978.*

»Glaubst du, dass sie auf der Summerton Academy war?«, fragte Tasha.

Ben zuckte mit den Achseln. »Sonst ist nichts in der Mappe.«

Tasha blätterte in dem Terminkalender und warf ihn Ben vorsichtig zu.

»Sieh dir den letzten Eintrag an.«

Ben sah die gekritzelten Worte vom 12. August 1978. *Vater/ Volkov? Barry Atamian verschwunden. Ehefrau?*

Er blätterte den Terminkalender durch. Fritz hatte den 25. durchgestrichen und *W'berry* darüber geschrieben.

»Es sieht so aus, als wäre er an der Geschichte drangeblieben«, sagte Ben und blätterte weiter in dem Kalender. »Aber danach steht nichts mehr drin. Kein weiterer Eintrag. Glaubst du, dass er gefeuert wurde?«

Tasha antwortete nicht. Sie sah auf ihr Handy.

»Hör dir das an. Werner ›Fritz‹ LeChien, angesehener Reporter des ›Albany Inquirer‹, ist am Mittwoch, den 25. August, bei einem Autounfall im Norden des Bundesstaats New York ums Leben gekommen.« Sie zog die Augenbrauen hoch.

»Was?«, fragte Ben.

»Er arbeitet an einer Story, von der niemand will, dass er sie recherchiert, und dann stirbt er bei einem Autounfall?«

»Es sterben andauernd Leute bei Autounfällen.«

Tasha trat zu ihm. »Deine Mutter? Diese Ida. Du glaubst, doch, dass sie auf der Summerton Academy war, oder?«

Er nickte.

»Schau dir meine Arme an. Siehst du das? Siehst du die Härchen? Sie haben sich aufgestellt. Nein, ich meine es ernst – schau hin. Siehst du das?«

»Ja. Ich sehe es.«

»Fritz LeChien wurde *umgebracht.*«

Ben griff nach dem Schwarz-Weiß-Foto des blassen Mädchens mit den traurigen Augen. Das Mädchen wusste über Summerton Bescheid, aber sie erzählte es niemandem. Der Reporter hatte etwas herausgefunden. Und es war mit ihm gestorben. Ben stand auf. Vielleicht war Fritz LeChien umgebracht worden. Vielleicht nicht. Hier gab es keine Antworten. Es war töricht, weiterzumachen. Er musste zurück nach Washington und mit Kate sprechen.

»Danke, Tasha. Ich glaube, wir sind hier fertig.«

Ben hatte nicht gesehen, dass unter der Lasche des Kartons etwas versteckt worden war. Tasha legte den Kopf schief. Sie zog es heraus und hielt es Ben hin – eine durchsichtige, kaputte Kassettenhülle. Mit einem Memorex-Kassettenband.

»Nein. Noch nicht ganz.«

39

Emma Noble tupfte sich vorsichtig mit einem warmen Waschlappen das Blut von Mund und Kinn ab. Sie stand im oberen Badezimmer des Farmhauses in Virginia und betrachtete sich im Spiegel – ihre Bluse war voller Blutflecken, und in ihren Nasenlöchern steckte Toilettenpapier. Sie war zwar angeschlagen, aber sie stand aufrecht.

Emma blickte den Flur hinunter zu den beiden sich gegenüberliegenden Schlafzimmern. George Engels Arbeitsanzug lag zusammengeknüllt auf dem Boden in dem ersten – daneben stand eine Werkzeugkiste aus Stahl, der sie sich auf gar keinen Fall nähern würde. Sie würde sie dem Bombenentschärfungskommando als Geschenk überlassen. Als sie das zweite Schlafzimmer inspizierte, erfasste sie ein kalter Schauer. Die Bettdecke war zurückgeschlagen – auch in diesem Zimmer hatte jemand übernachtet. Auf dem Teppich lagen die Keramikscherben einer zerbrochenen Lampe.

Es waren also zwei Menschen in diesem Haus gewesen. *O Gott, Emma!* Sie hatte auf dem Rasen gesessen und sich selbst gratuliert, ohne sich *vorher* zu vergewissern, dass niemand mehr in dem Haus war. Wenn George Engels Freund noch da gewesen wäre – er hätte sie zweifellos umgebracht. Sie hatte einen großen, schlimmen Fehler gemacht, und sie schwor sich, dass er ihr nicht noch einmal passieren würde – und dass sie niemandem davon erzählte.

Emma kniete sich auf den Teppich und betrachtete die zerbrochene Lampe. Warum war sie gegen die Wand geworfen worden? Vielleicht ein Streit mit George? Sie richtete sich wieder auf und ließ den Blick durch das Zimmer schweifen. Auf dem Nachttisch schimmerte etwas – es war die weiße, glänzende Rückseite eines Fotos. Sie fasste das Bild am Rand an und drehte es um. Er war etwas jünger, hatte eine Pilzfrisur und einen kümmerlichen Oberlippenbart, aber Emma erkannte ihn sofort. Es war Benjamin Danvers. Sie hielt sein Abschlussfoto von der Highschool in der Hand.

Warum war das im Besitz eines Terroristen?

Ihr Verstand ließ sie nur in zwei Richtungen denken. Entweder war der Sohn von Kimberly Hancock selbst ein Ziel oder er spielte eine Rolle bei den Anschlägen. Das Einzige, was Emma jetzt sicher wusste, war, dass zwischen Benjamin und den Terroristen eine direkte Verbindung bestand. Und das waren sehr schlechte Neuigkeiten, denn in zwei Tagen würde er bei der Amtseinführung neben seiner Mutter stehen – nur wenige Meter vom nächsten Präsidenten der Vereinigten Staaten entfernt.

Emma steckte das Foto in einen Frühstücksbeutel, den sie unter der Küchenspüle fand, und ließ ihn in die Tasche ihrer Windjacke gleiten, um Briar ihren Fund zu zeigen. Vielleicht konnte er sich einen Reim darauf machen.

Das Geräusch der Polizeisirenen kam immer näher. Emma trat durch die Haustür auf die Veranda, setzte sich in einen schwarzen Korbstuhl und wartete darauf, dass die Kavallerie des FBI in Ewell einfiel.

***

Tasha hatte die Memorex-Kassette in der Hand und betrachtete unschlüssig das Kassettendeck im Armaturenbrett ihres Solara.

»Weißt du, wie man so etwas einlegt?«, fragte sie Ben.

»Ich bin mir nicht sicher. So – oder so?«

»Vielleicht so?«

Tasha schob die Kassette in die Öffnung des Abspielgeräts. Erst knirschte es, dann knackte es und schließlich knisterte es. Das Geräusch eines eingeschalteten Mikrofons erklang so lange aus den Lautsprechern im Auto, dass Ben schon glaubte, das Band sei leer. Aber dann ertönte doch noch eine kratzige Raucherstimme.

»Nein, das ist ganz einfach. Fang mit deinem Namen an.«

»Beverly.«

»Nachname?«

»Einfach nur Beverly.«

»Kennst du deinen Nachnamen nicht?«

»Ich hab keinen – glaub ich zumindest.«

»Wie alt bist du, Beverly?«

»Für wie alt halten Sie mich?«

»Oje, ich hab keine Ahnung. Fünfzehn? In welche Klasse gehst du?«

»In die neunte.«

»Auf der Summerton Academy? Du deutest ein ›Ja‹ mit deinem Kopf an. Wie lange bist du schon auf der Schule?«

»Schon immer. Ich bin schon immer dort.«

»Und deine Eltern? Wo sind die?«

»Es gibt nur den Vater. Und die Lehrer.«

»Also bist du eine Waise?«

»Wir sind die Kinder des Vaters.«

»Warum bist du weggelaufen?«

»Ich hatte Angst vor den Bestrafungen.«

»Jetzt bist du in Sicherheit. Du brauchst keine Angst mehr zu haben.«

Es trat eine lange Stille ein.

»Beverly, welche Bestrafungen?«

»Die Bestrafungen, wenn man die erste Regel bricht.«

»Die erste Regel?«

»Loyalität. Loyalität gegenüber dem Vater und der Gemeinschaft der Vaterschaft. Wir sind die Überbringer der neuen Ordnung. Wir verpflichten uns, unser Leben in die Hände des Vaters und des Sohnes zu geben, und wir schwören ihnen ewige Treue. Die erste Regel zu brechen, ist eine große Sünde.«

»Was hat dich dazu gebracht, sie zu brechen, Beverly?«

»Ich habe sie nicht gebrochen! Das war der Junge! Der Grieche hat mich in den Wald gezerrt und mich angefasst. Ich habe gesagt, dass ich ihn verraten werde. Und da hat er Lügen über mich erfunden. Und sie haben ihm geglaubt!«

»Das tut mir leid. Wein nicht. Ich wollte dich nicht zum Weinen bringen – du machst das ganz toll. Wie wär's, wenn wir eine kleine Pause machen?«

Das Geräusch eines eingeschalteten Mikrofons erfüllte das Auto. Tasha und Ben sahen sich an und warteten. Schließlich ertönte das laute Kichern von Fritz LeChien aus den Lautsprechern.

»Na klar. Du kannst so viel Cola haben, wie du willst. Erzähl mir mehr über die Bestrafungen. Was passiert da?«

»Das weiß niemand. Die Kinder sind danach nicht mehr da. Es muss schlimm sein. Das weiß jeder.«

Eine kurze Stille trat ein, dann war das Geräusch eines über den Boden schleifenden Stuhls zu hören.

»Beverly, ich mache mir Sorgen um deine Freunde in Summerton. Das ist ein gefährlicher Ort. Du möchtest doch bestimmt, dass sie sicher sind, oder?«

»Sie sind sicher. Der Vater liebt uns alle sehr. Wir schwimmen und klettern auf Bäume. Alle sind gern dort.«

»Da bin ich mir nicht so sicher. Bringen sie euch in dieser Schule überhaupt etwas bei?«

»Aber ja. Über die Prophezeiung.«

»Die Prophezeiung? Was ist das? Was besagt sie?«

»Sie besagt, dass der Sohn eines Tages kommen wird. Dass er Gerechtigkeit bringen und die Gewaltherrschaft der Regierung beenden wird. Sie besagt, dass wir uns darauf vorbereiten müssen, ihm zu helfen, wenn er kommt.«

»Wie sollen denn Kin… junge Menschen ihm helfen?«

»Der Sohn wird kommen, wenn wir auf unseren Plätzen sind.«

»Welche Plätze?«

»Wir werden *überall* sein.«

»Das verstehe ich nicht.«

»Wir werden *überall* sein. Und auf den Sohn warten. Wir alle.«

»Wer ist der Sohn?«

ZZZZZTWWWPPPPP. Die Kassette quietschte, und das braune Band wurde aus dem Armaturenbrett gespuckt. Tasha drückte hektisch die »STOP«-Taste.

»Summerton ist eine Sekte«, sagte sie und sah Ben an.

Er nickte und rieb sich über den Mund. Beverly und Ida waren wahrscheinlich gleich alt – und sind wahrscheinlich auch zusammen aufgewachsen. Die Scheiben des Solara beschlugen, als sie schweigend die Informationen verdauten, die auf dem alten Band gespeichert waren.

»Die Summerton Academy nahm sich einen Anwalt, als sie herausfanden, dass das Mädchen beim ›Inquirer‹ war.«

Ben nickte und dachte darüber nach, was aus den Kindern geworden war. Wo waren sie jetzt? Er zeigte auf den Terminkalender. »Da wird doch auf einer der Seiten der Vater erwähnt, oder?«

»*Vater/Volkov? Barry Atamian verschwunden. Ehefrau?*«, las Tasha.

Ben betrachtete die Seite. »Sollten wir ...«

»Nachschauen, wer Barry Atamian ist? Schon dabei.«

Tasha fand schnell etwas über ihn heraus. Die Bostoner Zeitungen berichteten im Sommer 1978 über sein Verschwinden. Die Polizei hatte seine Frau, Paula Atamian, verhört. Es gab keine Leiche – was bedeutete, dass es keinen Mord gegeben hatte. Barry Atamian war einfach verschwunden.

»Paula Atamian lebt noch immer in Medford, Massachusetts. Sie war Lehrerin und ist inzwischen pensioniert«, sagte Tasha und rutschte auf ihrem Sitz. Sie sah Ben an.

»Was ist?«, fragte er.

»Ich frage mich ...«

»Was fragst du dich?«

»Hm, du wurdest von einer Frau entführt, die auf der Summerton Academy war. Deine leibliche Mutter ist die Vizepräsidentin dieses Landes. Diesen Kindern wurde beigebracht, auf die Ankunft des Sohnes zu warten.«

»Ja.«

»Also ... vielleicht?«

»Was?« Ben sah sie scharf an, als ihm klar wurde, was sie gerade andeutete. »Das ist verrückt. Das Band stammt aus den 1970er-Jahren. Lange bevor Kimberly Hancock verheiratet war – und Jahrzehnte bevor ich geboren wurde.«

»Es ist eine Prophezeiung. Irgendjemand wusste, dass du kommen würdest. Und sie haben sie geplant oder sie entworfen. Wie auch immer, du wurdest erwartet«, sagte Tasha und nickte. »Benjamin Danvers, ich glaube, *du* bist der Sohn.«

40

Emma saß auf der obersten Stufe der Veranda des Farmhauses und blickte in den Himmel. Eine Rettungssänitäterin tastete mit Gummihandschuhen vorsichtig ihr Gesicht ab. Sie hatte den Agenten von DOMTERR, der neben ihr saß, nicht aufgefordert, zu der Untersuchung ihres Falls hinzuzukommen, aber jetzt war er da und hielt einen Monolog über das Leben in der Abteilung zur Bekämpfung von Inlandsterrorismus. Er schien etwas zu aufgeregt darüber zu sein, dass das Land vor einer Zerreißprobe stand. Sie war sich am Ende nicht sicher, ob er sie überreden wollte, das FBI zu verlassen, oder ob er mit ihr ausgehen wollte.

Die Rettungssänitäterin leuchtete ihr in die Augen. »Erinnern Sie sich, was Sie gemacht haben, bevor Sie angegriffen wurden?«

»Ich habe die Fahrgestellnummer 1C4RJEBG9DC überprüft.«

Die Sanitäterin schaltete die kleine Taschenlampe aus und grinste. Die Fragen zur Überprüfung einer möglichen Gehirnerschütterung waren offenbar vorbei.

»Ich glaube nicht, dass Sie Gesichtsfrakturen davongetragen haben, aber Sie sollten ein Röntgenbild machen lassen.«

Der DOMTERR-Agent beugte sich vor und zwinkerte ihr zu. »Ich melde mich bei Ihnen, wenn ich nächsten Monat in

Big Apple bin. Dann reden wir noch einmal über ihre berufliche Laufbahn – und wie Sie weiterkommen wollen.«

Emma nickte halbherzig, während die Frau ein weißes Klebeband über ihre Nase spannte. Sie war sich ziemlich sicher, dass sie nicht mit jemandem arbeiten oder ausgehen wollte, der New York als »Big Apple« bezeichnete.

»Kann ich sie mir ausleihen?«, fragte ein Mann in einem braunen Anzug, der auf dem Rasen vor dem Haus stand.

»Gleich«, sagte die Rettungssänitäterin.

Emma wusste nicht, wer er war, aber sie hatte schon mit einigen Anzugträgern gesprochen. Sie alle wollten einen mündlichen Bericht zu den Geschehnissen und erwarteten bis zum Ende des Tages eine schriftliche Darstellung. Die interne Untersuchung zu den Umständen der Schussabgabe hatte wahrscheinlich schon begonnen. Für morgen früh war ein Termin mit ihrem Abteilungsleiter in New York anberaumt, bei dem die Ereignisse nachbesprochen werden würden. Er und sein Team würden jede Entscheidung, die sie in den letzten zwölf Stunden getroffen hatte, auf den Prüfstand stellen. Eine Heldin zu sein zog entmutigende verwaltungstechnische Scherereien nach sich – kein Wunder, dass keiner danach strebte.

Emma sah auf die andere Straßenseite. Uncle Gunny stieg aus einem Fahrzeug. Segelohren in einem schicken Anzug. Natürlich wusste er bereits, was passiert war. Er und ihr Vater wussten alles. Emma bedankte sich bei der Rettungssanitäterin und lief zu ihm hinüber. Gunny lächelte nicht. Er hatte sein Handy am Ohr, als Emma zu ihm trat.

»Ja. Steht vor mir … Beschissen. Und selbstzufrieden. Nein. Ihr geht's gut … Du auch.«

Uncle Gunny steckte das Telefon weg. Emma zuckte mit

den Achseln und fragte sich, warum er aufgelegt und sie nicht mit ihrem Vater hatte sprechen lassen.

»Ist gerade kein guter Zeitpunkt«, sagte er zu ihr, als könnte er ihre Gedanken lesen.

»Hä?«

»Er muss noch etwas Adrenalin abbauen.«

»Okay.«

Uncle Gunny senkte seine Stimme. »Alles in Ordnung mit dir?«

Emma strahlte ihn an.

Ein Lächeln umspielte seine Lippen. »Mach dich wieder an die Arbeit.«

Sie umarmte ihn und drückte ihm die Schlüssel für den schwarzen Audi in die Hand.

Der Mann im braunen Anzug unterhielt sich bereits seit zwanzig Minuten mit ihr, und es hätte auch noch länger dauern können, wäre nicht ein grauer Suburban vorgefahren und hätte auf dem Rasen geparkt. Eine bessere Ausrede hätte sie nicht haben können, um die Befragung zu beenden. Emma ging zu Briar hinüber, der neben seinem Fahrzeug stand. Zusätzlich zu ihrer professionell verarzteten Nase steckte auch noch weiße Tamponade in ihren Nasenlöchern.

»Hey, Bwiya«, sagte sie und deutete auf ihre Nase. »Gebwochen.«

Er schüttelte bedächtig den Kopf. »Haben Sie wieder eine Tüte Bonbons eingekauft? Oder etwas noch Gesundheitsgefährdenderes – etwa Kekse?«

Sie zeigte ihm den Stinkefinger. »Sehr witzig.«

»Sie hätten nicht allein hier draußen sein dürfen.«

Emma nickte. Sie zog die Tamponade aus den Nasenlöchern und steckte sie in die Tasche ihrer Windjacke.

»Was ist passiert?«, fragte er.

»Bringen Sie mich von hier weg. Ich erzähle es Ihnen auf der Rückfahrt.«

***

Tashas Auto parkte noch immer am Straßenrand vor dem Haystack-Gebäude. Die Heizung war nicht in der Lage gewesen, Schritt zu halten mit ihrem Tsunami von Theorien. Ben hatte in der letzten Viertelstunde nicht viel dazu beigesteuert, außer gelegentlich zu nicken und mit den Achseln zu zucken.

»Was willst du jetzt tun?«, fragte sie.

»Ich bin mir nicht sicher. Vielleicht versuche ich, Barry Atamians Frau zu finden. Sie wohnt nicht weit von mir entfernt.«

Tasha war auf der Fahrt zurück zu Bens Auto ziemlich schweigsam. Sie umarmte ihn unbeholfen, als er in den Land Rover einstieg. »Pass auf dich auf. Okay?«

»Und von dem, was wir herausgefunden haben, dringt nichts nach außen, richtig?«, vergewisserte sich Ben.

»Ja, solange du dein Jungfräulichkeitsgelübde einhältst – und nicht mit anderen Reportern hinter meinem Rücken rummachst«, antwortete Tasha.

»Versprochen«, erwiderte er lächelnd. »Bis bald.«

***

Arnau Farre setzte sich auf den Platz am Gang und legte seinen grünen Seesack auf den Sitz am Fenster. Der Zug fuhr langsam in die Union Station in Washington ein. Soldaten der Nationalgarde gingen den Bahnsteig entlang. Polizisten in kalkfarbenen Westen führten Spürhunde an Leinen. Arnau schnallte sich seine Tasche auf den Rücken und stieg aus dem Zug aus. Er mischte sich unter die Menge und hielt den Blick gesenkt. Polizisten aus Washington und Virginia patrouillierten in der Wartehalle, in der es von Menschen wimmelte. Sie hielten zweifellos Ausschau nach dem Griechen.

Arnaus Seesack war armeegrün. Sein dichtes, grau meliertes Haar war kurz geschnitten. Der gefährlichste Mann in der Union Station sah aus, als könnte ihn kein Wässerchen trüben. Er wollte kein Risiko eingehen, indem er sich in der Öffentlichkeit aufhielt. Arnau ließ seinen Blick kurz über die Menge schweifen und betrat dann eine Bäckerei. Er bestellte sich einen schwarzen Kaffee und setzte sich auf einen Platz gegenüber den Toiletten im hinteren Teil des Raums. Am liebsten hätte er eine Zigarette geraucht. Seine Unentschlossenheit machte ihn nervös – Benjamin Danvers war zuletzt in Vermont gesehen worden. Arnau könnte einen Zug nach Rutland oder Clarendon Station nehmen und sich dann auf den Weg zu Idas altem Haus machen. Das war der Ort, an den es ihn hinzog. Er wollte wissen, wie sie gelebt hatte. Er wollte den Küchentisch sehen, an dem sie ihre Briefe geschrieben hatte. Aber die Wahrscheinlichkeit, dass ihr Sohn noch in Vermont war, und ausgerechnet in dem Haus, war äußerst gering.

Benjamin war womöglich nach Washington zurückgekehrt. Falls ja, war er tot oder so gut wie tot. Arnau würde ihn nicht mehr beschützen können, denn die Organisation verfügte über zu viele Ressourcen in der Hauptstadt des Landes. Höchstwahrscheinlich würde der junge Mann in Boston auftauchen. Der Grieche beobachtete Benjamins Wohnung. Der Zug zur South Street Station fuhr erst in einer Stunde ab. Die

Fahrt dauerte siebeneinhalb Stunden. Arnau würde erst nach 21 Uhr ankommen. Die zeitliche Planung war miserabel, aber diese Alternative war die beste der drei armseligen Möglichkeiten. Er griff nach seinem Handy und schrieb dem Griechen eine Nachricht.

Irgendein Zeichen?

Nein.

Bin auf dem Weg. Tu nichts, bis ich da bin.

Das ist MEIN Job.

Warte auf mich.

Keine Antwort.

Arnau drückte das Telefon in seiner Hand, als wollte er es erwürgen. Er trank seinen Kaffee aus. Am Kiosk kaufte er zwei Päckchen Zigaretten und eine warme Diätlimonade. Er hatte noch eine Stunde Zeit, um Kette zu rauchen und seine Wut weitersimmern zu lassen.

41

Emma sah durch die Windschutzscheibe hinaus, während die Scheibenwischer die Schneeflocken wegschoben. »Es zieht ein Schneesturm auf. Scheint, als würde es Boston hart treffen«, sagte sie und schaute auf ihr Handy.

Briar äußerte sich nicht zur Wetterlage. Seit Emma ihm berichtet hatte, dass sie in dem Haus auf ein Bild von Benjamin gestoßen war, hatte er nicht mehr viel gesagt. Er war kein Agent, der sich gern mit seinem Partner austauschte. Das Prinzip von Geben und Nehmen fand bei ihm nicht statt. Wenn Briar Metcalf an der Lösung eines Problems arbeitete, wurde er still. Und Benjamin Danvers war sein ältestes Problem. Er stieß einen tiefen Seufzer aus.

»Was glauben Sie, Briar?«

»Er ist entweder ein Ziel oder in die Sache verwickelt. Er muss freiwillig mitkommen.«

»Also … fragen wir freundlich bei ihm nach?«

»Genau. Sie haben seine Nummer. Rufen Sie ihn an.«

***

Ben beugte sich über das Lenkrad und orientierte sich an den Rücklichtern eines Sattelzugs. Außerhalb von Albany hatte Eisregen eingesetzt und war auf den Land Rover niedergeprasselt. Inzwischen hatte er sich in Schnee verwandelt – und dicke graue Flocken fielen aus dicken grauen Wolken. Die weiße Pracht häufte sich schneller an, als die Schneepflüge sie wegschaufeln konnte. Die Mittellinie war schon vor einer Weile verschwunden. Er hoffte, dass der Lkw-Fahrer den Verlauf der Straße kannte. Ben hatte aufgehört zu zählen, wie viel Fahrzeuge in den Mittel- oder auf den Seitenstreifen gerutscht waren. Wendall hatte ihm beigebracht, wie man bei einem solchen Wetter fuhr. Er hörte ihn im Geist sagen: *»Halte dich rechts. Fahr langsam.«*

Die Fahrt von Albany nach Medford, Massachusetts, dauerte eigentlich zweieinhalb Stunden. Aber nicht in einem Schneesturm. Er vermutete, dass er erst in fünf Stunden dort ankommen würde, wenn die Pflüge nicht schneller arbeiteten.

Verflucht. Er hatte Kate immer noch nicht angerufen. Das war mies von ihm. Er blickte kurz auf sein Handy. Kimberly Hancock hatte dreimal angerufen. Kate elfmal. *Elfmal?* Sie machte sich Sorgen. Und wenn sie herausfand, dass es ihm gut ging, würde sie wütend sein. Es war höchste Zeit, die bittere Pille zu schlucken. Ben wählte ihre Nummer und spürte, wie sich sein Magen zusammenzog.

Als Kates Voicemail durch die Lautsprecher des Land Rovers ertönte, machte sich kindliche Erleichterung in ihm breit. Zwei Minuten später klingelte sein Telefon. Kate.

»Hey, mir geht's gut«, sagte er schnell. »Wie geht's …?«

»Dir geht's gut?«

»Ja.«

»Herrgott noch mal, Benjamin!«

Stille.

»Wo zum Teufel bist du?«

»Ich bin auf dem Weg nach Boston. Wie geht's dir?«

»Mir? Du willst wissen, wie's mir geht? Blendend, Benjamin. Ich bin hier in Washington mit einem Haufen Fremder, die mich fragen, wo mein Freund ist, worauf ich keine Antwort habe. So geht's mir. Und wie geht's *dir* so?«

Ben zuckte zusammen. Kate konnte schwierig sein, wenn sie wütend war, und er hatte den Anschiss verdient, den sie ihm gerade verpasste. Nach einer fünfminütigen Schimpftirade ließ sie ihn zu Wort kommen.

»Moment. Du erzählst mir hier gerade, dass du Ida zu einer nicht mehr existierenden Schule im Norden des Staats New York hast zurückverfolgen können, weil du die Visitenkarte eines Blumengeschäfts auf der Rückseite eines Bilderrahmens in ihrem Schlafzimmer gefunden hast?«

»Ja.«

»Und deshalb glaubst du, dass sie diese Schule besucht hat, die – wenn das stimmt, was du sagst – eine Sekte ist?«

»Ja.«

»Eine Sekte, die Kinder ausbildet, um eine Prophezeiung zu erfüllen? Und jetzt bist du auf dem Weg nach Medford, um eine alte Dame damit zu behelligen?«

»Ja.«

Erneute Stille.

»Kate?«

»Du bist nicht du selbst, Ben. Ich mache mir Sorgen um dich. Du solltest nicht allein sein. Wie wär's, wenn …«

»Mir geht's gut. Ehrlich, Kate. Ich versuche nur, Antworten zu finden. Das ist wichtig für mich. Ich muss das alles verstehen.«

Wieder trat Stille ein. Er wartete sie ab.

»Benjamin, du machst mir eine Heidenangst«, sagte Kate.

»Tut mir leid.«

»Bitte, komm nach Washington. Ich brauche dich.«

»Mache ich. Versprochen. Ich fahre heute Abend los – und ich weck dich mit einem Kaffee und einem Kuss. Okay?«

»Ich liebe dich«, sagte sie leise.

»Ich dich auch.«

***

Emma sah Briar an. »Wieder Voicemail.«

»Schreiben Sie ihm. Hinterlassen Sie ihm eine Nachricht. Er soll uns anrufen.«

Sie wartete den Piepton ab.

»Benjamin, wir sind's, Special Agent Emma Noble und Special Agent Briar Metcalf. Rufen Sie uns an, wann immer Sie diese Nachricht abhören.«

Es schneite ununterbrochen. Die Schneeflocken, die im Licht der Scheinwerfer auftauchten, tänzelten vor ihren Augen. Briar war in Gedanken versunken. Emmas Blick wanderte mit den Scheibenwischern. Ihre Lider waren schwer, und sie spürte, wie ihr die Augen zufielen. Eine anstrengende schlaflose Nacht und ein adrenalingeladener Vormittag forderten ihren Tribut. Sie lehnte den Kopf ans Fenster und schloss die Augen. Das gleichmäßige Geräusch der Scheibenwischer wiegte sie in den Schlaf.

***

Ben sah blinzelnd auf die Straße. Es war dunkel geworden, und der Schnee flog waagerecht in die Scheinwerfer des Autos. Stundenlang hatte er befürchtet, dass er von der Straße abkam, wenn er die Augen zusammenkniff. Er stieß erleichtert ein Dankgebet aus, als das Navi des Fahrzeugs verkündete, dass er nur noch eine Meile von der Ausfahrt Medford entfernt war.

Er stellte den Motor ab. Die Luft im Land Rover hörte auf zu zirkulieren, und er nahm wahr, wie er roch. Ben steckte noch immer in den Kleidern, die er gestern bei dem Fernsehinterview getragen hatte. Er hatte in seinem guten Hemd geschlafen, und sein blaues Jackett lag schon tagelang zusammengeknüllt auf dem Rücksitz. Der erste Eindruck, den Mrs Atamian haben würde, wenn er den Raum betrat, wäre der, dass er von einer dreitägigen Sauftour kam.

Er hatte einstudiert, was er zu ihr sagen würde, wenn er sie traf. Zuerst würde er sich dafür entschuldigen, dass er nicht vorher angerufen hatte. Weiter war er nicht gekommen. Er war nicht gut in so etwas. Die Vertriebsmitarbeiter bei Cambridge Hill hielten Vorträge darüber, wie man auf Kunden zuging. »Der Schlüssel ist, sie dazu zu bringen, dich zu mögen. Dann werden sie einen Scheck ausstellen. Und sie werden ihn immer wieder ausstellen«, sagten sie. Dem Vertriebsleiter zufolge gab es vier Arten von Kunden: die Extrovertierten, die lachen und scherzen wollten, bevor sie etwas kauften; die Zahlenjongleure, die gute, komplizierte Tabellen mochten; und die schönen Seelen, die einfach nur die Bestätigung brauchten, dass sie gute Menschen waren, bevor sie einen Scheck ausstellten. Der vierte Typus war etwas schwieriger; diese Kunden wollten einfach nur, dass man zum verdammten Punkt kam und dann so schnell wie möglich wieder verschwand. Die Vertriebsmitarbeiter von Cambridge Hill Holdings waren Experten darin, aus jedem Persönlichkeitstyp Informationen herauszukitzeln. Sie waren Chamäleons.

Ben war anders. Er fühlte sich unter Fremden nicht wohl. Und als er aus dem Fahrzeug stieg, hatte er kein gutes Gefühl dabei, in die Privatsphäre einer alten Frau einzudringen, um sie über ihren vermissten Mann auszufragen, der vor so vielen Jahren verschwunden war.

Die Lobby der Seniorenresidenz sah aus wie die eines Country Clubs: ein großer Kamin aus Stein, ein grüner schottengemusterter Teppich, ein glänzendes Klavier aus Mahagoni, ein Kaffeeautomat. Über einer kleinen Bar in einer Ecke hing ein Schild: »*Happy Days*«. Keiner der Bewohner nippte lachend an einem Cocktail – niemand im Elm River Pflegeheim genoss Happy Days.

»Kann ich Ihnen helfen?«, fragte eine Frau, die nicht alt genug war, um dort zu wohnen.

»Ich möchte gern Paula Atamian besuchen.«

Sie sprach in ein Kabel, das an ihrem Hals herabhing. Die Frau hatte einen Ohrhörer eingesteckt, der andere baumelte über ihrer Schulter.

»Reggie? Hier ist ein junger Mann an der Rezeption, der gern Mrs A. sprechen möchte. Warte kurz.« Sie schaute ihn an. »Wie heißen Sie?«

»Ben Danvers.«

»Mr Ben Danvers. Okay, Reggie.« Sie lächelte. »Er wird gleich herunterkommen und Sie zu ihr bringen.«

Fünf Minuten später kam ein großer, kräftiger Kerl die Treppe hinunter, dessen Körper zu gleichen Teilen aus Muskeln und Fett bestand. Ein Waffen- und Herztattoo zierte seinen Nacken. Er musterte Ben.

»Werden Sie von Mrs A. erwartet?«

»Nein. Ist eher so eine Art Überraschung«, gab Ben zu.

Reggie sah ihn durchdringend und unangenehm lange an,

bis er schließlich nickte. Sie fuhren mit dem Aufzug in den vierten Stock. Der große Mann stand dicht neben ihm. Bens letzte Aufzugfahrt lag drei Tage zurück. Er war von einem FBI-Team begleitet worden, das ihn kurz zuvor aus einem Konferenzraum mit Schiffsgemälden gezerrt hatte. Er begann, Fahrstühle zu hassen.

Die Türen öffneten sich zu einem behindertengerechten Flur. Hellbrauner Teppich. Hellbraune Wände. Hellbraune Türen mit hellbraunen Fußmatten. Die einzigen bunten Farbtupfer in dieser hellbraunen Ödnis waren ein schlaffer rosa Geburtstagsluftballon, der sein Leben auf dem Teppich aushauchte, und eine grüne Genesungskarte, die an einer Tür klebte. Ben ging voran, während Reggie ihm dicht folgte.

Vor jeder Wohnungstür stand eine kleine Glasvitrine. Die meisten enthielten Fotos der Enkelkinder der Bewohner. In der Vitrine von Zimmer 405 befand sich nur eine kleine gerahmte Aufnahme – ein Bild eines Brautpaares, aufgenommen vor einer alten, überdachten Brücke. Die beiden lehnten an einem Auto, einem kupferfarbenen, viertürigen Ford Granada, an dessen Stoßstange Luftschlangen befestigt waren. Die Frau war jung und wunderschön.

»Ich kann Sie da draußen hören«, sagte eine Stimme von drinnen.

Reggie klopfte.

Die Wohnung war klein. Im Fernseher liefen die Nachrichten von PBS. An den Wänden hingen überall Papierweihnachtsmänner. Paula Atamian saß in einem grünen Fernsehsessel an der hinteren Wand. Sie war schrecklich dünn. Krankhaft dünn. Eine Häkeldecke war über ihren Schoß gelegt. Sie hielt einen Roman von Robert Olmstead in der einen Hand, die andere steckte wärmend unter der Decke.

»Er hat gesagt, dass er Sie mit seinem Besuch überraschen wollte.«

»Ich mag keine Überraschungen«, sagte sie ausdruckslos und blinzelte Ben an. »Außerdem kenne ich Sie nicht.« Sie legte den Kopf schief. »Nein, warten Sie. Vielleicht doch. Sie sind doch derjenige, der in den Nachrichten war.«

Ben nickte, ließ seinen Blick über die Kunstwerke aus Bastelpapier schweifen und dachte an Kate.

»Meine Kinder«, sagte sie und folgte seinem Blick. »Ich habe dreißig Jahre lang Drittklässler unterrichtet. Ich hänge sie jedes Jahr auf.« Sie kniff die Augen zusammen. »Aber Sie sind nicht hier, um über *diese* Kinder zu sprechen, richtig?«

Ihr Körper versteifte sich, und sie hob das Kinn. Reggie machte einen Schritt auf Ben zu.

Mrs Atamian zog die Decke weg.

Sie hielt eine Waffe in der Hand, die auf Bens Brust gerichtet war.

42

Ben legte den Kopf schief. Sein Gehirn registrierte nur langsam, was seine Augen sahen. Die gebrechliche alte Frau, die umgeben von gebastelten Weihnachtsmännern in ihrem Fernsehsessel saß, zielte mit einer Waffe auf ihn. Einer Waffe, die zu schwer war für sie, um sie zu heben, weshalb ihr Gewicht auf ihrem Oberschenkel lagerte. Aber ihre dünnen, arthritischen Finger umklammerten fest den Schaft. Ihr Zeigefinger befand sich auf dem Abzug. Und der Lauf war direkt auf Bens Brust gerichtet.

Was zum Teufel? Er riss die Augen auf, machte einen Schritt zurück und stieß gegen Reggies Brust. Der Riesenkerl riss Bens Arme hoch und tastete ihn grimmig ab. Reggie zog den Terminkalender aus Bens Anzugtasche, blätterte ihn durch und gab ihn dann Mrs Atamian. Die alte Frau starrte erst ein paar Sekunden lang auf den Umschlag des Kalenders, bevor sie hochblickte.

»Hat Alex Sie geschickt?«, fragte sie.

»Wer? Nein. Ich, äh …«

»Warum sind Sie hier?«

»Das war ein Fehler. Ich gehe wieder.«

»Setzen Sie sich.« Sie gab ihm mit einer Geste ihrer freien Hand zu verstehen, dass er auf der Couch Platz nehmen soll. »Wenn Alex Sie nicht geschickt hat – wie haben *Sie* uns dann gefunden?«

Ben zeigte auf den Terminkalender. »Das ist ein Kalender aus dem Jahr 1978. Er hat einem Reporter gehört, der über Summerton recherchiert hat. Ich glaube, dass er mit der Frau von Barry Atamian sprechen wollte – das ist der Mann, der verschwand.«

»Barry ist nicht verschwunden.«

Ben schaute auf die Waffe. Die alte Frau hatte keinen Grund, eine Pistole auf ihn zu richten – aber genau das tat sie. Er wandte den Kopf zurück. Reggie versperrte die Tür. Er sah genauso bedrohlich aus wie die Waffe.

»Meine Mutter hat mich entführt, als ich vier war. Ich glaube, dass sie die Summerton Academy besucht hat. Ich versuche gerade, alles dazu herauszufinden. Meine DNA wurde an das FBI weitergeleitet, dass sie mich aufspüren konnten. Vielleicht war sie es. Ich weiß es nicht. Es gibt eine Art Prophezeiung – ich könnte eine Rolle darin spielen. Ich weiß *nichts*. Ich bin hierhergekommen, weil ich nach Antworten suche.«

Mrs Atamian sah Reggie an. Sie stützte sich auf der Armlehne ab, um ihre Sitzhaltung zu verändern. Die Bewegung schien ihr wehzutun. Sie legte die Pistole auf ihren Schoß.

»Sie möchten doch sicher einen Tee, oder, Mr Danvers?«

Ben nickte zustimmend. Und er würde auch allem anderen zustimmen, was die Frau sagte, solange diese Pistole auf ihrem Schoß war.

»Dann jagen Sie also lieber Geister, statt sich mit Ihrer leiblichen Mutter wieder zu vereinen?«

»Ich, äh …«

»Es ist mir eigentlich egal. Sie wissen, dass Alex gerade seinen nächsten Zug macht, oder?«

»Sie meinen Alexander Volkov, den Vater?«

»Er ist niemandes Vater.«

»Was hat er den Kindern in Summerton angetan?«

»Die Frage muss lauten, was habe ich den Kindern angetan«, korrigierte sie ihn. »Richtig, Reggie?«

Der Riese schüttelte den Kopf. »Sie sind ein Engel, Mrs A. Sie haben Ihr Bestes getan.«

»Ich verstehe nicht so ganz«, sagte Ben.

Paula Atamian deutete auf die Couch und zog sich die Häkeldecke über die Schultern. Sie ließ sich Zeit mit ihrer Geschichte – über ihren Drogenkonsum in den späten 1960er-Jahren und über ihre Affären mit Barry Atamian und Alex Volkov. Sie erzählte ihm vom Vietnamkrieg und dass sie gegen diesen Krieg demonstriert hatten. Und dass sie nach dem Kent-State-Massaker immer gewalttätiger wurden.

»Ein paar von uns schmiedeten Pläne, in Regierungsgebäude einzubrechen und Brände zu legen. Aber Alex hat das nicht zugelassen. Er meinte, dass uns der nötige Mumm fehlen würde, um das System zur Strecke zu bringen. Der einzige Weg, den Apparat auszulöschen, sei von innen heraus.«

»Von innen heraus?«

»Das System könne nur zerstört werden, indem man ein Virus züchte, sagte er. Ein menschliches Virus.« Sie ließ den Kopf kreisen. »Mit seinem Geld und seinem klugen Köpfchen hätte Alex alles machen können. Alles sein können. Seine Eltern waren in die Staaten eingewandert. Er war hier geboren worden und hasste das Land – aber er hat es nie verlassen. Er kaufte Hunderte Hektar Land im Norden des Staats New York, um dort mit seinen Freunden zu leben. Er nannte es seine ›Ideenfarm‹. Wir schmissen die Schule und schlossen uns ihm an – arbeiteten im Garten, bauten Blockhütten und nahmen jede Menge Drogen. Abends saßen wir um ein Lagerfeuer, alle bekifft, und er bat uns, dass wir uns eine Welt vorstellten, in der keiner sein Leben damit vergeuden müsste, zu schleimen, um einen Dollar zu verdienen. Eine Welt, die nicht von abgehobenen alten Männern regiert werden würde. Eine Welt ohne den Schwachsinn von Lehrern, Pfarrern und Eltern. Alle wären glücklich. So wie früher, in der Steinzeit. Und das waren wir in Summerton.«

Reggie reichte Ben einen weißen geblümten Becher und gab Mrs Atamian ihren Tee. Sie trank einen Schluck und stellte ihren Becher auf einen Untersetzer. Die Pistole legte sie daneben.

»Eines Tages erzählte er uns, dass er ein Waisenhaus gründen wolle. Wir halfen ihm. Alex ging sehr sorgfältig vor und wählte jedes Kind persönlich aus. Sie hatten alle eine Aufgabe. Alex machte sich auf die Suche nach den brillantesten Kindern, die im System feststeckten. Er war monatelang unterwegs und holte sie sich von überall auf der Welt. Und wissen Sie was, mein Junge? Er nahm nicht nur kluge Kinder auf. Er brauchte auch Kinder, die von der Norm abwichen. Und glauben Sie mir, er hat sie gefunden.«

»Hat niemand bemerkt, was er tat?«

»Er reichte die notwendigen Unterlagen ein. Alles war rechtmäßig. Die Waisenhäuser stellten damals nicht viele Fragen. Sie waren froh, wenn sie einen Kostenfaktor loswurden. Alex konnte gut mit Kindern umgehen. Sie haben ihn geliebt. Und dann hat er sie über die Prophezeiung gelehrt.«

»Hat er den Kindern eine Gehirnwäsche verpasst?«, fragte Ben.

»Wir waren alle gläubig. Streng gläubig. Die Prophezeiung war unsere Religion. Wir glaubten alles, was Alex uns sagte. Er war unsere Kirche – brillant und charismatisch. Wir waren seine Armee von desillusionierten Schülern und enttäuschten Vietnam-Veteranen. Wir haben ihn geliebt. Es war krank – aber auch wunderbar.«

»Aber Sie haben Summerton verlassen.«

»Barry hat mich entführt. Er hat mich geschnappt, mich in sein Auto geworfen und mich zu meinen Eltern gebracht. Ich hätte ihn am liebsten umgebracht. Es dauerte lange, bis ich wieder gesund war. Aber ich habe Barry mein Leben zu verdanken. Wir haben im Frühjahr geheiratet. Im Sommer wurde er ermordet.« Mrs Atamian nahm einen Schluck aus ihrem Becher. »Ich habe versucht, das, was ich getan habe, wiedergutzumachen. Ich habe Reggie gefunden. Gott sei Dank konnte ich ihn überreden zu gehen.«

Ben starrte die alte Dame an.

»Sie fragen sich, warum ich nicht zur Polizei gegangen bin, oder? Das hätte ich tun sollen. Aber ich bin ein Feigling. Ich wusste, dass er nicht davor zurückschrecken würde, mich und meine Liebsten umzubringen. Alex Volkov ist eine Bestie. Also blieb ich still.«

Ben sah, wie sie zusammenzuckte, als sie sich in ihrem Sessel aufrichtete.

»Die Frage, die sich nun stellt, Mr Danvers, ist die: Was werden *Sie* tun?«

»Ich? Das verstehe ich nicht. Was meinen Sie damit?«

Sie nahm einen weiteren Schluck ihres Tees und rieb mit dem Daumen über den Rand des Bechers. Sie starrte ihn an.

Ben legte den Kopf schief und dachte an Tashas Theorie. »Hat das etwas mit mir zu tun?«

»Meinen Sie damit, ob ich glaube, dass Sie der Sohn sind?«

Ben beugte sich nach vorn und nickte.

»Glauben Sie, dass Sie es sind?«

»Ich weiß es nicht.«

Sie grinste. »Glauben Sie nicht, dass Sie es wissen würden, wenn Sie es wären?«

Dann bewegte sich die alte Dame in ihrem Sessel. Sie hatte offensichtlich Schmerzen. Ihr Blick wanderte zu Reggie. Er nickte.

»Zeit, zu gehen«, sagte der große Mann.

Ben brauchte keine Hilfe, um von der Couch aufzustehen, aber Reggie bestand darauf.

»Mr Danvers?«

Ben drehte sich um.

»Ich gehe davon aus, dass das Virus im Apparat ist. An einigen sehr gefährlichen Orten. Wenn ich Sie wäre, würde ich mich von Washington fernhalten.«

»Die Amtseinführung?«

Sie zuckte mit den Achseln. Dann stellte sie ihren Becher auf den Tisch und schloss die Augen.

43

Ben bog zu schnell aus dem Parkplatz des Elm-River-Pflegeheims. Der Land Rover geriet ins Schlingern. Er korrigierte seinen Fehler gerade noch rechtzeitig, sodass er keinen Pfosten streifte. Die Straßenverhältnisse waren miserabel und wurden immer schlimmer. Die Sichtweite war fast gleich null. Er war nur zehn Meilen von seiner Wohnung entfernt, aber in diesem Schneesturm würde es ein Abenteuer werden, überhaupt nach Hause zu kommen. Er würde auf gar keinen Fall heute Abend mehr nach Washington fahren können. Ben schaltete das Radio aus und dachte an die beiden letzten Dinge, die Mrs Atamian zu ihm gesagt hatte.

Das eine hatte ihm Klarheit verschafft – und ein Gefühl der Erleichterung. Wenn er der Sohn sei, würde er es wissen, hatte sie gesagt. Ja, natürlich. Das bedeutete, dass die Prophezeiung nichts mit ihm zu tun hatte. Alex Volkov brauchte ihn nicht. Summerton brauchte ihn nicht. Was immer sie gehofft hatten, mit der Entführung der Zwillingsjungen vor zwanzig Jahren zu erreichen, hatte nicht geklappt.

Die Ampel sprang auf Gelb. Ben trat auf die Bremse. Der Land Rover rutschte in die Kreuzung und kam unter der roten Ampel zum Stehen. Er hatte genug. Er fuhr auf einen Parkplatz von McDonald's. Die Schneepflüge brauchten Zeit, um die Straßen zu räumen. Ben klappte den Sitz nach hinten und sah, wie der Schnee auf das Glasschiebedach fiel.

Er dachte an das *andere*, was Mrs Atamian zu ihm gesagt hatte.

Halten Sie sich von Washington fern.

Bis zur Amtseinführung des Präsidenten waren es noch neununddreißig Stunden. Wenn Alexander Volkov plante, das Land lahmzulegen, dann wäre das der passende Ort dafür. Ben verstand etwas von Risiko. Er wusste, wie man Gefahren einschätzte. Das hatte er in seinem Studium gelernt. Risikomanagement war eines seiner Studienfächer gewesen. Egal, was man schützen wollte, ob ein Unternehmen vor einer feindlichen Übernahme oder ein Land vor Terrorismus, man ging immer gleich vor – seit Jahrhunderten. Es war wie die Verteidigung einer Burg: Schwachstellen schließen, einen Graben bauen, eine hohe Ringmauer errichten, überlegene Schlagkraft zeigen, Spione im Dorf einsetzen.

Die größte und wichtigste Burg in der Welt war die in dieser Woche stattfindende Amtseinführung in Washington. Vertreter des gesamten politischen Systems der Vereinigten Staaten würden anwesend sein. Die Generalstabschefs würden da sein. Und der Oberste Gerichtshof.

Aber es war unvorstellbar, dass die Einweihungsfeier belagert werden würde. Bessere Verteidigungsstrategen als die Männer und Frauen aus dem Heimatschutzministerium und dem Secret Service gab es nicht. Außerdem würden sie nach dem Angriff auf die US-Notenbank in dieser Woche in höchster Alarmbereitschaft sein. Washington *dürfte* gerade der sicherste Ort der Welt sein.

Aber eine Burg war nicht uneinnehmbar. Wie die Geschichte gezeigt hatte, konnte ein Angreifer mit etwas Geduld fast alles erreichen. Und Alex Volkov war geduldig. Wenn Mrs Atamian recht hatte, wartete er schon seit Jahrzehnten auf einen günstigen Zeitpunkt, um zuzuschlagen. Einen Zeitpunkt wie diesen. Die größte Supermacht der Welt war schwach. Sie befand sich in einem Zustand des Wahnwitzes. Die Straßen, das Radio, das Fernsehen, die sozialen Medien schäumten über vor Wut. Die Amerikaner vertrauten ihren Verschwörungstheorien mehr als sich selbst. Die Nation befand sich in einem kalten Bürgerkrieg. Die hohen Burgmauern bekamen Risse.

Laut Mrs Atamian war das Virus im Apparat. *»Halten Sie sich von Washington fern.«*

Er musste Kate anrufen und sie davon überzeugen, zu verschwinden. Er griff nach seinem Telefon und hörte seine Mailbox ab.

»Rufen Sie uns an, wann immer Sie diese Nachricht abhören.«

***

Emma wachte auf, weil ihr Handy im Schoß vibrierte. Sie hob den Kopf an und spürte einen stechenden Schmerz in ihrem Gesicht.

»Es ist Ben«, sagte sie zu Briar.

»Stellen Sie ihn auf Lautsprecher.«

»Benjamin? Hier sind Noble und Metcalf.«

»Ich habe Ihre Nachricht erhalten. Es gibt Dinge, die Sie wissen müssen.«

»Hier spricht Metcalf. Sind Sie in Washington?«

»Nein. In Boston. Ich bin im Besitz eines Tonbands. Ida hat in einem Waisenhaus gelebt an einem Ort namens Summerton. Es gibt eine Prophezeiung und …«

»Langsam. Wir müssen uns persönlich treffen. Wie ist das Wetter in Boston?«

»Katastrophal.«

»Dann morgen früh?«

»Nein. Ich muss Kate aus Washington holen.«

»Wir fahren Richtung Norden. Im Süden von Connecticut gibt's ein Diner am Highway. Agent Noble wird Ihnen die Adresse schicken. Bringen Sie dieses Band mit und alles, was Sie sonst noch haben. Acht Uhr morgen früh. Okay?«

»Okay.«

»Hier spricht Agent Noble.«

»Ja.«

»Wo übernachten Sie heute?«

»In meiner Wohnung.«

»Schließen Sie die Tür ab.«

Das Gespräch endete, und Emma wandte sich zu Briar. »Was zum Teufel geht hier vor?«

»Ich weiß es nicht. Ich werde Sie darüber informieren, was ich herausfinden werde.«

»Wie meinen Sie das, was *Sie* herausfinden werden?«

»Haben Sie nicht morgen früh eine Nachbesprechung mit dem Abteilungsleiter in der Stadt?«

»Mist.«

***

Ben fuhr langsam durch das North End. Die Autos am Straßenrand hatten sich in weiße Schneehecken verwandelt. Er brauchte etwas zu essen, eine Dusche und Schlaf. Ben zahlte dem Parkwächter auf dem Parkplatz neben seinem Wohnhaus dreißig Dollar. Er ging vorsichtig in seinen braunen Anzugsschuhen über die glatte Straße zu Giuseppa's, um eine Pizza zu essen. Er rutschte auf dem nassen Schnee und hielt sich an einem Lieferwagen fest, der im Leerlauf vor dem Restaurant stand. Er schaute durch die Windschutzscheibe und winkte dem Fahrer entschuldigend zu.

Der Typ hatte eine krumme Nase und winkte ihm vom Steuer aus zurück.

Ben schüttelte sich den Schnee ab und stampfte mit den Füßen auf die Matte. Im Restaurant war es schön warm. Der Geruch von Knoblauch hing in der Luft. Es war gut, dass er nicht mehr fahren musste und an einem vertrauten Ort war. Er ließ sich auf einen Platz im hinteren Teil nieder. Er musste mit Kate sprechen.

Er wählte ihre Nummer.

Voicemail.

***

Alle Flughäfen nördlich von Pennsylvania waren aufgrund des Schneesturms geschlossen. Auch Busse fuhren nicht mehr. Das einzige öffentliche Verkehrsmittel, das seinen Betrieb nicht eingestellt hatte, war der Hochgeschwindigkeitszug Acela in Richtung Norden. Er fuhr nicht nur durch, sondern war auch noch pünktlich. Sollte der Fahrplan eingehalten werden, würde Arnau Farre in wenigen Minuten an der South Street Station ankommen. Vor dem Bahnhof würden keine Taxis stehen, um ihn zu Benjamins Wohnung zu bringen. Er würde die eine Meile zu Fuß gehen müssen. Soweit er gehört hatte, war der junge Mann noch nicht gesichtet worden. Das bedeutete, dass er noch am Leben war. Und das wiederum bedeutete, dass Arnau noch eine Chance hatte, ihn zu retten. Er schickte dem Griechen eine Nachricht.

Bin bald da.

Zu spät. Er ist hier.

Tu nichts. Warte auf mich.

Keine Antwort. Wenn der Grieche Benjamin zwischen die Finger bekam, hatte der Junge keine Chance. Arnau ballte die Fäuste und schrieb eine weitere Nachricht.

Warte auf mich oder du bist tot.

Keine Antwort.

44

Die Mitarbeiter von Giuseppas Pizzeria schwärmten um Ben herum, schüttelten ihm die Hand, umarmten ihn und erzählten ihm, dass sie ihn in den Nachrichten gesehen hatten; war das nicht unglaublich, dass ihr Lieblingskunde der Sohn der Vizepräsidentin war? Ben bemühte sich, geduldig zu sein, aber er wollte unbedingt in seine Wohnung auf der anderen Straßenseite gehen. Papa G scheuchte seine Angestellten weg und setzte sich zu ihm.

»Wo ist *mi bella donna*?«

»Ich habe sie in Washington zurückgelassen.«

»Du hast sie dort zurückgelassen? Warum?«

»Ich habe einen Fehler gemacht.«

Er zuckte mit den Achseln. »Männer. Wir machen immer Fehler, oder? Das kriegst du wieder hin. *Nessun problema.*«

Ben nickte.

Papa G zeigte aus dem Fenster. »Den ganzen Tag sind Nachrichtenleute auf meinem Gehweg herumgelaufen. Haben ihre Kameras auf jeden gerichtet. Auf jeden, nur nicht auf *mich*. Ich frag sie – aber sie zeigen mich nicht im Fernsehen. Ich winke. Ich bring Pizza. *Mi ignorano*«, sagte er, schob seine Unterlippe vor und deutete mit einer Geste an, dass er Luft für die Reporter war.

Ben lächelte.

Papa G griff über den Tisch nach Bens Handgelenk. »Aber

für dich ist das nichts, Benjamin. Ich hab das Gesicht fürs Fernsehen. Nicht du. Ich mach mir Sorgen um dich. Geht es dir gut?«

»Alles in Ordnung, Papa G. Danke.«

»Okay«, sagte er, tätschelte Bens Nacken und beugte sich dann über den Tisch, um ihn auf die Stirn zu küssen.

Ben war froh, dass mittlerweile keine Reporter mehr zu sehen waren, und überquerte die Straße zu seiner Wohnung. Der Schneefall hatte ein wenig nachgelassen. Die Schneepflüge und Streuwagen würden trotzdem die ganze Nacht brauchen, um mit dem Räumen nachzukommen. Aber so war das in Neuengland. Am nächsten Morgen würden die Straßen schneefrei sein, wie von Zauberhand. Er kam an dem weißen Lieferwagen vorbei und schaute hinein. Der Fahrer war verschwunden.

Ben ging die Treppe hinauf über den mit Teppich ausgelegten Flur zu seiner Wohnung im zweiten Stock. Er fuhr mit dem Zeigefinger entlang der weißen Wand. Eine lange heiße Dusche wäre schön. Er schloss die Tür auf – sie schwang leise auf. Er schlug sie zu und ließ sich auf die Couch fallen. Er dachte an Summerton. An Ida. An das Virus im Apparat. Und an Alexander Volkov – den Vater. Er dachte an die Amtseinführung. An Kimberly Hancock. Und an das FBI. Aber vor allem dachte er an Kate.

***

Regina Puleo stützte sich auf ihren Stock. Sie runzelte die Stirn, als die Tür der Wohnung am Ende des Flurs zugeknallt wurde. Warum der Junge sie immer so laut zuwerfen musste, war ihr ein Rätsel. Ihr mittlerweile berühmter Nachbar war also zu Hause. Das würden die Leute wissen wollen – aber sie würden es bestimmt nicht von ihr erfahren. Das ganze Getratsche um den jungen Mann war skandalös. Alle schienen nur noch über ihn reden zu wollen. Sie band sich eine geblümte Schürze um den gelben, gesteppten Hausmantel. Ihre weißen Pantoffeln waren mit getrockneter roter Tomatensoße befleckt.

Mrs Puleo ging alle zwei Wochen dienstags auf den Markt. Sie war keine große Esserin, und da sie allein lebte, kochte sie nur für sich. Heute Abend war eine Ausnahme. Die Soße köchelte für Larry. Ihren Sohn. Er kam morgen von Phoenix geflogen. Zu ihrem Geburtstag. Sie hob den Deckel, blickte grimmig in den Topf und rührte viermal mit dem Holzlöffel – entgegen dem Uhrzeigersinn. Dann setzte sie den Deckel wieder auf den Topf, wusch den Löffel in der Spüle ab und zog die Schürze aus.

»Okay. Momma ist hier«, sagte sie flüsternd zu der Grünlilie am Fenster und begoss sie mit Wasser aus einer kleinen grünen Plastikkanne.

Mrs Puleo sah immer aus dem Fenster, wenn sie ihr Baby fütterte. Heute Abend musste sie ihre Hände trichterförmig um das Gesicht legen, um etwas sehen zu können. Draußen tobte ein ordentlicher Schneesturm, der nur langsam nachließ. Nicht so schlimm wie der von 1978, aber eine dicke Schneeschicht überzog die Straßen. Larrys Flugzeug würde erst am Nachmittag ankommen – bis dahin würde sich die Lage wieder normalisiert haben.

Giuseppas Pizzeria schloss später als sonst. Die Laterne an der Ecke war schon wieder kaputt. Sie bemerkte nur eine Person auf der Straße – einen Mann, der mit einer großen grünen Tasche auf dem Rücken lief. Und sie bemerkte auch, dass Mrs Bartemolos Pontiac schon wieder auf dem Behindertenparkplatz stand – acht Monate nach ihrer Hüftoperation. Eine Schande.

***

Arnau Farres Lungen brannten wie Feuer. Die Schneeschicht war dick, und er war eine Meile mit dem schweren Seesack auf dem Rücken gelaufen. Der weiße Lieferwagen stand am Straßenrand. Er schaute hinein – niemand drin. Sein Blick wanderte über die Häuser auf der Suche nach den Hausnummern. Idas Junge wohnte gegenüber dem Restaurant. Er sah das alte Backsteingebäude. Die Wohnung von Benjamin Danvers lag im zweiten Stock. Es gab nur zwei Fenster, durch deren Jalousien Licht schimmerte. Die Haustür ließ er außer Acht. Arnau rückte den Seesack auf seinem Rücken zurecht und trat in die schmale Gasse. Die Außenlampe auf der Rückseite des Gebäudes war zerbrochen. Die Tür war aufgehebelt worden. Der Grieche war schon hier.

Arnaus Brust spannte sich an. Er rannte hinein, stürmte die Treppe hinauf zum zweiten Stock und nahm dabei zwei Stufen auf einmal. *Bitte sei am Leben.* Er bog um die Ecke. Und da war er, der Grieche. Am Ende des Flurs. Er kniete auf der Fußmatte, der Kopf zum Türknauf gebeugt, die Hände am Schloss herumpfriemelnd.

Er drehte sich um, seine Waffe blitzte auf. Arnau hob die Hände. Der Grieche grinste und steckte die Waffe zurück in die Gürteltasche.

Arnau lauschte durch die Tür. Drinnen spielte ein Radio. Dem Klang nach zu urteilen, kam es aus dem Badezimmer. Er klopfte dem Griechen auf die Schulter und trat hinter ihn. Er nahm seinen Seesack vom Rücken und lehnte ihn an die Wand.

Arnau Farre war ein erfahrener, eiskalter Killer. Der Mann, der vor ihm kniete, war sein Bruder. Er mochte ihn nicht. Aber er gehörte zur Familie. Sie hatten zusammengelebt und -gearbeitet, seit sie Kinder waren. Einen Bruder zu töten war völlig inakzeptabel – ein verräterischer Akt. Danach würde es kein Zurück mehr geben. Niemals.

Seine Loyalität jedoch galt Ida. Schon immer. Er hatte ein feierliches Gelübde abgelegt. *Komme, was wolle.* Arnau Farres einzige Aufgabe bestand darin, Benjamin am Leben zu erhalten und ihn zu verstecken – bis er in Sicherheit war.

Er griff unter seine Jacke und zog sein langes gezacktes Messer aus dem Schaft. Der Kopf des Griechen war direkt vor ihm. Ein Stich und eine Drehung mit der langen Klinge, und sein Hirnstamm wäre durchtrennt. Der Grieche würde nichts spüren. Ein sauberer, schmerzloser Tod.

Arnau hob das Messer und trat nach vorn, um zuzustechen. Ob es nun an dem langen Lauf von der South Street Station, an seinem Zigarettenkonsum oder an seinem Alter lag – er war zu langsam. Der Grieche sah etwas Silbernes im Türknauf aufblitzen und wich nach rechts aus. Die Klinge verletzte ihn am Ohr. Er wusste, dass er die Hand nicht heben durfte. Der Grieche war schnell und athletisch. Ein erfahrener Kämpfer. Er ließ sich blitzartig nach hinten rollen und zog dabei seine Waffe aus der Gürteltasche.

Bevor er den Lauf auf Arnau richten konnte, verpasste dieser ihm einen Tritt ins Gesicht. Die Waffe fiel aus seiner Hand und landete auf dem Teppich. Arnau stach zu – die Klinge bohrte sich in den Oberschenkel des Griechen. Er verdrehte die Augen vor Schmerz.

Arnau kickte die Waffe weg, dass sie den Flur hinunterschoss.

Der Grieche kam auf die Beine, stürzte sich auf Arnau und stieß ihn gegen die Wand. Er umklammerte Arnaus Handgelenk und versuchte das Messer von sich wegzudrehen. Der Grieche war stark. Vielleicht sogar stärker als Arnau. Sein Handgelenk gab unter der Kraft des Griechen nach. Arnau verzog das Gesicht, dann schlug er ihm mit der Stirn ins Gesicht. Er verpasste ihm einen zweiten Kopfstoß und hörte, wie die Augenhöhlenknochen des Griechen knirschend zerbrachen.

»Hören Sie sofort auf!«

Arnaus Kopf schnellte in die Richtung, aus der die Aufforderung gekommen war. Eine alte Frau in einem Hausmantel stand in einer offenen Tür und stützte sich auf einen Stock. Er ignorierte sie und verpasste seinem Gegner einen weiteren Kopfstoß. Arnau drehte seinen Ellenbogen, dass der Griff des Griechen um das Messer in seiner Hand sich löste.

Diesmal war Arnau schneller – er rammte die Klinge. Eins, zwei. In den Bauch des Griechen.

Arnau drängte ihn rückwärts in Mrs Puleos Wohnung. Der Grieche taumelte und verschränkte seine blutigen Hände über der Stichwunde. Arnau schob seine Beine unter die Knöchel des Verwundeten, dass er auf den Rücken knallte. Dann warf er sich auf ihn und tötete ihn, indem er ihm die Kehle durchschnitt.

45

Arnau Farre holte tief Luft, dann wischte er die Klinge am Hemd des Toten ab. Er sah sich in dem Raum um. Die verängstigte alte Frau im Hausmantel stand mit dem Rücken an der Wand. Sie schrie nicht und machte keinen Aufstand. In der kleinen Wohnung war sonst niemand. Arnau zog seine Jacke aus und warf sie unter das Fenster.

Er trat zu der Frau und sprach ihr ins Ohr. »Werden Sie still sein und tun, was ich sage?«

Sie nickte.

»Meine Sachen stehen noch im Flur. Wir gehen jetzt gemeinsam da raus. Wenn uns jemand sieht, stellen Sie mich als Ihren Sohn vor. Verstanden?«

»Larry«, sagte sie.

»Wie bitte?«

»Das ist der Name meines Sohns, Larry.«

»Wenn Sie schreien, bringe ich Sie um.«

»Verstanden.«

»Okay, Sie gehen voran.«

Sie schlurfte zur Tür hinaus und stützte sich auf ihren Stock. Arnau blieb vor Bens Haustür stehen. Er presste einen Finger auf die Lippen und lauschte. Das Radio war noch an. Alles war in Ordnung. Alles verlief wieder nach Plan.

Er hob die Pistole des Griechen vom Flur auf, steckte sie hinten in den Bund seiner Hose und schlang den Gurt des grünen Seesacks um seine Brust. Sie gingen zurück in ihre Wohnung. Arnau schloss die Tür hinter ihnen ab, legte den Seesack unter das Fenster neben seine zerknitterte Jacke und betrachtete den toten Griechen. Seine Augen waren weit aufgerissen und blickten starr. Die Farbe war aus seinem Gesicht gewichen. Sein rötlicher Teint was blass und gelblich geworden.

Auch die Augen der alten Frau waren weit aufgerissen. Sie hatte sich mit dem Rücken gegen den Ofen gelehnt. Sie starrte auf den toten Mann und auf die Blutlache, die sich auf ihrem Hartholzboden ausbreitete und in die weißen Fransen ihres Teppichs zu sickern begann. Arnau fand, dass sie sich tapferer hielt als die meisten anderen Menschen in einer solchen Situation. Er würde sie schnell töten. Sie würde nichts spüren, wenn es so weit war.

Er nahm dem Griechen die Gürteltasche ab, öffnete sie und fand das, was er brauchte – die Schlüssel für den weißen Lieferwagen. In der Tasche befanden sich außerdem noch vier Kondome und eine Packung Zigaretten, die er neben seine Jacke warf. Er zog das Handy des Griechen heraus und hielt es so lange über das Gesicht des Toten, bis sich das Gerät entsperrt hatte und zum Leben erwachte. Er nahm sich einen Augenblick Zeit, um seine Gedanken zu ordnen. Dann tippte er von der Leiche am Boden aus eine kurze Nachricht an den Vater.

No zorgu pri la bubaĉo infano. Ĉio estas klara. La knabo estas mortinta. (Mach dir keine Sorgen um das Problemkind. Es ist alles klar. Der Junge ist tot.)

Jetzt würden sie die Suche nach Benjamin einstellen. Das Vorhaben des Vaters verlief wieder nach Plan. Arnau musste den Jungen nur noch ein paar Tage lang verstecken. Er nahm die SIM-Karte aus dem Telefon des Griechen und zerbrach sie. Das Gleiche würde er auch bald mit seiner eigenen Karte tun, denn in wenigen Minuten würden Idas Junge und er sich auf ihr Abenteuer begeben.

Seine Lungen erholten sich noch immer. Arnau fand eine Packung Tic Tac in der Tasche des toten Griechen. Er setzte sich auf einen Holzstuhl am Küchentisch und atmete tief durch, sodass seine Brust sich hob und senkte. Er klappte den Deckel auf und schüttete sich die weißen Kügelchen in den Mund. Er kaute langsam. Kein Grund zur Eile. Der Junge würde heute Nacht nirgendwohin gehen.

»Riecht gut«, sagte Arnau und deutete mit dem Kopf auf den Herd.

Die Frau in dem gesteppten Hausmantel nickte.

»Was ist das?«

»Tomatensoße. Für meinen Sohn. Ich habe morgen Geburtstag.«

Sie fügte nicht hinzu, dass sie da noch am Leben sein wollte. Es stand ihr ins Gesicht geschrieben. Ihre Hände zitterten.

»Wie heißen Sie?«

»Regina Puleo.«

»Sind Sie Italienerin?«

»Sizilianerin. Werden Sie mir wehtun?«

»Aber nein. Wir sind doch jetzt Freunde, Regina.«

Es sah nicht so aus, als würde sie ihm glauben.

»Warum haben Sie den Mann umgebracht?«

»Das ist eine lange Geschichte.«

»Können Sie ihn wenigstens umdrehen?«

»Na klar.«

Arnau legte den Griechen auf den Bauch und setzte sich

zurück an den Küchentisch. Sein Atem kehrte zurück. Nicht lange.

»Ihr Sohn kann sich glücklich schätzen, eine Mutter zu haben, die kocht.«

Die Frau stutzte. Sie versuchte, ein Lächeln aufzusetzen, aber sie war zu nervös dafür. »Kommen Sie her, ich lasse Sie mal probieren.«

Regina Puleo drehte sich um und tauchte den langen Holzlöffel in den Topf. Arnau trat über den toten Griechen zu ihr an den Herd. Sie stützte sich auf ihren Stock.

Die alte Dame war so zerbrechlich wie ein kleiner Vogel.

Mrs Puleo wandte sich zu ihm, sah ihn an und hielt ihm den kochend heißen Löffel hin. Er nahm ihn mit beiden Händen und blies in die Soße. Seine Lippen berührten den Löffel. Der Geruch der Tomaten und des Knoblauchs stieg ihm in die Nase.

Die Frau ließ ihren Stock fallen.

Ein stechender Schmerz durchzuckte Arnau Farres Oberkörper. Regina Puleo sackte gegen den Herd und beobachtete ihn. Er war sich in dem Augenblick nicht sicher, was passiert war. Sein Adrenalin schoss in die Höhe. Er blickte über die Schulter der alten Dame. Ein Schlitz in dem Messerblock auf dem Tresen war leer.

Arnau blickte verblüfft an sich hinunter. Es war, als würde er das Problem eines anderen sehen. Nicht sein eigenes. Die alte Frau konnte *ihm* doch nicht ein acht Zentimeter langes Messer in den Leib gerammt haben.

Eine zweite Welle des Schmerzes erfasste ihn, sodass er sich krümmte. Arnaus Mund öffnete sich zu einem stummen Schrei. Das Miststück hatte so fest zugestochen, dass die ganze Klinge in seinem Bauch steckte. Bis zum Griff. Er richtete sich zuckend auf und machte einen Schritt nach vorn. Das Adrenalin strömte inzwischen durch seinen ganzen Körper. Er würde dem Miststück gleich das Leben aushauchen.

Regina Puleo hob ihr Kinn an und machte eine schnellende Handbewegung. »Sizilianerin«, sagte sie.

Er brach ihr das Genick, als hielte er einen trockenen Zweig in der Hand. Aber die kleine Anstrengung, die alte Frau zu töten, war zu viel. Ein lähmender Schmerz durchfuhr seinen Körper. Er konnte nicht mehr aufrecht stehen. Arnau lehnte den Kopf gegen die Wand und versuchte, den brennenden Schmerz wegzuwiegen. Es war eine Qual, das Hemd mit einer Hand am Rücken zu fassen und es über den Kopf zu ziehen. Er keuchte und blickte an sich hinunter. Aus der Wunde strömte Blut. Er wusste, dass es in einem Schwall hinausschießen würde, wenn er das Messer herauszog. Sollten seine Organe durchbohrt worden sein, würde er innerhalb von Minuten sterben. Aber selbst wenn die Verletzung nicht lebensgefährlich war, konnte er immer noch verbluten.

Arnau drehte den Gasherd auf die höchste Stufe und legte das zweitgrößte Messer auf die Flamme. Jede Bewegung löste eine unerträgliche Welle des Schmerzes aus. Sein linker Arm begann taub zu werden. Taumelnd trat er ins Badezimmer und öffnete die Schranktür. Er musste etwas finden, womit er die Wunde versorgen konnte. Sein Blick fiel auf eine Schachtel mit Windeleinlagen für Erwachsene. Er zog eine Handvoll heraus und klemmte sie sich unter die Achselhöhle. Sein Spiegelbild entsprach nicht dem, was er gewohnt war. Er war blass, und sein Gesicht glänzte – er vermutete, dass er unter Schock stand. Arnau lehnte seine Stirn gegen den Spiegel und versuchte, gleichmäßiger zu atmen. Er öffnete die Tür des Spiegelschranks und schaute nach, welche Medikamente die alte Frau dahatte. Ihre Hausapotheke bestand aus trüben orangefarbenen Fläschchen, alle mit unmöglichen Namen. Er betrachtete jedes, hielt es sich vors Gesicht und warf es dann auf den Boden. In dem weißen Waschbecken und um die Toilette rundherum lagen überall Medikamente, bis er schließlich auf ein Fläschchen stieß mit der Aufschrift *gegen Schmerzen*. Es war mit weißen Tabletten gefüllt. Allein das Aufdrehen des Deckels war eine Qual. Er schüttete sich das Fläschchen in den Mund, kaute auf vier oder fünf Tabletten und schluckte sie hinunter.

Die Klinge steckte immer noch in seinem Bauch. Er ging vorsichtig zurück in die Küche. Der Stahl des Messers auf dem Herd hatte sich orange verfärbt. Er schloss die Augen und kämpfte, nicht in Ohnmacht zu fallen. Er brauchte Klebeband – es befand sich in seinem grünen Seesack. Er griff danach. Der Schmerz zwang ihn in die Knie. Es dauerte lange, bis er sich wieder aufrappeln und an den Herd treten konnte. Er ging die einzelnen Schritte in seinem Kopf durch. 1) Messer herausziehen. 2) Wunde ausbrennen. 3) Sie mit den Einlagen der alten Dame abdecken. 4) Klebeband.

Arnau atmete gleichmäßig ein und aus. Er würde Kraft und Konzentration brauchen. Aber er war Arnau Farre. Er konnte alles schaffen, was er sich in den Kopf setzte. Er zuckte zusammen, als seine Hände sich um den Griff legten, der aus seinem Bauch ragte. Er zog die Klinge gleichmäßig heraus. Langsam. Die Schmerzen waren unerträglich, bis das Messer klirrend auf den Boden fiel. Er spürte, wie etwas Nasses an seinem Bauch hinunterlief. Arnau schaute nicht hin. Er wickelte sich ein geblümtes Küchentuch um die Hand und fasste nach dem Griff des glühenden Messers. Er atmete aus, legte die Klinge auf die Wunde und hörte das PSSSHT des heißen

Stahls, der mit seiner Haut verschmolz. Er nahm den Geruch verbrannten Fleisches wahr. Der dritte und vierte Schritt würden warten müssen.

Arnau Farres Augen rollten zurück, und die Lichter gingen aus.

TAG FÜNF

46

Arnau Farre spürte, wie Idas weiche Finger seine Wange leicht berührten und über seine Lippen und sein Kinn bis hinunter in seinen Nacken wanderten. Ihr Gesicht leuchtete golden, und sie lächelte ihn in ihrem grünen Kleid an. Das Licht der Morgensonne reflektierte in ihrem langen Haar. Sie küsste sein Ohr und flüsterte. Arnaus müde Augen öffneten sich blinzelnd. Sein Kopf war benebelt, aber er wusste, wo er war. In dem Bett der alten Dame. Er senkte sein Kinn und betrachtete seine Zehen. Die Bewegung löste eine Welle des Schmerzes aus, die sich von der Wunde zu seinen Armen und zu seinen Beinen hin ausbreitete – aber der Schmerz war weit weg. Er spürte ihn, aber er war nicht unerträglich. Das graue Klebeband saß noch immer fest auf der Wunde. Es hatte sich schlammbraun verfärbt, aber die Blutung war schwächer geworden – vielleicht hatte sie sogar aufgehört. Er war sich nicht sicher. Eigentlich war ihm alles egal. Er wollte nur, dass Ida wieder zu ihm zurückkehrte.

Sie hatte ihn zweimal in der Nacht besucht und ihm gesagt, dass er die Wunde verbinden und noch mehr Schmerzmittel nehmen solle. Arnau schielte hinüber zu der orangefarbenen Plastikflasche auf dem Nachttisch. Er versuchte, sich daran zu erinnern, was Ida ihm gerade zugeflüstert hatte. Sein Blick wanderte zur Decke, und er versank immer tiefer in seinen Paracetamol-Nebel. Seine Gedanken entglitten ihm, und er sah, wie Fragmente von Ideen an ihm vorbeischwebten, das Treibgut eines mit Schmerzmitteln vollgepumpten Verstandes – die Schweifspuren von tausend winzigen Flügeln schlängelten sich durch seinen benebelten Geist.

Irgendwo schlug eine Tür zu. Arnau schaffte es, seine Augen blinzelnd zu öffnen. Sein Kopf war für einen Augenblick halbwegs klar. Der Junge hatte seine Wohnung verlassen. Er sollte aufstehen. Der Schmerz beim Aufstehen war nicht weit weg. Er erfasste ihn. Mit jedem Schritt. Mit jeder Anstrengung. Immer mehr. Arnau stand in seiner Unterwäsche am Fenster.

Benjamin Danvers überquerte die verschneite Straße. Arnaus Augenlider wurden schwer. Der Nebel in seinem Kopf summte fern eine Melodie. Er beobachtete, wie der Junge mit einem Rucksack auf dem Rücken zum Parkplatz ging. Er hatte das Gefühl, einen Film zu sehen – einen Stummfilm, mit Benjamin als Hauptdarsteller. Es faszinierte Arnau, ihm zuzuschauen, wie er mit dem Eiskratzer über die Windschutzscheibe fuhr und sie in breiten Bahnen von Frost und Schnee befreite.

Er hörte Ida flüstern. *Hol den Jungen.*

Arnau nickte und begriff, dass auch er in diesem Film mitspielte; unter größter Anstrengung zog er sich an, schnürte sich die Stiefel zu und zuckte, als er sich den schweren grünen Seesack auf den Rücken schnallte. Er sah sich selbst über den Teppich des Hausflurs gehen; dann war er auf der Treppe. Er sah sich einen alten Mann mit schwarzen Müllsäcken anlächeln. Dann saß er hinter dem Steuer eines weißen Lieferwagens … ein faszinierender Film.

***

Ben verbrachte fast die gesamte dreistündige Fahrt von Boston zum »America's Diner« im südlichen Connecticut damit, an Kate zu denken. Sie war immer noch nicht ans Telefon gegangen. Nicht spät in der Nacht. Nicht heute Morgen. Er musste nach Washington fahren. Aber zuerst musste er sich mit den Agenten des FBI treffen. Er würde ihnen schnell berichten, was er erfahren hatte. Das Wichtigste im Augenblick jedoch war, dass er zu Kate kam.

Der Schneesturm, der über Boston hinweggefegt war, hatte den Süden von Connecticut nur gestreift. Er bog wenige Minuten vor acht Uhr morgens auf den Parkplatz des »America's Diner« ein. Das Restaurant war klein und schäbig und lag neben einer stillgelegten Tankstelle am Ende einer Straße. Der Asphalt war durch den Frost rissig geworden. Schmutzwasser sammelte sich in Schlaglöchern, die so groß waren wie Servierplatten. Auf dem Parkplatz standen nicht viele Autos, nur eine Handvoll alter, verbeulter Mittelklassewagen mit Lackschäden und abgefahrenen Reifen. Der silberne Land Rover von Kimberly Hancock sah fehl am Platz aus. Er schloss das Auto ab und blickte auf die andere Straßenseite. Wildes Gestrüpp, in dessen dornigen Zweigen Müll hing wie urbanes Obst, wucherte entlang eines Metallzauns. Dahinter floss der Housatonic River. Ein dunkles Waldstück schloss sich dem Restaurant an. Ben griff nach dem kalten Aluminiumgeländer und hüpfte die Treppe zum Eingang hoch.

Der Diner war mit einem mattgrünen Teppich ausgelegt, der wahrscheinlich so alt war wie das Gebäude selbst; die Sitznischen hatten gestreifte mauvefarben-graue Polster. Die einzige Kunst, die an den Wänden hing, waren gerahmte Schattenbilder tanzender und Flöte spielender Hopi-Strichmännchen. Die drei älteren Herrschaften am Tresen blickten nicht auf, als Ben das Restaurant betrat. Es sah zwar nicht verheißungsvoll aus, aber vielleicht war das Essen ja gut. »*Freie Platzwahl*« stand auf dem Schild geschrieben, das mit Tesafilm an die unbesetzte Kasse geklebt war.

Ben setzte sich in eine Nische am Fenster mit Blick auf den blaugrauen Housatonic River – einem schmutzigen, mit PCB verseuchtem Gewässer, ein Gift, das das General-Electric-Werk in Massachusetts dem Fluss vor Jahren für immer zum Geschenk gemacht hatte.

***

Der weiße Lieferwagen war so hart gefedert, dass Arnau Farre jede Unebenheit, jeder Stoß, jede Erschütterung durch Mark und Bein ging. Die Wirkung von Mrs Puleos Schmerzmittel ließ langsam nach. Er weigerte sich, noch mehr zu nehmen. Zumindest nicht in nächster Zeit. Er musste klar denken können. In seinem jetzigen Zustand war er nicht in der Lage, Benjamin Danvers mit körperlicher Gewalt in den Lieferwagen zu verfrachten. Er würde dem Jungen eine Waffe ins Gesicht halten müssen, auch wenn er eigentlich nicht so vorgehen wollte. Wenn er Glück hatte, würde der Junge bald anhalten und vom Highway herunterfahren.

Arnaus Wunsch ging in Erfüllung. Im Süden von Connecticut setzte der Land Rover an einer abgelegenen Ausfahrt den Blinker. Er folgte dem Wagen, hielt Abstand und sah, wie der Junge auf den Parkplatz eines Diners mitten im Nirgendwo bog. Ihn durchzuckte wieder ein Schmerz. Arnau legte vorsichtig seine Hand auf die Wunde. Sie war nass und klebrig. Er musste sie neu verbinden. Arnau steuerte eine stillgelegte Tankstelle auf der anderen Straßenseite an. Sobald er die Wunde gesäubert haben würde, würde er hinüberfahren und neben dem Land Rover parken. Kein Problem. Er würde sich den Jungen schnappen, wenn er das Diner verließ.

Arnau hob sein Hemd an und blickte auf seine Brust. Der Anblick gefiel ihm gar nicht.

47

Ben rutschte unwillkürlich in seinem Sitz, als er sah, wie Agent Metcalf neben dem Land Rover parkte. Der FBI-Mann schlug die Tür zu, nahm sich einen Augenblick Zeit, um sich durch das graue Haar zu fahren, und schaute in Bens Fahrzeug. Der Agent betrat missmutig das Diner und bestellte einen Kaffee bei der Bedienung, als er im Gang an ihr vorbeilief. Er hängte seinen schwarzen Mantel an den Haken und nahm in der Nische Platz, ohne Ben einen »Guten Morgen« zu wünschen. Er sah sich in dem Diner um und nahm mangelnden Fortschritt seiner Kaffeebestellung zur Kenntnis.

»Kommt Agent Noble auch?«, fragte Ben.

»Sie hat eine Besprechung in New York. Es sind nur Sie und ich«, antwortete er barsch.

Ben versuchte seine Enttäuschung zu verbergen. Er mochte sie lieber. Metcalf war ihm unsympathisch.

»Das ist Ihr Land Rover, richtig?«

»Das ist der Land Rover der zukünftigen Vizepräsidentin.«

»So nennen Sie sie?«

»Ich weiß nicht, wie ich sie nennen soll.«

Metcalf grinste. Er griff nach seinem Besteck, nahm es aus der weißen Serviette, legte die Gabel links und das Messer und den Löffel rechts hin. Er rückte noch einmal jedes Utensil ordentlich zurecht, ehe er sich zurücklehnte und den Kopf schief legte. »Okay. Kommen wir zur Sache. Was haben Sie herausgefunden?«

»Ich war in Ver…«

Das Handy in Bens Jackentasche piepte, und sein Herz machte einen Satz. War es Kate? Er zog das Telefon heraus. *Mist*. Eine Nachricht von einer Nummer aus Vermont. Nicht Kate.

»Bitte, lassen Sie sich von mir nicht stören«, sagte der FBI-Agent.

Ben nahm den sarkastischen Unterton in Metcalfs Stimme wahr, aber er öffnete die Nachricht trotzdem. Sie war von Wendalls altem Freund, Truckmeier.

Tilda hat das Foto von Idas Freund gefunden. Aber das Klapphandy macht Schwierigkeiten.

Ben steckte das Telefon zurück in seine Jacke und sah die Bedienung an, die ihm und Metcalf einen Kaffee hinstellte. Sie legte zwei Speisekarten auf den Tisch. Ben bedankte sich bei ihr, der Agent nicht.

»Also, was ist los?«

»Ich habe einiges herausgefunden.«

»Okay. Ich bin ganz Ohr.«

»Ich bin zurück nach Vermont gefahren und habe herausgefunden, dass Ida eine Waise war, die von einem schrecklichen Kerl namens Alexander Volkov aufgezogen wurde. Sie hat möglicherweise mit hundert anderen Kindern im nördlichen Teil des Bundesstaats New York gelebt.«

»Na gut, sie hatte also eine schwere Kindheit. Hatten viele.«

»Sie verstehen nicht so ganz. Es war kein Waisenhaus. Es war eine Sekte. Volkov hat die Kinder einer Gehirnwäsche unterzogen und sie so dazu gebracht, an eine Prophezeiung zu glauben – eine Prophezeiung, bei der ein Sohn kommen wird und dem sie helfen müssen, wenn er kommt.«

»Wobei helfen?«

»Die Regierung der Vereinigten Staaten zu stürzen.«

Briar zog die Augenbrauen hoch.

Ben nickte. »Ich weiß, das klingt verrückt, aber er hat diese Kinder zu einer Armee von Anhängern erzogen – um sie in den staatlichen Behörden zu verstecken. Sie sind mittlerweile Anfang bis Ende fünfzig. Sie hatten jahrzehntelang Zeit, um in einflussreiche Positionen aufzusteigen.«

Briar Metcalf faltete die Hände. Er legte den Kopf schief und atmete aus. »Das ist ein bisschen viel. Finden Sie nicht auch?«

»Sie glauben mir nicht, aber ich kann es beweisen.« Ben griff in seine Tasche und gab ihm die Memorex-Kassette. »Ich habe auch eine Frau ausfindig machen können, die in Summerton unterrichtet hat. Sie heißt Paula Atamian und lebt in Medford, Massachusetts. Mrs Atamian glaubt, dass Alexander Volkov etwas für die morgige Amtseinführung plant.«

»Und was?«

Ben schüttelte den Kopf. »Ich weiß es nicht.«

Der FBI-Agent nippte an seinem Kaffee und schaute ruhig aus dem Fenster, als ginge ihn das alles nichts an. Er glaubte ihm offenbar nicht. Warum sollte er auch?

Metcalf betrachtete die Kassette in seiner Hand und strich mit dem Daumen darüber. »Woher stammt die?«

»Von einem Reporter des ›Albany Inquirer‹. Er hat in den 1970er-Jahren eine Jugendliche interviewt, die weggelaufen ist und …«

»In den 1970er-Jahren?«, fiel Metcalf ihm ins Wort und zog die Augenbrauen wieder hoch.

Ben fuhr fort. »Ja, ich habe seine Notizen gefunden. Wir glauben, dass Alexander Volkovs Gruppe ihn getötet hat. Also den Reporter.«

»Wir?«

»Ja, Tasha – ähm, ich weiß ihren Nachnamen nicht mehr. Sie ist auch Reporterin. Beim ›Albany Inquirer‹.«

Agent Metcalf blinzelte. »Wer noch?«

»Wie meinen Sie das?«

»Wer glaubt das noch? Ich brauche selbstverständlich von allen die Aussagen.«

»Ach so. Ja, da ist noch Reggie. Er war einmal eines der Kinder. Inzwischen arbeitet er in dem Altersheim, in dem Mrs Atamian wohnt.«

Metcalf schrieb sich nichts von dem auf, was Ben ihm erzählte, sondern starrte ihn nur an. Der Typ war ein Arschloch.

Ben griff nach seiner Jacke. Er musste aus dem Diner raus und nach Washington fahren. Zu Kate. »Okay, das war's. Jetzt wissen Sie alles. Ich lasse das Frühstück sausen. Vor mir liegt noch eine lange Fahrt.«

Agent Metcalf hob den Zeigefinger und griff in die Tasche seines Mantels. »Moment, ich habe da noch ein, zwei Fragen«, sagte er und schob Ben das Foto von ihm zu als Jugendlicher. »Das haben wir bei dem Terroristen gefunden, der den Bus in Washington in die Luft gesprengt hat.«

»Das ist mein Abschlussfoto von der Highschool. Warum sollte er das haben?«, fragte Ben.

»Das würde ich gern von Ihnen wissen.«

»Haben Sie den Kerl geschnappt? Was hat er gesagt?«

»Agent Noble hat ihn getötet. Notwehr. Er hat nichts mehr gesagt.«

Ben starrte auf das Bild.

Metcalf beugte sich nach vorn. »Also, Mr Danvers, ich frage Sie noch einmal. Warum hat ein Terrorist dieses Foto von Ihnen? Welche Rolle spielen Sie bei alldem?«

»Sie machen Witze, oder? Woher soll ich das wissen?«

»Ich bin an Ihrer Theorie interessiert.«

Ben rutschte auf seinem Sitz hin und her. »Na ja, ich habe gedacht, dass es vielleicht etwas mit mir zu tun haben könnte.«

»Sie dachten, dass *Sie* der Sohn sein könnten?«

»Ja.«

»Aber jetzt nicht mehr?«

»Nein.«

Briar Metcalf nippte wieder an seinem Kaffee und betrachtete Ben. »Was glauben *Sie*, weshalb Sie dann entführt worden sind?«

»Ich glaube, dass es ein Versehen war.«

»Ein Versehen? Nach dem Motto ›Ups‹?«

»Nein. Vielleicht haben sich ihre Pläne geändert, oder es ist etwas passiert, weshalb ich nicht mehr gebraucht wurde. Aber jetzt – ich verstehe nicht, warum sie mein Foto haben.«

Bens Telefon piepte. Er drehte es schnell um. Nicht Kate. Wieder Truckmeier.

»Tut mir leid.«

»Nur zu.«

Ben öffnete die Nachricht. Truckmeier hatte anscheinend herausgefunden, wie er ein Bild mit seinem Klapphandy verschicken konnte. Es war ein unscharfes Foto eines Mannes auf der Veranda des gelben Kolonialhauses – Idas angeblicher Freund. Ben beugte sich tiefer über das Bild und vergrößerte es. Das Gesicht des Mannes lag im Schatten. Er trug ein kurzärmeliges Hemd mit Kragen. Mehr konnte er nicht erkennen. *Trotzdem danke, Truckmeier.* Ben legte das Telefon auf den Tisch.

»Alles in Ordnung?«

»Ja, nichts weiter. Nur ein Nachbar in Vermont, der glaubt, dass Ida Wendall betrogen hat. Jedes Mal, wenn wir im Sommer zum Campen gefahren sind, ist eine geheimnisvolle Person aufgetaucht. Er hat eine Wildkamera aufgestellt. Nicht weiter wichtig – Untreue war das geringste ihrer Verbrechen.«

»Und?«, fragte er.

»Unscharfes Bild. Man kann nichts erkennen.«

Agent Metcalf nippte erneut an seinem Kaffee und starrte Ben an. Das Telefon klingelte wieder, aber Ben reagierte nicht.

Metcalf atmete laut aus. »Warum schauen Sie nicht noch einmal nach?«

Ben zuckte mit den Achseln und öffnete die neue Nachricht. Truckmeier hat ihm noch ein Bild des Besuchers geschickt. Dieses Mal ging der Mann die Veranda hinunter – die Sonne schien ihm ins Gesicht. Ben wusste, wer er war. Er erkannte ihn sofort. Ein kalter Schauer lief ihm über den Rücken. Er starrte das Bild an. Er musste es nicht vergrößern – er kannte den Mann. Er saß ihm gegenüber.

Es war ein Foto von Special Agent Briar Metcalf.

48

Ach du Scheiße. Ben hielt den Atem an. Sein Blick blieb auf das Handy gerichtet. Agent Metcalf war der leitende FBI-Ermittler in seinem ungelösten Entführungsfall gewesen. Es gab keine vernünftige Erklärung dafür, dass er Ida in Vermont besucht hatte. Bens Herz raste. Agent Metcalf war einer von ihnen, und er nutzte schon seit Jahren seine Position aus, um sicherzustellen, dass die Ermittlungen nicht richtig vorankamen. Er war eines der Kinder von Summerton. Er war ein Terrorist.

Ben spürte, wie ihn Panik erfasste. Er legte das Handy auf den Tisch und griff nach seinem Kaffee, bemüht darum, nicht mit den Händen zu zittern. Er atmete langsam aus. Ihm war klar, dass Metcalf ihn beobachtete. Ben sah nicht auf. Er versuchte, ruhig zu bleiben, aber sein Blick wanderte nervös hin und her – zwischen den alten Männern an der Theke und der Bedienung, die mit dem Küchenpersonal sprach. Er wandte den Kopf zum Fenster und schaute hinaus auf den verseuchten Fluss. Sein Körper befand sich in einem Alarmzustand. Er wäre am liebsten weggelaufen. Jede Bewegung verriet ihn. Er verhielt sich wie ein zugedröhnter Meth-Süchtiger.

»Was Interessantes?«, fragte Metcalf mit ausdruckslosem Gesicht.

Ben schüttelte den Kopf und schaute in seinen Kaffee.

»Nein? Nichts?«

Ben holte Luft. »Tja, das ist alles, was ich weiß. Ich mache mich dann mal auf den Weg. Viel Glück bei allem.«

Er hatte entschlossen klingen wollen – eine entschiedene Erklärung, gefolgt von einem zielstrebigen Gang zur Tür. Aber er war kein abgebrühter Pokerspieler. Seine Stimme überschlug sich schon am Anfang des Satzes und wurde zum Ende hin immer leiser.

Metcalf schüttelte den Kopf. »Ich glaube nicht, dass wir schon fertig sind.« Er deutete auf Bens Telefon. »Zeigen Sie mal.«

»Was?«

»Lassen Sie mich sehen, was Sie bekommen haben.«

Ben atmete aus und blickte sich in dem Restaurant um auf der Suche nach Hilfe. »Es ist nichts. Kate schickt mir manchmal sehr private Fotos, die nicht für …«

»Gib mir dein verdammtes Handy.«

Ben schob es über den Tisch, und Metcalf schob es zurück.

»Entsperre es.«

Briar Metcalf setzte seine Brille auf und betrachtete das Bild seines jüngeren Ichs. Er starrte Ben an und fuhr sich mit der Zunge über die Unterlippe.

»Ich will nicht …«, stieß Ben aus.

»Pst«, sagte er und ließ das Telefon in die Tasche seines schwarzen Mantels gleiten. »Glückwunsch, du bist eine viel größere Nervensäge, als Ida uns das glauben machte. Du solltest der leichteste Teil in dieser Sache sein. Und dann verschwinden.«

»Ich kann einfach …«

»Du solltest eigentlich tot sein. Ich weiß nicht, welcher Trick dich davor bewahrt hat, aber das ist egal.«

»Ich bin …«

»Halt die Klappe. Ich sage dir jetzt, was gleich passiert – du wirst aufstehen und dir deine Jacke anziehen. Dann gehst du voran zur Tür hinaus. Wir werden einen kleinen Spaziergang machen. Solltest du diese einfachen Anweisungen nicht befolgen, lege ich dir Handschellen an, setze dich in mein Auto und werfe dich ein paar Meilen weiter in den Fluss, wo dich niemand finden wird. Verstanden?«

Ben nickte.

»Okay. Und jetzt: Steh langsam auf.«

»Kann ich noch zur Toilette gehen?«

»Nein, du Blödmann, kannst du nicht. Steh auf.«

Ben folgte Metcalfs Anweisung.

»He, wo wollen Sie hin?«, rief die Bedienung von der anderen Seite des Diners.

Metcalf klappte das Revers seines Mantels um und zeigte seine Dienstmarke. »Die Pflicht ruft. Tut mir leid.«

»Danke für den Kaffee«, sagte Ben.

Metcalf gab Ben einen freundlichen Klaps auf die Schulter und schob ihn zur Tür.

Ben versuchte, sich einzureden, dass alles in Ordnung war – vielleicht wollte der Agent ja nur reden. Aber tief im Innern wusste er, dass es nicht so war. Er könnte weglaufen. Metcalf würde ihn erschießen. Er könnte kämpfen. Metcalf würde ihn erschießen. Seine Alternativen schienen alle darin zu münden, dass er sich eine Kugel einfing. Ihm blieb also nichts anderes übrig, als Metcalfs Anweisungen zu folgen. Es gab ja immer noch eine Chance, dass er Ben gehen ließ. Er schwang die Tür auf. Die Kälte schlug ihm ins Gesicht. *Er wird mich ganz sicher umbringen.*

»Los, hinter das Gebäude.«

Ben blickte über seine Schulter auf Metcalfs Waffe. »Waren Sie und Ida ein Liebespaar? Haben Sie sie deshalb besucht?«

»Sie war ein eiskaltes Miststück – niemand hat sie je auf Zimmertemperatur bringen können. Geh weiter.«

Sie gingen über eine schmale, schneebedeckte Fußgängerbrücke, die über eine vereiste Schlucht führte. Der Weg schlängelte sich nach links in ein Waldstück, in das Metcalf mit ihm marschierte. Es war still dort. Ben blickte wieder über seine Schulter. Das Diner war außer Sichtweite.

»Weitergehen«, befahl ihm Briar.

Fünfzig Meter weiter tauchte eine Lichtung auf mit vielen verfallenen, aus dem Schnee ragenden Grabsteinen. Der Friedhof erstreckte sich über einen langen Hügel. Nur die Spitze eines Kirchturms ragte in der Ferne auf. Ben war klar – sie waren an einem einsamen Ort angelangt, an dem ihm niemand zu Hilfe kommen würde.

»Geht's Kate gut? Bitte …«

»Du hättest in Washington bleiben sollen. Glaub mir, das hier ist nicht mein verdammter Job. Und jetzt muss ich auch noch diese Reporterin und Mrs Atamian erledigen. Oh, und Reggie – den Vollidioten. Ich habe wegen dir eine Menge Arbeit am Hals.«

Metcalf zog eine Pistole aus seinem Knöchelholster und steckte seine Dienstwaffe wieder zurück in den Halfter an seiner Hüfte.

»Nein. Bitte. Ich werde …«

»Hör auf zu wimmern. Das ist einfach Pech – als ob man eine Erbkrankheit hat. Es sollte schon immer so enden. Du hast deinen Zweck erfüllt. Jetzt wird die Prophezeiung wahr – ein kleines Opfer deinerseits für das Versprechen auf eine bessere Welt.« Er gab Ben mit seiner Waffe zu verstehen, an das Grab zu treten. Metcalf legte eine Hand auf den weißen Grabstein und beugte sich leicht nach vorn, um die Inschrift zu lesen. »Gerome Wallace, gestorben 1872. Geh in die Knie vor Mr Wallace – und grüß ihn schön von mir, wenn du ihn siehst.«

»Bitte.«

»Runter auf die Knie, verdammt noch mal.«

Ben sank mit seiner Cordhose auf den gefrorenen Boden. Er spürte, wie er sich in die Hose machte. Er kniff die Augen zusammen und senkte den Kopf. Seine Brust hob sich schwer, und Tränen stiegen ihm in die Augen. Das war nicht fair. Er hätte mehr Zeit haben müssen. Mit Kate. Mit seinen Kindern, die er vielleicht einmal gehabt hätte.

Der Schuss hallte über den Friedhof den Hügel hinauf.

49

Arnau Farre schirmte die Hände über die Augen und konzentrierte sich darauf, nicht vor Schmerzen in Ohnmacht zu fallen. Er kroch aus dem hinteren Teil des weißen Lieferwagens auf den Fahrersitz. Seine Beretta lag auf dem Beifahrersitz. Der Land Rover stand noch immer da, wo Benjamin Danvers ihn geparkt hatte, aber jetzt stand ein grauer SUV daneben. Arnau fragte sich, warum das Fahrzeug auf einem so leeren Parkplatz direkt neben dem von Ben abgestellt worden war. Hatte Idas Junge eine Verabredung in dem Diner? Arnau bog mit dem weißen Lieferwagen auf den Parkplatz ein und fuhr an den beiden Fahrzeugen vorbei, um sie genauer unter die Lupe zu nehmen. Der graue Wagen hatte ein Regierungskennzeichen. Arnau biss sich auf die Zähne. Ihm war ziemlich klar, wem dieses Auto gehörte.

Arnau parkte ganz hinten – von dort aus hatte er einen sehr guten Blick auf den Eingang, auf die Fahrzeuge und auf die Rückseite des Gebäudes. Er atmete stoßartig, um zu verhindern, dass der Schmerz ihn übermannte. Wenn dies tatsächlich Briar Metcalfs grauer SUV *war*, würde der Junge das Mittagessen nicht mehr erleben.

Er kämpfte gegen den Schmerz an und behielt die Tür im Auge, bis er Benjamin die Treppe hinunterkommen sah. Der Junge hielt sich am Geländer fest – er sah nervös aus. Briar Metcalf folgte ihm. Seine Hand wanderte unter seinen schwarzen Mantel, und er zog seine Glock aus dem Halfter. Arnau griff nach seiner Beretta. Es war ein Reflex. Unter normalen Umständen hätte er die Pistole sofort auf den Agenten gerichtet. Aber nicht heute. Nicht in seinem Zustand. Eine Schusswechsel mit Metcalf würde für ihn nicht gut ausgehen. Er legte die Beretta zurück auf den Sitz.

Arnau sah die beiden in den Wald gehen. Er atmete so tief ein, wie der Schmerz es zuließ, und öffnete den Reißverschluss des grünen Seesacks. Hastig zerrte er die Kleider und Toilettenartikel heraus und warf sie achtlos auf den Boden des Wagens, bis schließlich sein kurzes Scharfschützengewehr auftauchte. Er öffnete die Tür und stolperte in den Wald. Es gab keinen Weg hier. Er bewegte sich so schnell er konnte durch den Schnee. Arnau arbeitete sich durch dorniges Gestrüpp und versuchte, den beiden parallel zu folgen. Er konzentrierte sich darauf, zu Benjamin Danvers zu gelangen, und das half ihm, den Schmerz in Schach zu halten. So war es zumindest, bis er das Magazin in das Gewehr einführte. Die Anstrengung zwang ihn in die Knie. Arnau lehnte sich gegen einen Baum und drückte sich mit der Schulter vom Stamm ab, um sich wieder aufzurichten. Er machte drei Schritte und rutschte aus. Er fiel kopfüber den vereisten Hügel hinunter und landete auf seinem bandagierten Bauch – der Sturz endete, als sein Kopf in einen eisigen Bach eintauchte. Arnau hustete und würgte. Speichel lief ihm aus dem Mund. Er rappelte sich hoch. Aus der Wunde in seinem Bauch sickerte Blut. Er hielt sich den Handrücken auf den Mund, um einen Schrei zu unterdrücken, und kämpfte sich auf der anderen Seite der Schlucht durch Äste und Gestrüpp nach oben.

In der Mitte des Waldes verlor er die Orientierung. Er lauschte. Nichts. Er hob das Gewehr an, schaute durch das

Zielfernrohr und schwenkte es. Keine Spur von ihnen. Er nahm das Gewehr wieder herunter und stolperte weiter in den Wald – dabei wiederholte er immer wieder sein Versprechen an Ida.

Komme, was wolle.

Komme, was wolle.

Am Rande eines Friedhofs sank er gegen eine alte Steinmauer und rang verzweifelt nach Luft. Er hob das Gewehr erneut an.

Da. Am anderen Ende des Friedhofs. Er sah, wie Idas Sohn vor einem Grabstein in die Knie ging. Arnau bewegte das Zielfernrohr. Metcalf schraubte einen Schalldämpfer auf – und hob die Pistole an.

Arnau Farres Gewehr war auf der Fahrt drei Stunden lang durchgeschüttelt worden. Und gestern hatte es den ganzen Tag in einem Zug vibriert. Er konnte sich auf das Visier nicht verlassen. Arnau legte den Schaft auf einen flachen Stein, blickte durch das Zielfernrohr und bat Ida, die Kugel zu führen.

***

Ben hörte ein scharfes, pfeifendes Geräusch, einen dumpfen Schlag und dann … den fernen Knall eines Schusses. Er spürte, wie er gegen ein Gewicht sank, und vermutete, dass es etwas mit seinem eigenen Sterben zu tun hatte. Sein Gesicht näherte sich dem Grabstein – er war sich dessen bewusst, und es erschien ihm in dieser Millisekunde seltsam, dass er das noch mitbekam. Ben schlug mit der Stirn gegen Gerome Wallaces Grabstein. Ein stechender Schmerz erfasste ihn, aber er war nicht tot. Ein Körper war auf ihn gestürzt. Ben spürte eine Flüssigkeit in sein Ohr und über seine Wange laufen. Ein Kopf baumelte neben ihm – über seiner rechten Schulter. Er schrie auf und krabbelte über Briar Metcalfs Leiche.

***

Arnau hatte die Luft angehalten, als er den Abzug seines Gewehrs drückte. Verblüfft verfolgte er, wie die Kugel ihr Ziel fand und in den Schädel des Bruders drang. Er blickte weiter durch das Zielfernrohr. Nachdem Benjamin Danvers mit dem Gesicht auf den Grabstein geknallt war, hatte er wie wild mit den Armen und Beinen gerudert – und Metcalf von sich gestoßen. Der Junge war völlig aufgelöst. Blut und Hirnmasse klebten an ihm. Arnau sah, wie er aufsprang und in den Wald zurücklief.

Er lehnte sein Gewehr gegen die alte Steinmauer. Erschöpft drehte Arnau sich um, damit die Steine das Gewicht seines Rückens und seines Kopfs trugen. Er presste die Hände auf die Wunde. Alles zitterte in ihn ihm – gegen seinen Willen. Kalter Schweiß überzog ihn. Arnau wusste, dass er gleich in Ohnmacht fallen – oder sterben würde. Er konnte unmöglich den Jungen im Wald verfolgen und ihn in Sicherheit bringen. Benjamin Danvers war auf sich allein gestellt. Und er würde wahrscheinlich bald tot sein. Er betete, dass Ida wusste, wie sehr er sich bemüht hatte. Vielleicht würde er sie bald sehen und sich persönlich entschuldigen können. Ihr erklären können, weshalb er sie enttäuscht hatte.

Der Schmerz wurde schwächer. Seine Hand glitt von seinem Bauch auf das gefrorene Laub. Arnau blickte starr auf einen grünen Kiefernzweig über ihm, der sich hin und her bewegte. Er tänzelte im Wind. Arnau starrte den Zweig so lange an, bis seine Lider schwer wurden, seine Sicht verschwamm und der Ast sich in ein dunkles Gebilde verwandelte, das sich vom grauen Himmel abhob. Und dann waren die Farben weg.

Arnau Farre spürte, wie er wegglitt – in den Schlaf oder in den Tod. Was von beiden, war egal.

50

Special Agent Emma Noble nahm den Weg vom »America's Diner« in den Wald. Sie rannte in einem zögerlichen Laufschritt und hoffte, dass die Nachricht nicht stimmte. Betete, dass sie ein Irrtum war. Sie war aus ihrer Nachbesprechung geeilt, die am frühen Morgen stattgefunden hatte, und in einem halsbrecherischen Tempo in Richtung Norden gefahren, in der Hoffnung, dass sie Briar und Ben noch erwischte, bevor sie das Diner verließen. Der Anruf erreichte sie, als sie die Grenze zu Connecticut überquerte.

Emma blieb am Rand der Lichtung stehen und blickte auf den Friedhof. Ein Polizist stand neben einer Leiche. Sie sah die roten Spritzer im Schnee. Sie erkannte die Schuhe. Und den schwarzen Mantel. Emma wusste, dass es Briars Leiche war. Es lag kein Irrtum vor.

Sie konnte ihn so nicht ansehen – noch nicht. Stattdessen konzentrierte sie sich auf Kleinigkeiten: auf seine schwarzen Schnürsenkel, den Umschlag seines Hosenbeins, seinen weißen Handteller, seinen gekrümmten Zeigefinger im Schnee.

»Es tut mir leid, Special Agent«, sagte ein Polizist hinter ihr.

Sie nickte nur, weil ihre Stimme sie verraten würde.

In Emmas Kopf lief ein Film ab; ein Angehöriger eilt zu einer Leiche, nimmt sie in den Arm, streicht ihr das Haar zurück und wiegt sie langsam hin und her, bis jemand kommt und ihn von dem Toten wegzieht. In Briars Leben gab es niemanden, der seine Leiche in den Arm nahm. Emma war das, was einer Familie im Augenblick am nächsten kam. Und es fiel ihr schwer, sich ein Herz zu fassen und ihn anzusehen.

Sein Gesicht war zerfetzt. Emma holte tief Luft, um sich nicht zu übergeben. Sie hatte fürs Erste genug gesehen und ging weiter auf den Friedhof, damit niemand die Tränen sehen konnte, die ihr über die Wangen liefen. Sie kannte Briar erst seit wenigen Tagen, aber diese wenigen Tage hatten genügt. Er hätte nie einen Sympathiepreis gewonnen, aber er hatte es nicht verdient, tot auf einem eisigen Friedhof zu liegen. Er war ein Freund. Umgebracht in der Ausübung seiner Pflicht. Ein neues Gesicht für die Ehrenwand. Und er war allein gestorben.

Emma war sieben Gräberreihen weiter gegangen. Die alten Grabsteine waren verwittert – ihre ehrenden Worte für immer an die Naturgewalten verloren. Sie blickte den Hügel hinauf zu den Tausenden von Grabmalen. Das war es, was Briar als Letztes gesehen hatte. Er hätte nicht allein hierherfahren dürfen. Sie hätte bei dem Treffen mit Benjamin dabei sein sollen. Vielleicht wäre alles anders gekommen.

Benjamin Danvers.

Emma schaute auf den Grabstein vor ihr, aber sie las nicht die Inschrift. Sie versuchte zu verstehen, wie eine einfache Verabredung zum Frühstück ein *solches* Ende hatte nehmen können. Was war geschehen? Hatte der sanfte Ben ihren Kollegen getötet? Sie ging zurück und kniete sich neben die Leiche ihres Partners. *Sagen Sie es mir, Briar.*

Wäre Briars Gesicht nicht völlig zerfetzt, hätte man annehmen können, dass er nur unruhig schlief: ein gerades Bein, ein angewinkeltes Knie, ein ausgestreckter Arm – der andere Arm unter ihm eingerollt. Sie drehte ihn sanft um. Sein

Mantel öffnete sich. Seine Glock steckte im Holster. Bedeutete das, dass er die Bedrohung nicht wahrgenommen hatte? Aber warum war er auf diesen Friedhof gegangen?

Emma betrachtete die Fußabdrücke im Schnee. Es war nicht zu erkennen, ob Briar allein oder mit einer zweiten Person hierhergekommen war. Dieser Beweis war zertrampelt worden. Sie blickte wieder auf die Leiche. Ein paar Meter weiter lag etwas im Schnee. Sie hatte den Gegenstand nicht bemerkt, als sie vorhin am Tatort angekommen war. Es war eine schwarze 9-mm-Pistole mit einem Schalldämpfer. *Wem gehörte sie?*

»Ihr habt doch nichts verrückt, oder?«, fragte Emma zu den Polizisten.

»Ist alles so, wie wir es vorgefunden haben.«

Emma nickte. Sie wollte noch etwas erwidern, aber in dem Moment klingelte ihr Telefon. Es war der stellvertretende Direktor Monroe.

»Ja, Sir. Ich bin hier.«

Er drückte ihr sein Beileid aus. Agenten seien unterwegs. Verstärkung auf dem Vormarsch.

»Sir, er war heute Morgen mit Benjamin Danvers verabredet. Von ihm fehlt jede Spur.«

»Wir kümmern uns darum. Und jetzt, Noble, gehen Sie nach Hause. Soweit ich weiß, hat Ihnen Ihr Abteilungsleiter genau das nach Ihrer Besprechung heute Morgen gesagt. Ich nehme an, dass Sie ihn falsch verstanden haben. Sie waren gestern in eine Schießerei verwickelt. Heute das. Sie haben in den letzten vierundzwanzig Stunden mehr erlebt als die meisten Agenten, die diesen Job seit dreißig Jahren machen.«

»Nicht, Sir. Ich bin noch nicht fertig. Ich glaube …«

»Oder ich lasse Ihnen Ihre Marke, Ihre Waffe und Ihre Schlüssel abnehmen. Ihre Entscheidung. Habe ich mich klar und deutlich ausgedrückt? Gehen Sie nach Hause und ruhen Sie sich aus. Übergeben Sie den Staffelstab.«

Emma legte auf. Ihr Blick wanderte über den Friedhof. Sie schüttelte den Kopf. Nein. Sie würde nicht nach Hause gehen – nicht, solange der Mörder ihres Partners noch frei herumlief. Nicht, solange sie keine Antworten hatte.

Sie betrachtete die Leiche und die 9-mm-Waffe. Briar war mit Danvers im Diner verabredet gewesen. Emma griff in ihren braunen Mantel und zog ihr Handy heraus. Sie wählte Benjamins Nummer. Auf dem Boden klingelte es – das Geräusch kam aus Briars schwarzem Mantel. Sie durchstöberte seine Taschen, nahm das Telefon heraus und hörte Benjamin Danvers Ansage, eine Nachricht zu hinterlassen.

Warum haben Sie *sein Telefon, Briar?*

Emma rieb sich das Gesicht, in der Hoffnung, danach klarer zu denken. Sie ging in die Hocke und schnupperte am Lauf der 9-mm-Waffe. Damit war nicht geschossen worden. Das war nicht die Mordwaffe. Emma atmete aus und betrachtete noch einmal die Leiche. Briars Hosenbein war hochgerutscht, sodass seine schwarzen Socken freilagen. Sie hob den Hosenumschlag an und entdeckte oberhalb des Knöchels ein leeres Holster.

Ist das da auf dem Boden Ihre *9-mm-Waffe?*

Emma blickte in das Waldstück und erinnerte sich daran, was sie in ihrer Ausbildung gelernt hatte – solange du noch nicht alle Fakten kennst, zieh keine voreiligen Schlüsse. Trag die Beweise zusammen. Schau, wohin sie führen. Emma ging den Weg zurück zum Diner. Sie hoffte, dass die Gäste und das Personal etwas gesehen hatten. Eine halbe Stunde später war ihre Befragung beendet. Die Zeugen waren sich nur bei zwei Dingen sicher:

- Der Mann, der aus dem Wald gelaufen kam, war blutverschmiert gewesen.

- Er war in den schicksten Land Rover eingestiegen, den sie je gesehen hatten.

Eine aussagekräftige Beschreibung der Person, die weggerannt war, konnten sie nicht geben, nur dass sie in Panik gewesen war. Der Mann war von durchschnittlicher Größe und Gewicht. Ihre Aussagen wichen voneinander ab, was sein Alter und seine Haarfarbe anging, und auch bei fast allen anderen Fragen, die Emma ihnen stellte. Die Bedienung konnte sich an Briar erinnern, weil »er ziemlich aggressiv war, verstehen Sie?«. Der junge Mann, der mit ihm am Tisch saß, war ihr nicht im Gedächtnis haften geblieben, weil »ich die netten Jungs einfach nicht bemerke«.

Emma bestand darauf, dass in einem Umkreis von fünfundsiebzig Meilen nach dem silbernen Land Rover gefahndet wurde, dessen Fahrer im Verdacht stand, einen Polizisten erschossen zu haben. Sie wusste, dass die Kollegen alles stehen und liegen lassen würden, um zu helfen. Selbst Beamte, die nicht im Dienst waren, würden sich nicht zweimal bitten lassen, ihre Arbeit wieder aufzunehmen, um einen Polizistenmörder zu finden.

Emma sah sich auf dem Parkplatz um.

»Wem gehört der weiße Lieferwagen?«, fragte sie.

»Ich bin mir nicht sicher«, antwortete ein Polizist.

»Überprüfen Sie bitte das Kennzeichen.«

Emma ging um den Wagen. Sie schaute durch das Fenster. Auf dem Sitz lagen Kleidungsstücke. Der Aschenbecher quoll über von Kippen. Und auf dem Beifahrersitz lag offen eine

Beretta. Emma trat von dem Wagen zurück und blickte an den Rand des Parkplatzes. Da waren Fußspuren und Blutstropfen. Sie zeigte auf zwei Polizisten, die neben einem Fahrzeug standen.

»Könnt ihr kurz mitkommen? Ich brauche euch.«

Sie folgten den Fußspuren und Blutspritzern in den Wald. Emma sah sowohl die Stelle, an der eine Person den Hügel hinuntergerutscht war, als auch die Stelle, an der sie sich auf der anderen Seite wieder hochgekämpft hatte. Je tiefer sie in den Wald drangen, umso mehr Blut entdeckte sie. Am Rand des Friedhofs war neben einer Steinmauer eine rote Lache im Schnee. Eine einzelne Messinghülse glänzte in dem Blut.

Briar wurde von dieser Steinmauer aus erschossen.

»Wer immer den Schuss abgegeben hat, ist in schlechter Verfassung«, stellte ein Polizist fest.

Emma schaute den Hügel hinauf, ihr Blick folgte der Spur blutiger Fußabdrücke im Schnee.

Die Zeugen im Restaurant hatten einen blutverschmierten Mann gesehen, der zu einem Land Rover auf dem Parkplatz gerannt war. Wen auch immer sie gesehen hatten, es war nicht der Mörder. Die Spuren des Mörders führten in die andere Richtung. »Könnt ihr diesen Fußabdrücken folgen? Vielleicht haben wir Glück und er liegt da oben mit dem Gesicht im Schnee.«

Sie setzte sich auf die Steinmauer und sah, wie die Polizisten den Hügel hinaufstapften. Ihr Gespräch mit der Waffenabteilung des FBI war kurz. Und verwirrend. Der Waffenmeister verfügte über sämtliche ballistische Informationen zu den Dienstwaffen der einzelnen Agenten. Emma hatte erst eine Woche zuvor mit ihrer Waffe geschossen. Das FBI riet nicht von einer Zweitwaffe ab, aber der Waffenschmied musste aus versicherungstechnischen Gründen damit geschossen haben und sie in seinen Akten führen. Briar hatte seine persönliche Waffe nie beim FBI registriert.

Sie sah den Hügel hinauf zu den Polizisten, die zu ihr hinunterpfiffen. Ihre Arme waren in die Höhe gestreckt. Keine Leiche da oben. Emma ging allein durch den Wald zurück zum Diner. Es gab eine Menge unbeantworteter Fragen, aber zwei verwirrten sie am meisten.

Warum die Zweitwaffe ziehen und nicht die eigene Dienstwaffe? Warum ein Schalldämpfer?

51

Ben riss das Lenkrad herum und schoss mit dem silbernen Land Rover über die Interstate. Er war sich nicht sicher, auf welchem Highway er war und in welche Richtung er fuhr. Das Wichtigste im Moment war einfach nur, schnell wegzukommen. Weg von dem Friedhof. Weg vom »America's Diner«. Er amtete stoßartig. Seine Schultern zitterten noch immer, und sein Nacken war steif. Er betrachtete sich im Rückspiegel. Sein Gesicht war eine blutige, rotbraune Maske – auch sein Haar klebte vor Blut.

Er jagte zehn Meilen lang über die linke Spur und sah dabei immer wieder in seine Spiegel, bis ihm schließlich klar war, dass ihm niemand folgte. Seine Atmung wurde langsam wieder normal. Er nahm den Fuß vom Gaspedal und setzte den Blinker, um auf die rechte Spur zu wechseln. Sein Blick wanderte unter das Lenkrad auf seine Cordhose. Er hatte sich in die Hose gemacht. Ben versuchte zu rekapitulieren, was gerade passiert war und was es bedeutete, aber sein Verstand bestand nur noch aus Fetzen. Ein FBI-Agent hatte versucht, ihn umzubringen, aber er war erschossen worden, bevor er seine Aufgabe hatte zu Ende bringen können. Ben machte eine Bestandsaufnahme dessen, was er wusste und was das bedeutete:

Agent Briar Metcalf war tot. Seine Leiche lag vor einem Grabstein im südlichen Connecticut. Das FBI wusste, dass Briar mit ihm zum Frühstück verabredet war. Damit war *er* wahrscheinlich jetzt der Hauptverdächtige in diesem Mordfall.

Briar Metcalf hatte sich jahrzehntelang im FBI versteckt. Er war ein Waise aus Summerton. Sie *waren* überall. Ben konnte niemandem vertrauen.

Alex Volkov und seine Anhänger wollten ihn tot sehen. Ben war nicht sicher. Und Kate war es auch nicht – er *musste* sie aus Washington holen.

Aber da was noch etwas, das Ben beschäftigte. Er hatte überlebt, weil ihn jemand gerettet hatte. Das konnte nur die Hand Gottes gewesen sein. Er hatte nicht einmal versucht, sich zu wehren, sondern war seelenruhig mitgegangen, um sich umbringen zu lassen. Wenn er nicht einmal in der Lage war, sich selbst zu retten, wie sollte er dann Kate schützen? Ben saß da, in seiner vollgepinkelten Hose, und gab sich selbst ein Versprechen. Er würde sich nie wieder kampflos ergeben. Nie wieder.

Er musste unbedingt zu Kate. Ben griff in die Tasche, in der er für gewöhnlich sein Handy aufbewahrte. Es war nicht da. Metcalf hatte es im Diner an sich genommen. Er fuhr an einem Schild vorbei, das auf die Serviceleistungen der nächsten Raststätte hinwies: Lebensmittel, Benzin, Unterkunft. Da würde er bestimmt auch ein Wegwerfhandy kaufen können. Er musste sich neu aufstellen. Und duschen. Er nahm die Ausfahrt und steuerte auf ein großes Schild mit der Aufschrift »*Travel Sign*«. Ben fuhr an fünf Zapfsäulen für vierrädrige Fahrzeuge vorbei. Der hintere Parkplatz war sechsmal so groß wie der vordere – er war den großen Lkws vorbehalten. Ben parkte auf einem freien Platz neben einer Säule.

Er krabbelte auf den Rücksitz des Land Rovers und griff in den Kofferraum nach seinem Rucksack. Er fand eine Flasche Sprite – noch zu einem Drittel gefüllt –, schüttete die schale Brause auf eine saubere Socke, blickte in den Rückspiegel, schrubbte sich das Gesicht und entfernte letzte Blutreste am Ohrläppchen. Ben zog sein Hemd aus, knüllte es auf den Beifahrersitz und schlüpfte in einen grauen Hoodie aus seiner Tasche. Eine Hose hatte er nicht dabei. Für seine besudelte untere Hälfte gab es keine sofortige Lösung. Er musste duschen, Kate anrufen und von dort verschwinden. Wenn sie nicht antwortete, würde er sie suchen müssen. Das war eine völlig neue Situation. Und er war *mittendrin*. Er schaute nicht mehr vom Rand zu.

Ben marschierte zum Eingang und hielt sich den Rucksack vor den Schritt. Er warf das schmutzige Hemd in den Müll und öffnete die Glastüren. Eine Kaffeetheke nahm die gesamte hintere Wand ein. Links von ihm war ein kleines Schnellrestaurant. Diese Autobahnoase sah aus wie ein Hinterwäldler-Country-Club, dessen Verpflegungsangebot die Bedürfnisse von straßenmüden Berufskraftfahrern erfüllte. Und anscheinend auch von Kindern jeden Alters. Ben ging den Gang hinunter, vorbei an Sweatshirts mit der amerikanischen Flagge vornedrauf, an Star-Wars-Lichtschwertern, an kleinen Packungen Chips, an Süßigkeiten, an mittelalterlichen Kriegerhelmen aus Plastik, an Frostschutzmitteln und an Schlüsselanhängern mit Motiven der Familie Feuerstein, bis er schließlich auf die Vitrine mit den Prepaid-Handys stieß. Er entschied sich für eine Schachtel, die eine SIM-Karte und 100 Freiminuten enthielt. Die Auswahl an Jogginghosen war eingeschränkt. In seiner Größe war nur noch eine in Braun da – er schnappte sie sich und ging zur Kasse.

Ben nahm den hinteren Gang und übersah dabei geflissentlich das Hinweisschild: *»Nur für Berufskraftfahrer«*. Auf dem Weg zu den Duschen kam er am »Heimkino« vorbei. Eine Handvoll schläfriger Jungs schaute sich gerade die Wiederholung eines Autorennens an. Er stieß die Tür zu den Duschen auf. Es war ein kleiner Raum mit zwei Kabinen. Aus einer drang das Geräusch eines Wasserstrahls. Ben ließ seine Cordhose fallen und warf sie in den Müll. Er hängte seinen grauen Hoodie an einen silbernen Haken und stellte seine Stiefel unter die Bank.

Nackt und mit gebeugtem Oberkörper stand er da und stopfte gerade seine Socken in den Rucksack, als die Dusche in der hinteren Kabine abgestellt wurde. Ein groß gewachsener Lkw-Fahrer trat heraus und trocknete sich das Gesicht mit einem Handtuch ab. Er überließ nichts der Fantasie, was seinen weißen, unbehaarten Körper anging.

Der Mann warf Ben einen kritischen Blick zu.

»Hast du dich verlaufen?«

»Nein, habe ich nicht«, sagte Ben, trat in die Kabine und schloss die Tür, um das Gespräch zu beenden.

»Na gut.«

Ben duschte schnell und zog den Vorhang zurück. Der Brummifahrer wartete auf ihn. Er stand in einer weißen Unterhose da.

»Du bist kein Fahrer.«

Ben antwortete nicht.

»Du bist der Typ, der entführt wurde, richtig? Deine Mom ist die Vizepräsidentin.«

»Du verwechselst mich.«

***

Ben betrat das Schnellrestaurant und setzte sich in eine der hellroten Nischen. Es dauerte eine Minute, bis er herausgefunden hatte, wie das neue Telefon funktionierte, aber er konnte die SIM-Karte einlegen und das Handy aktivieren. Zuerst würde er Kate anrufen. *Und was dann?* Das FBI war unterwandert worden. Alle anderen in Washington waren Fremde. Es war also nur Kate. Sie würde ihm bei allem helfen.

Ich brauche dich, Kate. Es klingelte dreimal. Beim vierten Mal wurde abgehoben.

»Kate! Gott sei Dank. Ich habe …«

»Wer spricht da?«, fragte eine Männerstimme.

Ben blinzelte das Telefon an. »Wer spricht *da*?«

»Ihr Freund … Ben«, antwortete die Männerstimme.

Sein Herz raste. Er hielt den Atem an und schloss die Augen, während das Adrenalin durch seine Adern schoss. *Ruhig. Bleib ruhig.*

»Kann ich bitte mit Kate sprechen? Ist sie da?«

Sie war da. Er konnte sie im Hintergrund hören, ihre Stimme wurde lauter, während sie zum Telefon ging.

»Wer ist dran, Schatz?«

»Ich weiß es nicht. Wer ist da?«

»Hier ist, ähm …«

Er hörte, wie Kates Stimme wieder leiser wurde. *»Ich gehe duschen. Kommst du, Benjamin?«*

»Gleich«, rief er und senkte die Stimme. »Tut mir leid. Sie kann gerade nicht ans Telefon kommen. Rufen Sie später wieder an.«

Klick.

52

Licht und Schall bewegen sich mit unterschiedlicher Geschwindigkeit. Zuerst trifft das Licht auf die Augen. Dann der Schall auf die Ohren. Genauso verhält es sich mit Herzschmerz und Verständnis. Das eine braucht etwas länger als das andere. Der Herzschmerz? *Kate duschte gerade mit einem anderen Mann.* Ben schloss die Augen und schluckte den Zorn hinunter, der in ihm aufstieg. Er brauchte nicht lange, bis er verstand, was passiert war.

Kate würde ihn niemals betrügen. Sie war so nicht veranlagt.

»*Wer ist dran, Schatz?*«

»*Kommst du, Benjamin?*«

Sie hatte mit ihm gesprochen. Oder dachte, sie würde mit ihm sprechen. Dann dämmerte es ihm. Die Wahrheit traf ihn wie ein Hammerschlag. Kate ging nicht fremd – sie glaubte, sie *sei* mit Ben zusammen. Und die Folgen *dieser* Erkenntnis waren wie eine lange Reihe von Dominosteinen, die aufeinanderfielen.

Es gab nur eine Person, die Kate vortäuschen konnte, dass sie mit ihm zusammen war. Jemand, der aussah wie er. Ein Zwilling, der sich diesen Zeitpunkt ausgesucht hatte, um von den Toten zurückzukehren.

Während Ben ein unbescholtenes Leben führte – College, Freundin, Job –, wartete die Summerton-Sekte auf die Wiederauferstehung eines Jungen, der bei einer Bootsexplosion verbrannt war. Nach jahrzehntelanger Gehirnwäsche war sein Bruder für das, was Alex Volkov auch immer für die Amtseinführung des Präsidenten geplant hatte, das perfekte trojanische Pferd geworden. Sehet, der prophezeite Sohn.

Ben schlug mit der Handfläche auf den Tisch und schreckte eine Familie auf, die am Tisch nebenan ihre Hamburger aß. Sein Herz raste. Und es schmerzte. Wenn Kate glaubte, dass sein Bruder Benjamin Danvers war, würden es alle anderen auch tun. Morgen würde sein eineiiger Zwillingsbruder nur wenige Meter vom Präsidenten entfernt sein.

Ben wünschte sich, dass Kate erkennen würde, dass er es nicht war – dass sie sofort sehen würde, dass der Mann, der bei ihr war, nicht derjenige war, mit dem sie seit zwei Jahren zusammenlebte. Aber Kate war ein guter, vertrauensseliger Mensch. Der Summerton-Kult hatte seinen Bruder wahrscheinlich hinreichend in den verschiedenen Aspekten seines Verhaltens geschult, um sich mühelos die wenigen Stunden bis zur Amtseinführung als er ausgeben zu können. *Wenn* Kate irgendetwas Seltsames bemerken sollte, würde sie es einfach auf den Schock zurückführen, dass er als Kind entführt worden war.

Er fuhr sich mit den Händen über das Gesicht – er hätte sie nie in Washington zurücklassen dürfen.

Jetzt würde sein Zwilling, der Sohn, Zugang zu den wichtigsten Zielen am sichersten Ort der Welt haben. Er konnte alles Mögliche tun. Und Kate würde neben ihm stehen – im Kreuzfeuer oder im Detonationsradius. Das Virus war tief im Apparat.

Er musste sie da herausholen. Allein – ohne Hilfe. Es gab niemanden, dem er vertrauen konnte.

Ben starrte auf einen Ketchup-Fleck auf dem Fußboden und überprüfte gedanklich seinen körperlichen Zustand, so wie es Menschen tun, wenn sie nach einem üblen Sturz ihre Gliedmaßen auf mögliche Schäden hin untersuchten. Er war angeschlagen. Aber er lebte. Vor einer Stunde hatte er noch auf dem Boden eines Friedhofs gekniet und auf eine Kugel gewartet. Gleich würde er einen weiteren Raum in der Hölle betreten, aber die kannte er ja mittlerweile – er war schon die ganze Woche durch sie geschleift worden, als hätte sie ihren Tag der offenen Tür.

Ben schnappte sich seinen Rucksack und eilte zur Ausgangstür. Er öffnete sie halb und erstarrte. Ein Polizist stand vor dem Land Rover und sprach in sein Funkgerät auf der Schulter. Ein weiteres Polizeiauto fuhr gerade vor. Ein FBI-Agent war tot, und Ben war der Hauptverdächtige. Seine Unschuld zu beweisen würde Tage dauern. Bis dahin könnte Kate tot sein. Und nicht nur sie. Hunderte oder Tausende von Menschen könnten tot sein.

Ein weiterer Beamter, der gerade eingetroffen war, kam auf das Gebäude zugelaufen. Die Raststätte würde in wenigen Minuten abgeriegelt sein. Ben ging zurück in den Verkaufsraum. Ihm kam eine Idee. Was, wenn er eine Szene machen und verhaftet werden würde? Sein Zwillingsbruder würde auf diese Weise auffliegen und neutralisiert werden. Es wäre ganz einfach. In der Raststätte hatten alle ein Handy. Die Nachricht, dass beide Brüder noch am Leben waren, würde sich in Windeseile verbreiten. Volkovs Plan würde vereitelt werden.

Und dann? Was würde mit Kate passieren? Sie wäre in unmittelbarer Gefahr. Denn der Mann, der jahrzehntelang auf diesen Tag hingearbeitet hatte, würde doch bestimmt einen Ersatzplan haben? Natürlich hatte Alexander Volkov einen.

Wenn Ben Kate beschützen wollte, musste er aus der Raststätte verschwinden.

Er lief so schnell er konnte unauffällig an den Lichtschwertern, dem Heimkino und den Duschen vorbei und stürmte aus dem Ausgang, der auf den Hof der Lkws führte – vierzig Sattelzüge parkten einträchtig nebeneinander. Ihm schoss eine Reihe schlechter Ideen durch den Kopf: Er könnte sich hinter einem Lkw verstecken, in ein Fahrerhaus klettern oder die Straße hinunterlaufen.

Ein roter Lkw mit stählernen Reißzähnen am Kühlergrill setzte sich in Bewegung, bog langsam ab und fuhr in Bens Richtung. Die Reißzähne waren unnötig – Sattelzüge waren schon furchterregend genug. Er hatte Fahrer, die Reißzähne am Kühlergrill ihrer Lkws anbrachten, immer für Vollidioten gehalten. Aber er brauchte diesen Vollidioten. Ben bewegte sich auf den Lkw zu und wedelte mit den Armen. Der Sattelzug kam schlingernd zum Stehen. Er rannte auf die Beifahrerseite, zog sich an der Stange hoch und klopfte gegen die Scheibe. Der Fahrer war der Typ aus der Dusche – und er war stinksauer, dass Ben ihn genötigt hatte, anzuhalten.

Er beugte sich herüber und kurbelte das Fenster ein paar Zentimeter herunter. »Runter von meinem Lkw.«

»Wir haben vorhin miteinander gesprochen. Du hast recht, ich bin kein Lkw-Fahrer.«

»Weiß ich. Runter von meinem Lkw.«

»Ich brauche eine Mitfahrgelegenheit.«

»Nein.«

Ein Polizist trat um die Ecke des Gebäudes und sah sich auf dem hinteren Parkplatz um.

»Bitte. Es tut mir leid, wenn ich unhöflich war«, sagte Ben.

»Ich kenn dich nicht. Runter von meinem Lkw.«

»Doch, tust du. Du hattest recht. Ich bin der Sohn der Vizepräsidentin.«

»Glaub ich nicht. Runter.«

Der Polizist ging auf den Lkw zu. Ben zog seine Geldbörse aus der Vordertasche seines Hoodies und hielt dem Lkw-Fahrer seinen Führerschein hin, der blinzelnd darauf schaute.

»Ich bin es. Bitte. Es ist ein Notfall.«

»Was für ein Notfall?«

»Meine Freundin. Es geht um Leben und Tod.«

»Ich weiß nicht …«

Der Polizist kam immer näher.

»Bitte. Du weißt, wer ich bin. Wenn ich nicht bald in Washington bin, werden Menschen sterben. Ich flehe dich an. Nimm mich mit.«

Der Lkw-Fahrer verzog das Gesicht und entriegelte die Beifahrerseite. Ben duckte sich, als der Polizist an dem Lkw vorbeiging.

»Hast du Ärger mit den Bullen? Ich will nicht in irgendwas reingezogen werden.«

»Es würde zu lange dauern, bis die begreifen, dass ich unschuldig bin. Bis dahin ist meine Freundin tot.«

»Hast du jemanden verletzt?«

»Nein. Ich schwöre.«

Der Fahrer zog den Schirm seiner Kappe herunter und legte den Gang ein.

»Krabbel in die Schlafkabine. Mach den Vorhang zu.«

Vier Polizeifahrzeuge standen um den Land Rover, und ein fünftes Fahrzeug kam auf die Raststätte gerast. Ben hörte, wie der Lkw-Fahrer murmelte, dass er bedauerte, ihn mitzunehmen, während er von dem Parkplatz rollte.

»Danke«, sagte Ben durch den Vorhang.

»Homer.«

»Wie bitte?«, fragte Ben.

»So heiße ich.«

»Danke, Homer. Wie nah kannst du mich nach Washington bringen?«

»Ich fahre über die Interstate 95 runter nach Atlanta. Ich kann dich mitten in der Stadt absetzen.«

53

Emma Noble steckte sich das Haar unter die FBI-Baseballkappe und rückte die verspiegelte Sonnenbrille zurecht. Die Gläser verbargen die Farbpalette ihrer gebrochenen Nase, die dem eines Sonnenuntergangs glich und die in ein paar Tagen eine tiefviolette Nuance annehmen würde. Als ihr Partner in einem schwarzen Leichensack aus dem Wald gerollt und in ein Rettungsfahrzeug geschoben wurde, nahm sie die Kappe ab. Sie stand an der Stoßstange und verabschiedete sich leise von ihm.

Ihr Handy piepte, und sie griff in ihre Tasche. Es war eine Nachricht von Monroe.

Zu Ihrer Information. Ben Danvers hat den Land Rover gestern Abend als gestohlen gemeldet. Er ist in Washington. Er hat den Zug genommen. Er war nie in Connecticut. Er ist kein Verdächtiger.

»Sind Sie Agent Noble?«, fragte ein Polizist.

Sie nickte.

»Ich glaube, wir haben den Land Rover gefunden«, sagte er und reichte ihr sein Handy.

Sie drehte sich um und ging hinter das Diner.

»Noble hier.«

»Wir haben einen silbernen Land Rover gefunden, der zu

Ihrer Fahndung passt. Ich bin in einer Autobahnraststätte, ungefähr dreißig Meilen von Ihnen entfernt. Wir haben die Nummernschilder überprüft. Das Fahrzeug gehört einer Kimberly Hancock. Zufällig *die* Kimberly Hancock?«

»Auf diesen Schluss sollte besser niemand kommen. Tun Sie mir einen Gefallen – nehmen Sie die Nummernschilder und legen Sie sie in Ihren Kofferraum. Riegeln Sie die Raststätte ab?«

»Wir sind gerade dabei.«

»Ich bin auf dem Weg. Vielen Dank.«

Mehr als ein Dutzend Polizeifahrzeuge standen um die Raststätte und blockierten die Ausgänge. Der leitende Beamte setzte sie über die laufenden Arbeiten in Kenntnis. Die Polizei war dabei, die Aussagen aller auf dem Gelände befindlichen Personen aufzunehmen und ihre Personalien zu überprüfen. Er überbrachte ihr auch die schlechte Nachricht über die Überwachungskameras. Ein Sturm hatte im letzten Sommer die Elektrik zerstört. Der Raststättenbetreiber hatte die Anlage nicht ersetzt. Somit konnte die Polizei sich nur auf die Aussagen der Zeugen stützen, und diese hatten bisher nicht viel gesehen.

Emma ging zu dem Land Rover, um sich selbst ein Bild zu machen. Sie spähte durch das Fenster. Der Wagen würde gleich sichergestellt und abgeschleppt werden. Sie setzte sich auf den Betonboden und lehnte sich mit dem Rücken an einen Luftkompressor. Wer hatte den Land Rover gefahren? Wer hatte in dem weißen Lieferwagen gesessen? Hatten zwei Personen einen FBI-Agenten in einen Hinterhalt gelockt und ihn umgebracht? Sie schüttelte den Kopf – sie würde auf keinen Fall schon jetzt nach Hause fahren.

Ein Haufen durchsichtiger Plastiktüten mit Beweismaterial

lag vor dem Gebäude. Es war der Abfall aus den Mülleimern in der Raststätte. Ein Expertenteam würde das Material bald untersuchen – Quittungen analysieren, Fingerabdrücke auf Kaffeetassen überprüfen, was auch immer. Sie beneidete sie nicht um ihre Arbeit. Emma hob ihre Sonnenbrille an. In einer der durchsichtigen Plastiktüten schimmerte etwas Rotes. Ein blutverschmiertes Hemd. Sie zog sich blaue Gummihandschuhe an, trat zu dem Beutel, nahm das Hemd heraus und hielt es in die Sonne, um es auf Löcher oder Risse hin zu überprüfen. Fehlanzeige.

So viel Blut, ging es Emma durch den Kopf: erst das von Briar auf dem Friedhof, dann das im Wald und an der Steinmauer – und jetzt das hier auf dem Hemd. Drei Menschen und alle hatten geblutet? *Was zum Teufel war da draußen nur passiert?*

Eine weitere durchsichtige Plastiktüte mit einer zusammengeknüllten hellbraunen Cordhose wurde abgelegt. Emma öffnete die Tüte. Der Geruch von Urin schlug ihr entgegen. Sie zog die Hose heraus und schüttelte sie auf. Es war die Hose eines erwachsenen Mannes. Sie überprüfte sämtliche Taschen und zog aus der vorderen rechten eine weiße Visitenkarte heraus. Sie drehte sie um.

Special Agent Emma Noble
Abteilung für strafrechtliche Ermittlungen
Federal Bureau of Investigation

Sie war seit fünf Tagen für das FBI im Einsatz und hatte in dieser Zeit genau einer Person ihre Visitenkarte gegeben. Benjamin Danvers. Die Hose mit den Urinflecken gehörte ihm. Und das blutverschmierte Hemd wahrscheinlich auch.

Aber Monroe hatte ihr in seiner Nachricht mitgeteilt, dass Ben in Washington war. Ben war nicht hier. Also hatte jemand sein Auto gestohlen und seine vollgepinkelte Hose in einer Raststätte weggeworfen, nachdem er Beihilfe zum Mord an einem FBI-Agenten geleistet hatte? *Warum sollte man eine Hose wegwerfen, wenn man ein Fahrzeug stehen lässt?*

Sie musste noch einmal mit dem stellvertretenden Direktor Monroe sprechen, auch wenn sich das womöglich negativ auf ihrer Karriere auswirken könnte. Sie atmete aus, während sie darauf wartete, dass ihr Anruf durchgestellt wurde.

»Ja, Sir. Das habe ich verstanden. Ich fahre gleich. Nur eine kurze Frage … wissen wir sicher, dass Ben Danvers in Washington ist? Die Beweise bestätigen das nämlich nicht …«

»Noble, hören Sie auf.«

»Bitte. Sind Sie sich sicher, dass er dort ist?«

»Ich habe persönlich mit dem Team der Vizepräsidentin gesprochen. Er ist mit seiner Freundin im Grand FairPoint Hotel in Washington.«

»Ich würde gerne mit ihm sprechen und …«

»Halt. Auf keinen Fall. Er ist der Sohn unserer designierten Vizepräsidentin und kein Verdächtiger. Und wenn jemand mit *dieser* Familie spricht, dann bin das ich oder der Direktor selbst. Sie fahren jetzt nach Hause. Sie haben mit dem Fall nichts mehr zu tun. Ich meine es ernst, Noble. Sie sollten mich nicht auf die Probe stellen.«

»Ja, Sir.«

Emma ging vor dem silbernen Land Rover auf und ab. Alle Indizien wiesen in dieselbe Richtung – nämlich dass Ben Danvers den Land Rover heute Morgen gefahren hatte. Er war auf dem Friedhof gewesen. Und auch auf dieser Raststätte. Er konnte unmöglich in Washington sein.

Und dann – dann kam Emma ein seltsamer Gedanke. Ein absurder Gedanke. Einer, der erklären könnte, wie Benjamin Danvers an zwei Orten gleichzeitig sein konnte. Emma ging in das Gebäude, setzte sich allein in eine Ecke des Schnellrestaurants und dachte nach. *Wenn* Benjamin Danvers in der Raststätte gewesen war, dann war er jetzt sicherlich nicht mehr hier. Er könnte bei jemandem mitgefahren sein. Wenn ja, dann könnte er jetzt überall sein. Und wahrscheinlich hatte er Angst. Diese Angst war so groß, dass er sich in die Hose gemacht hatte. Bens Handy steckte in ihrer Tasche – wenn er irgendwo da draußen war, konnte sie keinen Kontakt mit ihm aufnehmen.

Ein Jugendlicher mit einem dicken Pickel im Gesicht stellte ihr eine Cola Zero hin. Sie nippte daran und blickte zu den Lkw-Fahrern auf der anderen Seite des Restaurants, die drei Tische zusammengeschoben hatten. Die Männer hielten sich an den Händen, ihre Köpfe waren gebeugt. Ein schlanker Lkw-Fahrer in einer schwarzen Weste, dessen Haar zu einem Pferdeschwanz zusammengebunden war, trat nacheinander hinter die Männer, legte seine Hand auf ihren Kopf und flüsterte ihnen etwas ins Ohr. Offensichtlich hielt er gerade einen Gottesdienst ab. Er stand betend hinter einem bärtigen Mann und nahm sich Zeit für ihn, während die anderen die Augen geschlossen und die Köpfe gesenkt hielten. Der geistliche Lkw-Fahrer nahm seine Hand vom Kopf des Mannes.

Als er aufblickte, sah er, dass Emma ihn anstarrte. Er streckte seinen Arm aus und sprach ein Gebet in ihre Richtung. Sie senkte den Kopf und nahm den Segen entgegen – dankbar für den Moment des Friedens und die Erinnerung an ihren Glauben. Sie hob ihren Kopf und lächelte. Der Mann nickte zurück.

Der Gottesdient war vorbei. Die Lkw-Fahrer schoben die Tische wieder auseinander, schüttelten sich erst die Hände und schlugen dann ihre Fäuste gegeneinander. Emma wartete auf den Prediger.

»Danke für den Segen. Den habe ich gebraucht.«

»Den brauchen wir alle.«

»Ich heiße Emma und arbeite beim FBI.«

»Man nennt mich Pfarrer Joe.«

»Darf ich Ihnen eine Frage stellen? Wenn Sie jemandem eine Nachricht zukommen lassen müssten, der unterwegs ist – wie würden Sie das machen?«

»Ich würde die Person höchstwahrscheinlich auf ihrem Handy anrufen.«

Emma musste sich ein Lachen verkneifen. Sie lächelte, dass ihr das Gesicht wehtat.

»Und wenn die Person kein Handy hat oder Sie ihre Nummer nicht haben, was dann?«

»Das kommt darauf an, wie wichtig die Nachricht ist.«

»Sehr wichtig.«

»Dann würde ich einen 10-5 schicken.«

»Was ist das?«

»Das ist ein Code, und er bedeutet ›Weiterleiten‹. CB-Funkgeräte haben eine Reichweite von zirka zehn Meilen. Man braucht also viele Lkws, um eine Nachricht weiterzuschicken. Aber meistens kommt sie nicht weit.«

»Es sei denn, sie stammt von jemandem, dem die Lkw-Fahrer vertrauen und respektieren, richtig?«

Der Mann nickte.

»Einem Mann wie Sie.«

»Möchten Sie, dass ich etwas für Sie tue?«

»Ja, Pfarrer Joe. Das möchte ich.«

54

Ben sah einen blauen Minivan mit fünf Fahrrädern auf seinem Fahrradträger an sich vorbeirauschen. Er schloss die Augen. Es war zum Verrücktwerden. Kates Rettungsaktion schritt in Zeitlupe voran. Homer gab sich damit zufrieden, in einer Schlange von Lkws zu fahren, die sich in einem Schneckentempo über die Kriechspur der Interstate 95 bewegte. Ben drückte jedes Mal seine Oberschenkel aneinander, wenn ein Pkw an ihnen vorbeijagte. Er hatte fälschlicherweise angenommen, dass Lkw-Fahrer, die Reißzähne an ihren Kühlergrills anbrachten, etwas schneller unterwegs waren. Aber Homer hatte die Ruhe weg – es war eine entschleunigte Fahrt an einem Sonntagvormittag.

Trotzdem war es für Ben schon ein langer Tag. Er hatte seine Wohnung früh verlassen, um bis um acht Uhr in dem Diner zu sein. Fünfundvierzig Minuten später war er aus dem Wald geflüchtet und mit dem Land Rover davongerast. Eine Stunde später war er in Homers Sattelzug von der Raststätte heruntergefahren. Inzwischen waren sie seit drei Stunden unterwegs. Einen Teil der Zeit hatten sie im quälenden New Yorker Verkehr festgesteckt – es war so schlimm gewesen, dass Ben am liebsten aus dem Fahrerhaus gesprungen wäre, um an der zwei Meilen langen Schlange stehender Fahrzeuge vorbeizulaufen.

Der Minivan in der Ferne wurde immer kleiner. Ben erinnerte sich, dass das Schneckentempo des Lastwagens besser war, als zu Fuß zu gehen. Zum ersten Mal rechnete er sich nicht aus, wie viel früher das Auto, das gerade an ihnen vorbeifuhr, Washington erreichen würde.

Er und Homer hatten sich kaum miteinander unterhalten, was vor allem an dem ständigen Rauschen lag, das aus seinem CB-Funkgerät kam. Das Geräusch war ohrenbetäubend. Homer versuchte zu erklären, dass er die Rauschsperre nicht herunterdrehte, weil er ein Berufskraftfahrer war und weil ihm das Rauschen nichts ausmachte. Außerdem würde er so auch Nachrichten aus größerer Entfernung mit seinem Funkgerät hören können.

Ben störte das Rauschen. Sogar sehr. Es machte ihn wahnsinnig. Und dann, alle fünfzehn Minuten, wurde es unterbrochen. Einer sagte etwas Unverständliches zu jemand anderem, der unendlich weit entfernt war – und Homer nickte mit dem Kopf, als hätte er die Nachricht genau verstanden. Ben musste dringend aus diesem Lkw raus.

Das Funkgerät gab wieder ferne, unverständliche Geräusche von sich, die wie ein Furzen klangen. Homer sah Ben an und zog die Augenbrauen hoch.

»Was ist?«, fragte Ben.

»Hast du das nicht mitbekommen?«

Ben schüttelte den Kopf.

»Die Nachricht kommt gleich noch mal. Hör zu.«

Er hatte recht. Zwei Minuten später erklang sie noch einmal aus dem Funkgerät. Und so klar, dass auch er sie verstehen konnte.

Habe einen 10-17 von unserem Freund, Pfarrer Joe. Er sucht nach einer verlorenen Seele namens Benjamin.

Ben hielt seinen Kopf zum Lautsprecher hin.

Ruf Noble an. Sie vertraut dir.

Er nahm sich einen zerkauten Kuli aus dem Getränkehalter und schrieb sich die Kontaktdaten auf den Handrücken.

»Das war für dich, oder?«

Ben nickte.

»Er sagte 10-17. Das macht es dringend. Wirst du anrufen?«

Das war eine gute Frage. Nach dem heutigen Morgen schien es eine ganz fürchterliche Idee zu sein, dem FBI zu vertrauen. Aber Agent Noble war nett. Wenn es einen Menschen gab, der das komplette Gegenteil von Briar Metcalf war, dann war sie es. Und Noble war auch nicht zwischen fünfzig und sechzig – sie konnte keine Waise aus Summerton sein. Ben hatte ein Wegwerfhandy. Er würde seinen Standort nicht preisgeben. Es war einen Versuch wert.

***

Emma ging in ihrer Wohnung auf und ab. Der Tee hatte sie nicht beruhigt, auch nicht die Yogaübungen. Nicht einmal der herabschauende Hund hatte ihr Entspannung gebracht. Die Nachricht, dass Briar umgebracht worden war, hatte sich herumgesprochen, und ihre Klassenkameraden aus Quantico schickten ihr mitfühlende Nachrichten. Ihr Partner war tot. Sie wusste es zwar, aber es war noch nicht in ihr Bewusstsein vorgedrungen. Ihr Handy klingelte. Sie ging schnell ran. »Noble am Apparat.«

»Sie suchen nach mir?«

Emma atmete ein und schloss die Augen. Sie erinnerte sich, dass sie vorsichtig sein musste. Und sanft.

»Benjamin? Geht es Ihnen gut?«

»Nein.«

»Wo sind Sie?«

»Das werde ich Ihnen nicht sagen.«

»Okay. Verstehe. Sind Sie jetzt in Sicherheit?«

»Ja.«

»Ich muss wissen, was heute Morgen passiert ist.«

»Ihr Partner hat versucht, mich umzubringen – das ist passiert.«

Emma schloss erneut die Augen.

»Sind Sie noch dran, Agent Noble?«

»Ja.«

»Glauben Sie mir?«

Der Tatort tauchte vor Emmas geistigem Auge auf – Briars leerer Knöchelholster und die nicht registrierte, schallgedämpfte Pistole im Schnee.

»Vielleicht. Ich weiß es noch nicht. Wer hat Agent Metcalf umgebracht?«

»Mein Schutzengel. Ich weiß es nicht. Ich bin weggelaufen.«

»Also, um das klarzustellen, Sie sind im Moment nicht bei Ihrer Freundin in Washington? Sie sind nicht im Grand Fair-Point Hotel? Sie sind heute Morgen nicht mit dem Zug aus Boston gekommen, und Sie haben gestern Abend nicht den Land Rover als gestohlen gemeldet?«

Emma hörte zu, während Ben ihr von Alexander Volkov, von Summerton und von der Prophezeiung erzählte. Und dann von seinem Zwillingsbruder, dem Sohn. Als er fertig war, war Emma mit dem Rücken an der Wand hinuntergerutscht und saß mit dem Hintern auf dem Boden. Sie hielt ihren Kopf in den Händen. Zum ersten Mal in dieser Woche ergab alles einen Sinn. Die *Tri Kolonoj*. Das plötzliche Wiederauftauchen des lange verschollenen, entführten Sohnes von Kimberly Hancock. Jetzt verstand sie, warum Volkovs Leute Benjamin Danvers tot sehen wollten. Dass er noch am Leben war, grenzte an ein Wunder.

»Diese Mrs Atamian glaubt also, dass es hundert oder mehr sind, die sich versteckt halten? Warum?«

»Es ist etwas für morgen geplant.«

»Bei der Amtseinführung. Was haben sie vor?«

»Mein Bruder spielt dabei eine Rolle. Sie haben sich sehr viel Mühe gemacht. Wahrscheinlich ein Attentat. Vielleicht ein Terroranschlag – ich bin mir nicht sicher, auf wie viele Menschen sie es abgezielt haben. Ich weiß nur, dass Kate in Gefahr ist.«

Emma atmete aus. »Dann … können wir niemandem trauen.«

»Wir? Ich bin mir nicht einmal sicher, ob ich Ihnen trauen kann, Agent Noble.«

Emma nickte, während sie in das Telefon sprach. »Wie wollen Sie Ihre Freundin herausholen?«

»Ich weiß es nicht.«

»Lassen Sie Ihr Handy eingeschaltet. Ich rufe Sie zurück. Wir werden Ihren Bruder ausschalten. Kate wird schon klarkommen.«

»Nein. Ich muss sie zuerst rausholen. Ich will nicht, dass sie mittendrin ist, wenn jemand verhaftet wird. Sobald sie und ich in Sicherheit sind, können Sie sich meinen Bruder schnappen. Verstanden?«

»Behalten Sie Ihr Handy bei sich.«

Emma legte auf und ging in die Küche. Sie zitterte. *Briar Metcalf – ein Terrorist.* Sie dachte an ihre langen Autofahrten. An die Unterhaltungen. Hatte sie etwas nicht mitbekommen?

Nein. Natürlich nicht. Es gab keine Hinweise, weil sie nicht danach gesucht hatte. Keiner hatte das. Er war über jeden Verdacht erhaben gewesen – ein hochdekorierter Agent des FBI. Niemand hatte an ihm gezweifelt. Emma holte aus und schmetterte den Kaffeebecher von der Theke. *Briar, du mieses Schwein!*

Sie blickte auf die Scherben. Das war das Geniale an Volkovs Plan. Man vertraut den Menschen, die man kennt – den Menschen, mit denen man eine gemeinsame Vergangenheit hat. Und wenn Briar Metcalf ein Terrorist sein konnte, konnte es jeder andere auch sein. Verflucht, der stellvertretende Direktor Monroe und Briar waren seit Langem dick befreundet. Gehörte er auch dazu? Wie weit ging es nach oben? Er war nicht abschätzbar – der Schaden, den Männer und Frauen in wichtigen Positionen anrichten konnten, indem sie ihre Geschichte und Freundschaften ausnutzten. Emma berührte die kleine Kuhle am Ansatz ihres Halses. Sie schloss die Augen. *Wem kannst du vertrauen, Emma?*

Sie wusste, was sie tun musste. Ihre Lippen zitterten, und Tränen stiegen ihr in die Augen. Sie hatte sich geschworen, dass sie diese Karte niemals ausspielen würde – die Karte, die sie immer in der Hinterhand hatte. Er würde endlich der Mensch werden, vom dem ihre Mutter immer wusste, dass er es sein könnte. Und Emma war im Begriff, diesen umzubringen. Und den anderen wiederauferstehen zu lassen. Aber die Gefahrenlage könnte nicht größer sein.

Sie nahm ihr Handy und schrieb eine Nachricht, die nur aus einem Wort bestand: *BLOSSOM*.

55

Der ehrbare Professor saß in einem abgenutzten Holzstuhl am Fenster seiner kleinen Wohnung und blickte hinunter auf die unterschiedlichen Menschen, die über die Washington Avenue gingen: Geschäftsleute, Kneipengänger und Penner. Er zog ein Taschentuch aus seiner schwarzen Hose und wischte kleine abgeplatzte Bleifarbsplitter von der Fensterbank. Es war eine Einzimmerwohnung – ein großer Raum mit hohen Decken und Backsteinwänden. Milch, Brot und Wurst für ein Sandwich standen im Kühlschrank. Und im Gemüsefach lag eine Möhre. Möglicherwiese funktionierte der weiße Herd nicht. Möglicherweise doch. Der ehrbare Professor benutzte ihn nicht.

Eine schwere Wolldecke war fest in sein Doppelbett eingeschlagen, wie bei der Armee. Der redliche Professor schlief allein.

Außer dem Holzstuhl gab es nur noch ein weiteres Möbelstück in der Wohnung. Einen Beistelltisch mit einer Bibel und zwei gerahmten Bildern darauf. Das eine zeigte einen Menschen, den er nicht oft genug gesehen hatte, das andere einen Menschen, den er nie wieder sehen würde. Für beide betete er jeden Morgen und jeden Abend vor dem Schlafengehen.

Der ehrbare Professor, der keinen eigenen Lehrstuhl besaß, war an einer Universität in St. Louis beschäftigt. Wenn seine Studenten ihm das erste Mal begegneten, starrten sie unwillkürlich auf die zwei Zentimeter lange Narbe, die seitlich an seinem ernsten Gesicht verlief. Der ehrbare Professor war nicht immer ein Professor gewesen. Und er war auch nicht immer ehrbar gewesen.

Er hatte seinen Teil dazu beigetragen, alttestamentarische Rache an den Feinden Amerikas zu üben – an denen, die sich hinter eisernen Vorhängen und in Wüstenbunkern versteckt hielten. Er war der Bote eines Landes gewesen, das seine Existenz geleugnet hatte, und er hatte die Nachricht stets mit einer Kugel oder einem Messer überbracht. Aber diese Zeiten waren vorbei. Er war wiedergeboren worden. Und er hatte es geschafft, durch die Gnade Gottes und den eigenen Willen dem Geschäft des Tötens den Rücken zu kehren – er hatte seinen Frieden gemacht mit seiner brutalen Vergangenheit.

Er schüttelte die Farbsplitter von seinem Taschentuch in den Küchenabfalleimer, goss sich ein kaltes Glas Milch ein und setzte sich in seinen alten Holzstuhl. Er nahm gerade den ersten Schluck, als eine Nachricht auf dem Display seines Handys aufleuchtete, von der er gehofft hatte, dass er sie nie erhielt.

BLOSSOM.

56

Der schwarze Audi mit dem Kennzeichen aus Maryland stand genau da, wo Agent Noble gesagt hatte, dass er stehen würde. Auf einem Rastplatz außerhalb von Washington. Ben ließ den Blick über den Parkplatz schweifen und fragte sich, ob ihn gleich jemand umbringen würde. Sofern es nicht der alte Mann war, der seinen Dackel spazieren führte, oder die beiden Kinder, die herumquengelten, weil ihre Mutter ihnen etwas aus dem Automaten kaufen sollte, dürfte er sicher sein. Er kletterte aus dem roten Sattelzug.

Homer wartete, während Ben auf dem linken Hinterreifen nach dem Schlüssel schaute. Er lag genau dort, wo Emma gesagt hatte, dass er liegen würde. Bis jetzt hatte Agent Noble all ihre Versprechen gehalten. Sollte der Audi nicht innerhalb der ersten fünf Sekunden in die Luft fliegen, nachdem er ihn gestartet hatte, dürfte er einen Menschen gefunden haben, dem er vertrauen konnte.

Agent Noble hatte gesagt, dass Kate im Hotel Grand Fair-Point untergebracht war. Heute Abend nahm Kimberly Hancock mit ihrer Familie und hochrangigen Mitarbeitern ihres Stabs an einem Abendessen teil, das im Zuge der morgen stattfindenden Amtseinführung im Restaurant Orchid Room im Stadtzentrum von Washington veranstaltet wurde. Noble hatte nicht damit herausrücken wollen, woher sie diese Information hatte, aber solange sie stimmte, war es Ben egal. Er öffnete die Tür auf der Fahrerseite des Audi. Auch das Handy lag dort, wo sie gesagt hatte, dass es liegen würde. Er entsorgte das Wegwerfhandy im Mülleimer des Rastplatzes, wie von Noble gewünscht.

Der rote Sattelzug setzte sich rumpelnd in Bewegung, und Ben winkte Homer zum Abschied zu. Agent Noble hatte dem Lkw-Fahrer unmissverständlich zu verstehen gegeben, dass das Leben unschuldiger Menschen in seiner Hand lag. Sie würden getötet werden, wenn er den Namen seines Mitfahrers oder etwas von dem, was er auf der Fahrt erfahren hatte, erwähnte. Homer hatte ihr sofort versichert, dass er Stillschweigen bewahren würde, und ihr erklärt, dass er einmal bei der Marine war. Er wusste, was es bedeutete, wenn unschuldige Amerikaner geschützt werden mussten.

Ben drückte den Startknopf des Audis und wartete fünf Sekunden. Zehn Sekunden. Der Wagen war noch nicht explodiert. Er interpretierte das als ein gutes Zeichen und fuhr von dem Rastplatz auf den Highway. Dabei folgte er der Wegbeschreibung, die bereits in das Navi eingegeben worden war. Fünfzehn Minuten später bog er in eine Gasse ein, die hinter einer Reihe von Gewerbegebäuden lag. Er parkte vor einer gelben Stahltür. Überall auf dem Boden lagen Glasscherben und Dosen. Unter dem Müll, der sich vor dem Backsteingebäude stapelte, war auch ein kleiner, zerbrochener Keramikpilz. Ben hob ihn auf und drehte ihn um. Auf der Unterseite klebte ein Schlüssel. Er schloss die Tür damit auf und ging hinein.

Drinnen war es dunkel. Es dauerte etwas, bis er den Lichtschalter gefunden hatte. Er befand sich in einer Art Galerie – einem Museum voller erotischer Schwarz-Weiß-Fotografien und glatter Skulpturen aus Messing, alles Penisse. Die Kunst überließ nichts der Fantasie. Männer mit Frauen. Männer mit Männern. Für jeden etwas. In der Mitte des Raums ragte ein riesiger Phallus aus Onyx auf.

An den Fenstern auf der Vorderseite der Galerie waren schwarze Jalousien angebracht, die heruntergelassen worden waren. Ben spähte durch die Jalousie. Agent Noble hatte gesagt, dass jemand vorbeikommen würde. Eine Frau, der er vertrauen könnte. Eine Frau, die für ihre Diskretion bekannt war. Ben hatte noch nie Bekanntschaft mit einer Prostituierten gemacht, aber er kannte sie aus Filmen. Also hielt er Ausschau nach einer Frau mit extrem hohen High Heels, dickem Lippenstift und einem fuchsfarbenen Lederrock. Nach einer Frau wie Mika schaute er nicht.

Sie blickte in beide Richtungen, dann schritt sie energisch in ihren kniehohen schwarzen Lederstiefeln über den Zebrastreifen, als wäre er ihr persönlicher Laufsteg. Mika bewegte sich wie Musik – ihr langes, lockeres braunes Haar wippte im Takt mit ihren Hüften. Sie trug ihren langen Mantel offen, sodass jeder, der hinschaute, eine Vorstellung davon bekam, was sich unter ihrer Bluse mit dem tiefen V-Ausschnitt verbarg. Ihre untere Körperhälfte steckte in einer hautengen Reithose mit Lederbesatz an den Innenseiten der Knie.

Sie klopfte zweimal. Ben öffnete die Tür und schloss sie schnell wieder hinter ihr.

»Mika«, sagte sie, streckte ihm die Hand entgegen und lächelte ihn merkwürdig an.

»Ich bin Ben.«

»Hoodie und Jogginghose? Ich mag's, wenn meine Männer lässig sind.« Sie schaute ihm in die Augen. »Nicht nervös werden«, sagte sie und fuhr sich mit einem Finger an die glänzenden Lippen.

»Bin ich nicht.«

Sie zog die Augenbrauen hoch und beugte sich zu ihm. »Süßer, mir genügt ein Blick, um zu wissen, dass du Angst hast.«

Ben wurde unwillkürlich rot.

»Die Galerie gehört einem Freund von mir. Er ist gerade im Ausland«, sagte sie und zog den langen Mantel aus. Dann setzte sie sich, schlug ihre langen Beine übereinander und starrte ihn eine Weile an. »Du hast eine harte Woche gehabt, habe ich gehört.«

Ben nickte.

Sie griff nach seiner Hand und rieb sie sanft mit ihren weichen Fingern. »Alles wird gut. Mika ist jetzt da und kümmert sich.«

»Woher kennen Sie Agent Emma Noble?«

»Ich kenne sie gar nicht. Mich hat jemand anderes angerufen – wer, kann ich nicht sagen.«

Ben kam zu dem Schluss, dass es egal war, wer sie bezahlte, solange der Plan funktionierte. Und der Plan war nicht kompliziert. Er war vielmehr so einfach, dass er klappen könnte.

»Du wirst also schon im Orchid Room sein, wenn sie eintreffen? Und du rufst mich an, wenn du Kate abgefangen hast?«

Mika nickte. »Warte einfach draußen. Ich bringe sie hinaus. Versprochen.«

57

Emma hob den schweren Ring unter dem Maul des Löwen an und schlug ihn gegen die Messingplatte an der mächtigen Haustür des Stadthauses. Der Himmel verdunkelte sich. Die Temperatur sank. Die Zeit lief ab.

»Hallo, meine Kleine. Komm rein.«

»Wo ist er?«

Uncle Gunny deutete mit dem Daumen ins Innere des Hauses. Emma ging den Flur entlang, ohne den impressionistischen Kunstwerken, den chinesischen Vasen oder den orientalischen Teppichen Beachtung zu schenken. Sie fand ihren Vater in der Küche vor. Er stand da, den Rücken gegen die Marmortheke gelehnt.

»Emmalein.«

Die Art, wie ihr Vater ihren Namen aussprach, war magisch. Wenn er ihn so sagte, fühlte sie sich direkt ein bisschen größer – ein bisschen selbstsicherer. Er streckte seine langen Arme aus, und sie umarmten sich fest.

»Es tut mir leid. Ich hatte keine …«

»Nicht. Du hast das Richtige getan. Genau das Richtige.« Der Professor betrachtete die Nase seiner Tochter und zuckte zusammen.

»Du solltest den anderen Typen sehen«, sagte sie lächelnd.

Gunny hielt eine Flasche hoch. »Dreißig Jahre alter Scotch. Ich habe ihn aufbewahrt für …«

»Der heutige Abend verlangt nach Kaffee«, sagte Sam Noble.

Gunny mahlte die Bohnen, füllte den gemahlenen Kaffee in den Siebträger und steckte ihn in die Espressomaschine, die brummend ihren Dienst aufnahm. Als er drei Espressi gemacht hatte, begannen sie mit ihrer Besprechung.

Auf dem Weg zum Flughafen LaGuardia, von dem aus sie nach Washington geflogen war, hatte Emma ihnen in einer Dreierkonferenz am Telefon in groben Zügen geschildert, was passiert war. Dank Uncle Gunnys Beziehungen hatte acht Minuten später ein Auto vor Sams Tür gestanden und ihn zu einem privaten Flughafen gebracht. Emma stellte ihre kleine weiße Tasse auf die Marmortheke.

»Okay, meine Kleine, klär uns auf«, sagte Uncle Gunny.

Es war an der Zeit, dass sie ihnen einen ausführlichen Lagebericht gab. »Sofort. Aber vorher möchte ich wissen, wieso mein Uncle Gunny ein teures Callgirl auf einer Kurzwahl hat.«

Gunny zog die Augenbrauen hoch und sah Sam Noble an. »Willst du, dass ich den Kopf dafür hinhalte?«

Emma riss die Augen auf.

»Wir haben sie schon ein paarmal als Agentin eingesetzt«, klärte ihr Vater sie auf. »Sie war sehr hilfreich. Das ist alles. Und jetzt lass uns loslegen. Was wissen wir?«

Emma erzählte ihnen ausführlich, was sie gesehen und was Benjamin Danvers ihr erzählt hatte. Die beiden unterbrachen sie nicht, aber sie bemerkte die Blicke, die sie sich zuwarfen. Sie hatten lange genug zusammengearbeitet, um sich nur mit einer hochgezogenen Augenbraue oder einem Blinzeln zu verständigen. Emma beobachtete ihre Reaktionen, als sie ihnen von dem Vater, der Summerton-Akademie und dem Virus im Apparat erzählte. Jetzt sahen sie beunruhigt aus.

Uncle Gunny fasste zusammen. »Also, Benjamin Danvers war der blitzsaubere, normale Zwilling, der keinen Verdacht erregen würde, wenn man ihn entdeckte. Ein paar Tage vor der Amtseinführung seiner Mutter wird er mit ihr wiedervereint. Eine Sekte muss ihn umbringen und ihn durch denjenigen ersetzen, den sie sich herangezogen haben, damit sie ihn bei der Amtseinführung nicht nur neben den neuen Präsidenten, sondern auch neben die Stabschefs und den Obersten Gerichtshof setzen können. Wir müssen also davon ausgehen, dass es viele Tote und Verletzte geben wird. Und wir müssen davon ausgehen, dass Volkov überall seine Lauscher hat. Das heißt, wir können niemanden mit ins Boot nehmen. Ist das alles?«

Emma nickte.

Sam Noble sah auf seine Uhr. »Noch achtzehn Stunden. Mehr haben wir nicht. Vielleicht noch weniger.«

»Diesen miesen Dreckskerlen ist nicht klar, dass wir wissen, dass ihr toter Zwilling tatsächlich noch lebt«, sagte Uncle Gunny. »Das ist wenigstens etwas.«

Sam nickte und sah dann Emma an. »Warum geht dieser Benjamin Danvers mit dieser Sache nicht an die Öffentlichkeit und bereitet dem Ganzen ein Ende?«

»Weil er Angst um seine Freundin hat. Er hat mich gebeten, nichts zu unternehmen, bis Kate bei ihm ist. Ich habe sie zusammen gesehen. Sie sind ein nettes Paar, Dad. Seine Angst ist berechtigt.«

»Okay, dann lassen wir Mika ihre Arbeit machen. Unsere Aufgabe ist es, den Zwilling zu holen. Was meinst du, Gunny?«

»Das ist eine harte Nuss, die wir da knacken müssen. Er wird von Kimberly Hancocks Sicherheitsleuten umringt sein. Und ich bin mir sicher, dass auch jemand aus Summerton auf ihn aufpasst.«

Sam zuckte mit den Achseln. »Er ist der Schlüssel zu dieser Sache. Ich will herausfinden, was er weiß, aber wenn wir ihn uns so nicht schnappen können …«

»Werden wir extralegal vorgehen«, erklärte Emma.

Gunny drehte sich um. »Wie bitte?«

»Extralegal?«

»Nein«, sagte er und schüttelte den Kopf. »Ich habe Soldaten vor einem Angriff viele seltsame Dinge sagen hören. Aber ich gebe dir mein Wort, ›extralegal vorgehen‹ ist keinem über die Lippen gekommen.«

Emma stimmte zu. »Das geht einem nicht so leicht von der Zunge. Ich versteh schon.«

»Seid ihr beide fertig?«

Sie nickte ihrem Vater zu, während sie sich an die Arbeit machten. Emma beobachtete fasziniert die beiden Männer. Sie gaben sich nur Stichworte, um einen Plan zu entwickeln – einen Plan, der riskant, gefährlich und gesetzwidrig war. Die Operation erforderte spezielle Geräte, die Uncle Gunny für ein solches Ereignis auf Vorrat hatte. Emma wollte gar nicht wissen, was er angehäuft hatte, aber sie war froh, dass er in ihrem Team war. Sie hoffte, dass sich die Verbrechen des heutigen Abends nur auf Einbruch, Diebstahl und Entführung beschränkten. Aber was auch immer passierte – sie würde mit den Konsequenzen leben können, denn die Sicherheit des Landes und des Präsidenten waren in Gefahr.

»Ganz schön unheimlich, oder?«, sagte Gunny. »Volkov hat diesen Summerton-Kindern schon in den 1970er-Jahren eine Gehirnwäsche verpasst mit dieser Prophezeiung – lange bevor Kimberly Hancock ihre Zwillinge bekam. Woher wusste er …?«

»So viel Anerkennung hat er nicht verdient«, fiel Sam ihm

ins Wort. »Die Geschichte ist doch gar nicht so originell, oder?«

»Wie bitte?«

»Die halbe Welt wartet doch schon seit über zweitausend Jahren auf die Ankunft des Sohnes. Volkov hat einfach einer bereits funktionierenden Geschichte seinen Stempel aufgedrückt. Was auch immer nötig ist, um eine kleine Schar von Kindern zu Gläubigen heranzuziehen, ich werde es tun, hat er gesagt.«

»Ja, aber woher konnte er wissen, dass Hancock einmal Vizepräsidentin werden würde?«

»Wusste er nicht. Aber vergiss nicht, Kimberly Hancock ist schon seit ihrer ersten Wahl in den Kongress landesweit bekannt. Und die Bostoner Zeitungen haben bereits in ihrer ersten Amtszeit vorausgesagt, dass sie einmal die erste Präsidentin der Vereinigten Staaten werden würde. Und warum auch nicht? Sie stammt aus einer berühmten Familie. Sie ist ehrgeizig. Vermögend. Volkovs Aufmerksamkeit war ihr gewiss. Und er verfolgte ihre Karriere genau.« Sam Noble lehnte sich gegen die Theke. »Das muss man ihm lassen. Volkov ist ein Meister darin, aus dem Kaffeesatz zu lesen. Und als Kimberly Hancock eineiige Zwillinge zur Welt brachte … Das Drehbuch schrieb sich wie von selbst.«

»O mein Gott«, sagte Gunny.

Emma legte den Kopf schief. »Aber wenn er ein Anarchist ist, warum hat er so lange gewartet? Warum ging das Spiel so lang?«

Sam nickte seiner Tochter zu. »Gute Frage«, sagte er und stellte seine Kaffeetasse neben die Spüle. »Die Antwort lautet, dass sie Zeit brauchten, um das Ziel aufzuweichen.«

»Sie?«, fragte sie.

»Ich würde jede Wette eingehen, dass Volkov nicht das Sagen hat. Er arbeitet für jemand anderen.«

Gunny riss die Augen auf. »Du glaubst, dass er Unterstützer im Staat hat?«

»Lass uns eins und eins zusammenzählen: Wer hat die Schadsoftware in unsere geheimen Datenbanken geschleust?«

Gunny nickte.

»Was ist mit der Manipulation unserer Wahlen? Wer nimmt Unternehmen mit Erpressungssoftware in Geiselhaft? Wer schürt Hass in den sozialen Medien? Unsere Feinde versuchen geschickt, uns zu Fall zu bringen, indem sie jede Naht und jeden Faden angreifen, der unser Land zusammenhält. Und das machen sie schon seit Jahrzehnten. Sie zerren am Gefüge unserer Gesellschaft – und es funktioniert. Amerika *bricht* auseinander.« Sam hob das Kinn an. »Wenn unsere Feinde auf ein weiches Ziel gewartet haben, jetzt haben sie's. Ein Anschlag mit vielen Toten und Verletzten bei der morgigen Amtseinführung wird uns lähmen.«

58

Der Orchid Room war einmal eine rustikale Scheune gewesen, die mitten auf einem Kleefeld stand, mit einem Holzzaun und weidenden Tieren rundherum. Vor ein paar Jahren wurde sie nach Washington verpflanzt und in eine schicke Cocktailbar für die Reichen und Schönen verwandelt. Ein großes Gewächshaus wurde angebaut. Eine wilde Mischung aus bunten Sommerblumen, Pflanzen und Reben bildete den Rahmen für die kleinen, intimen Tische drinnen. Der Orchid Room bot das perfekte Ambiente für ein Essen an einem kalten Januarabend vor der Amtseinführung mit der neuen Vizepräsidentin und ihren engsten Vertrauten – einschließlich ihres lange verloren geglaubten Sohnes und seiner Freundin. Nur einige wenige VIPs durften die Bar betreten. Das Restaurant war der geschlossenen Gesellschaft vorbehalten.

Mika war ein VIP in jeder gehobenen Bar im Gebiet von Washington.

Sie nippte an einem Negroni und beobachtete die Schlipsträger und Frauen in ihren Cocktailkleidchen, die durch die Scheune in das Gewächshaus strömten. Viele Mitarbeiter der zukünftigen Regierung waren jung. Sie liefen aufgeregt umher, weil sie wussten, dass sie in wenigen Stunden in einem engen Büro in der Pennsylvania Avenue sitzen würden.

»Hey«, sagte eine Stimme ein paar Barhocker weiter.

Mika schaute hinüber. Ein beleibter Anzugträger quiekte

sie an. Ihr Blick wanderte auf sein Handgelenk. Er trug eine Patek-Philippe-Uhr unübersehbar über seiner Ärmelmanschette. Sie hasste den Kerl nicht dafür. Jeder sollte seine Stärken ausspielen. Und wenn man nicht mehr hatte als eine Armbanduhr – dann eben die.

Sie nickte und sah weg. Vielleicht hätte sie an einem anderen Abend etwas mehr Interesse gezeigt. Männer waren Teenager mit schlaffer Haut. Und weniger Haar. Dafür gaben sie mehr an. Sie war tolerant, was ihre seltsamen Formen, Größen und Macken anging. Solange sie keine Vollidioten waren. Vollidioten stellten ihre Geduld zu sehr auf die Probe. Mikas Blick traf den der Restaurantleiterin, und sie zwinkerte ihr zu. Sie kümmerte sich immer gut um ihr Netzwerk von Partnern – das Servicepersonal und die Portiers in den teuren Restaurants und Hotels in Washington –, auf deren Empfehlung sie ihre Kunden akquirierte. Es war eine symbiotische, diskrete Beziehung, die den Fetischen der Stinkreichen diente.

Heute Nachmittag hatte sie Ben nach den Vorlieben seiner Freundin gefragt. Er war rot geworden und hatte erst herumgedruckst, als sie wissen wollte, ob Kate auch an Frauen interessiert war. Schließlich hatte er geantwortet, dass er das nicht glaube.

»Du ertappst sie nie dabei, dass sie Frauen anschaut?«, hatte sie gefragt.

»Vielleicht deren Kleider, manchmal. Nur harmlose Kommentare.«

»Sie folgt keiner auf die Toilette?«

»Was? Um Sex zu haben? Nein, natürlich nicht.«

»Nein. Kein Sex. Es ist einfach eine kleine Marotte – man folgt einer Person, zu der man sich hingezogen fühlt, von einem öffentlichen Ort zu einem privaten Ort. Glaubst du, dass sie das macht?«

Benjamin hatte verwirrt dreingeschaut. Es war nicht ungewöhnlich, dass er das nicht wusste. Die meisten Menschen behielten es für sich, was sie anmachte. Mika fand, dass so gut wie jeder zu einem Sexualtherapeuten gehen sollte – die gesamte erwachsene Bevölkerung Amerikas war beherrscht von ihren Fantasien. Nur wenige sprangen ins kalte Wasser, aber fast alle starrten auf den Pool.

»Bist du zur Amtseinführung in der Stadt?«, fragte der Dickwanst.

Mika drehte sich um. »Du?«

»Ich habe eine Einladung zum Ball morgen Abend. Ein Dankeschön unseres neuen Präsidenten. Er hat es mehr oder weniger mir zu verdanken, dass Nevada für ihn gestimmt hat«, sagte er und stierte ihr in den Ausschnitt.

Sie gähnte ihn an. So beendete Mika für gewöhnlich Gespräche, an denen sie nicht interessiert war. Es war ein idiotensicherer Wink mit dem Zaunpfahl. Sie wendete ihn regelmäßig an. Mika schaute auf ihre Uhr. Kimberley Hancock und ihre Gäste waren etwas spät dran. Sie überlegte, ob sie sich noch einen Negroni bestellen sollte, entschied sich dann aber dagegen. Sam Noble zahlte gut. Und er war einer von den guten Jungs. Sie wollte ihn nicht enttäuschen.

Der Secret Service kam zuerst herein, dann die kleine Entourage. Mika senkte den Kopf über das fast leere Cocktailglas, um Blickkontakt mit dem Mann zu vermeiden, der hinter Kimberly Hancock hereinkam – dem Mann, der *nicht* Benjamin Danvers war. Sie sahen erstaunlich gleich aus. Jetzt verstand sie, wie die Frau an seiner Seite die beiden Männer verwechseln konnte. Die Freundin trug ein enges, gelbes Bleistiftkleid. Sie hatte die niedliche Ausstrahlung einer Bibliothekarin und war auf eine ruhige Art selbstbewusst. Ihr folgte ein Riesenkerl mit einer Riesenbirne.

Mika sah, wie die Restaurantleiterin der Freundin einen Platz unter einem Gelben Jasmin zuwies, der zur Farbe ihres Kleides passte. Die Restaurantleiterin kehrte zu Mika zurück, flüsterte ihr etwas ins Ohr und brachte sie zu einem kleinen Tisch, von wo aus sie einen freien Blick auf die Freundin von Benjamin Danvers hatte.

Mika zog die Aufmerksamkeit auf sich, sobald sie sich bewegte. Sie musste einfach nur geradeaus schauen, die Schultern straffen und fast unmerklich die Hüften wiegen. Das war Selbstvertrauen. Und Mika wusste, dass Selbstvertrauen immer Aufmerksamkeit erregte. Sie fragte sich, ob die Freundin sie beobachtete. Mika machte sich bemerkbar, indem sie sich nach unten beugte und ihre Serviette vom Boden aufhob. Sie pickte mit ihrer Gabel in den Krabbencocktail. Kate war nicht interessiert, stellte sie nach wenigen Minuten fest. Sie hatte nur Augen für ihren Freund, und ihre Hand wanderte ständig über den Tisch, um seine Fingerspitzen zu berühren. Das Lächeln, das sie ihm schenkte, war innig. Sie war verliebt. Aber es war der falsche Mann – doch manche Frauen brauchten Jahrzehnte, um den Schwindler im Körper des Mannes zu erkennen, den sie einmal geliebt hatten. Dass die Frau in dem gelben Kleid das nicht innerhalb weniger Stunden bemerkt hatte, war also nicht ungewöhnlich.

Mika war sich nicht sicher, wie sie vorgehen sollte – es war für sie in Ordnung, zu warten und darauf zu hoffen, dass sich eine Gelegenheit ergab. Allerdings könnte es schwierig werden, wenn Kate nicht allein auf die Toilette ging. Trotzdem war es nicht unmöglich. *Selbstvertrauen.*

Fünfzehn Minuten später entspannte sich Mika, als Benjamins Freundin sich mit der Serviette über die Lippen fuhr und ihren Stuhl zurückschob. Und sie spannte sich wieder an, als Kimberly Hancock das Gleiche tat. Die beiden Frauen machten sich gemeinsam auf den Weg zur Toilette – zusammen mit einem Trupp von Agenten des Secret Service. Mika stand auf und folgte ihnen. Wie erwartet, schirmte der Secret Service die Vizepräsidentin ab, bis sie sich frisch gemacht und etwas Zeit allein mit der Freundin ihres Sohnes verbracht hatte. Mika wartete draußen und hoffte, dass sie alle Informationen über Kate richtig in Erinnerung hatte.

Umringt vom Secret Service, traten beide Frauen aus der Toilette und lächelten über etwas, das sie sich in diesem geschützten Raum erzählt hatten. Jetzt oder nie.

»Kate? Kate Malone?«, sagte Mika.

»Ja?«

»Boston? St. Bart's, richtig?«

Die Frau in dem gelben Kleid schaute verwirrt und zögerte, während Kimberly Hancock mit ihrem Gefolge weiterging.

»Tut mir leid. Wer sind Sie?«

Das war Mikas Chance, und sie musste sie beim Schopfe packen. Der Teil, der jetzt kam – eine Fremde davon zu überzeugen, dass ihr Freund ein Verräter war, ohne sich eine Ohrfeige einzuhandeln –, war unerfreulich und knifflig.

»Ich habe etwas für dich. Eine Nachricht. Es ist wichtig, dass du sie liest und mir dann in die Toilette folgst.«

»Ich habe keine Zeit für so etwas«, sagte Kate. »Einen schönen Abend.«

»Dein Leben hängt davon ab. Ich übertreibe nicht«, sagte Mika und zog ein kleines Stück Papier aus ihrem BH.

Kate verzog das Gesicht und nahm den Zettel entgegen. Sie

las die in Druckschrift verfasste Nachricht. »Was zum Teufel soll das?«

»Er hat gesagt, dass du es nicht glauben würdest. Aber es ist wahr. Folge mir.«

»Das ist lächerlich. Er ist dort drüben.«

Mika schüttelte den Kopf. Sie führte Kate an ihrem Ellenbogen in die Toilette. Mika hielt ihr Handy hoch, damit Kate das Live-Video von Ben sehen konnte, der gerade seine Kapuze herunternahm.

»Gott sei Dank! Kate, ich bin's. Geht's dir gut?«

»Was zum Teufel?«

»Kate, wir sind in Schwierigkeiten. Die Person am Tisch ist mein Zwillingsbruder. Erinnerst du dich an die Agentin, die in unserer Wohnung war? Sie meinte, er sei tot. Das FBI hat sich geirrt. Du bist in Gefahr. Verschwinde von dort.«

»Woher soll ich wissen …«

»Du hast geweint, als du ›Guardians of the Galaxy‹ gesehen hast. Du hast darüber nachgedacht, unseren Welpen Sir Shits-a-lot zu nennen. Und du, äh, hast im letzten Herbst ein ganzes Wochenende hindurch Truthähne aus Eisstielen, Wattebällchen und Laub gebastelt.«

Mika beobachtete, wie Kate auf das Handy starrte.

»Das ist ein Scherz, oder?« Kate steckte den Kopf zur Tür hinaus und spähte in das Restaurant. Der Mann, der nicht Ben Danvers war, starrte ins Leere.

Mika konnte sehen, dass die Welt der Freundin aus den Fugen geriet.

Kate schaute auf das Handy und hielt sich die Hand vor den Mund. »Wo bist du?«

»Ich bin draußen, auf der anderen Straßenseite – einen Block weiter.«

Mika sah die Panik in Kates Augen. »Du musst von hier weg, meine Süße.«

»Wie?«

Ben antwortete: »Erfinde eine Ausrede. Geh einfach. Sofort!«

»Okay.«

Mika nahm das Telefon zurück. »Alles in Ordnung mit dir?«

Kate schüttelte den Kopf. »Nein.«

Mika gab ihr einen Kuss auf die Wange. »Das wird schon wieder. Geh los und finde deinen Mann.«

59

In der Lobby des Grand FairPoint Hotel wimmelte es von aufgeregten Gästen, die für die Amtseinführung in der Stadt waren. Die Bar war brechend voll mit lauten auswärtigen Besuchern, die Martinis verschütteten und sich gegenseitig auf den Rücken klopften. Emma Noble war froh über die Ablenkung. Sie trug eine getönte Brille, unter der sich ihre mittlerweile veilchenblauen Augen verbargen, die sie mit mehreren Schichten Concealer abgedeckt hatte. Emma hielt ihren Kopf über ein Buch gebeugt, als sie an der Rezeption vorbei zu den Aufzügen ging. Sie hatte jahrelang Verbrechen und Verbrecher studiert. Abgesehen von den Pechvögeln oder den allzu Vermessenen, wurden die meisten Diebe nicht auf frischer Tat ertappt. Sollte der Plan ihres Vaters und Uncle Gunny aufgehen, würde heute Abend keine Straftat gemeldet werden. Sie durfte sich nur nicht dabei erwischen lassen, wie sie eine Suite betrat und wieder verließ.

Sie stieg in den Aufzug. Eine Gruppe Betrunkener steuerte auf ihren Fahrstuhl zu. Die Türen begannen sich zu schließen, aber nicht schnell genug. Der Haufen konnte noch hineinstürmen, und ihre Schnapsfahnen durchdrangen den kleinen Raum. Emma stand gedrängt an der Rückwand und versuchte, den Kerl zu ignorieren, der sie anstarrte. Auf seinem Namensschild stand David. Aus Joliet, Illinois.

»Heyyyy. Woooher kommste?«, fragte er sie lallend.

Emma tat so, als hätte sie ihn nicht gehört.

David trat torkelnd zu ihr und hauchte ihr ins Gesicht. »Ich habe dich gefragt, woher du kommst.«

Emma senkte den Kopf. »St. Louis.«

David schlug dem Typen neben sich auf den Arm.

»Stehst du auf Baseball? Die Cardinals sind 'n Flop! Die Cubs sind top!«, sagte er, hob die Fäuste und sprang herum. Seine Kumpels stimmten ein, und acht Stockwerke lang wackelte der Aufzug mit dem Sprechgesang »Die Cubs sind top! Die Cubs sind top!«. Emma Noble atmete aus. Sie war ein eingefleischter Fan der St. Louis Cardinals und stand in einem engen Aufzug mit betrunkenen Chicago-Cubs-Fans. Es war die reinste Hölle.

Sie stieg im 23. Stock aus. Der Flur war leer. So weit, so gut. Sie hatte früher am Abend gesehen, wie Uncle Gunny einen Wandsafe in seinem Keller geöffnet und einen Lederordner herausgenommen hatte. Er hatte ihn auf der Couch geöffnet, während sie neben ihm saß. Zuerst hatte Emma geglaubt, seitenweise Kreditkarten zu sehen, die alle in Plastikhüllen steckten. Aber es waren Hotelschlüssel – aus der ganzen Welt. Er hatte so lange geblättert, bis er auf einen vom Grand Fair-Point Hotel gestoßen war.

Emma hatte ihn angeschaut. »Die Schlüsselkarte ist abgelaufen. Wie …«

»Wie sagt man in L. A. so schön – auf dem Strip kriegt man alles.«

»Du meinst aber schon den Strip in Las Vegas und nicht den Sunset Strip in L. A.«

»Willst du etwas darüber lernen, wie man in Hotels einbricht, oder nicht?«

Zwanzig Minuten später hatte er ihr einen Plastik-Hotelschlüssel in die Hand gedrückt, von dem er behauptete, dass sie damit in jedes Gästezimmer im Grand FairPoint kommen würde.

Jetzt stand Emma vor der Suite 2315. Sie blickte den Flur auf und ab, bevor sie den blauen Schlüssel hervorholte und ihn über das elektronische Lesegerät neben der Tür hielt. Zwei rote Punkte blinkten auf. Sie versuchte es noch einmal. Wieder rote Punkte. Die Tür der Suite nebenan öffnete sich. Emma wandte der Person, die herauskam, den Rücken zu. Sie legte die Karte erneut auf den Scanner. Rote Punkte. *Komm schon.*

»Guten Abend«, sagte die Frau und zog sich ein Tuch um die Schultern.

Emma hielt die Karte erneut über das Lesegerät. Wieder rote Punkte. Uncle Gunny hatte ihr versichert, dass sie damit problemlos in die Suite kommen würde. Das wäre der einfachste Teil ihrer Aufgabe, hatte er hinzugefügt. Sie wägte ihren nächsten Schritt ab – alle sich bietenden Möglichkeiten erschienen gefährlich.

»Reiben Sie die Karte an Ihrem Hosenbein«, sagte die Frau.

Sicher. Emma folgte ihrem Rat. Grünes Licht.

»Voilà!«

»Danke«, sagte Emma und blickte weiter auf die Tür.

Sie schloss die Suite hinter sich ab. Das Bett war zerwühlt. Ein Kissen lag auf dem Boden. Ansonsten sah das Zimmer recht ordentlich aus. Sie würde es durchsuchen und mit etwas Glück vielleicht auch die Waffe finden, die die Terroristen morgen benutzen wollten. Falls sie nicht hier war, würde sie sich auch mit einem Computer oder jeder anderen Information zufriedengeben. Die Suite war riesig, trotzdem boten Hotelzimmer nicht viele Verstecke. Sie schaute in den Badezimmerschränken, im Spülkasten und unter dem Toilettendeckel nach. Nichts. Sie schnappte sich das Rasierzeug und die durchsichtige Kosmetiktasche, schüttelte sie über dem Bett aus und begutachtete den Inhalt. Auch nichts Interessantes. Sie ließ die beiden aufgerissenen Kondomverpackungen auf dem Nachttisch unbeachtet und öffnete die Schubladen. Sie waren leer, bis auf eine Bibel.

Emma begab sich auf Hände und Knie, um unter dem Bett und der Couch nachzuschauen. Sie blickte hinter jedes Bild an der Wand, drehte jedes Kissen um und schüttelte die Kopfkissen auf. Nichts. Keine Waffen. Keine Computer. Sie warf einen Anzug auf das Bett, der im Schrank hing, durchsuchte zwei Rollkoffer und eine kleine Reisetasche und tastete ihre Innenfutter ab.

Nichts. Die Waffe musste irgendwo anders sein.

Ihr Einbruch in Grand FairPoint war wahrscheinlich reine Zeitverschwendung gewesen, aber sie nahm trotzdem alles mit. Emma packte die Sachen in die Koffer, bis diese sich ausbeulten und schwer waren. Sie schlang sich den Gurt der kleinen Reisetasche über die Schulter und schlenderte mit einem Koffergriff in jeder Hand den Flur entlang.

Wenige Minuten später verließ sie das Grand FairPoint Hotel und fuhr zu einer geheimnisvollen Adresse, die Gunny ihr gegeben hatte. Wenn alles nach Plan lief, würden sie den verheißenen Sohn bei sich haben. Die eigentliche Herausforderung lag dann noch vor den Männern. Sie würden sie heute Nacht in Angriff nehmen. Und sie würden sie perfekt meistern müssen.

60

In einer anderen Zeit und in einem anderen Land hätte Sam Noble den Kerl einfach erschossen und ihm keine Spritze mit einem Beruhigungsmittel gegeben. Er warf den mit Kabelbinder gefesselten Chauffeur in den Kofferraum und schlug die Heckklappe zu. Er schaute Gunny an, schnappte sich den Koffer mit dem Sturmgewehr und lief in die Dunkelheit. Gestern noch hatte Sam Noble einen Vortrag über die sittlichen Richtlinien der Konfliktdiplomatie gehalten.

Heute Abend würde er seine Waffe sprechen lassen.

***

Ben Danvers versteckte sich im Schatten. Er lehnte sich gegen die Wand einer Jazzbar und spürte den dumpfen Rhythmus der Bassnoten durch den Backstein auf seinem Rücken. Er hatte von dort aus einen freien Blick auf den Gehweg, auf dem sich Paare in Burberry-Schals tummelten und unter Lichterketten entlangflanierten. Die Bars waren brechend voll. Vor einer Woche waren er und Kate genauso ein Pärchen gewesen wie die, die gerade Arm in Arm auf dem Bürgersteig gingen, in die Bars spähten und sich die Livemusik anhörten. Vor einer Woche war er noch glücklich gewesen. Jetzt hielt er sich im Schatten auf, das Gesicht unter einem grauen Hoodie verborgen, um nicht umgebracht zu werden, während er seine Freundin vor Terroristen in Sicherheit bringen wollte.

Ben ließ den Eingang des Orchid Room keine zwei Sekunden aus den Augen. Er sah, wie Mika das Restaurant verließ. Ein paar Minuten später kam ein riesiger Kerl durch die Tür. Ben erkannte ihn an seinem Quadratschädel. Es war Greer, der Leibwächter, der ihn in Boston abgeholt hatte. Jetzt stand der Riese da draußen und hielt jemandem die Tür auf. *Komm schon, Kate.*

Ben atmete aus. Sie war es! Kate trat in einem gelben Kleid aus der Tür. Am liebsten wäre er zu ihr hingerannt. *Nur mit der Ruhe.* Er würde aus dem Schatten treten, seine Kapuze herunternehmen und ihr sein Gesicht zeigen, sobald sie näher gekommen war. Ben wartete darauf, dass Greer in das Restaurant zurückkehrte. Aber er kehrte nicht zurück, sondern hielt weiter die Tür auf – für eine zweite Person, die das Lokal verließ.

Und da war er …

Ben starrte auf seinen eineiigen Zwillingsbruder, der in einem eleganten Anzug aus dem Orchid Room spazierte und nach Kates Hand griff. Sein Magen zog sich zusammen, und er hielt den Atem an. Kate schaute zu ihm hinüber, aber sein Zwillingsbruder hielt sie an ihrem Arm fest. Hielt sie zurück. Sie sah verängstigt aus.

Greers Blick wanderte über die Reihe von schwarzen Fahrzeugen, die auf der anderen Straßenseite parkten. Dann winkte er. Am Ende der Reihe schaltete ein Auto seine Scheinwerfer ein und fuhr vor. Wenn Kate einstieg, würde Ben sie womöglich nie wiedersehen. Es gab nichts, was er für sie tun konnte. Er konnte die Entfernung nicht zurücklegen. Bis er die andere Straßenseite erreicht hatte, würde das Auto abgefahren sein. Es lag an ihr. *Sie* musste zu ihm kommen. Sein Bruder machte einen Schritt an den Straßenrand und zog sie mit sich.

Verschwinde von dort, Kate.

Ben konnte nur zusehen. Kate beugte sich zu seinem Bruder und sagte ihm etwas ins Ohr. Was auch immer es war, er antwortete mit einem Lächeln und einem Kichern. Er ließ ihren Arm los und winkte, als sie wegging. Kate machte ein paar Schritte, schaute kurz über ihre Schulter zurück und beschleunigte ihr Tempo.

Ben trat aus dem Schatten. Sie warf noch einmal einen vorsichtigen Blick zurück auf die Straße, dann nickte sie Ben von der anderen Straßenseite aus zu.

Als sie bei ihm ankam, waren ihren Augen wild. »Was zum Teufel ist los?«

Ben schlang seine Arme um sie. Er wollte sie nicht mehr loslassen.

»Ben, sag mir, was los …«

»Du bist bei mir. Gott sei Dank. Wir müssen von hier verschwinden.«

»Ich verstehe nicht, was …«

»Wir müssen gehen.«

»Benjamin, sag mir, was los ist.«

»Wir sind noch nicht in Sicherheit. Sie wollen mich umbringen – uns umbringen.«

»Dich umbringen?«

»Ich habe ein Auto, drei Blocks weiter.«

»Wohin fahren wir? Wohin?«

»Bitte, Kate.«

»Ben, ich verstehe das nicht. Was ist *los*?«

»Ich erzähle es dir auf dem Weg.«

»Auf dem Weg wohin?« Sie sah die Verletzung über seinem Auge und zuckte zusammen. »Was ist mit deinem Kopf passiert?«

Ben berührte die Stelle, an der er auf den Grabstein von Gerome Wallace geschlagen war, mit seinem Zeigefinger. Das war eine Geschichte für später. »Es ist nichts.«

Sie drehten die Köpfe zu dem kleinen Tumult ein paar Häuser weiter. Eine Gruppe von Rugbyspielern ging singend die Treppe eines irischen Pubs hinunter und schloss sich dem Strom von Menschen an, die die Straße in ihre Richtung hinaufliefen.

»Ben, das hier ist Washington. Du bist überall in den Nachrichten. Wir kommen nicht einmal bis zur nächsten Ampel, geschweige denn drei Blocks weiter zu deinem Auto, ohne dass du erkannt wirst. Schau doch nur, die ganzen Leute.«

Sie hatte recht. Inzwischen kannte fast jeder, der einen Internetanschluss hatte, sein Gesicht.

»Wir können ein Uber nehmen«, sagte Kate. »Ich hole eins. Versteck dich dahinten, bis es hier ist.«

Ben nickte.

Sie kramte in ihrer schwarzen Handtasche nach ihrem Handy. Es dauerte etwas, bis sie es gefunden hatte. Dann lächelte sie ihn traurig an und gab ihm einen Kuss. »Und jetzt geh dahinter.«

Ben zog die Kapuze wieder über den Kopf und trat zurück in die Dunkelheit. Er lehnte sich an die Backsteinmauer und schickte Emma Noble eine Entwarnungs-Nachricht. Wie auch immer der Plan der Agentin aussah, er konnte jetzt beginnen. Kate war in Sicherheit. Alles würde gut werden. Nur noch ein paar Minuten. Nur noch ein paar Meilen. Er schaltete sein Handy aus und wartete. Wenige Augenblicke später winkte Kate ihm zu, und er schlüpfte unbemerkt auf den Rücksitz des Wagens.

»Ist Smooth Jazz okay für euch?«, fragte der Fahrer.

Ben legte den Sicherheitsgurt an und atmete aus. Zum ersten Mal seit Tagen entspannte sich sein Magen. Er lehnte seinen Kopf an Kates Schulter. Sie war in Sicherheit. Alles würde gut werden.

61

Feston Greer beobachtete, wie die Freundin in dem gelben Kleid wegging. Ihm war egal, was sie machte. Der Sohn war wichtig – nur er –, für ihn würde er sogar sein Leben lassen. Greer legte seine Hand auf den Rücken des Sohnes und führte ihn über die Straße zu der dort wartenden schwarzen Limousine. Er musste nichts tun, um groß oder imposant auszusehen – er war so geboren worden. Trotzdem nahm er in der Öffentlichkeit gern eine besonders gerade Haltung an, straffte die Schultern und drückte die Brust raus, um seine Größe hervorzuheben. Er stapfte über die Straße und blickte nach rechts und links. Er wusste, dass die Leute dann dachten: »Da geht ein Mann, mit dem man sich besser nicht anlegen sollte.«

Greer achtete auf die vielen Fußgänger, die über die Straße gingen. Eigentlich war es noch nicht spät genug, dafür dass jetzt schon so viele Kneipengänger aus den Bars strömten, aber sie stellten keine Bedrohung dar. Er öffnete die hintere Wagentür, wartete, dass der Sohn auf der Rückbank Platz nahm, und schloss sie wieder sorgsam. Greer klopfte gegen die getönte Scheibe auf der Fahrerseite, als er um die Motorhaube ging. Er setzte sich auf den Beifahrersitz und grummelte zu Neil, der hinter dem Steuer saß und den Kopf tief über eine Zeitung gebeugt hatte, dass er losfahren könne. Die Limousine setzte sich in Bewegung, weg von den vielen Bars. Greer legte den Gurt um seinen gigantischen Körper und zog den Kopf ein, um seinen massigen Schädel unter den Autohimmel zu zwängen. Autos waren eine unbequeme, enge Angelegenheit für den riesigen Mann. Das Ein- und Aussteigen war äußerst anstrengend. Und wenn er endlich saß, konnte er sich keinen Zentimeter mehr bewegen. Neben Flugreisen war das Schlimmste an seinem Job, sich in ein Auto zu zwängen.

Neil benahm sich endlich wie ein richtiger Chauffeur – und quatschte nicht jeden an. Greer hatte mit ihm darüber gesprochen. Vielleicht hatte er es endlich begriffen. Die Scheinwerfer der Limousine wanderten über ein Schild zum Park. Aber der Park lag in der falschen Richtung. Neils Kompass funktionierte mal wieder nicht richtig. Das war nicht die Strecke zurück zum Grand FairPoint.

»FairPoint. Bau keinen Scheiß«, flüsterte Feston Greer mit tiefer Stimme.

Mühevoll drehte er seinen dicken Hals zu dem Fahrer. Neil schaute nach links und pfriemelte an etwas in seinem Fußraum herum. Greer bemerkte die Ohren, die unter der schwarzen Mütze herausragten. Das waren nicht Neils Ohren. Diese Ohren waren größer. Und dann breitete sich auch schon ein dichter Nebel in dem Wagen aus, in dem die seltsamen Ohren verschwanden.

***

Anders als in Filmen ist es im wirklichen Leben nicht so einfach, mehr als eine Person außer Gefecht zu setzen. In Chloroform getränkte Taschentücher sind das wirksamste Mittel, um einen Gegner lahmzulegen, aber das an mehreren Zielpersonen gleichzeitig auszuführen ist schwierig. Die Russen glaubten, eine Lösung gefunden zu haben. Im Jahr 2002 durfte ihr Inlandsgeheimdienst, der FSB, sein neues Betäubungsmittel gegen tschetschenische Rebellen ausprobieren, nachdem diese achthundert Besucher in einem Theater in Moskau als Geiseln genommen hatten. Der FSB setzte in dieser Nacht eine große Menge ihrer neuen chemischen Substanz ein, aber ihr Mittel war noch nicht ausgereift – und 132 Geiseln starben.

Seltsamerweise stammt das erfolgreichste Schlafmittel nicht von staatlich geförderten Wissenschaftlern, sondern von neun Landwirten einer Mennonitenkolonie in Bolivien. Sie fanden im Jahr 2004 heraus, dass man eine ganze Familie außer Gefecht setzen konnte, wenn man das Betäubungsmittel, das sie gewöhnlich für die Stiere benutzten, durch Fenster sprühte. So hatten die gottesfürchtigen Bauern genügend Zeit, die Frauen, Mädchen und auch einige Männer zu vergewaltigen. Sie testeten die Substanz vier Jahre lang immer wieder an 151 Glaubensbrüdern und -schwestern aus. Laut dem örtlichen mennonitischen Bischof trugen die Opfer kein Trauma davon und brauchten auch keine Therapie, weil sie die ganze Zeit schliefen, während sie vergewaltigt wurden.

Angesichts der Geschichte von kampfunfähig machenden Mitteln, war Gunny ziemlich nervös, was die Wirksamkeit der Dämpfe anging. Dann sah er den Kerl, der neben ihm sitzen würde – doppelt so groß wie ein Mennonit.

Gunny brach den Kanister auf, setzte sich die Gummimaske auf, riss das Lenkrad herum und brachte das Auto schlingernd zum Stehen. Dichter Nebel hüllte das Fahrzeug ein. Er hatte nur den Bruchteil einer Sekunde Zeit, um in den Rückspiegel zu schauen und zu sehen, dass die Augen des Zwillings in seinen Kopf zurückrollten. Und dann spürte er eine Riesenfaust, die ihm auf den Kiefer schlug. Zum Glück war der Mistkerl zu groß und das Auto zu klein, dass er viel Kraft in den Schlag hatte legen können – aber es tat trotzdem höllisch weh. Das Betäubungsmittel wirkte nicht bei dem Kerl. Während Gunny sich mit der linken Hand die Maske aufs Gesicht drückte, versuchte er mit der rechten den 350 Pfund schweren Bären abzuwehren. Aber er war auf verlorenem Posten. Der Leibwächter riss ihm die Maske vom Gesicht und verpasste ihm einen weiteren Kinnhaken. Egal, woran es lag, ob an dem Schlag oder an dem Betäubungsmittel, hinter Gunnys Augen gingen die Lichter aus.

Er sah nicht mehr, wie Feston Greer unter seinen Arm griff und die Pistole zog. Er hörte auch nicht mehr das »Pffft-Pffft« von zwei Kugeln, die durch die Windschutzscheibe schossen und in den Hals und die Brust des riesigen Mannes drangen. Uncle Gunny bekam das alles nicht mehr mit, aber das brauchte er auch nicht. Er verließ sich darauf, dass Sam Noble dort war, wo er sein sollte – zusammengekauert in einer Baumreihe mit einem guten Gewehr und dem besten Wärmebildzielfernrohr, das man für Geld kaufen konnte.

62

Weaver's Storage lag in der Nähe einer einspurigen Straße, eine Meile entfernt von einem Highway im ländlichen Maryland. Vor den Lagerhallen befand sich kein gepflasterter Parkplatz, sondern nur ein Stück Land mit braunem Gras. Die Gebäude waren von einem Maschendrahtzaun umgeben, drei braune Betonbauten mit jeweils vier orangefarbenen Garagentoren. Für den flüchtigen Beobachter sahen die Lagerhallen aus wie ein trauriges Relikt aus den Achtzigerjahren – ein unrentabler, nutzloser Betrieb mitten im Niemandsland.

Ein heruntergekommenes kastenförmiges Gebäude mit ausgeblichenen Plastikfensterläden befand sich außerhalb des eingezäunten Geländes. Emma Noble saß auf einem schmutzigen Sofa neben zwei Rollkoffern und einer Reisetasche und wartete in einem kargen Büro auf ihren Vater und Uncle Gunny. Die Wände waren weiß, die Möbel billig. Der rote Sekundenzeiger einer alten Uhr tickte an der hinteren Wand. Emma verfolgte ihn mit den Augen und dachte an ihren Vater. Sie wusste, dass er viele Einsätze geleitet hatte – sie hatte die Geschichten gehört, aber das waren stark zensierte Berichte, die Freunde ihres Vaters später erzählt und dabei Bier getrunken hatten. Emma hatte im Schneidersitz auf dem Teppich gesessen und gebannt gelauscht. Es war schwer, die Fakten von Fiktion zu unterscheiden.

Die Situation jetzt war anders. Sie war *dabei*. Sie wusste, was auf dem Spiel stand und wie gefährlich das Unternehmen war.

Scheinwerferlicht drang durch die Fenster. Sie sprang vom Sofa auf, lief nach draußen und folgte dem Auto über das braune Gras durch den Maschendrahtzaun. Die Limousine parkte vor dem zweiten orangefarbenen Garagentor. Das Fenster auf der Fahrerseite wurde heruntergefahren.

»Der Geburtstag deiner Mutter«, sagte Sam Noble.

Emma nickte und gab das Datum in das Tastenfeld ein. Sie hörte das klickende Geräusch, öffnete das Garagentor und trat zur Seite, damit die Limousine hineinrollen konnte. Ihr Vater stieg aus. Sie umarmte ihn und beugte sich zum Fenster, um Uncle Gunny Guten Tag zu sagen – stattdessen begrüßte sie einen blutverschmierten riesigen Kerl, der eingezwängt auf dem Beifahrersitz saß. Sie sah ihren Vater an. Seine Miene verriet nichts. Sam Noble öffnete die hintere Tür, zog den bewusstlosen prophezeiten Sohn aus dem Auto und legte ihn auf den Betonboden. Er war an Händen und Füßen mit Kabelbinder gefesselt. Emma überprüfte schnell seinen Puls und seine Atmung – er schien physisch in Ordnung zu sein.

»Dad, wo ist …«

»Im Kofferraum.«

»O Gott.«

Ihr Vater grinste und bedeutete ihr mit einem Finger, mitzukommen. Er öffnete den Kofferraumdeckel. Emma beugte sich nach vorn. Uncle Gunny lag da wie ein Embryo, sein Kopf auf der nackten Brust eines gefesselten und bewusstlosen Limousinenfahrers, der nur noch seine Unterwäsche trug.

»Geht es ihm gut?«

»Ja.«

»Im Gegensatz zu dem Kerl vorne … Was machen wir mit *ihm*?«

»Wir lassen ihn da, wo er ist. Wie ist es bei dir gelaufen?«

»Fehlanzeige, was die Waffe angeht. Die Taschen sind im Büro.«

Sam zuckte mit den Achseln. Beide wussten, dass es sowieso ziemlich aussichtslos gewesen war, etwas in der Suite des Grand FairPoint zu finden. Emma sah sich in der kleinen Garage um. Ein paar Kisten standen in einer Ecke hinten aufeinandergestapelt. Ansonsten war sie leer.

»Was jetzt?«, fragte sie.

Sam hob Gunny aus dem Fahrzeug und legte ihn sanft an der Wand der Garage ab. Er betrachtete die Menschen, die auf dem grauen Beton lagen. Seine Hände waren in die Hüften gestemmt. Das war die Haltung, die ihr Vater einnahm, wenn er sich in die Arbeit stürzte: den Keller putzen, den Garten bepflanzen, das Auto waschen, Terroristen verhören.

»Er da ist unsere Priorität«, sagte er und zeigte auf den Zwilling.

»Was ist mit dem Fahrer?«

Sam schlug den Kofferraum zu, und Emma hatte ihre Antwort.

»Emmalein, rück die Kisten da beiseite. Dein Geburtsdatum und dann das deiner Mutter.«

Sie blinzelte ihn an und schaute in die Ecke. Die Kisten waren voll mit alten Bettlaken, Kleidern und einigen Brettspielen – nichts davon kam ihr bekannt vor. Es war das Zeug von irgendjemandem. Emma schob die Kisten weg. Eine silberne Falltür mit einem Tastenfeld kam unter einem alten Teppich zum Vorschein.

Uncle Gunny hatte eine unterirdische Höhle, wie Batman.

Sie schaute zu ihrem Vater. Er durchsuchte gerade die Taschen des Zwillings. Emma gab die Ziffern auf der Tastatur ein und hob den Deckel an. In dem schwarzen Schacht begannen von unten nach oben hin Lichter aufzuleuchten und erhellten die an der Seite angeschraubte Leiter.

Sam Noble drehte sich zu seiner Tochter. »Ich brauche eine Fallschirmleine. Du findest sie in der grünen Kiste – unter den Granaten.«

»Unter den *Granaten*? Ich muss mich durch Granaten arbeiten, um an ein Seil heranzukommen? Bringt man euch das im Sicherheitstraining bei der Marine bei?«

»Emmalein.«

Sie griff nach der Leiter und stieg hinunter. Die Wände waren aus Stahl. Diesen Bunker hatten nicht Möchtegernsoldaten gebaut; er war fachmännisch errichtet worden, mit Geldern des Verteidigungsetats. Rundungsfehler, die bei einem Etat von 4,8 Billionen Dollar schon einmal anfallen und abgeschöpft wurden. Zehn Meter weiter unten trat sie auf festen Boden.

Der Raum war quadratisch – sechs Meter lang, sechs Meter breit. Es war eine Art Wohnung: zwei Etagenbetten, eine Küchenzeile, eine Couch mit einem Bücherregal darüber, ein kleiner Tisch mit zwei Stühlen, ein blauer Teppich auf dem Betonboden. Emma öffnete den Schrank über der Mikrowelle. Aluminiumdosen waren aufeinandergestapelt: Suppen, Trockennudeln, Soßen, Fleisch und Gemüse. Hier befand sich keine grüne Truhe. Aber es gab drei Türen.

Sie trat durch die erste Tür in einen kleinen EDV-Raum mit einer Reihe von Servern und blinkenden Lichtern. Der zweite Raum war kleiner und enthielt eine Komposttoilette, Säcke mit Torfmoos und ein Regal mit alten ›Sports Illustrated‹-

Heften. Die dritte Tür führte in ein Waffenlager. Der Raum war halb so groß wie der Wohnbereich und mit Handfeuerwaffen, Sturmgewehren, Schrotflinten und Scharfschützengewehren ausgestattet. Einige der Waffen waren an den Wänden angebracht, der Rest lagerte in Kisten und Spinden. Hinten war eine Brandschutztür aus Stahl, die sie lieber nicht öffnen wollte. Sie entdeckte die grüne Kiste neben einem Gewehrständer und nahm vorsichtig den obenauf liegenden stählernen Behälter mit den Granaten weg.

Emma öffnete die Kiste. Auf einem Holztablett lagen fein säuberlich nebeneinander eine Auswahl an Messern in verschiedenen Formen und Größen, zwei Zirkel, eine Garotte und zwei Paar schwarze Handschuhe. Sie fand die aufgewickelte Fallschirmleine darunter.

Als sie wieder hinaufgeklettert war, stellte sie erleichtert fest, dass Uncle Gunny wieder zum Leben erwacht war. Er lehnte an der Wand und rieb sich das Kinn.

»Er lebt!«, rief sie.

»Dein Vater und ich hatten eine kleine Diskussion darüber, wann ein Überwachungsposten einzugreifen hat«, sagte er.

»Hör auf zu meckern, Gunny.«

»Dieses Rhinozeros verpasst mir einen Kinnhaken – na gut. Aber zwei? Du hast einen miesen Sinn für Humor, Herr Professor, weißt du das?«

»Früher konntest du dich selbst verteidigen. Aber heute, ich weiß nicht …«

»Deine Tochter sollte nicht wissen, dass du ein Mistkerl bist. Hey, meine Kleine.«

»Ihr seid lächerlich«, sagte sie und warf ihrem Vater das Seil zu.

Sam Noble reichte Emma ein Handy.

»Das ist seins«, sagte er und deutete auf den Zwilling. »Schau mal, ob du etwas Interessantes finden kannst.«

»Was hast du mit ihm vor?«, fragte Emma.

»Wir gehen nach unten und unterhalten uns. Dann sehen wir weiter.«

Emma drückte den Daumen des Zwillings auf das Telefon. Ein schwarzer Hintergrund mit einem lila Mond in der Ecke erschien auf dem Display. Sie lehnte sich gegen die Limousine und sah seine Nachrichten durch. Sie scrollte und stellte fest, dass sie alle eins gemeinsam hatten – sie waren nicht auf Englisch. Vielleicht Esperanto? Welche Sprache es auch immer war, es würde einige Zeit dauern, sie zu entschlüsseln. Seine E-Mail-Konten waren eine Sackgasse – man brauchte ein verschlüsseltes Passwort, um hineinzukommen. Sie sagte ihrem Vater, dass das Handy nicht vielversprechend aussah.

»Vielleicht kann Gunny es ja mal versuchen.«

Emma tippte auf die Foto-App. Sie sah sich kurz das erste Bild an, dann das zweite. Sie schloss die Augen und versuchte, sich an etwas von vor ein paar Tagen zu erinnern. Als sie zum dritten Bild scrollte, schlug ihr das Herz bis zum Hals. Sie vergrößerte das Foto, um sich zu vergewissern, dass sie sich auch nicht irrte.

»O Scheiße!«

Uncle Gunny und ihr Vater sahen zu ihr hinüber.

»Was ist?«, fragte Sam Noble.

Sie zeigte ihm das Bild und klärte ihn auf. Das anschließende Gespräch war kurz. Minuten später raste sie mit dem Auto über die Schotterstraße und betete um ein Wunder. Uncle Gunny war nicht weit hinter ihr.

63

Der Uber-Fahrer wiegte seinen Kopf langsam im Takt des sanften Jazz, der aus den Lautsprechern klang. Aber die Stimmung auf dem Rücksitz war alles andere als heiter. Das Klima war deutlich unterkühlt.

Kate sah angestrengt aus – die Muskeln in ihrem Gesicht spannten sich an, als sie mit den Zähnen knirschte. Ben griff nach ihrer Hand. Sie zog sie weg, rutschte in ihrem Sitz und schaute aus dem Fenster.

»Kate? Geht's dir gut?«

»Bestens.«

»Ich liebe dich.«

Sie nickte.

Er begriff nur langsam. Was stimmte nicht mit ihm? Natürlich war sie durcheinander. Kate war hereingelegt worden. Benutzt worden. Heute Nachmittag hatte sie einen Schwindler umarmt. Hatte ihn geküsst. Und wahrscheinlich hatten sie den Nachmittag in der Suite des Grand FairPoint Hotels damit verbracht, sich zu versöhnen. Das musste an ihr zehren. Eine Million Sachen mussten ihr durch den Kopf gehen – auch das Gefühl von Scham.

»Es ist okay«, sagte er. »Du konntest es nicht wissen. Ich mache dir keine Vorwürfe.«

Kate drückte ihre schwarze Handtasche an sich. »Nicht jetzt.«

»Okay.« Er beugte sich zu ihr und küsste sie auf die Wange. Sie ließ es geschehen.

»Bist du sicher, dass es dir gut geht?«

»Es würde mir besser gehen, wenn du nicht aus Washington abgehauen wärst und mich dort allein gelassen hättest.«

Das stimmte. Er hatte sie dort allein gelassen. Bei Fremden. Und so war sie überhaupt erst in Gefahr geraten. Es war ihr gutes Recht, wütend zu sein. Er wollte ihr erzählen, was alles passiert war: dass er Mrs Atamian getroffen hatte, dass er fast auf einem Friedhof umgebracht worden war, wie das FBI ihn gefunden hatte. Aber nicht jetzt. Dies war nicht der richtige Augenblick. Zuerst musste er sich um sie kümmern.

»Können Sie bitte hier reinfahren?«, bat sie den Fahrer. »Danke.«

Ben sah sich um. Der Wagen bog von der Hauptstraße auf einen unbeleuchteten Parkplatz. Er hatte nicht wirklich darauf geachtet, wo sie hingefahren waren, und war sich nicht sicher, wo sie waren. Ob noch in Washington oder schon in Maryland oder in Virginia. »Wo sind wir?«

»Würden Sie bitte aussteigen?«, fragte Kate den Fahrer. »Wir müssen miteinander reden.«

»Klar.«

Der Fahrer stellte den Wagen ab und öffnete die Tür. Das Fahrzeug wackelte, als er sich auf die Motorhaube setzte und eine Zigarette anzündete – die Scheinwerfer gingen aus. Nirgendwo war Licht, weder am Himmel noch im Auto. Nur eine rote Glut vorne an der Stoßstange.

Ben streichelte ihre Hand. »Es wird alles wieder gut, Kate. Das Schlimmste ist vorbei.«

»Es ist nicht alles gut.«

»Noch nicht, aber bald.«

»Du hast mich lächerlich gemacht, indem du einfach abgehauen bist.«

»Ich weiß. Das hätte ich nicht tun sollen. Es tut mir leid.«

»Ich wusste nicht, wo du warst.«

»Ich hab's vermasselt. Ich hätte früher anrufen sollen.«

»Es ist meine Aufgabe, zu wissen, wo du bist, Benjamin.«

»Ich weiß. Und meine Aufgabe ist es, auf dich aufzupassen.«

Kate schaute ihn an. »Nein, das ist nicht deine Aufgabe. Du kümmerst dich nicht um mich.«

»Ich meine – wir sitzen im selben Boot.«

Ben spürte, wie das Fahrzeug erneut wackelte, als der Fahrer sich von der Motorhaube erhob und noch einmal an seiner Zigarette zog.

»Es ist vorbei, Ben.«

Sein Magen zog sich zusammen. »Was? Was ist vorbei?«

»Es ist vorbei«, sagte sie noch einmal.

»Das verstehe ich nicht. Machst du gerade Schluss …«

»Nein. Mache ich nicht.«

Er holte Luft. »O Gott. Ich dachte schon, du beendest unsere Beziehung.«

»Nein, die beende ich nicht, Schatz.«

»Nein, natürlich nicht. Ich liebe di…«

»Benjamin. Ich setze keinen Schlusspunkt unter uns.« Sie beugte sich hinüber und klopfte an das Fenster. »Nur unter dich.«

»Was …?«

»Tut mir leid, Schatz.«

Kalte Luft drang in den Wagen. Bens Tür ging auf. Der Fahrer richtete eine Pistole auf sein Gesicht. Ben sah Kate an. Sie starrte geradeaus. Es interessierte sie nicht, dass der Kerl ihn am Kragen seiner Kapuze aus dem Auto zerrte.

***

Die ersten drei Fotos, die Emma auf dem Handy des Zwillings sah, zeigten Ben und Kate an einem Strand am See, vor einem blauen Gewässer und Kiefern in der Ferne. Sie erkannte die beiden sofort, obwohl sie Kinder waren, nicht älter als dreizehn Jahre. Und dann erinnerte sie sich daran, was Kate vor ein paar Abenden in ihrer Wohnung gesagt hatte, als sie sie gefragt hatte, wie sie sich kennengelernt hatten: *Durch einen Freund von mir. Er arbeitet auch bei Cambridge Hill. Im April werden wir zwei Jahre zusammen sein. Liebe auf den ersten Blick.* Es war nicht Ben, der sie in seiner nassen Badehose anlächelte. Es war sein eineiiger Zwilling. Kate Malone war mit Bens Bruder aufgewachsen. Und die Kondome im Hotel deuteten darauf hin, dass sie mehr als nur Freunde waren.

Emma raste die Straße entlang und setzte die einzelnen Puzzleteile zusammen. Die Sekte hatte sich darauf spezialisiert, ihre Leute in Schlüsselpositionen zu haben. Die Freundin musste auch aus ihrem Kreis stammen – sie musste dafür sorgen, dass Benjamin Danvers den Anruf annahm und nach Washington fahren würde, wenn die Zeit gekommen war. Sie musste einen geschmeidigen Übergang von Bruder zu Bruder sicherstellen. Sie musste dem Sohn bei allem helfen, was die Sekte für die Amtseinführung geplant hatte.

Emma hatte Benjamin Danvers geholfen, in seine eigene Ermordung zu stolpern.

64

Sam Noble zog den Küchenstuhl im Bunker hervor und betrachtete den jungen Mann. Wie jeder Vernehmungsbeamte, der schon einmal einen Raum betreten hatte, um wichtige Informationen in Erfahrung zu bringen, hoffte auch Sam Noble, dass es einfach werden würde – dass der junge Mann erkennen würde, wie aussichtslos seine Situation war, und dass er deshalb kooperieren würde. Ein Blick in das gleichgültige »Du kannst mich mal«-Gesicht des Zwillings genügte, um sich von dem Wunsch zu verabschieden. Sam würde also hart arbeiten müssen, um seine Informationen zu bekommen, und er konnte sich aufgrund der fehlenden Zeit keinen Fehler erlauben.

Seine Laufbahn hatte die Entwicklung der Verhörtechniken umfasst – Folter, Psychospielchen, Waterboarding und alles, was es sonst noch gab. Sam Noble hatte erlebt, wie anständige Männer zu Sadisten wurden und Methoden anwendeten, die die Grenze des Erlaubten überschritten. Manchmal bekamen sie, was sie brauchten – oft aber auch nicht. Aber ein Verhör war immer dann zum Scheitern verurteilt, wenn die Vernehmenden ihr Ziel vergaßen – dass sie nämlich nur Informationen herausholen und nicht Selbstjustiz üben sollten. Das Einzige, was Sam wollte, waren zuverlässige Informationen, mehr nicht. Und dafür würde er alles tun.

»Brauchst du etwas?«, fragte er.

Der Sohn antwortete nicht, sondern starrte nur auf die Etagenbetten in der Ecke. Sam schaute, wie oft er mit den Augen blinzelte, um einen Richtwert zu erhalten. Lügen und Blinzeln gehörten zusammen wie Erdnussbutter und Marmelade.

»Wie du wahrscheinlich weißt, wirst du bei der Amtseinführung nicht dabei sein. Keiner wird kommen, um dich zu holen.«

Der Zwilling zuckte nicht zusammen. Sein Kinn war nach oben gestreckt, und er starrte finster auf die Wand gegenüber.

»Du fragst dich wahrscheinlich, was jetzt passiert.«

Sein Blick wanderte zu Sam.

»Das liegt bei dir. Nicht bei mir. Wir werden ein Gespräch führen. Oder auch nicht.«

Sam Noble stand auf, ging zum Kühlschrank und nahm eine Flasche mit kaltem Wasser heraus. Gunny hatte ihm erzählt, dass ihn das Gas durstig gemacht hatte. Er öffnete die Flasche und stellte sie Bens Bruder hin. »Trink einen Schluck.«

Der junge Mann bewegte sich nicht. Er starrte nur.

»Ein Schluck Wasser macht dich nicht zum Verräter.«

Er senkte den Blick und dachte eine Weile über das Angebot nach. Schließlich führte er die Flasche an seine Lippen.

»Ich bin froh, dass wir die Möglichkeit haben, miteinander zu reden.«

»Ich werde nicht reden«, sagte der Sohn.

»Na gut. Wie soll ich dich nennen?«

»Mir egal«, antwortete er und starrte wieder an die Wand. »Ich will einen Anwalt.«

»Nein.«

»Ich bekomme einen Anwalt.«

»Wir sind nur zwei Freunde, die sich unterhalten. Aber

wenn ich dein Anwalt *wäre*, würde ich dir raten, zu kooperieren. Willst du wissen, warum?« Sam wartete, bis der Junge ihn ansah. »Weil du nichts getan hast. Noch nicht. Und du wirst auch nichts tun – weil du hier bei mir bist. Die Leute werden verstehen, dass man dich misshandelt hat. Du kannst immer noch ein gutes Leben haben – wenn du das willst. Willst du?«

Der Zwilling rutschte in seinem Stuhl. Sam Noble wartete. Jetzt war der Junge dran. Sam würde eine Stunde warten, wenn es sein müsste.

»Ich bin der Sohn, den die Prophezeiung vorausgesagt hat. Ich habe eine Bestimmung. Das hier ist nur eine Prüfung vor meinem Triumph.«

Sam atmete aus. Sie hatten dem Jungen übel mitgespielt, aber wenigstens redete er.

»Wenn du deine Bestimmung erfüllen willst, bist du ein bisschen spät dran für dein großes Opfer.«

Er sah Sam an. In seinen Augen lag Verwirrung. Wahrscheinlich begriff er gerade, dass er gar nicht wusste, wie lange ihn das Gas außer Gefecht gesetzt hatte. Sein Blick wanderte suchend durch den Raum und blieb an dem kleinen Wecker auf dem Bücherregal hängen.

»Du bist kein Feigling.« Sam verzog das Gesicht. »Es muss schlimm sein – all diese Menschen zu enttäuschen, die sich auf dich verlassen haben. Sie haben ihr ganzes Leben darauf gewartet, dass du dein Ding durchziehst. Wie fühlt sich das an?«

Der Junge ließ sich nicht ködern.

Sam beugte sich vor. »Du siehst beunruhigt aus. Hast du deine Waffe verpasst? Es ist schon nach zehn Uhr. Du solltest jetzt mit deiner Mutter beim Gottesdienst vor der Amtseinführung sein – nicht wahr? Das heißt, egal welche Waffe du bekommen solltest – du hast sie verpasst. Richtig?«

Der Junge sah weg.

»Der Sohn ist heute Morgen nicht auferstanden. Gehen jetzt alle einfach nach Hause? Und versuchen es bei einer anderen Amtseinführung wieder?«

»Das hättest du gern«, sagte der Zwilling.

»Also gibt es noch jemanden. Sie haben die Waffe einem anderen Mistkerl gegeben? Wem? Wer hat sie?«

Der Zwilling zuckte mit den Achseln. »Du hältst dich für schlau. Du bist ein Bulle und weißt nicht einmal, wonach du suchst.«

»Ich weiß vielleicht nicht, wonach ich suche, aber du hast recht, manchmal will ich es mir selbst beweisen. Du solltest heute einen arbeitsreichen Tag haben. Wenn du also etwas hättest bekommen sollen, wäre es heute Morgen in der Lobby gewesen, oder? Ich werde mir die Aufzeichnungen der Kameras anschauen und herausfinden, wer etwas hat. Oder du sagst es mir und ersparst mir die Arbeit.«

»Die Lobby ist groß. Aber das ist egal. Du kannst es nicht mehr aufhalten.«

»Raus damit. Wo ist die Waffe?«

»Du wirst sie nie finden.«

Sam runzelte die Stirn.

Der Zwilling hob das Kinn an. »Muss ätzend sein, all diese Menschen zu enttäuschen, die sich auf dich verlassen haben.«

Sam sah auf seine Uhr und atmete aus. »Was soll's. Also, wie viel Vorsprung habt ihr? Zwei Stunden? Damit kann ich leben.«

»Vier, du Blödmann.« Ein weiterer Blick auf den Wecker. »Wie fühlt sich das an?«

Er behielt die Antwort für sich, aber es fühlte sich ziemlich gut an. Es war immer amüsant, wenn Leute auf alte Tricks hereinfielen. Vor allem, wenn es ein so einfacher Trick war. Der Junge war in der falschen Zeitzone. Oberirdisch war es eine Stunde vor Mitternacht.

Sam hatte einen Anhaltspunkt. Irgendwann nach sechs Uhr morgens würde jemand etwas in der Lobby des Grand FairPoint Hotel übergeben bekommen. Er hatte zwar keinen Volltreffer gelandet, aber zumindest einen Etappensieg errungen.

65

Bei jedem Schritt, den der Mann mit der Waffe machte, bewegte sich der Lichtstrahl der Taschenlampe vor Bens Füßen auf und ab. Das Licht schien nur auf den ausgetretenen, braunen Pfad – nicht auf die Felder auf der linken oder den Kanal auf der rechten Seite oder den Wald geradeaus. Ben ging stocksteif. Nur das knirschende Geräusch seiner eigenen Schritte und die des Killers waren zu hören. Es war Bens zweiter unfreiwilliger Marsch an diesem Tag. Heute Abend würde ihm kein Schutzengel zu Hilfe kommen.

Der Verrat und die Manipulation überrollten ihn wie eine Lawine – die Erkenntnis, in seinem Leben nur belogen und betrogen worden zu sein, war bitter. Zuerst ging er resigniert und hoffnungslos, bereit, aufzugeben – und sanft in die Nacht zu gleiten. Doch je weiter er den dunklen Pfad entlangging, desto mehr verdrängten Wut, Hass und Wahnsinn seine Traurigkeit, seine Verzweiflung und seine Ohnmacht.

Der Lichtstrahl stieg von seinen Füßen auf und wanderte über seine Schulter, dass er ein paar Sekunden lang den herannahenden Wald und die Felsbrocken sehen konnte. Das wackelige Licht kehrte zurück auf den Pfad, und seine Sicht war wieder auf wenige Meter beschränkt. Der Killer war vier Schritte hinter ihm. Alle fünfzehn Sekunden stieg der Lichtstrahl über seine Schulter und senkte sich wieder.

Beim Öffnen der Autotür hatte der Killer die Waffe in seiner rechten Hand gehalten. Ben stellte sich vor, wie er hinter ihm herging – die Taschenlampe in der linken, die Waffe in der rechten Hand. Ben verkürzte unauffällig seinen Schritt. Der Mann war jetzt nur noch drei Schritte hinter ihm.

Ben dachte kurz über sein Leben nach. Wenn es eine Glanzleistung darin gab, dann war es seine Opferrolle. Er war ein beispielloser Waschlappen, dem ein Platz in der Ruhmeshalle gebührte, dafür dass er zu naiv gewesen war, um zu erkennen, dass die einzige Frau, die er je geliebt hatte, seinen Tod wollte. Das Licht bewegte sich um seine Stiefel. Er verkürzte seinen Schritt noch einmal und wartete darauf, dass der Strahl wieder vom Pfad wegwanderte. Inzwischen kochte er vor Wut. Und die Folgen waren ihm völlig egal. Er hatte nichts mehr zu verlieren.

Der Killer hob die Taschenlampe an. Ben sah, wie das Licht an seiner Jogginghose hinaufwanderte und über seine Schulter an seinem Augenwinkel vorbei nach oben stieg. Der Wald erhellte sich, und einen Moment lang hüllte Dunkelheit ihn ein. Er drehte sich blitzschnell um und schlug mit dem Arm nach der Taschenlampe. Die Waffe ging krachend neben seinem Kopf los – der Knall war so dicht an seinem Ohr, dass er wie betäubt war. Ben sprang zur Seite, während die Taschenlampe sich auf dem Boden um die eigene Achse drehte. Als sie zum Stehen kam, deutete sie auf den Killer – das Licht schien auf seine Waden. Ben trat hinter den Umriss. Der Killer schwenkte seine Pistole hin und her und versuchte, sein Ziel in der Dunkelheit zu finden. Aber ohne die Taschenlampe war Ben unsichtbar. Der Kerl hatte nur eine Wahl. Er musste sich nach ihr bücken.

Ben stürzte nach vorn und stieß seinen Kopf in das Rückgrat des Mannes. Es war ein brutaler Angriff, der den Killer überraschte und ihn von den Füßen riss. Ben hörte, wie der Kopf des Kerls auf einen Felsbrocken knallte. Die Pistole flog ihm aus der Hand und prallte an einem nahen Stein ab. Da war noch ein Geräusch. Es kam von Ben. Ein tierischer Laut – ein wütendes Grunzen im Takt mit seinen Faustschlägen, die auf den Mann eintrommelten. Der Möchtegernmörder wehrte sich nicht. Sein Körper war schlaff. Ben nahm es nicht wahr – ein Adrenalinrausch hatte ihn gepackt. Er hob den Kopf des Mannes mit beiden Händen an und schlug seinen Schädel auf den Felsbrocken. Wieder und wieder. Bis Bens innere Qualen schließlich nachließen und in heftiges Schluchzen übergingen. Er war leer. Ausgehöhlt. Seine Ohren pochten im Rhythmus seines Pulses.

Ben griff nach der Taschenlampe auf der Erde und richtete sie auf den Mann. Sein Körper lag unnatürlich gespreizt auf einem großen blutverschmierten Gesteinsbrocken. Seine Augen waren geöffnet, aber sein Gesicht war zu Brei geschlagen. Ben spürte nichts bei dem Anblick. Seine Atmung wurde allmählich langsamer. Er schwenkte das Licht über den Boden, bis er die Waffe entdeckte. Sein Kopf war wie gelähmt. Ben stand da. Starr. Unbeweglich. Er presste die Augen zusammen und wartete darauf, dass sein Gehirn neu startete.

Ben rieb den Lauf der Waffe über seine Stirn, er spürte die Reibung des kalten Stahls an seinem Schädel. Sie hatten sich geliebt. Aber wie alles andere in seinem Leben war auch Kates Liebe nichts als eine Lüge gewesen. Sie war nur eine Schauspielerin. Eine Heuchlerin. Ein Kindermädchen. Jemand, der angeheuert worden war, um ihn bis zu seiner Ermordung zu beruhigen. Ben stand auf dem Pfad und fuhr sich mit der Waffe über seine Schläfe.

Er hatte keinen Plan, aber seine Füße begannen, sich in

Bewegung zu setzen. Ben ging langsam den Weg entlang, die Waffe fest umklammert in der rechten Hand. Der Lichtstrahl wippte vor seinen Füßen. Der Wald wich offenen Feldern – der Kanal tauchte links von ihm auf.

Der Parkplatz lag geradeaus.

***

Das einzige Licht, das an diesem Abend in der Nähe der Chain Bridge schien, stammte von der Taschenlampe eines Mannes, der seine eigenen Schritte nicht hören konnte. Er ging durch ein offenes Feld einen ausgetretenen, vereisten Pfad entlang. Seine Ex-Freundin saß auf dem Rücksitz des geparkten Autos und sah den Lichtstrahl, der sich mit den Schritten des näher kommenden Mannes auf und ab bewegte. Sie stieg aus und stellte sich in ihrem gelben Kleid an die vordere Stoßstange, die schwarze Handtasche an der Seite. Sie fragte laut, wie es gelaufen sei, aber ihre Frage blieb unbeantwortet. Die Frau fragte erneut. Der Mann kam immer näher. Er antwortete immer noch nicht. Der Lichtstrahl der Taschenlampe wanderte von ihrem gelben Kleid in ihr hübsches, vertrautes Gesicht – die Grundschullehrerin, die er einmal geliebt hatte, war nichts als eine Wachsfigur. Aber jetzt hatte der Mann keine Gefühle mehr für sie. Er wusste, was sie war. Und er wusste, was sie tun würde. Und als er sah, wie sie in ihre Handtasche griff und eine Pistole zog, überraschte ihn das nicht.

Sie feuerte fünfmal. Wild in die Dunkelheit hinein.

Der Mann hob langsam seine Waffe. Er schoss, so wie man es ihm in Vermont im Schützenverein beigebracht hatte. Drei Schüsse in die Brust. Die Frau in dem gelben Kleid fiel gegen das Auto. Sie war tot, bevor sie auf dem Boden aufschlug.

Ben leuchtete mit der Taschenlampe über ihren Körper. Sein Kopf war leer. Aber seine Waffe noch nicht.

Er hob den Lauf an.

Und steckte ihn in sein Ohr.

TAG SECHS

66

Das Auto raste durch ein Schlagloch, sodass Emma Noble in ihrem Sitz durchgeschüttelt wurde, aber sie fuhr trotzdem nicht langsamer. Sie hatte Gunny im Ohr, der ihr den Weg zu dem Mobiltelefon vorgab, das sie Ben Danvers zur Verfügung gestellt hatten. Gunny jagte in einem roten Mercedes zwei Minuten hinter ihr die Straße entlang und blickte immer wieder auf seinen Laptop.

Emma zwang sich, zuversichtlich zu bleiben, aber ihr Optimismus war geheuchelt. Gestern Morgen hatte Briar Metcalf versucht, Ben Danvers zu töten, und vielleicht hatte seine Freundin es jetzt sogar geschafft. Die Wahrscheinlichkeit war groß, dass er bereits tot war, aber sie wollte die Hoffnung nicht aufgeben. Und wenn die Schlampe ihn getötet haben sollte, würde sie sie finden und dafür büßen lassen, schwor sich Emma. Niemand verdiente das, was man Ben Danvers angetan hatte.

Gunny erklärte ihr gerade, dass das Telefon in der Nähe der Chain Bridge war. Es hatte sich etwas bewegt, aber seit ein paar Sekunden nicht mehr. Das klang nicht gut.

»Warte auf mich, Kleine. Hast du verstanden?«

Emma antwortete nicht.

»Ich meine es ernst. Du gehst da nicht ohne …«

Sie riss den Ohrhörer heraus. Ben Danvers war in Gefahr – sie würde keine Zeit mehr verplempern, das war völlig ausgeschlossen. Sie riss das Steuer herum und fuhr mit quietschenden Reifen auf den Parkplatz der Chain Bridge. Ihre Scheinwerfer erfassten ein einzelnes Fahrzeug. Sie griff nach ihrer Glock und setzte den Mietwagen zurück – das Fernlicht strahlte das Fahrzeug vor ihr an.

O Gott!

Eine lebloser Körper in einem gelben Kleid lag auf dem Boden. Ben Danvers stand darüber und hielt sich eine Waffe an den Kopf.

»Benjamin!«, schrie sie und sprang aus dem Fahrzeug.

Ben schirmte seine Augen gegen die grellen Scheinwerfer, aber die Waffe an seinem Kopf bewegte sich nicht.

»Ich bin's, Emma. Ich bin's, Agent Noble!« Sie griff in den Wagen und schaltete die Scheinwerfer von Fern- auf Abblendlicht. »Hey, Ben«, sagte sie sanft. »Es wird alles gut. Nimm bitte die Waffe herunter.«

Er sah verloren aus. Und er schien unter Schock zu stehen.

»Ich komme jetzt zu dir. Es wird alles gut. Nimm bitte die Waffe herunter.«

Emma hatte vier vorsichtige Schritte in Bens Richtung gemacht, als ein anderes Fahrzeug auf den Parkplatz raste. Das Fernlicht des Mercedes ließ ihn zusammenschrecken. Er nahm die Waffe vom Kopf und richtete sie auf Gunnys Auto.

»Nein!«, schrie Emma und wedelte mit den Händen. Sie redete mit Gunny. Er konnte gar nicht gut damit umgehen, wenn eine Waffe auf ihn gerichtet wurde. Das nahm stets ein schlechtes Ende. Emma stellte sich vor seine Scheinwerfer und schaute in die Windschutzscheibe. Sie schüttelte den Kopf und hoffte, dass er die Situation richtig einschätzte und seine Waffe auf dem Schoß behielt. Emma drehte sich mit erhobenen Händen zurück zu Ben.

»Ben, wir müssen reden. Das ist ein Freund von mir. Er ist derjenige, der dir gestern Nachmittag geholfen hat. Er freut sich darauf, dich kennenzulernen.« Emma ging weiter auf ihn zu. »Du kannst die Waffe jetzt weglegen. Es ist vorbei. Ich weiß, was Kate versucht hat, zu tun. Du bist in Sicherheit. Ich werde mich um dich kümmern, okay? Nimm bitte die Waffe herunter. Gut so. Wirf sie einfach da rüber. Du brauchst sie nicht mehr.«

Die Waffe landete neben ihren Füßen. Ben sah sie mit leeren Augen an. Emma streckte ihre Arme aus, sie berührte seinen Oberarm und seine Schulter – schließlich zog sie ihn zu sich heran. Es war eine instinktive, mütterliche Geste. Seine Arme hingen schlaff an ihm herab, und sein Gesicht sank auf ihre Schulter. Emma legte eine Hand auf seinen Hinterkopf, während er zu weinen begann, dass sein Körper zitterte.

»Ist gut.«

Emma betrachtete Kate Malones Leiche und fragte sich, ob sich ein Mensch von dem, was Ben gerade durchgemacht hatte, erholen konnte.

»Ich habe sie umgebracht.«

»Ich weiß«, flüsterte Emma.

Sie setzte sich mit ihm auf die Motorhaube, verschränkte ihre Hand mit seiner und drückte sie. Eine lange Stille trat ein. Uncle Gunny spürte, dass er besser im Auto sitzen blieb. Keiner sagte etwas.

»Danke«, durchbrach Ben schließlich flüsternd die Stille.

»Du warst mutig, Ben.« Sie lehnte ihren Kopf an seine Schulter und ließ ihn auch dort liegen, als er zu erzählen begann, was seit dem Wiedersehen mit Kate vor dem Orchid Room geschehen war. Sie rutschte von der Motorhaube und berührte seinen Arm. »Lass mich kurz mit Gunny reden. Dann verschwinden wir von hier, okay?«

Emma ging zum Fenster auf der Fahrerseite des Mercedes.

»Hat er sie erschossen?«, fragte Gunny.

»Ja, und es liegt eine weitere Leiche im Wald. Kannst du dich darum kümmern? Ich würde ihn gern von hier wegbringen.«

»Der Junge ist ein Held.«

»Er ist ein Wrack. Ich fahre mit ihm zurück zum Weaver's Warehouse. Ich kann mich um ihn kümmern, während ihr mit seinem Bruder redet.«

»Nein.«

»Nein?«

»Wir brauchen ihn. Sam sagt, dass sein Zwilling heute Morgen in der Lobby des FairPoint irgendeine Art von Waffe oder Gerät bekommen soll. Ben kann sie für uns in Empfang nehmen.«

»Das geht nicht. Er ist dafür zu angeschlagen.«

»Wir haben keine andere Wahl.«

»Er wollte sich eben noch eine Kugel durch den Kopf jagen. Ausgeschlossen.«

»Dir wird schon was einfallen. Päppel ihn auf. Bereite ihn auf die Aufgabe vor.«

»O Gott, du meinst es ernst.«

»Bring ihn in die Suite des Grand FairPoint Hotels. Wir treffen dich dort später.«

»Er braucht neue Klamotten.«

»Wir bringen welche von seinem Bruder mit. Und Kleine.« Er streckte die Hand aus dem Fenster und berührte ihren Unterarm. »Das hast du gut gemacht.«

Emma ging zurück zu Ben. Er brauchte Schlaf. Und eine

Therapie. Und einen sicheren Ort. Was er *nicht* brauchte, war all das, was Emma gleich von ihm verlangen würde.

»Bist du bereit, von hier zu verschwinden?«, fragte sie und drückte seinen Arm.

»Wohin gehen wir?«

»In eine Suite im Grand FairPoint Hotel.«

»Du bringst mich in das Zimmer der beiden?«

»Ja. Hasst du mich jetzt?«

Ben schüttelte den Kopf.

»Aber erst einmal musst du verschnaufen. Und duschen. Wenn du ausgeruht bist, reden wir weiter.«

Emma ließ den Motor an. Die Scheinwerfer ihres Autos leuchteten auf Kate Malones totes Gesicht. Sie fuhr los, und die Leiche verschwand in der Dunkelheit.

67

»Ben? Wie geht es dir?«, fragte Emma. Sie steckte den Kopf durch die Tür des Badezimmers, das voller Dampf war. »Ich bin bereit, wenn du es bist.«

Er duschte schon sehr lange. So lange, dass sie das Gefühl hatte, nach dem Rechten sehen zu müssen. Emma ließ ihn nicht gern allein, nicht einmal für ein paar Minuten. Er hatte sich vor wenigen Stunden umbringen wollen, und es war noch viel zu früh, zu glauben, dass er das nicht mehr für eine Lösung hielt.

Sie hatte ihn in den letzten Stunden genau beobachtet. Die Situation war schwer für ihn. Zuerst hatte er nur am Ende des Bettes gesessen und auf die Wand gestarrt. Sie hatte versucht, mit ihm zu reden, aber er wollte nicht reden. Alles, was Emma tun konnte, war, bei ihm zu sitzen und ihm über die Schultern zu reiben.

Um vier Uhr morgens kam Emma zu dem Schluss, dass sie nicht länger warten konnte. Sie flüsterte ihm zu, dass sie seine Hilfe bräuchte, und erzählte ihm, was sie vorhatten. Seine Antwort bestand aus einem einzigen Wort.

»Gut.«

Ben selbst ging es alles andere als gut. In seinem derzeitigen Zustand war er wahrscheinlich nicht einmal in der Lage, zu entscheiden, was er zum Frühstück haben wollte. Es war nicht fair, was sie von ihm verlangte. Aber es war notwendig.

Ihr Vater und Gunny würden in der Lobby sein – und seine Sicherheit gewährleisten. Das war ein kleiner Trost, aber der Plan war ein Angriff auf Benjamin Danvers' geistige Gesundheit.

»Du siehst gut aus«, sagte Emma, als er endlich aus dem Bad trat, in einem blauen Anzug.

Er sah tatsächlich gut aus. Bis auf die Beule an seinem Kopf trug er keine äußerlichen Anzeichen seiner jüngsten traumatischen Erlebnisse.

Sie strich seine Krawatte vor dem Spiegel glatt. »Wie fühlst du dich?«

Ben antwortete nicht, aber sein Blick sprach Bände. Emma wünschte sich, dass er redete. Sie konnte nicht einschätzen, ob er überhaupt begriff, was bevorstand. Er war in seiner eigenen Welt.

»Du wirst das wunderbar hinkriegen«, sagte sie und klopfte ihm auf die Schulter.

Emma und die Männer hatten einen Plan ausgearbeitet, der auf den vorhandenen Informationen beruhte – die spärlich waren. Der Zwilling hatte nicht viel preisgegeben, aber sie waren sich einigermaßen sicher, dass dem Sohn gegen sechs Uhr morgens eine Waffe oder ein Auslöser in der Lobby übergeben werden würde. Mehr wussten sie nicht.

Das Team vermutete, dass Volkov die Übergabe beobachten ließ, um sicherzustellen, dass sie ohne Zwischenfälle über die Bühne ging. Wenn alles reibungslos verlief, würden der Überbringer und wer sonst noch in der Lobby war, diese wieder leise verlassen. Es würde keine Verhaftung geben. Die Terroristen würden hoffentlich in dem Glauben gehen, dass alles perfekt gelaufen war. Sollten sie allerdings bei der Übergabe ein Passwort oder eine andere Überprüfung erwarten, hatte sich der Plan des Teams erledigt. In diesem Fall mussten sie offensiv agieren, denn die Terroristen durften auf keinen Fall das Grand FairPoint Hotel mit einer Waffe verlassen.

Aber ihre größte Sorge sprachen sie nicht laut aus – nämlich dass sie sich bei der wichtigsten verdeckten Operation der jüngsten Zeit auf einen traumatisierten, erschöpften, unvorbereiteten Risikomanager aus Boston verließen.

Emma zog die Augenbrauen hoch und grinste, als wäre die kleine Schachtel, die sie gerade öffnete, ein Geburtstagsgeschenk. Sie nahm vorsichtig eine Anstecknadel mit der amerikanischen Flagge heraus und befestigte sie an Bens Anzug. »Okay, 007. Diese Anstecknadel birgt eine Kamera und ein Mikrofon. Ich werde damit sehen, was du siehst. Ich werde damit hören, was du hörst. Okay?«

Ben nickte.

»Dreh mal kurz den Kopf, damit ich dir das hier ins Ohr stecken kann. Ich kann hierdurch mit dir sprechen – heute Morgen werde ich dein Jimmy Grille sein.« Sie schob das kleine Gerät tief in sein Ohr, ging dann zum anderen Ende des Raums und flüsterte in ihr Mikrofonkabel. »Wenn du mich hören kannst, heb deinen rechten Arm.«

Ben hob die Hand.

»Es kann losgehen.« Emma schaute auf ihre Uhr. »5:30 Uhr, pünktlich auf die Minute. Ich gehe jetzt in die Lobby. Die anderen sind schon da. Wenn ich meine Position unten eingenommen habe, melde ich mich bei dir. Dann kommst du herunter. Sei einfach du selbst. Und hör mir zu. Wir werden das gemeinsam hinkriegen. Und Ben«, sie sah ihn an, »wir sind alle da und passen auf, dass dir nichts passiert. Du bist in Sicherheit. Wir sind bei dir.«

Emma lächelte ihn an und umarmte ihn. Sie betete, dass er

sich nichts antat, wenn sie gegangen war. Oder weglief. Oder nicht aus dem Zimmer kam. Es war heikel, ihn allein in der Suite zu lassen, aber es war nicht zu ändern.

Sie trat aus dem Aufzug. In der Lobby herrschte am Morgen der Amtseinführung bereits reges Treiben. An der Rezeption hatte sich eine Schlange mit Gästen gebildet, die aus dem Hotel auschecken wollten. Ein paar Menschen saßen zusammen auf Sofas und hielten eine frühe Besprechung ab, andere liefen herum – und tranken Kaffee. Emma war sich sicher, dass ein paar dieser Menschen nicht hier waren, um sich zu treffen, auszuchecken oder einen Kaffee zu trinken – sie hatten sich hier eingefunden, um sicherzustellen, dass der Sohn ein Paket erhielt, mit dem eine Prophezeiung erfüllt werden würde.

Uncle Gunny trug Anzug und Krawatte und las das ›Wall Street Journal‹. Auf der anderen Seite der Lobby saß Sam Noble in einem Sessel, den Cowboyhut tief ins Gesicht gezogen, die Beine ausgestreckt: ein früher Gast, der sich von einer langen Nacht erholte – seine Größe und seine Körperhaltung signalisierten: »Bitte nicht stören«.

Emma postierte sich in der verlassenen Bar, ein paar Stufen oberhalb der Lobby. Sie beugte den Kopf über ein Laptop und tat so, als sei sie eine engagierte junge Angestellte, die mit ihrer Arbeit früh begann.

»Könnt ihr Jungs mich hören?«, fragte sie.

Gunny schüttelte die Zeitung, und ihr Vater zog seinen Hut noch tiefer ins Gesicht.

»Okay, Ben. Komm herunter.«

Emma schaute auf ihren Bildschirm. Er bewegte sich, Gott sei Dank. Seine Hand tauchte vor der in seinem Revers steckenden Kamera auf. Sie sah, wie er den Aufzugknopf nach unten drückte – und sie sah auch sein Spiegelbild in dem glänzenden silbernen Fahrstuhl.

»Siehst schick aus.«

Ben trat aus dem Fahrstuhl. Wie erwartet, drehten die Leute sich nach ihm um. Er war nun einmal in Washington. Die Leute lasen Zeitung und wussten, wer er war. Aber sie ließen ihn wenigstens in Ruhe. Er ging zu einer Sitzgruppe mit bequemen Sesseln und niedrigen Tischen.

»Du bist ein Profi, Ben«, flüsterte Emma und hoffte, dass sie überzeugend klang.

Er stand wie eine Pappfigur vor einer braunen Couch, den Rücken zur Lobby gewandt, und starrte die Wand an.

»Ben?«

Er hatte sich noch nicht hingesetzt. *Warum setzte er sich nicht?* Sie sah von ihrem Laptop auf und beobachtete ihn. Es schien, als wollte er gleich wegrennen. Ben machte ein paar Schritte nach rechts, ging zurück und stieß dabei mit den Knien gegen den niedrigen Tisch. Er konnte sich im letzten Moment noch fangen.

»Setz dich, Ben. Das machst du gut.«

Sie hatte ihn dazu gebracht, sich hinzusetzen, aber er machte alles andere als einen lockeren Eindruck. Seine Hände waren auf dem Schoß gefaltet. Er saß stocksteif da, als würde er gleich einen Tee mit den britischen Royals trinken.

Alle waren auf ihren Positionen. Es war sechs Uhr morgens. Emma atmete ein und wartete.

6:05 Uhr

6:12 Uhr

6:25 Uhr

Hatten sie ein Zeichen verpasst? Hätte Ben etwas tun sollen? Saß er im falschen Bereich der Lobby? Es gab so viel, was sie nicht wussten, weshalb ihr Plan jederzeit scheitern konnte.

Emma bemerkte die Frau erst gar nicht, die ihren roten Rollator über den weißen Marmor in der Lobby schob. Sie lächelte und bewegte sich mit gebeugtem Oberkörper und wackeligen Beinen direkt auf Benjamin Danvers zu.

Emmas Herz raste. »Es geht los«, murmelte sie.

Die Frau setzte sich neben Ben. »Guten Morgen«, sagte sie.

Er antwortete nicht. Die Frau sah ihn an. Ben starrte geradeaus, als ob sie gar nicht da wäre.

Ignoriere sie nicht, Ben! Emma widerstand dem Drang, ihm ins Ohr zu schreien. Was auch immer geschehen würde, es lag bei ihm.

»*Bonan matenon*«, flüsterte die Frau.

»Verflucht«, stieß Emma aus. Die Frau sprach Esperanto. War das der Code? Jetzt *wusste* Emma, dass das Team einschreiten musste, um an das Paket heranzukommen. Ihr Vater und Uncle Gunny wussten es auch. Der Cowboy wachte auf. Der Geschäftsmann legte seine Zeitung weg. Sie hatten diesen möglichen Fall besprochen: Gunny würde sich dem Überbringer nähern, und ihr Vater würde ihm Deckung geben, falls nötig. Emma würde eingreifen, wo immer sie benötigt wurde. Ihre Hand lag auf der Waffe, als sie Ben in ihr Ohr sprechen hörte.

»*Bonan tagon ankaŭ al vi.*«

»Haltet euch zurück«, flüsterte Emma in ihr Mikrofon.

Der Geschäftsmann nahm wieder die Zeitung vor sein Gesicht, und der Cowboy schlief wieder ein. Emma konnte kaum glauben, was sie sah und hörte.

»*Dankon pro via ofero*«, sagte die Frau.

Ben nickte.

Sie griff in den Korb an der Vorderseite ihres Rollators und zog eine kleine, blaue Thermoskanne aus seiner Leinentasche mit einer amerikanischen Flagge darauf. Sie drückte sie Ben tätschelnd in die Hand, zog sich hoch und rollte zurück über den Marmor.

Emma sah nicht, wohin die Frau ging. Ihr Blick war auf Ben gerichtet, der auf der Couch saß und eine blaue Thermoskanne in der Hand hielt, als wäre es keine große Sache, dass er soeben das Leben des Präsidenten der Vereinigten Staaten und wer weiß wie viele andere Menschen gerettet hatte.

Emma glaubte von ihrem Standort aus sehen zu können, das ein Lächeln die Lippen von Ben Danvers umspielte.

68

Emma und Gunny folgten Ben in den Fahrstuhl. Sie war überwältigt von dem, was sie soeben erlebt hatte. Und verwirrt. »Ben, was ist da gerade passiert? Was hast du zu der Frau gesagt?«

»Ich habe gesagt: ›Ihnen auch einen guten Morgen.‹«

»Das war's?«

Er zuckte mit den Achseln. »Dann hat sie sich bei mir bedankt für das Opfer, das ich bereit bin, zu erbringen, und mir die Thermoskanne gegeben.«

Emma starrte ihn an. Dann wanderte ihr Blick zu einem grinsenden Uncle Gunny.

»Was jetzt?«, fragte Ben, während er darauf wartete, dass Emma die Suite aufschloss.

»Ihr bleibt hier«, antwortete Emma und schnappte sich den Autoschlüssel vom Tisch. »Ich fahre mit Dad zurück ins Weaver's Warehouse. Wir brauchen Antworten, was den Inhalt der Thermoskanne angeht.«

»Kann ich etwas zu essen bekommen?«, fragte Ben und sah den ehemaligen Marinesoldaten an.

»Mein Junge, nach dem, was du gerade getan hast – ja. Was immer du willst!«

***

»Was glaubst du, was da drin ist?«, fragte Emma, den Blick auf die Thermoskanne gerichtet.

Sam Noble zuckte mit den Schultern. Er hatte nicht vor, seine Theorien mit seiner Tochter zu teilen. Es gab nur eine Möglichkeit, herauszufinden, was in dieser Thermoskanne war: sie öffnen und sehen, was passiert.

Er schaute seiner Tochter in die Augen und schüttelte den Kopf. »Nein, Emmalein, schlag dir deine Heldenfantasien aus dem Kopf. Ich lasse dich nicht in die Nähe von diesem Ding. Wenn ich in zwanzig Minuten nicht zurück bin, verschwindest du von hier. Du gehst nicht runter …«

»Dad, ich …«

Sam legte einen Arm um seine Tochter und drückte sie an sich. »Komm nicht nach mir schauen. Okay? Versprich es mir«, sagte er in einem sanfteren Tonfall.

Emma nickte.

Allein, zehn Meter unter der Erde, im Luftschutzraum eines Stahlbunkers, hielt Sam Noble eine Lupe über die blaue Thermoskanne. Sie sah völlig harmlos aus und war klein genug, dass sie in die Butterbrotdose eines Kindes gepasst hätte. Aber natürlich war sie alles andere als harmlos. Sein geübtes Auge konnte weder einen Stolperdraht noch einen zweiten Zugang in ihr Inneres entdecken. Er würde sie also einfach aufschrauben müssen, um herauszufinden, was drin war. Sollte es eine schmutzige Bombe sein, befand er sich weit genug unter der Erde, um die Explosion einzudämmen. Aber es konnte alles Mögliche in dieser Thermoskanne sein. Und was immer es war, Sam Noble wusste, dass sein Leben mit einem Blick in das Innere beendet sein könnte.

Er hatte dem Tod schon oft ins Auge geschaut. Er machte ihm keine große Angst mehr. Sam Noble war im Reinen mit seiner Sterblichkeit, aber er hatte es auch nicht eilig mit ihr.

Er holte Luft und drehte den Deckel auf. Als er ihn in der einen und die blaue Thermoskanne in der anderen Hand hielt, war er mehr als nur ein bisschen überrascht, noch am Leben zu sein. Die Kanne war gefüllt mit Blisterfolie. Er zog vorsichtig mit einer Pinzette daran. Zwei Fläschchen waren darin, jedes separat verpackt und mit Klebeband umwickelt. Er merkte, dass er die Luft angehalten hatte. Sam atmete durch die Nasenlöcher ein und durch den Mund langsam aus. Er hatte mit einer Bombe gerechnet. Dies war viel raffinierter und genauso tödlich.

Eine chemische Waffe. Ein binärer Wirkstoff – jedes Fläschchen für sich enthielt nur ein ungiftiges Pulver. Zusammen ergaben sie einen tödlichen Cocktail. Russland hatte eine ähnliche Substanz entwickelt, einen Nervenkampfstoff, bekannt als Nowitschok. Das Gift war tödlich und nicht nachweisbar – eine ideale Waffe, um sie in die Feierlichkeiten zur Amtseinführung zu schmuggeln.

Sam trennte die Fläschchen vorsichtig voneinander, steckte sie jeweils in einen eigenen sicheren Behälter und legte sie in die gegenüberliegenden Ecken des Luftschutzraums. Man brauchte keine große Vorstellungskraft, um sich auszumalen, welchen Schaden diese Menge an chemischem Gift anrichten konnte, wenn es in die falschen Händen geriet. Benjamin Danvers hatte nicht nur ein Attentat auf den Präsidenten vereitelt, sondern einen Angriff epischen Ausmaßes.

Aber es war noch lange nicht vorbei. Es gab noch offene Fragen. Wie viele Terroristen waren beteiligt? Wo befanden sie sich? Was planten sie noch? Sie brauchten Antworten. Der Zwilling hatte sich in der ersten Verhörrunde unkooperativ gezeigt, und es war unwahrscheinlich, dass er noch auf mehr Tricks hereinfallen würde. Sam musste eine härtere Gangart einschlagen – so hart wie nötig. Der Zwilling *musste* reden.

69

Emma wartete und starrte über den Metallzaun auf das orangefarbene Garagentor. Bis jetzt kein Rauch. Und keine Explosion. Sie schaute auf ihre Uhr. Nach siebzehn Minuten atmete sie erleichtert auf. Das Garagentor hob sich wie ein Vorhang – ihr Vater tauchte dahinter auf, unversehrt. Er gab ihr mit einer Geste zu verstehen, zu ihm zu kommen.

»Was war in der Thermoskanne? Was ist es?«, fragte Emma.

»Ein chemisches Gift. Ein schlimmes Zeug. *Richtig* schlimm. Ich werde mir jetzt noch einmal den Jungen vorknöpfen. Wir müssen wissen, wer alles beteiligt ist und was sie sonst noch vorhaben. Ich möchte, dass du zurück ins Hotel fährst. Ich rufe an, wenn der kleine Mistkerl zu reden beginnt.«

»James. Er heißt James.«

»Gut.«

Sie kannte den Blick ihres Vaters – er würde keine Geduld mehr zeigen, um die Informationen aus dem Jungen herauszubekommen. Emma blickte zu dem Büro, in dem der Zwilling mit einer schwarzen Kapuze über dem Kopf auf einem Stuhl gefesselt saß. Was würde Bens Bruder dazu bringen, seine Geheimnisse zu verraten? Wie bekam man ihn geknackt? Emma holte tief Luft. Die Brüder hatten eine Sache gemeinsam. Und das könnte reichen.

»Dad, ich werde es tun.«

»Was? Ihn verhören? Nein. Auf keinen Fall. Ich habe ihm gegenübergesessen. Glaub mir, er wird nicht mit dir reden.«

»Ich kann ihn erreichen.«

Er griff nach ihrer Schulter. »Emmalein, nein«, sagte er entschieden. »Du hast großartige Arbeit geleistet. Ich bin stolz auf dich, aber jetzt übernehme ich. Fahr zurück ins Hotel. Ich rufe dich an.«

Emma schob seine Hand von ihrer Schulter. »Und ich habe gesagt, dass ich das schaffe.«

Sam verschränkte seine kräftigen Arme vor der Brust. »Darf ich dich daran erinnern, dass du eine *Anfängerin* bist. Keine Verhörspezialistin. Du warst noch nie *in* so einem Raum. Das hier ist das wahre Leben. Wir sehen uns mit einer nationalen Sicherheitskrise konfrontiert. Du bist nicht qualifiziert. Ich will dir das nicht noch einmal sagen müssen. Es ist Zeit für dich, zu gehen, Emmalein.«

»Nein.«

»Das ist kein Spiel. Hör auf, dich wie ein Kind zu benehmen. Die Sache steht nicht zur Diskussion.«

Sie starrte in das rote Gesicht ihres Vaters und senkte ihre Stimme zu einem Flüstern. »Du hast recht. Wir diskutieren es nicht. Ich weiß, wie ich dieses Verhör führen muss. Und ich werde es führen.«

Er kniff die Augen zusammen. »Wie?«

»Wenn ich richtigliege, könnte ich die einzige Person sein, die an ihn herankommt.«

Sam Noble stieß einen verärgerten Seufzer aus. »Herrgott noch mal – dann von mir aus. Lass uns gehen.«

Sie schüttelte den Kopf. »Nein. Nur ich.«

»Emma …«

»Du wirst mir vertrauen müssen. Es ist *mein* Fall. Es ist

meine Entscheidung. Und du *wirst* mich *meinen* Job machen lassen.«

***

Fünfzehn Minuten später saß Emma auf einem Holzstuhl gegenüber dem finster dreinblickenden Zwilling, dessen Hände mit Kabelbindern gefesselt waren. Sein Gesicht sah aus wie das seines Bruders, aber doch anders. Härter. Hinter seinen Augen war keine Zärtlichkeit. Das war nicht Ben. Und er war auch nicht daran interessiert, Emmas Verbündeter zu sein. Sie wischte sich einen Schweißtropfen unter der Nase weg und versuchte, ruhig zu atmen. Dann faltete sie die Hände auf dem Tisch und sagte nichts. Bis der Zwilling sie ansah.

»Ich bin Emma. Darf ich dich James nennen?«

Er zuckte mit den Achseln und schaute weg, aber sie konnte sehen, dass er ihr zuhörte.

»James, ich muss dir ein paar Dinge sagen, die hart für dich sein werden. Kennst du den Begriff ›kognitive Dissonanz‹? Das ist das Gefühl, das man hat, wenn etwas, das man für wahr hält, in direktem Widerspruch zu den Tatsachen steht. Fehlgeschlagene Prophezeiungen lösen kognitive Dissonanz aus.«

Der Zwilling drehte den Kopf zu Emma.

»Es ist ein unangenehmes Gefühl – das sehr viel psychischen Stress verursacht. Und es gibt eigentlich nur zwei Möglichkeiten, diesen Stress abzubauen. Die erste und einfachste Möglichkeit ist die, sich eine neue, völlig bescheuerte Theorie auszudenken. Die zweite ist härter. Die Person muss erkennen, dass sie betrogen wurde, und sie muss ihre Glaubensstruktur überdenken. Ich hoffe, dass du dich für die zweite Möglichkeit entscheidest.«

»Hast du vor, mich hier zu Tode zu langweilen?«

»Nein. Ich warne dich nur vor. Denn das, was du gleich fühlen wirst, ist kognitive Dissonanz. Wenn die Welt nicht zur vereinbarten Stunde untergeht, wenn das außerirdische Raumschiff nicht rechtzeitig auftaucht, führt das zu verwirrenden Gefühlen. Ich bereite dich nur vor.«

»Komm auf den Punkt.«

»Der Vater hat dir gesagt, dass du dazu bestimmt bist, dich zu erheben und dich zu opfern. Amerika würde fallen und eine gerechtere Gesellschaft an seine Stelle treten. So etwas in der Art, oder?«

Der Zwilling antwortete nicht.

»Aber du solltest das nicht allein tun, richtig, James? Jemand sollte an deiner Seite sein. Jemand, den du liebst und der seine eigene Bestimmung hat. Nicht wahr?«

Er sah sie an.

»Es tut mir leid. Wirklich. Es bereitet mir keine Freude, dir das zu zeigen.«

Emma holte Luft. Jetzt hieß es alles oder nichts. Der entscheidende Augenblick war gekommen. Sie zeigte ihm die Bilder auf ihrem Smartphone – vier Bilder, die Gunny von Kate Malone gemacht hatte, tot auf dem Parkplatz der Chain Bridge liegend. Sie beobachtete seine Reaktion. Seine Augen wurden groß. Sein Atem wurde schneller. Sie bemerkte, wie sich seine Gesichtszüge veränderten und weich wurden. Er betrachtete blinzelnd die Fotos, dann schloss er die Augen. Emma hatte denselben Blick bei Ben gesehen – den Herzschmerz.

Den gleichen Schmerz.

Emma drehte ihr Handy um. Sie hatte ihn geknackt. Jetzt war es an der Zeit, ihm beizubringen, dass er nur benutzt wurde. »Der Vater hat euch versprochen, dass ihr gemeinsam ins Paradies kommt, richtig? Es war wichtig, dass du nicht allein dort sein würdest. Was spürst du gerade? Das ist keine kognitive Dissonanz – es ist Trauer. Und das tut mir leid.«

Emma wartete und sagte ein paar Minuten lang nichts.

»Wir haben heute Morgen in der Lobby des Grand Fair-Point Hotels eine blaue Thermoskanne von einer Frau erhalten, die an einem Rollator ging. Die Kanne enthält eine chemische Waffe. Glaubst du mir?«

»Sie wäre eher gestorben, als dass sie dir die Kanne gegeben hätte.«

»Da hast du recht. Sie hat sie mir auch gar nicht gegeben, sondern deinem Zwillingsbruder. Wusstest du, dass er auch Esperanto spricht?«

James' Miene blieb unbewegt, aber Emma konnte sehen, dass sein Panzer Risse bekam.

»Da. Fühlst du das? *Das ist* kognitive Dissonanz. Du begreifst, dass das, was man dir erzählt hat, nur Schwachsinn war. Eine Lüge. Sie haben dich entführt – und dir dein Leben weggenommen. Sie haben dich dazu gebracht, an ein Märchen zu glauben. Es ist nicht deine Schuld. Der Vater hat viele Menschen überzeugt.«

Emma ließ das sacken.

»Bei der Amtseinführung wird nichts passieren. Amerika wird nicht untergehen. Volkovs restliche Anhängerschaft wird ihren Fehler bald einsehen – genau wie du.«

Emma atmete aus. Ihr Vater würde das, was sie im Begriff war zu tun, nicht gutheißen. Aber sie wusste, das ihr Plan nur so aufgehen würde. Sie griff in ihre Tasche und zog einen Nagelknipser heraus. Zwei Schnitte und die Handgelenke des Zwillings waren frei.

»Der Vater hat dein Leben und das deines Bruders zerstört.

Kate ist seinetwegen gestorben. Er ist dafür verantwortlich. Ich hätte gern, dass du mir hilfst.«

Emma Noble war geduldig. Es dauerte eine halbe Stunde, bis der Zwilling mit den ersten Informationen herausrückte: Die Anhänger glaubten, dass Ben Danvers vorletzte Nacht in Boston umgebracht worden war. Sie hielten ihn für tot. James hatte keine Zeit mehr gehabt, sie zu warnen, da er vorher schon außer Gefecht gesetzt worden war.

Die anfangs nur spärlich tröpfelnden Informationen verwandelten sich in eine Flut von Angaben. Emma erhielt ein klares Bild von dem, was Alexander Volkov geplant hatte.

Es wäre ein Blutbad geworden.

***

Emma betrat das Hotelzimmer. Ben Danvers kam gerade zu sich. Er lag quer auf dem Bett, die schicken Kissen hinter den Kopf geschoben. Am Rand der Couch stand ein leer geputzter Teller, von seinem Steak und den Eiern war nichts übrig geblieben. Er hatte seine Krawatte abgelegt und den Hemdkragen aufgeknöpft.

»Du hast heute viele Leben gerettet, Ben.«

Er zuckte mit den Achseln.

»Dein Bruder kooperiert – bis zu einem gewissen Grad.«

»Was war es?«, fragte Ben und setzte sich etwas aufrechter hin.

»Du hast ein Nervengas abgefangen. Ein tödliches Pulver. Es wirkt offenbar langsam, aber es ist tödlich. Kommt man damit in Berührung, stirbt man innerhalb von vierundzwanzig Stunden. Es gibt kein Gegenmittel.«

»Wie wollten sie vorgehen?«

»Es wäre ein Himmelfahrtskommando geworden. Dein Bruder und Kate hätten es mit einem Gel gemischt und es sich auf die Innenseite ihrer Hosentaschen aufgetragen. Jeder einzelne Handschlag von ihnen heute wäre tödlich gewesen. Das Nervengas hätte sich durch jede Begrüßung und durch jeden, den sie danach berührt hätten, weiter verbreitet. Es wäre ein Massaker geworden.«

»Es war also kein gezielter Angriff?«

Emma sah ihn an. Er war eindeutig wieder bei klarem Verstand.

»*Doch.* Deinem Bruder und Kate sollten wichtige Menschen vorgestellt werden. Volkovs Leute hatten hart dafür gearbeitet, an diese Menschen heranzukommen. Sie hätten aus jedem Bereich kommen können – Militär, Politik, Justiz. Wir wissen es nicht. Das Gift sollte beim Mittagessen im Kapitol *und* bei einem Empfang des Verteidigungsministeriums vor dem Amtseinführungsball zum Zug kommen. Sie wollten den Präsidenten, die Generalstabschefs, die Direktoren des FBI, des Heimatschutzes, der CIA, der NSA und zig andere ermorden.«

»Sie hätten also jeden …«

»Töten können, der wichtig ist«, vollendete Emma den Satz. »Aber weil du das verhindert hast, werden diese Menschen zu ihren Familien zurückkehren.« Emma griff in ihre Tasche und holte sein Handy heraus, das sie in Briar Metcalfs Hosentasche gefunden hatte. »Nimm dein Telefon und verschwinde von hier.«

Ben warf Emma einen Blick zu, den sie nicht einordnen konnte. »Warum?«

»Weil du ein Held bist. Und ein Held reitet nun einmal in den Sonnenuntergang.«

»Es ist noch nicht vorbei. Volkovs Leute laufen immer noch frei herum.«

»Wir werden aufräumen.«

»Wer? Ihr drei? Ihr könnt niemandem trauen. Wie wollt ihr das machen?«

Emma stand auf und lehnte sich mit dem Rücken an das Fenster. Ihr Vater hatte ihr die gleiche Frage gestellt. Sie hatte auch schon bei ihm keine gute Antwort parat gehabt. »Was schlägst du vor?«

»Lass mich es machen.«

»Ben, das kannst du nicht. Du hast viel zu viel …«

»Mein Bruder hat sich als mich ausgegeben. Volkovs Leute halten mich für tot. Ich werde zu diesen Veranstaltungen gehen. Wenn mein Bruder die Wahrheit sagt, sind die Menschen, die mich vorstellen werden, verdächtig. Ich werde wieder die Anstecknadel tragen, und du wirst alles sehen, was ich sehe. Das wäre wenigstens ein Anfang, oder?«

Seine Logik war einleuchtend, aber Emma war sich nicht sicher, ob er noch mehr Stress verkraften konnte.

»Ich weiß nicht, Ben …«

»Wenn du an meiner Stelle wärst, was würdest du tun?«

Emma zog die Augenbrauen hoch. Ja, sie würde es tun. Sofort.

»Jetzt bin ich an der Reihe, mich ein wenig zu revanchieren«, sagte Ben zu ihr. »Nimm mir nicht diese Möglichkeit.«

Sie sah, wie er die Nachrichten durchschaute, die auf seinem Handy hinterlassen worden waren.

»Ein Wagen soll mich um 10:15 Uhr zum Gottesdienst bringen. Ein Mitarbeiter wird mir meine Veranstaltungsausweise aushändigen. Sieh es ein, Agent Noble. Eine bessere Chance als mich hast du nicht.«

70

Der eiskalte Regen prasselte so laut auf Bens schwarzen Regenschirm, dass er Emma fast nicht verstand, die ihn über den Ohrhörer fragte, ob er »das Wetter genieße«. Die anderen Regenschirme versperrten ihm weitgehend die Sicht, aber soweit er die Amtseinführung verfolgen konnte, ähnelte sie einer Beerdigung. Einer sehr feuchten Beerdigung. Und die Ansprache des neuen Präsidenten war bisher so mitreißend wie eine Trauerrede.

Ben Danvers war fast den ganzen Vormittag von Sicherheitsbeamten umgeben gewesen – sie hatten ihn in eine Kirchenbank geführt, ihn zu einem Wagen begleitet und ihn zu seinem Platz auf der Metallbühne gebracht, zehn Reihen oberhalb des Rednerpults. In der St. John's Episcopal Church hatte es einen kurzen Austausch zwischen ihm und Kimberly Hancock gegeben. Sie hatte sich auf ihrem Platz zwei Reihen vor ihm umgedreht, nach ihm Ausschau gehalten und ein »Danke« mit den Lippen geformt, ehe der Bischof die Gemeinde zum Gebet aufrief. Der Secret Service hatte sie direkt nach der Kirche zu einer Limousine geleitet. Mehr Kontakt hatte es zwischen Mutter und Kind nicht gegeben.

Der eiskalte Regen trommelte auf die Metalltribüne, und das Geräusch hallte unter seinem Regenschirm. Die Gebete zur Amtseinführung waren gesprochen, die Gedichte vorgetragen und die Lieder voller Inbrunst gesungen worden. Auch die heiligen Worte: »So wahr mir Gott helfe«, hatte der neue Präsident schon gesprochen.

Jetzt hielt der Mann eine mittelmäßige Rede darüber, dass er das Land einen wolle, was ihm in gewisser Weise auch schon gelungen war. Denn es herrschte parteiübergreifend Einigkeit darin, dass er seine Ansprache beenden sollte, um den anwesenden Gästen zu erlauben, sich an einen warmen, trockenen Ort zu begeben.

Zwischen Gedichten, Gesang und Regenschauern war seine Mutter, die Senatorin Kimberly Hancock, zur Vizepräsidentin vereidigt worden.

»*Wenn der Präsident fertig ist, steht das Mittagessen an. Das ist deine letzte Chance, auszusteigen*«, sagte die Stimme in seinem Ohr.

Ben erwiderte nichts darauf.

»*Na gut. Dann viel Glück.*«

Er hatte sich selbst Mut zugesprochen, dass er das schaffen könnte. Schließlich musste er nur ein paar Stunden er selbst sein. Das war machbar. Der neue Präsident beendete seine Rede. Jemand sprach ein Gebet. Danach wurden viele Hände geschüttelt, und es wurde viel gelächelt, während die neue Regierung die Treppe hinaufstieg und in die warmen Räumlichkeiten des Kapitols verschwand. Ben steckte seinen schwarzen Regenschirm in den Schirmständer neben der Tür. Er pustete sich in die Hände und folgte der Menschenmenge den ausgeschilderten Weg entlang zum Joint Congressional Luncheon in der Statuary Hall. Die Leute erkannten ihn, aber sie waren alle selbst »jemand« und mussten die ihnen zugewiesenen Plätze einnehmen. Ein paar grüßten ihn. Manche klopften ihm auf die Schulter und sagten etwas Freundliches zu ihm, aber die Amtseinführung war vor allem ein Schaulaufen der Eliten, die sich freuten, an diesem Essen teilzunehmen, zu dem der Kongress eingeladen hatte.

Ben reichte der Frau an der Tür seine Einladung und wartete auf seine Tischnummer.

»Sie haben eine Reservierung für zwei Personen. Kommt Ms Malone noch?«

»Sie fühlt sich leider etwas unwohl, aber sie hofft, bald hier zu sein.«

In der Statuary Hall duftete es nach Blumen, und als Ben sich umsah, wusste er, warum. Überall im Raum standen Vasen. Auf den fünfzig Tischen, auf dem langen Podium, an den Türen und neben den riesigen Skulpturen historischer Würdenträger, deren Namen die meisten im Saal nicht hätten nennen können. Ben beobachtete, wie die Führenden des Landes plaudernd den Raum im Gänsemarsch betraten und ihre Tische von der Seite beäugten, um zu sehen, wie nah sie am Podium saßen. Emma hatte ihm gesagt, dass zweihundertfünfzig Personen an dem Mittagessen teilnehmen würden, einschließlich dem Präsidenten und der Vizepräsidentin. Sie würden als Letzte kommen und als Erste gehen.

Ben gab seinen Mantel an der Garderobe ab und blickte sich nach einer Toilette um.

»Bleib einen Moment stehen. Sie sollen dich sehen.«

Ben kam Emmas Bitte nach. Dann machte er sich auf den Weg zur Toilette. Er ging in die letzte Kabine, setzte sich, blickte nach oben zu den Deckenfliesen und hörte die Männer an den Urinalen pfeifen. Als die Toilette sich leerte, flüsterte er in seine Reversnadel: »Sie werden wissen wollen, wo Kate ist.«

»Das hast du gut gemacht. Es gibt nichts, was wir tun können. Lenk sie weiter ab.«

Ben kehrte in die Statuary Hall zurück, knöpfte sein Jackett auf, griff langsam in seine Hosentasche, zog ein weißes Taschentuch heraus und rieb es sich über die Hände. Er erkannte ein paar der eingeladenen Gäste aus den Nachrichten wieder, aber die meisten waren ihm unbekannt. Es war, als würde er im Trüben fischen – wer würde als Erster sein wahres Gesicht zeigen und sich als Verräter herausstellen?

»Guten Tag! Sie sind doch der Sohn der Vizepräsidentin. Habe ich recht?«

Ben drehte sich um. Ein Paar, ungefähr Mitte vierzig, sah ihn gespannt an.

Der Mann streckte seine Hand aus und schüttelte die von Ben. »Paul Majors – Handelskammer«, stellte er sich vor. »Das ist meine Frau Nancy.« Er zeigte mit seinem Zeigefinger auf Ben. »Wollte nur sagen, gute Arbeit. O Mann, da wacht man eines Morgens auf und, *bumm*, ist man der Sohn der kommenden Vizepräsidentin. Unglaublich. Tun Sie mir einen Gefallen und sagen Sie Ihrer Mutter, dass wir miteinander gesprochen haben. Richten Sie ihr schöne Grüße aus von mir. Paul von der Handelskammer. Vielleicht kann sie mich ja zurückrufen. Wunderbar. Dann lasse ich Sie mal wieder gehen. Machen Sie weiter so.«

Ben lächelte. *»Idiooot«*, sang Emma ihm ins Ohr.

Mr Majors und seine Frau waren keine Terroristen, aber sie hätten die ersten Opfer sein können und den nächsten Morgen nicht mehr erlebt, weil sie meinten, dieses kurze alberne Gespräch mit ihm führen zu müssen.

Der Anschlag begann mit einer Berührung auf Bens Schulter. »Ich dachte, dass Ihre Freundin sie begleitet.«

Es war eine Frauenstimme.

»Ben, ich kann sie nicht sehen. Dreh dich um«, flüsterte Emma ihm ins Ohr.

Er stand einer kleinen Frau in einem blassrosa Anzug gegenüber.

»Sie wird bald hier sein«, log Ben.

»Vielleicht kann ich Ihnen Gesellschaft leisten und Sie ein paar meiner alten Freunde vorstellen.« Sie lächelte ihn freundlich an.

»Das machst du toll, Ben.«

Das war es, was Emma brauchte. Einen Ansatz, von dem aus sie ihre Ermittlung starten konnte – sie musste sich auf die Menschen konzentrieren, die Ben mit anderen Gästen bekannt machten, ihm aber selbst nicht die Hand schüttelten. Jeder, der seine Hand berührte, war offensichtlich unschuldig – oder lebensmüde. Aber nur weil eine Person ihn mit anderen Gästen bekannt machte, machte es sie deshalb noch lange nicht zu einem Terroristen. Schon ein Jurastudent im ersten Jahr würde es schaffen, sie durch eine geschickte Verteidigung von diesem Vorwurf zu entlasten.

Als ihn die kleine Frau zu einer Gruppe in einer Ecke führte, beschloss Ben, es Emma etwas leichter zu machen. Er beugte sich zu der Frau.

»*Ĉu vi estas amiko?*« (Sind Sie eine Freundin?)

Die Frau blieb stehen und sah ihn an.

»Ben? Was machst du da?«

Sie antwortete ihm flüsternd. »*Glorata estu la Filo.*« (Gelobt sei der Sohn.)

»Heilige Scheiße.«

Die Frau blinzelte ihre Tränen weg. »Kommen Sie mit, mein Junge.«

Sie gingen in die Ecke, und die kleine Frau schäumte über vor Begeisterung. Sie breitete ihre Arme aus, lächelte die fünf Personen in schwarzen Gewändern freundlich an und stellte ihnen Ben schnell vor. Sie lächelten ihn an, während er seine Hand ausstreckte, und sie diese schüttelte. Eine einfache Begrüßung, die den halben Supreme Court ausgelöscht hätte. Die Frau in Rosa brachte Ben zurück in den vorderen Teil des Raums und ging schnell weg, wahrscheinlich zu einer Dekontaminierungsdusche.

In der nächsten Viertelstunde tippten zwei weitere Personen Ben auf die Schulter und stellten ihm Menschen vor, in deren Nähe zu kommen sie Jahrzehnte gebraucht hatten, während Emma ihre Gesichter und Stimmen aufnahm. Auch sie sprachen Esperanto mit Ben. Als das Mittagessen zu Ende war, hatte Ben dem Sprecher des Repräsentantenhauses, dem Mehrheitsführer des Senats, den Stabschefs von Armee und Luftwaffe und sieben Senatoren die Hand geschüttelt. Plus den Richtern des Obersten Gerichtshofs. Und nur Gott allein wusste, wessen Hände diese Leute berührt hatten.

Ben winkte seiner Mutter auf dem Podium zu, bevor sie aufstand, um zu gehen. Er schaute sich um, und mit einem Mal wurde ihm bewusst, was er alles angefasst hatte – Möbel, Teller, Tassen, Silberbesteck. Er dachte an das Servicepersonal … und an die Tellerwäscher. Die Vorstellung, wie viele Menschenleben der Inhalt dieser kleinen blauen Thermoskanne hätte auslöschen können, machte ihn fassungslos.

»Ben, verschwinde von dort. Wir haben ein Problem.«

71

Den Mantelkragen hochgeschlagen, um seine Identität zu verbergen und sein Gesicht vor dem Schneeregen zu schützen, ging Ben die Stufen des Kapitols hinunter, vorbei an den Zäunen und blauen Straßenabsperrungen. Er bog rechts in die 2nd Street ein und lief die Stufen der St. Peter's Catholic Church hinauf. Die Messe war schon lange vorbei, aber ein paar Besucher knieten noch in den Bänken und beteten. Emma saß in der letzten Reihe, so wie verabredet. Ben tauchte seinen Finger in das Weihwasser, bekreuzigte sich und trat zu einer Wand mit roten Opferkerzen. Er drehte den Kopf und sah, wie Emma aufstand und die Kirche verließ.

»Was ist los?«, flüsterte Ben in sein Revers.

»Alarmstufe Rot.«

»Was? Wie?«

»Man weiß, dass du lebst. Irgendjemand muss dich gestern erkannt haben – es gibt ein Video von dir, wie du mit Mika den Sexshop verlässt. TMZ hat es vor einer Stunde hochgeladen, und es hat sich wie ein Virus im Internet verbreitet. Volkov wusste, dass dein Bruder den ganzen Tag im Hotel war. Die Sekte weiß, dass du das warst und dass du lebst – und wenn du heute Abend ohne Kate auftauchst, wird man dich umbringen. Nur um sicherzugehen.«

»Wer ist ›man‹?«

»Der Anführer der Zelle. Er ist offenbar skrupellos. Wir wis-

sen nicht, wozu er fähig ist, aber er steht im Ruf, paranoid zu sein. Wenn nicht alles nach Plan läuft, schreckt er vor nichts zurück, befürchten wir.«

Ben zündete eine Kerze an, dann faltete er einen 5-Dollar-Schein und steckte ihn in die Kollekte. »Wissen wir, wer dieser Typ ist?«

»Der Stabschef deiner Mutter. David Plimpton. Kennst du ihn?«

»Ja.« Kimberly Hancocks alter Freund. Der Mann, dem sie mehr als jedem anderen vertraute.

»Ben, ich darf dich da jetzt nicht mehr weiter mit hineinziehen.«

»Ich höre nicht auf.«

»Hast du mich verstanden? Wenn du ohne Kate auftauchst, wird er dich umbringen.«

»Das ist mir egal. Ich ziehe das durch.«

Er hörte Emma seufzen.

»Also, wie wollen wir vorgehen?«, fragte Ben.

Am anderen Ende der Leitung trat Stille ein, während die junge FBI-Agentin sich sammelte.

»Wir müssen dich vor *dem Empfang töten.«*

***

Emma saß vorne in Uncle Gunnys schwarzem Sicherheitstransporter und beobachtete, wie Ben die St. Peter's Catholic Church verließ. Ihr Plan missfiel ihr in vielen Teilen. Dieser Teil war einer von ihnen. Emma hatte den Wagen mit einem schwarzen Vorhang geteilt, hinter dem jeweils ein Zwilling saß. Sie hatte Ben angewiesen, nicht zu sprechen, wenn er einstieg. Ihr Vater hatte dem Zwilling, der bereits in dem

Wagen war, die gleichen Anweisungen gegeben. Die Wahrscheinlichkeit, dass ein zweiminütiges Gespräch in einer Schlägerei enden könnte, war ziemlich groß. Ben kletterte in den Transporter und schloss die Tür hinter sich. Sie tauschten ihre Kleidung aus. Bens Zwilling stieg aus. Gunny folgte zwei Schritte dahinter, um sicherzustellen, dass er nicht abhandenkam.

***

Sam Noble richtete das Zielfernrohr seines Scharfschützengewehrs auf die Tribüne, an der die Parade vorbeizog. Er hatte einen Platz eingenommen, an dem der Secret Service niemanden mit einer Waffe zulassen würde. Außer Sam. Er hatte nun einmal einen besonders guten Draht zu Uniformen, Abzeichen und Freigabeprotokollen. Sein Visier war auf niemand anderen eingestellt als auf den Bruder von Benjamin Danvers.

»Fass dich an die Nase.«

Der junge Mann hob langsam seine Hand und berührte sie mit seinem Mittelfinger.

»Sehr witzig. Schau dir die Parade weiter an. Solltest du auch nur einmal kurz in die falsche Richtung blinzeln, wird dein Kumpel David Plimpton Bekanntschaft mit einer Kugel machen. Und dir jage ich direkt danach eine durch den Kopf. Aber wenn du tust, was ich dir sage, kaufe ich dir ein Eis. Versprochen. Das Spiel nennt sich Zuckerbrot und Peitsche.«

Sam nahm David Plimpton in sein Visier, der sechs Reihen hinter James saß. Der Stabschef der Vizepräsidentin der Vereinigten Staaten sah sich nicht die vorbeiziehende Highschool-Band aus dem Norden Idahos an, sondern starrte auf den Sohn von Kimberly Hancock, der ohne Kate Malone gekommen war.

Sam blickte auf seine Uhr. »Es ist so weit.«

Er sah, wie David Plimpton in die Tasche seines Jacketts griff und sein Handy herauszog. Er hielt es sich ans Ohr und schaute dabei den Zwilling an. Sekunden später stand er auf und ging die Metalltreppe an der Tribüne hinunter, um sich einen ungestörteren Ort zum Telefonieren zu suchen.

***

»Wer spricht da?«, fragte David Plimpton.

»Ich bin's, Ben Danvers. Ich stecke in Schwierigkeiten.«

»Ich habe keine Zeit für diesen Mist. Woher haben Sie diese Nummer?«

»Mein Zwilling lebt! Er gibt sich als mich aus! Etwas Schreckliches ist passiert. Ich kann meine Freundin nicht finden. Sie war bei ihm!«

Emma verzog das Gesicht – um ihn zu warnen, nicht zu übertreiben.

»Das soll ich Ihnen glauben? Ich *sehe* Ben Danvers.«

»Ich habe Sie in Boston am Flughafen getroffen.«

»Das reicht nicht«, sagte er.

»Wir haben zusammen im Auto gesessen – Sie haben gesagt, dass Sie sich um die Segel kümmern. Und dass meine Mutter das Schiff steuert.«

Emma deutete mit einem Nicken an, dass er seine Sache besser machte.

»Ben?«

»Jemand versucht, mich umzubringen.«

»Okay, ich muss nachdenken. Wo sind Sie?«

»Auf dem Kongressfriedhof, in der Nähe einer kleinen Kapelle.«

»In Ordnung. Es wird alles gut. Bleiben Sie da, wo Sie sind.«

»Okay.«

»Es war richtig, dass Sie mich angerufen haben. Ich schicke jemanden zu Ihnen. Rühren Sie sich nicht von der Stelle. In zehn Minuten ist jemand da.«

Ben legte auf und sah Emma an. »Und? Wie war ich?«

Ihre Augen blitzten. »Ich würde nicht gleich alles verkaufen und nach Hollywood ziehen.«

***

Neun Minuten später raste ein weißer Porsche durch die Einfahrt des Kongressfriedhofes. Kurz vor der kleinen braunen Kapelle mit der rostroten Tür drosselte der Wagen sein Tempo. Ben trat unter der schützenden Traufe hervor und winkte dem Auto zaghaft zu. Er konnte nicht erkennen, wer hinter dem Steuer saß, da der graue Himmel sich in der Windschutzscheibe spiegelte. Erst als er die schwarzen Schuhe, die blickdichte Strumpfhose und den Wollrock sah, erkannte er die Person. David Plimpton hatte Riley McGraw geschickt, um die Drecksarbeit für ihn zu erledigen. Kimberly Hancocks Referentin für Öffentlichkeitsarbeit stieg aus dem Auto und setzte das gleiche falsche blöde Lächeln auf wie bei ihrer ersten Begegnung im Flugzeug. Ihre Schauspielkünste waren dürftig – sie hetzte durch ihre Rolle.

Sie griff in ihre große braune Handtasche, kaum dass sie um die Motorhaube des Wagens gegangen war.

»Keine Bewegung! FBI«, schrie Emma und sprang hinter

einem Grabstein hervor. Sie hielt ihre Glock umklammert und stürmte auf die Frau zu.

Riley McGraw erstarrte. Jetzt schauspielerte sie nicht mehr – sie hatte Angst.

»Die Hände dahin, wo ich sie sehen kann.«

Sie zog ihre Hand aus der Tasche. Ihre Finger umfassten einen Revolver.

»Auf den Boden damit oder Sie machen Bekanntschaft mit meiner Waffe!«, brüllte Emma.

Ben sah, wie sie sich ausrechnete, was sie erwartete. Sie war mit ihrer Berechnung schnell fertig, und ehe Emma noch ein zweites Mal brüllen konnte, machte Riley McGraw es sich leicht, schob sich den Lauf ihrer Waffe in den Mund und drückte ab.

»Verdammt«, rief Emma.

Sie hatte ihr die Kronzeugenregelung anbieten wollen für den Fall, dass sie kooperierte. Die Frau hätte nur David Plimpton anrufen und ihm sagen müssen, dass »alles erledigt« war. Mehr nicht.

Ben sah Emma an. »Eine Nachricht schicken?«

»Nur ein Foto schicken?«

»Was können wir sonst tun?«

Sie legten Riley McGraws Leiche in den Kofferraum, aber vorher schmierten sie ihr Blut noch auf Bens Gesicht und auf sein Hemd. Da er in den letzten Tagen genug Kopfschüsse mitangesehen hatte, wusste er genau, wo er es aufzutragen hatte. Emma machte Fotos von ihm, für die er sich hinten in Riley McGraws' Auto tot stellte.

Ben Danvers musste zwischen den einzelnen Aufnahmen immer wieder lächeln. Er hatte tatsächlich Spaß und empfand eine Freude wie noch nie zuvor. Wahrscheinlich war es ein

Anzeichen dafür, dass er bald überschnappte, aber er musste zugeben, dass es befreiend war – sich nichts daraus zu machen, ob man lebte oder starb.

72

Arnau Farre blies den Rauch seiner Zigarette durch die Nasenlöcher, sodass er in seine blutunterlaufenen Augen stieg. Seine Stichwunde hatte sich entzündet – er hatte Fieber und sah elend aus. Der Tod schien in seinem Bauch zu wüten. Die Zigaretten hielten die Übelkeit in Schach – weshalb er sich eine Kippe nach der anderen anzündete, die neue stets am letzten Herzschlag der alten.

Wahrscheinlich hatte er eine Blutvergiftung, die sich in seinem Körper ausbreitete wie ein loderndes Feuer. Sie hätte durch fähige Ärzte und großartige Arzneimittel behandelt werden können, aber Arnau war daran nicht interessiert. Er hatte sich vom Leben verabschiedet. Für ihn gab es nur noch eine letzte Sache. Die Prophezeiung. Was ihm als Kind vorausgesagt worden war, würde endlich eintreten. Heute Abend. Er wollte sie miterleben.

Als Arnau sich auf die harte, feuchte Bank auf dem Rasen der Carnegie Library gesetzt hatte, war es noch hell gewesen. Inzwischen saß er fast im Dunkeln da. Er hatte den Abend hereinbrechen sehen und gespürt, wie die Temperaturen zurückgingen. Sein Smoking wirkte glanzlos in dem Licht, das aus der Bibliothek schien. Er hatte ihn bei Men's Warehouse gekauft. Die Verkäuferin hatte ihm angeboten, ihn zu ändern, während er wartete, aber er hatte ihr Angebot abgelehnt. Sie hatte ihn die ganze Zeit angestarrt, weil er sich den

Bauch festhielt. Er hatte ihr erklärt, dass er sich den Magen an Muscheln verdorben hätte, doch er bezweifelte, dass sie ihm das abgekauft hatte. Er hatte in bar gezahlt und war gegangen. Seine Schmerzen waren seitdem immer schlimmer geworden. Aber er würde sie noch ein paar Stunden aushalten können.

Sein fiebriger geistiger Zustand machte es ihm unmöglich, die Sicherheitskräfte auf der anderen Straßenseite in seiner sonst üblichen professionellen Art einzuschätzen. Er nahm nur Aktivitäten wahr: Hunde, Waffen, Zäune, Verhalten – interessant zu beobachtende Dinge, während er rauchte und versuchte, nicht über das in seinem Körper sich ausbreitende, glühend heiße Feuer nachzudenken.

Die Polizei hatte die Mount Vernon Place Road, die zwischen Arnau Farres Parkbank und dem Walter Washington Convention Center verlief, für den normalen Verkehr gesperrt. Nur Fahrzeuge, die eine Kontrollstelle passiert hatten und eingeladene Gäste zum Amtseinführungsball brachten, wurden durchgelassen.

Polizeibeamte kamen regelmäßig auf ihrem Kontrollgang bei Arnaus Bank vorbei. Bei jedem Schichtwechsel traten sie zu ihm, leuchteten ihm mit einer Taschenlampe in die Augen und stellten ihm die gleichen Fragen. Und jedes Mal lächelte er sich durch seinen Schmerz und zeigte ihnen seinen Ausweis und seine Einladung zum Ball. Die Hundestaffel und der Secret Service tätigten einen Anruf, um sich die Angaben bestätigen zu lassen, und erfuhren immer wieder das Gleiche. Der gequält aussehende Kettenraucher in einem Anzug aus einem Secondhand-Laden stellte keine Bedrohung dar.

Und das stimmte auch. Heute Abend war Arnau Farre keine Bedrohung. Die Einladung zum Ball war ein Geschenk des Vaters, beschafft durch seinen Mann im Innern des Systems. Dem Mann, der alles möglich gemacht hatte. Dem klügsten und gerissensten seiner Brüder – und dem skrupellosesten. Sie alle hatten ihren Teil beigetragen, aber David Plimpton war vom Vater auserkoren worden. Er nahm einen besonderen Platz ein in dem, was noch kommen sollte.

Arnau Farres Zigarette klemmte zwischen seinen Lippen. Er sah, wie die schwarze Limousine an der Treppe des Convention Centers vorfuhr. Ein stechender Schmerz durchzuckte ihn, als er sich auf der Bank nach vorn beugte und seine weit aufgerissenen Augen zusammenkniff – sie bestätigten ihm, dass der Sohn die Stufen hinauflief, um sein Schicksal zu erfüllen.

Arnaus fiebriger Geist war sich sicher, dass Ida ihm die Entzündung, die sich durch seinen Körper fraß, geschickt hatte – als ein Zeichen ihres Zorns. Er hatte sein Versprechen nicht gehalten. Ben Danvers war tot, seine Leiche lag in einem Porsche auf dem schlammigen Grund des Potomac River und verweste langsam.

Arnau Farre drückte seine Zigarette aus und hinkte über die Straße, um der Spur des Sohnes zu folgen.

73

Bens Einladung wurde zweimal gescannt – einmal vor den Türen des Convention Centers und ein weiteres Mal an der Sicherheitskontrolle. Er legte den Inhalt seiner Taschen in einen Korb, schritt durch den Metalldetektor und wartete in einer Schlange von Männern in Smokings und Frauen in paillettenbesetzten Kleidern darauf, dass eine Sonde ihn abtastete. Der dumpfe Klang von Livemusik drang aus dem Saal herüber.

Er erhielt zwei Armbänder. Das eine verlieh ihm als VIP Zugang zum Präsidentenball. Das andere, und wichtigere, gewährte ihm Zutritt zum Empfang des Verteidigungsministeriums. Er ging den breiten Flur entlang. Seine schwarzen Schuhe klackten auf dem Marmorboden, bis sie auf einen rot-weiß-blauen Teppich traten, der vor einer Doppeltür lag, die von uniformierten Marinesoldaten bewacht wurde.

Ben räusperte sich und holte tief Luft. Hinter diesen Türen wartete David Plimpton. Und er wollte nur eins. Den Tod des Präsidenten innerhalb der nächsten Stunde. Entweder würde er Ben für den Sohn halten – und glauben, dass er das Nervengas im Raum verteilte – oder er würde die Sache selbst in die Hand nehmen.

Ein Marinesoldat öffnete Ben die Tür. Die Band der Air Force stand auf einem Podium zwischen zwei großen amerikanischen Flaggen und spielte eine leichte Jazznummer. Die Logos der einzelnen Streitkräfte und die der CIA, der NSA, des Heimatschutzes und des FBI hingen an den Wänden. Ben achtete darauf, dass er sich langsam in dem Raum drehte, damit Emma mitbekam, was er sah.

»Der Direktor des FBI ist der kleine rothaarige Kerl rechts von dir. Monroe steht neben ihm.«

Emma brauchte das, was ihr durch den Kopf ging, nicht auszusprechen. Ben wusste, dass sie sich Sorgen machte, wie tief die Sekte das FBI unterwandert hatte. Sie war stolz darauf, ein Special Agent zu sein, aber Briar Metcalfs Verrat hatte sie bis ins Mark getroffen. Solange sie nicht wusste, wem sie trauen konnte, waren alle Führungskräfte mittleren Alters verdächtig. Ben teilte ihre Angst.

Mehr als die Hälfte der Gäste waren in Uniform, die meisten hatten glänzende Silbersterne auf den Schultern. Der Rest waren Spione in Anzügen. Sie sahen aus wie Versicherungsvertreter – blasse, traurige Menschen, deren Blicke ständig durch den Raum wanderten.

»Es geht los. Wenn du ein schlechtes Gefühl bei Plimpton bekommst, steig aus. Und sprich kein Esperanto mit ihm, okay?«

Ben suchte den Raum nach Kimberly Hancock ab. Sie war noch nicht da. Das einzige bekannte Gesicht war das von David Plimpton. Er stand lächelnd in einer Gruppe von 3-Sterne-Generälen, nippte an seinem Getränk und schaute Ben an. Dann sah er sich im Raum um, zweifellos auf der Suche nach Kate. Als er sie nicht entdeckte, schaute er Ben wieder an. Sein fragender Blick durchbohrte ihn förmlich.

Ben spürte eine Hand auf seiner Schulter und wusste, was das zu bedeuten hatte.

»Ah, schön, Sie wiederzusehen. Darf ich Ihnen ein paar Leute vorstellen?«

Ben drehte seine Reversnadel in Richtung eines übergewichtigen, nervösen, zappeligen Herrn in einem dunklen Anzug, unter dessen Nase sich Schweiß gebildet hatte.

»Gern«, sagte Ben.

Der Mann führte ihn durch die Menge zu Direktor O'Toole und dem stellvertretenden Direktor Monroe. Ben hörte, wie Emma nervös einatmete.

»Herr Direktor, das ist Benjamin Danvers, der Sohn der Vizepräsidentin.«

Ben schüttelte die Hand des Direktors, und Emma hauchte ein *»Gott sei Dank«* in sein Ohr.

Aber es war nicht Direktor O'Toole, der sie am meisten beunruhigte. Es war Monroe. Briar hatte ihn »Billy« genannt. Er hatte Emma erzählt, dass sie alte Freunde waren. Es war A. D. Monroe gewesen, der Briar Metcalf wieder auf den Fall angesetzt hatte. Vieles sprach dafür, dass »Billy« dem falschen Team angehörte. Aber William Monroe reichte Ben nicht nur die Hand, er hielt sie auch noch fest – und erzählte ihm vom Tod eines guten Mannes. Briar Metcalf. Dieser gute Mann hatte Ben gestern auf einem Friedhof gezwungen, in die Knie zu gehen. Sein Gesicht lief vor Wut rot an, als er daran dachte, wie er sich in die Hose gemacht hatte, während er darauf wartete, dass Metcalf ihm eine Kugel durch das Hirn pustete.

»Es tut mir leid, dass Sie Ihren Agenten verloren haben«, sprach Emma ihm langsam ins Ohr.

»Es tut mir leid, dass Sie Ihren Agenten verloren haben«, wiederholte Ben.

Er ließ die Hand los und bemerkte, dass David Plimpton ihn wieder anstarrte. Der Mann gab Ben mit einem Nicken zu verstehen, zur Tür zu kommen. Plimpton und zwei seiner Männer warteten im Flur auf ihn.

»Kommen Sie mit.«

»Alles wird gut, Ben – halt dich an den Plan.«

Ben wusste, dass sie versuchte, nicht nur ihn, sondern auch sich selbst zu beruhigen. Sie bogen ab in einen leeren Gang und gingen weiter in das Innere des Convention Center. Die Männer in den dunklen Anzügen folgten ihnen. Plimpton blieb auf Abstand. Zumindest glaubte ein Teil von ihm, dass Ben das tödliche Nervengift bei sich hatte. Plimpton hob eine Hand und warf einen Blick zurück in den Gang. Dann trat er zu Ben.

»Was ist los?«, fragte er leise.

Bens Stimme überschlug sich. »Was meinst du?«

»Was ich meine? Wo ist Kate?«

»Sie hat es nicht geschafft.«

David Plimpton kniff die Augen zusammen. »Was zum Teufel soll das heißen? Sie hat es nicht geschafft?«

Es war die Frage, mit der Ben und Emma gerechnet hatten – und sie mussten sie unbedingt richtig hinbekommen. Aber es gab keine gute Antwort darauf. Sie konnten es nur mit einer Ausrede versuchen und hoffen, dass die Bilder des »toten Ben« auf dem Rücksitz des Porsche ausreichen würden, um Plimpton davon zu überzeugen, dass er mit dem Sohn sprach. Nur das war wichtig.

Emma sprach in Bens Ohr, um ihn daran zu erinnern, was er sagen sollte. *»Ich konnte ihr nicht trauen. Sie hat meinen Bruder entkommen lassen. Ich habe sie mit Kabelbinder ans Bett gefesselt.«*

Bens Herz raste. David Plimpton starrte ihn an, und ihm wurde schlagartig klar, dass ihre Ausrede nicht funktionieren würde. Der Mann war sein ganzes Leben lang schon in der Politik. Er wusste, wann er belogen wurde. Und wenn er Ben beim Lügen erwischte, würden Menschen sterben.

»Also?«

»*Sie ist gefesselt. Ich konnte ihr nicht trauen*«, sagte Emma noch verzweifelter.

»Hier stimmt was nicht.« David Plimptons Blick wanderte kurz zu seinen beiden Schlägertypen, dann starrte er Ben wieder an. »Du lügst mich an.«

»*Verschwinde, Ben.*«

Seine Männer traten näher heran.

»Entweder kannst oder willst du mir nicht sagen, wo sie ist. Letzte Chance.«

»*Ben, bitte – verschwinde.*«

»Ich habe sie umgebracht.«

David Plimpton trat einen Schritt zurück. Seine Augen wurden schmal.

»Ich habe sie umgebracht«, stieß Ben noch einmal aus.

Plimpton fuhr sich mit der Hand durchs Haar. »Du hast sie *umgebracht*?«

Ben verkürzte den Abstand zwischen ihnen. »Du glaubst mir nicht, oder?«

»Warum solltest du sie umbringen? Sie war deine …«

»Sie war nicht die, für die ich sie gehalten habe.«

Bens Hände zitterten, aber nicht vor Angst, sondern vor verletzten Gefühlen. Er konnte den Rückstoß der drei Schüsse fast spüren – sein Kopf spielte noch einmal in Zeitlupe die Szene ab, in der Kate von der Motorhaube fiel. Seine Augen begannen zu brennen. Er kämpfte nicht dagegen an. Eine Träne rollte über seine Wange. Er hielt David Plimptons Blick stand, bis dieser schließlich nickte.

»Du hast gedacht, dass sie dem Jungen hilft. Dass sie ihn am Leben erhält.«

Ben zuckte mit den Achseln.

»Wo ist sie?«

»Nicht hier. Das ist alles, was du wissen musst.«

David Plimpton schwankte zwischen Glauben und Skepsis. Er brauchte einen Schubs in die richtige Richtung.

»Aber wenn du mir nicht glaubst, warum geben wir uns dann nicht einfach die Hand, und ich gehe zur Tür hinaus. Ich bin ja schon tot. Du kannst mir nichts mehr anhaben.«

Ben streckte seine Hand aus und sah David Plimpton in die Augen. Der Mann mit dem perfekt sitzenden Haar blickte auf die Einladung und trat zurück. Dann grinste er Ben an, drehte sich um und ging den Flur wieder hinunter. Nach ein paar Schritten blieb er stehen und schaute über seine Schulter.

»Kommst du?«

74

Die Band der Air Force spielte richtigen Jazz. So einen, der früher aus verrauchten Kellern in der 52nd Street in New York klang. Der Schlagzeuger trommelte nur halb so schnell, wie Bens Herz schlug. David Plimpton stand ein paar Schritte entfernt mit Soldaten und Schlipsträgern und hielt Hof. Er machte einen lässigen, ruhigen Eindruck, und er hatte in den letzten zwei Minuten zweimal zu Ben hinübergeschaut und gelächelt. David Plimpton würde heute Abend nicht abtrünnig werden.

Ein Oberst in blauer Uniform marschierte zum Podium und flüsterte dem Bandleader etwas ins Ohr. Der Beat erstarb mitten im Takt. Gespräche wurden beendet. Stille trat ein. Der Bandleader streifte die weißen Handschuhe ab und machte eine schnellende Handbewegung damit.

Der offizielle Präsidiallaut »Hail to the Chief« ertönte bis hinauf in die Kronleuchter.

Alle Anwesenden standen stramm, die Augen auf die Flügeltüren gerichtet. Der Präsident trat ein wie ein Mann, der selbst nicht glauben konnte, dass das Lied für ihn gespielt wurde. Die First Lady stolzierte neben ihm, ohne die Bürde, demütig wirken zu müssen. Bens Blick blieb an seiner Mutter hängen. Kimberly Hancock ging in respektvollem Abstand hinter ihnen und strahlte die Zuversicht und Haltung aus, die dem Mann, der das Sagen hatte, zu fehlen schien.

Die kurze Begrüßungsrede des Präsidenten war eine Aneinanderreihung seiner prägnantesten Sätze aus dem Wahlkampf. Obwohl die Anwesenden sie schon seit einem Jahr kannten, waren sie höflich genug, zu nicken und so zu tun, als hörten sie diese zum ersten Mal.

»Wir müssen unsere gemeinsamen Werte unterstreichen und dürfen nicht länger am Schorf der Spaltung kratzen. Wir sollten den alten Wunden keine neue Narben hinzufügen.«

Ben sah, wie David Plimpton zu klatschen begann, und der Rest schloss sich ihm an. Der Präsident unterbrach den Jubel, indem er eine Hand hob.

»Ich möchte noch eins sagen. Es war Kimberlys Idee, dass wir heute Abend hier alle zusammenkommen – in einem Raum. Sie ist eine Kämpferin, so wie Sie. Sie sollten wissen: Sie kann sich meines uneingeschränkten Rückhalts als Präsident sicher sein, wenn sie spricht. Ihre Worte sind meine Worte. Ich danke dir, Kimberly.«

Der Präsident ließ den Applaus, der am Ende seiner Ausführungen aufbrandete, wohlwollend zu. Er nahm einen Rotwein von einer Frau in einer weißen Jacke entgegen, und die Band stimmte ein Lied von Dave Brubeck ein.

David Plimpton beugte sich zu Ben. »Deine Mutter wartet«, sagte er ihm leise ins Ohr.

Kimberly Hancock war umgeben von einer Armee von dunklen Anzügen und uniformierten Soldaten. David Plimpton durchbrach den Kreis und schob einen Admiral zur Seite, um Ben einen Weg zu bahnen.

»Frau Vizepräsidentin, ich glaube, ich sollte diesen Herrn für Sie ausfindig machen«, sagte David Plimpton fröhlich.

»Benjamin. Endlich«, sagte sie und gab den ranghohen Militärs mit einer Geste zu verstehen, sich zurückzuziehen.

Ben spürte ihre Hand auf seiner Schulter.

»Da ist jemand, den ich dir schon lange vorstellen wollte. Komm mit«, flüsterte sie ihm ins Ohr.

Ihre Hand blieb auf seinem Rücken liegen, und sie drängte ihn zum Präsidenten der Vereinigten Staaten. Ben erkannte die Vorgehensweise. Emma erkannte sie auch.

»Es tut mir leid, Ben.«

»Herr Präsident, ich möchte Ihnen meinen Sohn Benjamin vorstellen.«

In Bens Kopf drehte sich alles. Er nahm die Hand des Mannes. Der Anführer der freien Welt sagte etwas, aber Ben war wie betäubt und hörte nichts. *Sie ist eine von ihnen?* Er versuchte, dem Präsidenten zu antworten, aber seine Stimme wollte ihm nicht gehorchen. Er konnte nur schwach nicken, mehr nicht. Er blickte zu David Plimpton, der ihn angrinste. Die Hand seiner Mutter lag noch immer auf seinem Rücken, die ihn jetzt wegführte.

Und dann bewegte sich ihre Hand.

Sie glitt über seine Schulter und den Oberarm zu seinem Ellbogen – dann wanderte sie weiter den Ärmel seines schwarzen Smokings entlang. Er spürte, wie die Hand über seine Knöchel strich und wie ihre weichen Finger sich mit seinen verschränkten. Sie hob seine Hand zu ihrem Gesicht und küsste seine Fingerspitzen.

Ben holte tief Luft. Er hörte Emma in seinem Ohr jauchzen.

»Ben. Es ist vorbei. Du hast es geschafft.«

Kimberly Hancock lächelte ihn an. »Komm mit. Ich will mit dir angeben.«

»Wohin gehen wir?«

»Wirst du sehen.«

»Ich muss erst noch etwas erledigen.«

Ben zog den Ohrhörer heraus und ging zum Direktor des FBI. Er hielt ihm die Hand hin, und O'Toole ergriff sie. »Ich habe hier jemanden, der mit Ihnen sprechen möchte«, sagte Ben und drückte dem Direktor den Ohrhörer in die Hand.

***

Mutter und Sohn folgten ihren Personenschützern durch den breiten Marmorflur auf die andere Seite der Kongresshalle. Ein Mann mit Kopfhörern führte sie durch eine schmale Tür hinter die Kulissen einer großen Bühne. Es war dunkel dort. Ben konnte das Gemurmel der Menge auf der anderen Seite des Vorhangs hören. Seine Mutter lehnte sich an ihn.

»Hast du das, wonach du in Vermont gesucht hast, gefunden?«, fragte sie.

Ben nickte. »Und noch ein bisschen mehr.«

»Erzählst du mir später davon?«

Ihr Gespräch wurde unterbrochen. Der Vorhang ging auf. Scheinwerfer leuchteten auf sie herab. Ben stand in der Mitte der Bühne. Mutter und Sohn. Arm in Arm. Vor einer Woche wäre er noch vor dem Licht geflohen. Aber diese Woche war lang gewesen, und er hatte einen weiten Weg zurückgelegt – zu weit, um wieder zurück in den Schatten zu treten. Seine Mutter schmiegte ihren Kopf an seinen Oberarm. Am Rande der Bühne sprach eine Frau in einem langen, schimmernden schwarzen Kleid in ein Mikrofon. Ihre Stimme klang wie gesalzenes Karamell.

»Meine Damen und Herren, die Vizepräsidentin der Vereinigten Staaten, Kimberly Hancock. Sie ist hier in Begleitung ihres Sohnes, Mr Benjamin Danvers, und sie tanzen heute Abend zum allerersten Mal zusammen.«

Tosender Beifall brandete auf. Kimberly Hancock lächelte und winkte. Ben betrachtete seine Mutter. Zum ersten Mal erkannte er sich in ihrem Gesicht wieder: in den schmalen Lippen, in den hohen Wangenknochen – in den blauen Augen. Und zum ersten Mal stiegen keine Bedenken in ihm auf, dass er ihr Sohn war. Die Zeit war reif. Sie war reif, um der Mensch zu werden, als der er geboren worden war.

Ben achtete nicht auf sein rasendes Herz, als er sich von Kimberley Hancock wegbewegte und die Bühne überquerte, um zu der Frau in dem schimmernden schwarzen Kleid zu treten. Er streckte seine Hand nach dem Mikrofon aus und blinzelte in die hellen Lichter, bis die Menge verstummte. Eine einzelne Stimme schrie etwas, das er nicht verstand. Die Menge lachte, dann wurde es wieder still. Ben zögerte und blickte auf seine Füße. Dann hob er langsam den Kopf, holte Luft und sah das Publikum an.

»Ich … ähm. Ich heiße nicht Danvers. Nicht mehr. Ich heiße Hancock. Mein Name ist Benjamin Hancock.« Er drehte sich um und schaute zurück auf die Bühne. »Mom … ich bin zu Hause. Ich bin endlich zu Hause.«

Kimberly Hancock schlug sich die Hand vor den Mund und streckte einen Arm nach ihrem Sohn aus.

Alle Menschen, die zuschauten, im Kongresszentrum und an den Bildschirmen, spürten sie: Freude – pur und parteiunabhängig. Sie sahen die Liebe einer Mutter zu ihrem Kind. Und sie sahen, wie jahrzehntelanger Kummer und Schmerz Erleichterung, Freude und der Hoffnung wichen, sich wiederzuentdecken. Die Choreografie des Abends sah vor, dass Kimberly Hancock allein, ohne ihren Sohn, an den Bühnenrand ging, um der jubelnden Menge zuzuwinken. Die Vizepräsidentin machte einen Schritt nach vorn. Und blieb stehen. Sie winkte nicht. Das Einzige, was Kimberly Hancock auf dieser großen Bühne vor den Augen der Welt tat, war, ihre Hand auf Bens Brust zu legen, sich an ihn zu lehnen und zu weinen.

Der Saal verstummte, als Mutter und Sohn sich umarmten. Die Freunde und Kollegen, die freiwilligen Helfer und die Großspender standen nebeneinander, in ihren Kleidern und Smokings – alle stille Zeugen.

Die meisten hielten es nicht für ein Versehen – die roten, weißen und blauen Luftballons, die wenige Augenblicke später auf Kimberley Hancock und ihren Sohn herabschwebten, waren nicht für die Vizepräsidentin bestimmt. Ebenso wenig wie das Konfetti. Nichts davon war für die Eröffnung des Balls gedacht. Trotzdem fielen sie wie aufs Stichwort herunter. Hunderte von ihnen regneten auf Ben und Kimberly Hancock herab – landeten auf dem Bühnenboden und strichen um ihre Füße. Ben blickte nach oben und lächelte. Kimberly Hancock lachte. Seine Mutter schlug einen blauen Luftballon weg. Die Menge jubelte, ihre Gesichter glücklich und feucht von Tränen. Ein roter Papierstreifen blieb an Bens Augenbraue hängen, und seine Mutter zupfte ihn freudig aus seinem Gesicht.

Die ersten Töne des Liedes erklangen aus den Lautsprechern, und als die Anwesenden die Melodie erkannten, griffen sie nach ihren Servietten und Taschentüchern und fassten sich an den Händen. Ben nahm die Hand seiner Mutter, und sie tanzten zu John Lennons »Beautiful Boy«.

75

Arnau Farre beachtete den Mann am anderen Ende des Tisches nicht, der über seinen eigenen Witz lachte. Er musste jemand Wichtiges sein, ansonsten wäre er nicht so nahe an der Bühne platziert worden. Aber in Arnaus Augen war er nur ein Schaf, wie alle anderen auch. Er hob sein Champagnerglas und trank es in einem Schluck aus. Der Alkohol verschaffte ihm keine Linderung von Idas Strafe. Sie brannte sich weiter durch seinen Körper.

Eine Million Scheinwerfer ließen die Bühne erstrahlen – die Tische, das Publikum und alles andere lagen im Dunkeln. Keiner konnte sehen, in welchem Zustand Arnau Farre war. Er biss sich auf die Innenseite seiner Lippe und zwang sich, bei Bewusstsein zu bleiben. Ein Secret Service Agent stand vor ihm. Er hatte den Rücken zur Bühne gewandt. Der Kerl sah aus wie ein Vollidiot und schaute jeden finster an. Sie sahen alle aus wie Vollidioten – die Agenten des Secret Service umrahmten im Abstand von fünf Metern die Bühne.

Der Vorhang öffnete sich. Die schicken Leute um ihn herum begannen zu klatschen. Die neue Vizepräsidentin, das Miststück, strahlte über das ganze Gesicht. Kimberly Hancock würde die kürzeste Amtszeit in der Geschichte der Vereinigten Staaten antreten.

Ihr Auftritt verlief anders als erwartet. Er hatte nicht damit gerechnet, dass der Sohn eine Ansage machen würde. Das war unnötig. Und es war auch seltsam, dass die Vizepräsidentin sich schluchzend an die Brust des Mannes lehnte, der sie gerade vergiftet hatte. Die Menge spendete ihm stehend Beifall. Arnau stand mit ihnen auf und biss sich vor Schmerzen auf die Unterlippe. Der Riese starrte ihn an. Arnau klatschte und zwang sich zu einem Lächeln.

Mutter und Sohn traten auf der Bühne nach vorn. Ein blauer Luftballon prallte von Arnaus Schulter. Er wischte sich das Konfetti aus dem Gesicht und sah, wie die Frau einen roten Papierstreifen von der Stirn des Sohnes zupfte.

Arnau riss die Augen auf und blinzelte zweimal, um sich auf den Mann auf der Bühne zu konzentrieren.

Das konnte nicht sein.

Da war eine Beule über seinem linken Auge. An der gleichen Stelle, an der Ben Danvers auf einem Friedhof in Connecticut auf einen Grabstein geknallt war. Arnau Farres Geist war zwar fiebrig, aber er kam zu dem richtigen Schluss. Das war nicht der Sohn. Das war *Idas* Sohn.

Das war Ben Danvers.

Er lebte? Arnau sah sich in der jubelnden Menge um. Wie konnte das nur sein? Und langsam begriff er. Wenn *das* Ben Danvers war, hatte die Prophezeiung sich nicht erfüllt. Was bedeutete, dass sich Ida umsonst geopfert hatte. *Umsonst.* All ihre Anstrengungen. Die vielen Jahre, die sie voneinander getrennt waren. Umsonst.

Fieber, Adrenalin und Wahnsinn erfassten ihn, er begann durchzudrehen – sein geistiger Apparat taumelte von den Schienen. Seine Hände zitterten vor Wut. Er blickte in die Runde der klatschenden Menge – sie jubelten immer weiter. Arnau ballte die Faust. Es war nicht wahr. Ida hatte sich für etwas *geopfert* – für eine Sache, die größer war als sie selbst.

Und er konnte es auch.

Er konnte die Regierung nicht stürzen, aber er konnte Kimberly Hancock zur Strecke bringen. Und wenn das vollbracht war, würde er sich auf die Kugeln freuen, die ihn nach Hause schickten – zu dem Mädchen im grünen Kleid.

»*Mia ĵuro, mia vivo*«, flüsterte er.

Arnau Farre schöpfte seine Kraft aus dem Adrenalin. Er griff nach seinem Sektglas, zerbrach es auf dem Tisch und schlug es dem Riesen ins Gesicht. In der nächsten Sekunde fasste er in die Jacke des grunzenden Agenten, zog seine Waffe heraus, hielt sie ihm unter das Kinn und drückte ab.

Der Schmerz war verschwunden. Ida hatte ihre Strafe aufgehoben. Arnau Farre feuerte auf den Agenten zu seiner Linken, bis er tot auf den Boden fiel. Schreie ertönten im Saal, und Tische stürzten um, als Menschen panisch losrannten, um zu entkommen.

»Waffe! Waffe! Waffe!«

Die Agenten des Secret Service eilten von der Seitenbühne herbei, um die Vizepräsidentin zu retten. Aber sie waren zu langsam. Er schoss zweimal.

***

Ben hielt seine Mutter fest im Arm, während sie sich zur Musik wiegten. Zum ersten Mal seit langer Zeit verspürte er inneren Frieden. Er achtete nicht auf die Menge, schloss die Augen und atmete ihr Parfüm ein.

Als der erste Schuss durch den Raum hallte, riss er die Augen auf und sah, wie ein Agent zu Boden fiel. Ein Mann vorn im Publikum richtete eine Pistole auf die Bühne – auf den Rücken seiner Mutter. Ben dachte nicht nach. Er reagierte einfach nur. Es war ein Reflex. Er drehte sich in die Flugbahn der Kugel des Attentäters.

Sie bohrte sich in seinen Rücken. Ein brennender Schmerz durchzuckte ihn, und er stöhnte auf. Dann traf ihn eine weitere Kugel. Verschwommen nahm er wahr, dass er dabei war, kopfüber auf die Bühne zu stürzen. Seine Arme waren nicht mehr in der Lage, den Sturz abzufangen. Er sah durch einen roten Ballon, wie Agenten des Secret Service seine Mutter von der Bühne zerrten, während sie sich wehrte und um sich trat, um zu ihm zu gelangen. Er hörte entfernt Schüsse, aber er bekam nicht mit, wie der Attentäter zu Boden fiel – eine Entschuldigung auf seinen Lippen.

Dann wurde das restliche Licht immer schwächer, bis es dunkel war.

76

NEUN STUNDEN SPÄTER

Emma Noble zog an dem Kragen ihrer kugelsicheren Weste. Sie starrte aus dem Fenster des Black-Hawk-Hubschraubers, der über eine Baumreihe jagte. Zwei Hubschrauber mit jeweils einem Trupp von Kampfsoldaten flogen neben ihm in Formation. Sie blickte zu dem Einsatzchef, der auf sein Handgelenk tippte und fünf Finger in die Luft streckte. In wenigen Minuten würden sie in der Nähe einer abgelegenen Hütte im Norden des Staats New York landen. Die Zeit des Alexander Volkov war vorbei – ob tot oder lebendig.

Das FBI hatte schnell reagiert. O'Toole hatte zwar anfangs gezögert, aber Emma dann doch geglaubt. Sein Gespräch mit Sam Noble hatte geholfen. Sie verhafteten David Plimpton und seine beiden Männer, bevor sie das Walter Washington Convention Center verlassen konnten. Emma hatte das belastende Video hochgeladen, das sie und Ben bei dem Mittagessen und dem Empfang aufgenommen hatten. Agententeams waren bereits dabei, Türen einzuschlagen und an der Verschwörung beteiligte Sektenmitglieder zu verhaften.

Emma dachte ständig an Ben Danvers, obwohl um sie herum genug passierte. Sie konnte nicht mehr für ihn tun, als jeden einzelnen dieser hinterhältigen miesen Terroristen hinter Gitter zu bringen oder ins Jenseits zu befördern. Angefangen mit Volkov.

Als der Hubschrauber landete, löste sie den Gurt und wartete, dass die Soldaten losstürmten. Sie würde nicht mit den Teams hineingehen. O'Toole hatte ihr die strikte Anweisung gegeben, dass sie erst dann die Hütte betreten dürfte, wenn sie freigegeben war. Emma beobachtete, wie sich die Soldaten in einer synchronen Bewegung – und mit erhobenen Waffen – verteilten und vorrückten. Fensterscheiben zerbrachen und Blendgranaten wurden geworfen. Ein Team stürmte durch die Tür.

Emma stand etwas entfernt von den sich drehenden Rotorblättern des Hubschraubers. Sie blickte auf die Hütte, ohne zu blinzeln. Zehn Minuten lang starrte sie auf die Tür und wartete darauf, dass ein Mann oder eine Leiche herausgebracht wurde. Schließlich sah sie die Soldaten herauskommen. Einer nach dem anderen. Ihre Waffen waren auf den Boden gerichtet. Und Emma wusste, dass Volkov bereits weg war.

Sie ging langsam durch den Schnee auf die Blockhütte zu und trat in die Fußspuren der Männer, die vor ihr gegangen waren. Vor einer grünen Hemlocktanne, deren Äste mit Schnee bedeckt waren, blieb sie stehen. Brennholz war fein säuberlich um die Hütte herum gestapelt. Sie drehte sich um und nahm die Umgebung in sich auf: den zugefrorenen See und die großen Kiefern. Sie stellte sich vor, wie hier früher einmal Kinder geschwommen und geklettert waren und gelacht hatten. Sie atmete die kalte Luft ein. Es war zweifellos ein herrlicher Ort – um Kinder zu Mördern zu machen. Emma betrat die Hütte. Der alte Mann hatte es eilig gehabt – eine nur halb gerauchte Zigarre, und auf dem Tisch daneben stand eine Flasche teurer Wein. Eine Siegesfeier, die zu Ende gewesen war, noch bevor sie richtig begonnen hatte. Über dem Kaminsims hing ein altes Foto mit Kindern. Sie standen in mehreren Reihen vor dem See. Emma trat näher heran und betrachtete das Mädchen in der ersten Reihe mit dem langen Haar – sie trug ein grünes Kleid und hielt die Hand eines zerzausten Jungen.

Emma ging die Treppe hinauf und bemerkte eine silberne Girlande, die sich durch die hölzerne Balustrade schlängelte. Oben auf dem Treppenabsatz stand eine Tür offen. Das Zimmer aus Kiefernholz war klein – ein Kinderzimmer. Es enthielt nur zwei Möbelstücke: ein Doppelbett unter einem halbmondförmigen Fenster und einen Nachttisch. Emma öffnete die einzige Schublade und fand einen Stapel Briefumschläge, der von Gummibändern zusammengehalten wurde. Sie setzte sich auf das Bett und begann zu lesen.

77
EINE WOCHE SPÄTER

Dicke Schneeflocken fielen sanft auf die Motorhaube des schwarzen Leichenwagens, der sich langsam durch das North End von Boston bewegte. Zwei Polizeiautos fuhren mit eingeschalteten Lichtern voraus, die Trauernden folgten zu Fuß hinterher. Papa Giordano wartete, bis das lange schwarze Fahrzeug das Restaurant erreicht hatte. Dann schlurfte er hinaus, um sich dem Trauerzug anzuschließen. Seine Nachbarn tätschelten seine Schulter, nickten ihm traurig zu und traten zur Seite, damit er als Erster hinter dem Sarg gehen konnte.

Eine Menschenmenge versammelte sich schweigend auf den Bürgersteigen. Es war eine feierliche Beerdigung im North End. Den Bewohnern des Viertels war es egal, dass ihnen die ganze Nation an diesem Morgen zusah. Dies war *ihr* Abschied. Es war etwas Persönliches. Sie blickten nach vorn und schritten mit Respekt und Würde die Straße hinunter.

Der schwarze Leichenwagen bog in die Hanover Street ein und hielt vor der Saint Leonard's Catholic Church an. Die hintere Tür des Wagens ging auf. Der Sarg glitt für die Sargträger heraus. Einer von ihnen war Papa Giordano. Er hatte schon oft einem nahen Menschen auf diese Weise das letzte Geleit gegeben. Sein Gesicht war von der Traurigkeit und der Schwere des Gangs gezeichnet, als er durch die Türen der Kirche schritt.

***

Tasha Maidlow sah die Nahaufnahme des alten Mannes und seines traurigen, verwitterten Gesichts auf dem Fernsehbildschirm in ihrem Zimmer. Sie nahm ihr schönstes Kleidungsstück aus dem Koffer, eine senffarbene Strickjacke, die sie von ihrer Großmutter zu Weihnachten geschenkt bekommen hatte. Ihr Blick wanderte zurück zum Fernseher. Sie fragte sich noch immer, wessen Beerdigung das war. Schließlich zog ein Schriftzug am unteren Bildrand entlang: *Begräbnisfeier für das Bostoner Attentatsopfer Regina Puleo.*

Tasha schaltete den Fernseher aus und sah sich in ihrem kleinen, billigen Hotelzimmer um. Sie öffnete den Vorhang. In der Ferne konnte sie die Spitze des Washington Monument erkennen. So nah war sie dem Obelisk noch nie gekommen.

Auf der Kommode lag die Quittung des gestrigen Abendessens in einem Schnellrestaurant. Sie steckte sie in einen Briefumschlag, auf dem mit Kugelschreiber das Wort »Spesen« geschrieben stand. Barney, der Idiot, hatte ihr die Regeln für die Spesen und die Tagespauschale, die kaum für ein Frühstück reichten, äußerst beflissen erklärt. Aber sie fand ihre erste Dienstreise trotzdem aufregend. Sie machte sich nur Sorgen um ihre Katze, die jetzt zwei Tage in der Obhut ihres Bruders war.

Tasha warf das verbrauchte Kaffeepad in den Müll und schlug die Bettdecke auf. Sie sah auf die Uhr. Dann überprüfte sie ihre Tasche. Neuer Schreibblock, Lieblingsstift, zweitliebster Stift (für den Notfall), schwarzes Aufnahmegerät, Handy. Alles da. Sie war bereit.

Tasha schaute noch dreimal in ihre Tasche. Einmal in der Hotellobby, einmal im Uber und noch einmal vor dem Presseraum im Walter Reed Hospital.

Der Raum war zu klein für die Anzahl der anwesenden Reporter und Fernsehteams. Stative und Kameras versperrten die Sicht auf das Podium. Alle zwölf Stuhlreihen waren voll besetzt mit Pressevertretern – ganz vorn saßen die mit den stylishsten Frisuren und blendendsten Zähnen. Das Aussehen wurde immer zerzauster und zotteliger, je weiter man nach hinten sah.

Es hatten sich die üblichen Verdächtigen eingefunden: von Nachrichtensendern aus dem In- und Ausland über Printmedien bis hin zum Kabelfernsehen. Reporter stauten sich in den Gängen. Im hinteren Teil des Raums kämpften Presseleute um einen Platz. Viele, so wie Tasha, kamen überhaupt nicht mehr hinein. Die Pressekonferenz sollte pünktlich um zehn Uhr beginnen. Sie war nur eine Viertelstunde früher gekommen. Ein Anfängerfehler.

Tasha musste sich mit einem Platz in einem Gang vor den Türen begnügen, hinter einem schlaksigen Mann mit einem Filzhut. Erst als er sich zu einer Reporterin neben sich beugte, um ihr etwas zuzuflüstern, erhaschte sie einen Blick auf das Podium. Sie sah nicht, wie das Ärzteteam eintrat. Und sie sah auch nicht, wie die Sprecherin des Krankenhauses hinter das Podium trat, aber sie konnte an der Körpersprache der Reporter vor ihr erkennen, dass gleich etwas passieren würde. Der Filzhut hielt sein Aufnahmegerät in die Höhe und versperrte Tasha noch mehr die Sicht.

Sie tippte ihm auf die Schulter. »Könntest du wenigstens deinen Hut abnehmen?«

»Für wen arbeitest du?«, fragte er.

»›Albany Inquirer‹.«

»Nein«, erwiderte er.

»Danke, Depp.«

Ihr Lieblingsstift lag bereit in ihrer Hand, aber es kam nichts aus den Lautsprechern bei ihr an. Tasha reckte ihren Hals an dem erhobenen Arm des Filzhuts vorbei, in der Hoffnung, dass sie etwas von dem, was die Sprecherin über Benjamin Hancocks Operation sagte, aufschnappte. Sie konnte weder etwas hören noch sehen. Tasha verstand auch nicht den Namen der Person, die danach sprach, aber dieser Arzt hatte wenigstens eine kräftige Stimme.

»Benjamin Hancock erholt sich in der Präsidenten-Suite des Krankenhauses. Wir haben seinen Zustand noch einmal verbessern können. Er ist wach. Und ansprechbar. Bitte. Einer nach dem anderen.«

»Ja. Sein Leben hing an einem seidenen Faden. Und ehrlich gesagt wissen wir nicht, wie er es geschafft hat. Offensichtlich hat von oben jemand auf ihn herabgeschaut.«

»Ja, vollständige Genesung. Die Vizepräsidentin ist gerade bei ihm. Sie ist seit dem Attentat nicht von seiner Seite gewichen.«

Eine weitere Flut von Fragen stürmte auf das Krankenhauspersonal ein.

»Wann wird er mit der Presse sprechen?«, rief eine zerzaust aussehende Frau von hinten.

Die Sprecherin kehrte zum Podium zurück, und es wurde so still in dem Raum, dass Tasha sie vom Flur aus hören konnte.

»Mr Hancock stellt sich nur einem einzigen Presseorgan zur Verfügung. Ist die Vertreterin von …« Die Frau blickte auf ihre Notizen und dann wieder in den gespannten Raum voller Reporter. »Ist Tasha Maidlow vom ›Albany Inquirer‹ hier?«

Tasha machte sich lautstark bemerkbar und hüpfte aufgeregt in ihrem Gang draußen, als wäre sie von der Moderatorenlegende Bob Barker auf die Bühne gerufen worden. Sie hielt ihren Lieblingsstift in die Höhe, dass man ihn über den Filzhut-Reporter hinweg sehen konnte. Als sie sich an dem Kerl vorbeizwängte, blieb sie kurz stehen und sah ihn an.

»›Albany Inquirer‹, Vollidiot.«

Die Reporter erhoben sich halb von ihren Sitzen, um einen Blick auf die Frau zu erhaschen, die nach vorne kam. Tasha schlängelte sich durch die Masse von Nachrichtenprofis, die den Gang verstopften. Sie lächelte die Korrespondenten von Fox News und CNN an und sprang auf die Bühne. Die Presseleute glotzten. Und dann spreizte die ehemalige Redaktionsassistentin der viertbeliebtesten Zeitung in Albany ihre Finger zum vulkanischen Gruß, bevor sie zu ihrem Exklusivinterview mit Benjamin Hancock zum Aufzug begleitet wurde.

AUGUST

Benjamin Hancock arbeitete am heißesten Tag des Sommers mit nacktem Oberkörper an der einst morschen Eingangstreppe zu seinem Haus in Vermont. Er hatte den ganzen Vormittag ohne Unterbrechung geschuftet, wie fast an allen Tagen in diesem Sommer, und der Schweiß lief in kleinen Bächen an ihm hinunter – vom Gesicht über den Hals zu den Narben auf seiner Brust.

Er sprang auf die unterste Stufe und wippte auf den Fußballen, um zu testen, ob die neuen Stufen sein Gewicht aushielten. Sie waren stabil. Er blickte kurz hinunter auf den Verkehr des Highway Nummer 7. In letzter Zeit hielten nicht mehr so viele Fahrzeuge vor dem Haus an. Und das war ihm sehr recht. Er machte einen Katzenbuckel und ließ den Kopf kreisen, um die Verspannungen im Nacken zu lösen. Er hatte noch immer Schmerzen und litt unter steifen Muskeln, aber die Sommerhitze war ein gutes Schmiermittel für seine Verletzungen. Die Ärzte konnten ihm nicht sagen, ob die Beschwerden je verschwinden würden. Er vermutete, dass er sich daran gewöhnen musste.

Das gelbe zweistöckige Kolonialhaus hatte sich in ein rotes zweistöckiges Kolonialhaus verwandelt. Die Farbe hatte ihm Truckmeier empfohlen – vor allem deshalb, weil er sie eimerweise in seinem Schuppen hatte, mehr als genug, um das halbe Haus damit zu streichen. Ben hatte das Gerüst aufgebaut, die stumpfe gelbe Farbe abgelöst und das Rot aufgetragen. Es hatte fast drei Wochen gedauert, aber seitdem der Zierstreifen auch aufgefrischt worden war, leuchtete das Kolonialhaus strahlender denn je auf dem Hügel.

Die Arbeit hatte ihn geheilt. Er hatte Wände herausgerissen, die alte Verkabelung entfernt, den Schimmel und die Fäulnis aus dem Haus abgetragen und in dem grünen Müllcontainer am Ende der Auffahrt entsorgt. Das Haus war innen völlig entkernt. Der Geruch seiner Geschichte war verschwunden. Der Missbrauch, die Vernachlässigung und die mangelnde Fürsorge waren ausgelöscht worden. Von dem einst heruntergekommenen Haus war nur noch die Hülle übrig.

Er griff nach dem Krug, der unter seinem Sägeblock im Schatten stand, nahm einen Schluck des lauwarmen Wassers und ließ es seine trockene Kehle hinunterlaufen. Dann wischte er sich mit dem Unterarm die Schweißtropfen vom Gesicht. In der Ferne hupte ein Auto. Es bog von Highway Nummer 7 ab und fuhr die lange Auffahrt hinauf. Ben blinzelte und lächelte, als er den Wagen erkannte. Es war ein brauner Solara mit einem Anhänger hinten. Er schlüpfte in sein T-Shirt der Boston Celtics, fuhr sich mit den Fingern durch das Haar und lehnte sich an den Zaun, bis Tasha Maidlow das Ende der Einfahrt erreicht hatte.

»Mein Gott. Man muss schon ein echtes Landei sein, um hier draußen zu leben«, rief sie, noch bevor sie aus dem Wagen gestiegen war. Sie umarmte ihn kurz und stellte dann Mr Spocks Katzenkorb in den Schatten neben die Garage. Bens Aussie bellte und ließ sich daneben nieder.

»Ich wusste nicht, dass du kommen würdest.«

»Du bist schwer zu erreichen. Hast du überhaupt ein Telefon?«

Ben schüttelte den Kopf.

»Na gut. Wo wollen wir es machen?«

»Was?«

»Das Folgeinterview.«

»Es gibt kein Folgeinterview. Das war nicht unser Deal.«

Tasha verzog das Gesicht. »Komm schon. Gib mir ein paar interessante Infos für meinen neuen Chef.«

»Der ›Inquirer‹ war so dumm, dich gehen zu lassen?«

»›Boston Globe‹, mein Süßer. Investigative Journalistin. Fange morgen an. Lädst du mich in dein Haus ein?«, fragte sie, hüpfte die Verandastufen hinauf und schaute durch die Fenster im Erdgeschoss. »Mein Gott. Da ist ja gar nichts drin.«

»Die Arbeiten sind noch im Gang«, erwiderte er und setzte sich auf die oberste Stufe.

Tasha ließ sich neben ihm nieder. Er konnte spüren, dass sie ihn anstarrte.

»Was ist?«

»Du weißt überhaupt nicht, was los ist, oder?«

Ben zuckte mit den Achseln.

»Hast du das von Volkov gehört?«

Bens Kopf schnellte zu ihr herum.

»Ich nehme dich nur auf den Arm. Sie haben ihn immer noch nicht gefunden. Wahrscheinlich ist er in Russland oder Weißrussland oder sonst wo. Was glaubst du, Ben? Steckt Russland dahinter?«

Tasha hielt ihr Handy in der Hand – um das Gespräch aufzuzeichnen. Ben machte ein säuerliches Gesicht und schüttelte den Kopf.

»Komm schon, Ben! Bitte!«

»Nicht. Der ›Globe‹ mag kein Gejammer.«

»Na gut«, schnaubte sie und legte ihr Handy weg. »Inoffiziell.«

Ben lächelte.

Sie drückte ihre Schulter an seine. »Alles in Ordnung mit dir?«

»Mir geht's gut.«

»Hast du deinen Bruder überhaupt einmal getroffen?«

»Zweimal. Wir tasten uns immer noch aneinander heran. Wir tragen immer noch viel Gepäck mit uns herum.«

»Wird deine Mutter den großen Mann bitten, ihn zu begnadigen? Ihn vor der Verhandlung aus dem Gefängnis zu bekommen?«

Ben schüttelte den Kopf. »Sie wird ihn nicht um einen Gefallen bitten.«

Tasha nickte zustimmend. »Siehst du sie oft?«

»Manchmal. Sie hat einen anstrengenden Job.«

Tasha beugte sich nach vorn, stützte die Ellbogen auf die Knie und ließ ihren Blick über das Grundstück schweifen. »Ehrlich gesagt, ist es gar nicht *so* übel hier.« Sie sah Ben an. »Du weißt schon, dass Mrs Atamian gestorben ist, oder? Zwei Monate nachdem die Leiche ihres Mannes gefunden wurde. Sie wurde unter demselben Ahornbaum begraben. Ich habe einen schönen Artikel darüber geschrieben. Du solltest ihn online nachlesen.«

»Ich habe keinen Computer.«

»Du bist echt ein Einsiedler.«

»Unwissenheit ist ein Segen.«

»Du weißt, dass das Blödsinn ist, oder?«

Ben zuckte mit den Achseln.

»Wird man dich zwingen, bei den Anhörungen im Kongress auszusagen?«

»Anhörungen?«

»Jetzt benimmst du dich echt wie ein Idiot. Du weißt doch, wie hoch das ging, oder? Fünf Colonels und ein General. Ein Bundesrichter. Und ein Haufen Rüstungsunternehmen. Sag mir, dass du das weißt.«

»Ja, weiß ich. Aber man hat mich nicht gefragt. Ich werde aussagen, wenn ich muss, aber – du weißt schon.«

Tasha biss sich auf den Fingernagel und schaute den Hügel hinab zu den Wäldern auf der anderen Seite des Highways. Sie war eine Weile still, bis sie »Danke« sagte.

»Wofür?«

»Für alles, Dummkopf. Für das Interview. Dafür, dass du knallhart bist … und es trotzdem schaffst, nett zu sein. Ich hab dich lieb.«

Sie unterhielten sich noch ein paar Minuten und schwelgten in Erinnerungen an ihren Tag im Haystack und an ihren Bruder Craig, bis Tasha sich wieder auf den Weg machen musste. Sie umarmte ihn fest zum Abschied, lud Mr Spock wieder ins Auto und setzte sich hinter das Steuer. Dann traf Ben spontan eine Entscheidung und gab ihr mit einer Geste zu verstehen, noch nicht loszufahren.

»Was ist?«

»Ich habe etwas für dich.«

Ben lief ins Haus und kam mit einem Stapel Briefumschlägen heraus, der von Gummibändern zusammengehalten wurde. Special Agent Emma Noble hatte sie nie als Beweismittel eingereicht, sondern sie stattdessen Ben geschickt. Die Liebesbriefe an Arnau Farre waren das Einzige, was von Ida übrig geblieben war und von ihrer Anwesenheit in Bens Leben zeugte. Er reichte sie durch das Fenster.

»Was ist das?«

»Eine interessante Lektüre. Mach was damit. Was Gutes.«

Tasha schaute auf die Briefe, und ihr Mund öffnete sich. »Ben, ich …«

»Viel Glück beim ›Globe‹.«

Er schaute, wie sie den Hügel hinunterfuhr, und winkte, als ihr Auto links auf den Highway bog.

Es war später Nachmittag, als Bens Australian Shepherd seinen Kopf vom Boden der schattigen Veranda hob. Truckmeier überquerte gerade die Grundstücksgrenze. Der Hund sprang auf und wackelte mit seinem Hinterteil – der Mann war dafür bekannt, dass er Leckerlis in seiner Tasche hatte. Ben sah den Pappteller in seinen Händen. Tilda hatte wieder Plätzchen gebacken. Sie fand immer einen Grund, ihren Mann vorbeizuschicken. Und sie beschwerte sich nicht, wenn er nicht sofort wieder nach Hause kam. Sie wusste, dass die Männer einander brauchten – auch wenn keiner von ihnen viel zu sagen hatte.

Ben stellte die Plätzchen in den Kühlschrank und nahm zwei Flaschen Bier heraus. Truckmeier saß schon auf dem Metallschaukelstuhl und drehte sich eine Zigarette, der Kopf des Hundes lag auf seinem Knie. Ben reichte ihm ein kaltes Bier und setzte sich. Sein Blick wanderte den Hügel hinab auf den Highway hinüber zum Harriton-Stausee, der nur eingeschränkt zu sehen war. Die Männer saßen über Stunden dort und wechselten ab und zu ein Wort miteinander – mehr Konversation war nicht nötig an diesem Sommerabend, an dem der tiefblaue Himmel mit seinen orangefarbenen und roten Streifen, die allmählich violett wurden, die gesamte Aufmerksamkeit verdiente.

Es war Vollmond, und die Männer nippten im letzten Licht des Tages an ihrem Bier, schauten zu, wie die Fledermäuse über den Rasen jagten und die Glühwürmchen im hohen Gras leuchteten. Eine kühle Abendbrise wehte über die Veranda, und Ben atmete die frische Luft von Vermont ein. Ihm war trotzdem warm genug. Wunderbar warm, und er fühlte sich wunderbar frei, wie noch nie zuvor in seinem Leben. Und während er dasaß, mit dem Rücken zu dem roten Kolonialhaus, stieg in ihm das Gefühl auf, dass auch er, wie dieses Haus, eine zweite Geschichte haben könnte.

Besser als die erste.

ENDE

DANKSAGUNG

Dies ist mein erstes Buch, ich brauche also etwas Zeit.

Mein Dank gilt zuallererst Ihnen. Danke, dass Sie zu meiner Leserschaft gehören. Danke, dass Sie bei mir waren, als ich dieses Buch in diesem beengten, halb fertigen Raum über der Garage geschrieben habe. Ich wusste, dass Sie da waren. Ich habe Ihre Anwesenheit gespürt – Sie haben über meine Schulter geschaut und nach mehr verlangt. Wir haben beide unseren Teil erledigt, denke ich. Sind wir nicht gut?

Nichts hemmt Kreativität mehr als Selbstzweifel, und ich hatte meinen Anteil daran – jahrelang habe ich über drei Romanen gebrütet, die alle im Papierkorb gelandet sind. Selbst als ich ›Sein Wille geschehe‹ fertiggestellt hatte, plagten mich noch immer Zweifel, ob das Buch je das Licht der Welt erblicken wird. Ich bin den Freunden, die mich über Wasser gehalten haben, zu großem Dank verpflichtet. Sie haben es mit lobenden Worten und kleinen Aufmerksamkeiten getan. Und manchmal auch nur damit, dass sie mir zugezwinkert und mich angelächelt haben, als ich es brauchte. Kerry Eielson und John Fanning, JOJ, Heather Larimer, Davia Larson, Jeremy Donnelly, Siobhan Wright, Emily Chenoweth, die Schreibgruppe in der Tuftonboro Free Library, meine Online-Kommilitonen beim Dickinson College Alumni Writers Workshop und meine Freunde beim La Muse Artist and Writers Retreat in Labastide-Esparbairenque, Frankreich. Euer Zuspruch kam genau zum richtigen Zeitpunkt.

Danke an Robert Olmstead, der mir vor vielen Jahren beigebracht hat, auf das Geräusch beim Schreiben zu hören, wenn es besser als gut ist. Und an Susan Perabo vom Dickinson College, die einen frühen Entwurf dieses Buches durchgesehen und auf Dinge hingewiesen hat, die überarbeitet werden mussten. Danke, Bob und Susan, dass ihr mit euren Schreibstudenten behutsam umgeht und gleichzeitig von ihnen das Beste einfordert. Tausende von uns stehen in eurer Schuld.

Vielen Dank an meinen Lektor Ed Stackler, der mir geholfen hat, diese sehr große Geschichte einzureichen – was seine Aufgabe ist. Und dann wurde er mein Fürsprecher, was nicht seine Aufgabe ist. Er hätte nicht so unglaublich großzügig sein müssen. Danke, Ed, dass du an dieses Buch geglaubt hast, und danke für deine Freundschaft. Danke an die Agentinnen Molly Friedrich und Hannah Brattesani, die dieses Buch aus dem Stapel ausgewählt und es der literarischen Welt zugeführt haben. Danke an alle bei Mission Point Press – insbesondere an Doug, Chris und Sarah. Danke an Heather Shaw, die hier und da etwas gerade gebogen und dann unermüdlich daran gearbeitet hat, dieses Buch über die Ziellinie zu bekommen. Und ich neige meinen Kopf vor der freundlichsten und kompetentesten Presseagentin der Branche, Kim Dower.

Mein Bruder Steve und mein Vater Jim haben die erste Version dieses Buches auf der Veranda gelesen – und immer an den richtigen Stellen gelacht und nach Luft geschnappt. Euch zuzusehen, wie ihr die Seiten verschlungen habt, war ein Geschenk, und ich werde es nie vergessen. Danke.

Danke an meinen Sohn Drew für seinen Zuspruch, seine

Herzlichkeit und seinen unerschütterlichen Glauben daran, dass dieses Buch das Licht der Welt erblicken wird, weil alles andere ein Fehler wäre. Und danke an seine erstaunliche Frau Kara, die trotz ihres großen Sarkasmus einer der inspirierendsten und fürsorglichsten Menschen ist, die ich je kennengelernt habe. Ich liebe euch beide.

Ein besonderes Dankeschön an meine Tochter Jenny – Zigarrenliebhaberin wie ich –, die mich zu meiner Figur Emma Noble inspiriert hat. Du bist hart im Nehmen, freundlich, lustig, ungeschickt und wunderschön. Und selbst eine Heldin.

Vor allem aber danke ich meiner Frau. Kath, du bereicherst mein Leben, seitdem du am 10. Mai 1990 in die KC Legends Sports Bar in Peoria, Illinois, spaziert kamst. Danke, dass du mich aus dem Schatten geholt hast, um dieses schwache Licht erstrahlen zu lassen. Ich liebe dich über alles und für immer.